兰州大学110周年校庆纪念文库

“五四”前后的文话研究

宁俊红　著

国家社会科学基金西部项目（09XZW002）
兰州大学中央高校基本科研业务费专项资金资助（2019jbkyzx018）

科学出版社
北　京

内 容 简 介

本书以被忽视、被遮蔽的"五四"前后的传统文话作为研究对象，首次将其作为一个整体进行了系统研究。与近代尤其是五四运动批判、革新传统的态度不同，这些文话著述以继承为革新，在新形势下延续了古代文章学的某些传统，是对五四运动激烈变革最好的补充。本书对"五四"前后文话的核心价值做出界定，以此为基础，梳理出传统文章学理论向现代演进的理路，开启一种重新审视古代文章学传统的视角，为当代中国文章学的理论建构提供借鉴。

本书适合汉语言文学专业及相关专业的本科生、硕士研究生、博士研究生，以及相关专业领域的研究者等阅读参考。

图书在版编目（CIP）数据

"五四"前后的文话研究/宁俊红著. —北京：科学出版社，2020.6
（兰州大学 110 周年校庆纪念文库）
ISBN 978-7-03-065296-6

Ⅰ. ①五… Ⅱ. ①宁… Ⅲ. ① 新文学(五四)–文学研究
Ⅳ. ①I206.6

中国版本图书馆 CIP 数据核字（2020）第 092528 号

责任编辑：王 丹 赵 洁 / 责任校对：杨 赛
责任印制：李 彤 / 封面设计：黄华斌

科学出版社 出版
北京东黄城根北街 16 号
邮政编码：100717
http://www.sciencep.com

北京中石油彩色印刷有限责任公司 印刷
科学出版社发行 各地新华书店经销

*

2020 年 6 月第 一 版 开本：720 × 1000 B5
2020 年 6 月第一次印刷 印张：12 1/4
字数：240 000

定价：98.00 元

《兰州大学110周年校庆纪念文库》编委会

序

萃英立根本，昆仑写精神。2019 年 9 月 17 日，兰州大学将迎来 110 周年校庆。一百多年来，一代代兰大人与国家、民族同呼吸、共命运，屹立西部大地，蕴育时代精英，为世界、为祖国培养了一大批活跃在各行各业的优秀人才，有力地支持了国家特别是祖国西部地区的建设发展。

长期以来，兰州大学始终坚持正确办学方向，落实立德树人根本任务，立足地域特色，发挥科研优势，深度融入参与国家发展战略，主动对接服务地方经济社会发展，“将论文写在中国大地上”，赢得了国内外的广泛认可；熔铸成以“自强不息，独树一帜”为核心的兰大精神，形成了“勤奋， 求实，创新”的良好学风，探索走出了一条在西部地区创办高水平大学的成功之路，为中国高校扎根祖国大地创办世界一流大学提供了重要借鉴。

值 110 周年校庆之际，我校策划组织出版《兰州大学 110 周年校庆纪念文库》，旨在展现奋战在教学科研一线的兰大人的家国情怀、理论思考和学术积累。丛书作者中有致力于教书育人的教学名师，也有在科研一线硕果累累的科学大家，更有长期坚守在教学科研一线、受学生爱戴的“普通”教师。丛书内容丰富，涵盖理、工、农、医、人文、社科等诸多学科，其中观点颇多见解。恕我才识单调，难以一一点评。在此，谨付梓以供学界参考指正。

新时代新起点，所有兰大人将汇聚成推动兰州大学事业蓬勃发展的强大合力。面向未来，全体兰大人将继续坚守奋斗，以矢志不渝的信念、时不我待的精神、担当奉献的情怀投身中国特色世界一流大学建设，为实现中华民族伟大复兴贡献兰大力量！

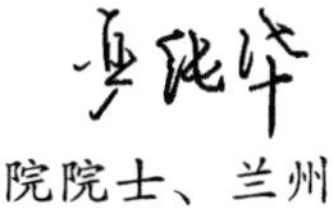

中国科学院院士、兰州大学校长

2019 年 3 月 26 日

目　录

导　　论

——“五四”前后文话之价值的思考

一、本书研究对象及范围的确定

古代诗词理论专著主要以诗话、词话来命名，古代的文章理论专著，我们也可以称为“文话”，它是中国古代文章理论批评著述的主要载体。“五四”前后的文话，主要指1900～1919年编撰的文话著作，还有个别写成于20世纪20年代，都主要刊刻、出版于“五四”前后。2007年王水照先生主编的《历代文话》（全十册）的出版，为古代文话研究的拓展与深化奠定了坚实的基础。《历代文话》收录了自宋代至1916年的文话著作，共计一百四十三种，其中所收录的“五四”前后出版的文话就有三十种，本书在研究过程中又另外补充了几种重要的著述。[①]我们的研究对象既包括大家比较熟悉的林纾的《春觉斋论文》、姚永朴的《文学研究法》、刘师培的《论文杂记》、王兆芳的《文章释》，又包括被忽视已久的王葆心的《古文辞通义》、唐文治的《国文大义》、刘咸炘的《文学述林》、郭象升的《文学研究法》、徐昂的《益修文谈》、陈澹然的《晦堂文钥》、来裕恂的《汉文典》、孙德谦的《六朝丽指》、吴曾祺的《涵芬楼文谈》等。

“五四”前后这些文话著述仍以传统的话体理论批评形式为主，大都没有非常明晰的理论体系，言说方式仍是传统的随笔形式，是以形象思维、直觉论断为基础的片段的论述；它们在内容上则是以古代文话中所涉及的概念、范畴、命题等为基础，论述文章的写作、文体的变迁、文章发展的历史等问题。重视“讲作法”、重视祖述前人，是“五四”前后文话非常突出的特点。古代文话以“讲作法”为理论批评的核心，“五四”前后文话的编著大多也以指导文章写作为目的，而且编著体例也充分体现了这一目的，如王葆心《古文辞通义》共分六个部分，即《解蔽篇》《究指篇》《识途篇》《总术篇》《关系篇》《义例篇》等，体现了学文的进阶层次。又如姚永朴在《文学研究法》跋语中一再强调作文方法的必要，强调具体

---

① 在本书写作过程中，2013年余祖坤的《历代文话续编》由凤凰出版社出版，也为本书的研究提供了重要的参考。

实践才有效果：“永朴为诸君撰《文学研究法》二十四篇……欲人目前依之用力，则将来得力较为直捷耳……始必有人指示途辙，然后知所以用力；终必自己依所指示者而实行之，然后有得力处。不然，非眼高手生，即转为深细之律所束缚而格格不吐。”（姚永朴，2007a：7027-7028）以新观念和新体例引述、总结前代文话的做法，在《古文辞通义》中体现得最为明显：“是编多所引据……或先本己意以贯串旧说，或先依据旧说而剖析，折衷以己意。”（王葆心，2007：7053）姚永朴也是先撰有古代文论选注本《国文学》，然后以此为基础编著了《文学研究法》。

本书之所以把研究的时间范围定义在“五四”前后，而不是20世纪初，还有一个更重要的原因就是，这些文话著作与“五四”前后文化、文学观念的冲突与变革紧密相关，其言说方式虽然还未能摆脱传统，但在论述观念上所表现出的变革趋向与新文化运动的趋向是一致的，是其中的有机组成部分，以新文化运动为参照，人们能更清晰地梳理出这些文话由古代向现代的演进过程，也更能突出这些文话著述的意义、价值。

二、“五四”前后文话所面临的困境及其著述价值

近代以来一段时间内中国社会、政治的内外交困，使得变革势在必行，在政治、文化变革的大背景下，传统文话所面临的困境主要来自两个方面。

第一，科举废止，八股文的写作不再是一般文人立身的必需条件，以讲文章写作为主的传统文话在逐渐失去用武之地。1898年，康有为、梁启超等都曾上书要求变通科举考试的内容。戊戌变法期间，朝廷命各省、道、府、州、县开设中西学学堂，原来的大小书院一律改为兼习中学、西学之学校。1901～1903年，张之洞等屡次上书希望递减科举乃至停罢，提倡加强学堂教育，“由科举未停，天下士林谓朝廷之意并未专重学堂也。然则科举若不变通裁减，则人情不免观望”（张百熙等，1961a：60）。1905年，慈禧太后下诏，自光绪三十二年（1906年）起废止科举制度。科举制度废除，古代散文的地位由此发生了巨大变化，古代散文进入了一个新的格局。清代桐城派提倡“义理、考据、辞章”，这不仅是桐城派的主张，也反映了清代文人为学的格局，即义理、考据、辞章三位一体，辞章就是文章创作，在这一格局中占据了非常重要的地位。黄宗羲的《留别海昌同学序》中总结了当时文人立身行事的核心内容：“吾观诸子之在今日，举实为秋，摛藻为春，将以抵夫文苑也；钻研服、郑，函雅故，通古今，将以造夫儒林也；由是而敛于身心之际，不塞其自然流行之体，则发之为文章，皆载道也，垂之为传注，皆经术也。”（黄宗羲，1959：477）郭绍虞先生引述这段话认为：“这即是所谓三位一体的文学观”（郭绍虞，1961：411），“是清代一般文人学者共同的主张”（郭绍虞，

1961：407）。而随着科举制度的废止，新式学堂、学制的建设逐渐兴起。新式学堂对学生的培养目标，与之前相比发生了很大的变化：“且设立学堂者，并非专为储才，乃以开通民智为主，使人人获有普及之教育，且有普通之知能，上知效忠于国，下得自谋其生。”（爱新觉罗·载湉，1961：63）宋代经义取士以来，读书做文章的风气也很普及，但是目的是考试或成为专门人才，而新式学堂的开设目的转变为教授学生知识、开通民智。目的的转变，也使三位一体格局中的“辞章”创作转变为普及性的“国文”学习。张之洞等人在1903年所拟定的《学务纲要》中特别提出“学堂不得废弃中国文辞，以便读古来经籍”，并认为古文辞是工具，古籍传述、公文写作都要靠它，“且必能为中国各体文辞，然后能通解经史古书，传述圣贤精理。文学既废，则经籍无人能读矣。外国学堂最重保存国粹，此即保存国粹之一大端。假使学堂中人全不能操笔为文，则将来入官以后，所有奏议、公牍、书札、记事，将令何人为之乎？行文既不能通畅，焉能畀以要职重任乎？”（张百熙等，1961b：204）《学务纲要》所谓“中国文辞”，包括古代的各体文章，在1906年的《学部奏请宣示教育宗旨折》中即简称为“国文”（学部，1961：224）。“辞章”变为“国文”之后，其作用只是阅读、书写的工具，虽然学堂教育中都要求开设国文课，但是其地位已远不如“辞章”时代。这也是文章学的专家在“五四”前后首先要面对的变革，他们的文话著作最初也大都是为在中学或大学开设国文课而撰写的讲义，他们在撰写讲义之初就必须要考虑如何继承和变革传统文话。

第二，新文化运动承接近代以来的变革，批判了韩愈、柳宗元、桐城派等所谓贵族文学、古典文学，最终实现了文学观念的转变和白话文学创作的兴盛，开启了现代文学的历程，古文创作得以生存的历史条件不复存在。总结古文创作经验、指导古文创作的传统文话在此之前已经面临着必须变革的局面，早在胡适等人倡导白话文代替文言文之前，晚清黄遵宪、裘廷梁等人就已经开始倡导白话文。1898年裘廷梁发表了《论白话为维新之本》一文，明确提出“崇白话而废文言”（裘廷梁，2012：84）的口号。从这时候开始，白话文的报纸《演义白话报》《平湖白话报》《女学报》等也如雨后春笋般竞相出版。林纾等文话作者也热情地参与到白话文的写作中，“忆庚子客杭州，林万里、汪叔明创为《白话日报》，余为作白话道情，颇风行一时”（林纾，1935a：79）。1919年五四运动兴起后，胡适等也提倡写白话文，有复古守旧之人持反对意见，刘咸炘于是写了《白话文平议》，并创作了许多白话文的作品：“1924年，先生还用白话文写著作，如短篇故事《瞽叟杀人》《孟子齐宣王章说话》，宣讲本《该吃陈饭》，白话翻译《梦溪笔谈·杜五郎》等及其他白话文，集成一册，名《说好话》，可惜这些文章有的后来散失，没有刊行。”（刘伯穀和朱炳先，2009：1168）白话文的兴起的确给文言文的创作带来了冲击，“五四”前后文话著述的作者不得不思考和寻绎文言与白话更深层的内在关联。林纾在《论古文白话之相消长》一文中说：“古文者，白话之根抵，无古文安有白话！”（林纾，1935a：81）从中可见，白话取代文言对于他们来说，是审视古代与现代的文章创作与理论关联的契机。

近现代文化学术的变革在大量借鉴西方理论思想的基础上，以批判甚至是忽略传统为代价，建立起了新的文学创作和批评的范式。我们所涉及的文话作者中，很多人也都曾游历外国或阅读西方著作。林纾通过翻译西方的小说，在了解西方风土人情的同时，也受到了西方文学审美观念的启发。唐文治、来裕恂、刘师培等都有留洋经历，唐文治曾随从载振出使英国、法国、比利时、美国、日本等国，了解了各国的教育、人才状况；来裕恂于光绪二十九年（1903 年）被派往日本留学，进弘文学院普通师范班学习；刘师培曾创办协助扬州乡人出洋留学社，并发表《论留学生之非叛逆》，1907 年东渡日本，结识孙中山、黄兴、陶成章等革命党人，并参与同盟会东京本部的工作。刘咸炘、陈澹然、徐昂等曾认真研读西方论著，陈澹然关注内政、外交，所著《原人》中提到卢梭的《民约论》、伯伦知理的学说，显然是读过相关著作；刘咸炘遍翻我国经、史、子、集四部的主要书籍，旁及欧美的译本；徐昂在南菁书院学习时，先后研究过罗马字、英文法、日文法等。无论是通过游历还是阅读，接触西方文化和西方文学都使他们眼界开阔，为他们的文话著述带来了中西比较的视野，同时，也让他们反思近代文化变革中对西方观念的盲目吸收，确立了他们在继承传统中求变革的著述主旨。

“五四”前后，“国家”“国民”的观念已经深入人心，而在“国家”“国民”意识的觉醒中，林纾以小说翻译家的身份扮演了一个启蒙者的形象。《黑奴吁天录》跋曰：“则谓吾华有国度耶？无国度耶？观哲而治与友书，意谓无国之人，虽文明者亦施我以野蛮之礼，则异日吾华为奴张本，不即基于此乎？”（林纾，1983c：104）林纾认识到在国与国的对峙中国家存在的重要性，只有国家强盛，国家主权和国民利益才能得到伸张。同林纾一样，其他文话作者也看到了国家危亡、民不聊生的状况，在民族、主权意识觉醒，国家、国民观念深入人心的整体思潮中，他们都希望洗雪国耻，振兴国家。“五四”前后的文话著述绝大多数是作者在大学或中学教授国文的讲义，他们把国文的教授同振兴国家联系在一起。陈澹然在《晦堂文钥》中说：“近世灭人之国，必先灭其语言文字，强以己国语文代之，则一国风俗人心，归于见灭之人而不觉。俄灭波兰，日灭高丽，皆此术也。故今之教育家，必先保其语言文字，使人心风俗自成己国之民，然后可以自立。”（陈澹然，2007a：6782）针对当时鄙弃中文、大行欧化文字的改革言论，他认为一个国家的语言文字如果被取消了，国家也就灭亡了，即使要学习西方的技术，最终仍是要在中国“得政治民”，所以还要回归到承载着中国传统文化精神的古代文章与文章学的讲求中，唐文治、胡朴安、刘师培、姚永朴、徐昂等都曾发出同陈澹然非常近似的言论。姚永朴说：“夫国之所藉以立，岂有过于文学者？”（姚永朴，2007a：6839）徐昂说：“文字者，一国之骨髓。文可赅字，故于本国之文字，从其省称曰国文，此因乎公名者也。”（徐昂，1929：卷一 1）“文可赅字”说明了他们虽然都是从文字入手立论，但最终都落实到承载着传统的文章。刘师培说：“近岁以来，……文学既衰，故日本文体因之输入于中国。……而前贤之文派，无复识其源流，谓非中国文学之厄欤？”（刘师培，1936c：4-5）他不满于梁启超等倡导的“新文体”。在国家与文学关系的思考中，他们也认识到中西文化的差异，反思近代变革的趋势，坚定了继承文章学传统的决心。

面对上文提到的两方面的困境，“五四”前后文话的作者以传统文话为基础，创造性地建构了现代文章学理论。那么，古代文话的哪些传统应该被继承，又如何来继承和建构现代文章学理论？对这些问题的思考和回答，正是“五四”前后文话著述的价值所在，这种思考也为当代中国文章学理论建构过程中，如何继承古代文章传统，如何思考和解决当代文学发展的问题等，提供了可借鉴的途径和范式。这种途径和范式主要体现在四个方面：第一，继承古代的文道论传统，将其转化为对语文教育、文学创作和文学审美中“人品”或“文品”的思考；第二，超越文言与白话的隔阂，对古代文章技法理论进行继承；第三，贯通古今，对古代文体学思想进行继承；第四，以传统文话中的观念、范畴等为基础对古代文章发展史进行梳理。本书也将主要从这四个方面，对“五四”前后文话在文章学古今演变中的成就进行梳理。

“五四”前后文话著述数量可观，涉及的内容很丰富，有些著述的研究更是面面俱到，每一方面都有真知灼见。本书不是就某一人之著述做深入系统的研究，而是以古代文章学的现代演进为主要视角，就“五四”前后有代表性的文话著述，选取其在现代演进中具有变革、建构意义和示范价值的内容进行分门别类的研究。对于“五四”前后文话中范畴、概念、命题的梳理，以及对文话撰著中前人影响的个案分析，也是“五四”前后文话研究很有价值的内容，关于这些内容的研究本书暂未能涉及，以俟将来。

第一章 “五四”前后文话与古代文章学中文道传统的继承与变革

文与道的关系问题是古代文章学中最重要的话题之一，“文道论，论文之根本与功能，属本体论范畴”（王水照，2007：序5）。它最终也成为古代文章学向现代演进过程中不可忽视的传统。

《文心雕龙》较早提出文“本乎道”，认为道是文章创作的本原。但是真正将文与道的讨论引向深入的还是韩愈。韩愈主张文以明道：“君子居其位，则思死其官；未得位，则思修其辞以明其道。”（韩愈，1998：113）他的“文以明道”不仅是从功用的角度认识文道关系，也是对文章创作本体的思考。其《原道》一文曰：“博爱之谓仁，行而宜之之谓义，由是而之焉之谓道，足乎己，无待于外之谓德。仁与义，为定名；道与德，为虚位。”（韩愈，1998：13）韩愈既把“道”看作是“无待于外”的形而上的精神理念，又认为“道德”体现在言行中即是“仁义”，而且特别强调“道”与现实之关联：“古之所谓正心而诚意者，将以有为也。”（韩愈，1998：17）“道”是体用合一的，既是一种形而上的理念，又是能见之于实际的，“明道”对作文的重要性就体现出来了。所以韩愈所提出的君子“修其辞以明其道”，就是强调文章有关注现实的功用，而这背后是有某种“道”的精神理念作为本原的。韩愈《答尉迟生书》曰：“夫所谓文者，必有诸其中，是故君子慎其实；实之美恶，其发也不掩，本深而末茂，形大而声宏，行峻而言厉，心醇而气和；昭晰者无疑，优游者有余；体不备不可以为成人，辞不足不可以为成文。”（韩愈，1998：145）他认为君子有了为人之根本，才能更好地关注现实，才能写出内容充实的好文章。柳宗元、欧阳修等人也有类似的见解：“然圣人之言，期以明道，学者务求诸道而遗其辞。”（柳宗元，1979：886）“道纯则充于中者实，中充实则发为文者辉光，施于事者果毅。”（欧阳修，2001：1010）在文道关系中抓住了作文的根本即“道”，作者才能在文章中树立独立的思想，这是唐宋八大家文章之所以成为典范并至今传颂的根本原因所在。

南宋以来，文与道的关系被割裂开来。《朱子语类》中说：“文是文，道是道，文只如喫饭时下饭耳。若以文贯道，却是把本为末。以末为本，可乎？”（朱熹，

2002b：18册4298）程朱理学侧重从形而上的角度解释“道”：“天地之间，有理有气。理也者，形而上之道也，生物之本也。气也者，形而下之器也，生物之具也。是以人物之生，必禀此理然后有性，必禀此气然后有形。”（朱熹，2002a：23册2755）而且，理在气先，“所谓理与气，此决是二物”（朱熹，2002a：22册2146），形而上的道与形而下的器被割裂开来。文章也属于形而下的“器”的范畴，自然也被割断了与道的关联。对于如何学文，朱熹认识到创作有一定之“腔格”：“文字自有一个天生成腔子，古人文字自贴这天生成腔子”（朱熹，2002b：18册4318），文字腔子也就是作文时一定的形式法则。朱熹更侧重从辞采、修辞的角度理解文章以及文章的创作，所以提出文章写作应该模仿：“古人作文作诗多是模仿前人而作之，盖学之既久，自然纯熟。”（朱熹，2002b：18册4291）朱熹割裂文道关系的论述，为明清散文侧重于探讨文章形式法则提供了理论基础，也为明代学风、文风之空疏埋下了伏笔。明代随着王阳明心学的兴起，文与道裂痕更深。形而上的“道”，即朱熹所谓性理，王阳明阐发为良知，认为心是天地万物之主宰，心即是理，良知又是心之本体；如果要求本体就要“致良知”，而“良知不假外求”（王阳明，1992：6）。所以，王学末流便不在实际的学问上下功夫，而只一味求之于心了，研讨学问与做文章都失去了根本，学风、文风的空疏成为最大的弊端。

明末清初，文人学士都致力于纠正学术及文章创作上的空疏之风，文与道的关系又重新得到阐发。浙东学派、阳湖派的文章理论与实践都能从道器合一的角度认识“道”的内涵，强调文章创作以经史为根底。浙东学派非常重视文章创作，黄宗羲教导弟子说，“文虽小伎，必由道而后至”（黄宗羲，1959：147）；文章创作应该“本之经以穷其源，参之史以究其委”（黄宗羲，1959：349）。清代阳湖派特别强调学术上的“有自立之处”（恽敬，1936：311），“怀独是之见”（李兆洛，1989：17），从而使他们在为文方面能不拘于门户之见而有以自立。张惠言云：“古之以文传者，虽于圣人有合有否，要就其所得，莫不足以立身行义，施天下，致一切之治……其言必曰‘道’，道成而所得之浅深醇杂见乎其文。无其道而有其文者，未之有也。”（张惠言，1984：117）他们并没有改变以往文以载道的说法，而是要确立道对于文的根源作用。学道要穷究于经史，还要将对道的思考与现实相关联，形成自己独立的见解，以此为基础的创作才能传于后世。邵长蘅的古文与侯方域、魏禧齐名，他的《与魏叔子论文书》清楚地论述了学习文章创作的基础和读书的次序：“夫文者，非仅辞章之谓也。圣贤之文以载道，学者之文蕲弗畔道。故学文者必先濬文之源，而后究文之法。濬文之源者何？在读书，在养气。……《易象》《诗》《书》《春秋》《三礼》诸书以渐而及，不必屑屑拘牵注疏，务融液其大指所在；然后综贯诸史，以验其废兴治忽之由；旁及子集，以参其邪正得失之故。”（邵长蘅，2010：252）文章创作的根本在“道”以及为文应有经史之根底等，清代以来已经成为一种普遍的认识。郭绍虞先生指出：义理、考据、辞章三位一体，“这是清代一般文人学者共同的主张”（郭绍虞，1961：407）。桐城派是清代影响最广泛的散文流派，方苞主张“学行继程、朱之后，文章介韩、欧之间”（王兆符，1983：907），倡“义法”说，而方苞对“法”讨论得很详细，对“义”及“义”与“法”的关系并未阐发清楚，因而桐城派能使文章文从字顺，却不能充分“载道”，更不能改变文风空疏的现实。这也从一个侧面展现出“道”在文章创作中的本原意义。

从上文的讨论我们大致可以看到，如何正确认识“道”以及如何论述文道之关联，对于古代散文的发展趋势具有决定性意义。“五四”前后的文话作者面对“文以载道”的批判，尤其面对当时对儒家学说的质疑和批判，他们如何继承经过长时期积淀下来的具有本体论意义的创作理念呢？八股文废止之后，“辞章”变为“国文”，“五四”前后的文话作者意识到国文教育与人才培养关系密切，他们看到了时代的发展，以及时代对培养人才、发展实业的需求，并将对这些需求的思考融入继承文章学传统中。古人认为写好文章必须要有根底，道即是文章之根底，在道与文的关联中既关注“文”又关注“道”；新文化运动批判“文以载道”，则重点在批判“道”。这些文话作者对“道”的内涵有了新的阐发，并且将关注的目光投向了关联着“文”与“道”的创作主体，他们认为“道”作为根底最终体现为创作主体的理想、精神或审美，即“人品”，而“人品”才直接关联“文品”。这些文话作者不仅突出了创作主体的存在，并将“文”与“道”的关联重新定义为“文品”与“人品”的关联，为承继韩愈以来以“道”为根本、能自树立的文章创作传统开辟了道路。

唐文治总结了文章阅读与创作中人品与文品的互动关系。他从学于王祖畬，王先生告诫他，“文章一道，人品、学问皆在其中。……汝学作文，先从立品始”（唐文治，1948：6），唐文治在国文教育中便十分重视“立心”与性情教育，他的《国文大义》《国文阴阳刚柔大义》都是这方面的教材。林纾执着于读经，执着于孔子的仁义道德，在新文化运动中成为批判的对象，而体现在文章创作上，他实际是执着于传统美德即“人品”，《春觉斋论文》特别关注作家主体的情感、修养，以及由此产生的文章审美。陈澹然认为“道”不仅仅是儒家之道，而且是与现实相关联的“内政、兵事、外交”等，他推崇清代以来的经世之学，认为现实中为人行事的方法，比如对待“内政、兵事、外交”等的方法，就是作文之法，主张“吾之所学，义主读书植品、治事为文，铸为一体而贯通之。将使天下学者为豪杰，不为文人”（陈澹然，2007a：6772）。《晦堂文钥》便是由内政、外交之法论作文之法。郭象升《文学研究法》的《文心篇》的初始思考路径与其他人有所不同，认为为文与为道是对立的，突出强调文章作者质性与创作基础的独特性，最终的目的也仍然是在探讨人品与文品的关联。

第一节 唐文治文话与国文教育理念及模式的奠定

唐文治（1865—1954），字颖侯，号蔚芝，别号茹经，生于江苏太仓，后迁居无锡。清光绪十八年（1892年）中进士，先后在户部、外务部、农工商部任职，官至农工商部左侍郎并署理尚书。其间，他曾随载沣、那桐出使日本，代那桐作《奉使日本记》；随载振出使英国，代载振作《英轺日记》。清光绪三十三年（1907年）起转而从事教育事业，先任上海高等实业学堂监督，后又创办无锡国学专修馆[①]，在工科和国学人才的培养方面做出了积极的探索和贡献。唐文治著述颇丰，有《茹经堂文集》《茹经堂奏疏》《茹经先生自订年谱》《十三经读本》《性理学大义》《紫阳学术发微》《阳明学术发微》等，后人汇刊为《茹经堂全书》。

据唐文治自订《茹经年谱》，他少年时代随外祖父、父亲研读经典，青年时期又受业于名家，在学术方面打下了坚实的基础。他十七岁时受业于紫翔王先生之门，潜心研读性理之学及古文辞。王祖畲，号溦山，一号紫翔，世居江苏太仓，少时颇喜辞章，后又留心濂洛关闽之学，“无书不览，无学不窥，说经贯穿汉宋，以其真知灼见发为论著”，主张“文章与学问合，经学与理学合”（唐文治，1996：三编卷一 7-8）。王先生告诫唐文治：“文章一道，人品学问皆在其中。……汝学作文，先从立品始，不患不为天下第一等人，亦不患不为天下第一等文。”（唐文治，1948：6）二十一岁时，唐文治赴江阴南菁书院，受业于院长黄元同之门。黄以周，字元同，专力治经，尤精于“三礼”，于学亦不拘汉宋门户，并教唐文治“训诂义理合一之旨”，唐文治“自是于经学、小学亦粗得门径”（唐文治，1948：11）。在学文方面唐文治也得到黄以周指点，“读《庄子》，文尚恢诡，喜效吾娄王弇州文，颇菲薄震川。黄师假余《评点震川集》，读之，乃知震川白描处极有精神，且得力于欧、曾两家甚多，固未可轻加訾议也”（唐文治，1948：12）。王世贞《读庄子》中推崇庄子之为文：“宏放驰逐，纵而不可羁，其辞高妙而有深味。”（王世贞，1986：卷一 4-5）他自己“博综典籍，谙习掌故”（纪昀等，1997：2325），为文恣肆，亦有庄子之风，可以说代表了散文创作中的阳刚之美；而归有光的抒情文章，注重白描，笔法细腻，代表了散文中的阴柔风格。可见，唐文治对散文创作的不同取向和风格也都有领会和学习。唐文治的学习经历使他在后来亲自教授国文时，展现出了对传统文章理

---

① 1920年初创之时，命名为无锡国学专修馆，1928年改为无锡国学专门学院，1929年定名为无锡国学专修学校，1949年改为中国文学院，1952年并入苏南师范学院，苏南师范学院后改为江苏师范学院，即苏州大学的前身。钱基博、章太炎、顾实、陈衍等都曾在该校任教，该校也培养了很多优秀的国学人才，如唐兰、吴其昌、蒋天枢、钱仲联、王蘧常、陈钟凡、冯其庸等。

念有意识的思考与继承，以及不拘门户的开阔视野。

唐文治从教以来重视国文教育，编有一系列讲义，如《国文大义》《古人论文大义》《国文阴阳刚柔大义》《国文经纬贯通大义》等，他将古代的文章作法、读法理论与当代的国文教育、人才培养相结合，在继承古代的文章观念、理论方面做出了积极的探索和贡献。《国文大义》1909 年冬编成，有 1920 年无锡国学专修馆刊本，讲论文章创作的内在修养和外在立意、技法等，共十三篇，分别为《论文之根源》《论文之气》《论文之情》《论文之才》《论文之意与理》《论文之繁简》《论文之奇正变化》《再论文之奇正变化》《论文之声》《论文之色》《论文之味》《论文之神》《论文之戒律》等，并在每篇后选取相应的篇章，指示门径。《古人论文大义》1911 年冬编成，有铅印本，选取了韩愈至近代吴汝纶，共三十家的论文篇章，前有绪言，解说选文的内容、目的。《国文阴阳刚柔大义》1912 年冬编成，有 1920 年无锡国学专修馆刊本。在绪言中，唐文治指出人的性情有阴阳刚柔，这也会体现于文章之中，反过来，读文章能调剂人之性情，改变一代之人心风俗。在该书中他选取了《周易》的《乾卦》《坤卦》，以及《尚书》的《尧典》《洪范》等共一百一十一篇诗文，题目下分别标注为太阳、太阴、少阳或者少阴，指示学习门径。《国文经纬贯通大义》1925 年 9 月编成，有 1925 年无锡国学专修馆刊本。该书将文章的立意、结构、字句、格律等方面的写作总结为四十四法，包括“局度整齐法”“辘轳旋转法”等，同样每一法下面都选取相应的篇章，指示门径。

一、“立心”与“性情教育”——国文教育理念的确立

（一）背景：“国民”意识的觉醒与科举的废止

近代以来，西方列强用坚船利炮打开了中国的大门，1842 年中国与英国签订了中国近代史上第一个不平等条约，中国主权开始渐渐沦丧。甲午中日战争中，中国惨败，之后又签订了一系列割地赔款的不平等条约。面对西方列强的入侵，中国人的国家意识、主权意识在屈辱中逐渐觉醒，国家、国民的观念也开始渐渐深入人心。陈独秀的《说国家》非常通俗地说到这一转变：“到了甲午年，才听见人说有个什么日本国，把我们中国打败了。到了庚子年，又有什么英国、俄国、法国、德国、意国、美国、奥国、日本八国的联合军，把中国打败了。此时我才晓得，世界上的人，原来是分做一国一国的。此疆彼界，各不相下。我们中国，也是世界万国中之一国，我也是中国之一人。一国的盛衰荣辱，全国的人都是一样消受，我一个人如何能逃脱得出呢。我想到这里，不觉一身冷汗，十分惭愧。我生长二十多岁，才知道有个国家，才知道国家乃是全国人的大家，才知道人人有应当尽力于这大家的大义。”（陈独秀，1984：39）那时的中国人大都只知有朝

廷，而不知有国家，有志之士也希望通过宣传来唤醒和启发国民的精神和斗志，梁启超就是当时深入阐发和广泛宣传国家观念的代表。他在《新民说》中认为：“国家思想者何？一曰对于一身而知有国家，二曰对于朝廷而知有国家，三曰对于外族而知有国家，四曰对于世界而知有国家。”（梁启超，1999：663）有了国家的观念，也就有了国民的观念和责任，他在《爱国论》中也强调国民的责任：“彼其国民以国为己之国，以国事为己事，以国权为己权，以国耻为己耻，以国荣为己荣。我之国民，以国为君相之国，其事其权，其荣其耻，皆视为度外之事。”（梁启超，1999：272）国家意识、国民责任感的觉醒还不足以改变中国的面貌，独立、自由的国家还需要真正的人才来建设，梁启超不仅深感自身肩负责任的重大，而且也将改变中国命运的期望寄托于少年一代：“故今日之责任，不在他人，而全在我少年。少年智则国智，少年富则国富，少年强则国强，少年独立则国独立，少年自由则国自由，少年进步则国进步，少年胜于欧洲，则国胜于欧洲，少年雄于地球，则国雄于地球。”（梁启超，1999：411）这种觉醒的氛围，为近现代教育观念的变革以及人才的培养提供了基础，也为唐文治从人才角度考虑国文教育奠定了思想基础。

中国落后挨打的局面让有识之士认识到中西方之间的差距，他们锐意倡导改革，尤其注重兴办实业学校，培养实用人才。然而科举制度的存在，阻碍着近代学堂的发展以及实用人才的培养。1905年，直隶总督袁世凯、盛京将军赵尔巽、湖广总督张之洞、两江总督周馥、两广总督岑春煊、湖南巡抚端方联名奏议认为：“科举不停，学校不广，士心既莫能坚定，民智复无由大开，求其进化日新也难矣。故欲补救时艰，必自推广学校始。而欲推广学校，必自先停科举始。”（爱新觉罗·载湉，1961：63）张之洞等之前就曾提出：“议者或虑停罢科举，专重学堂，则士人竞谈西学，中学将无人肯讲。兹臣等现拟各学堂课程，于中学尤为注重。凡中国向有之经学、史学、文学、理学，无不包举靡遗。凡科举之所讲习者，学堂无不优为。学堂之所兼通者，科举皆所未备。是则取材于科举，不如取材于学堂彰彰明矣。”（张百熙等，1961a：60）清政府迫于压力，于1905年8月谕告：“自丙午（公元1906年——笔者注）科为始，所有乡会试一律停止，各省岁科考试亦即停止。”（爱新觉罗·载湉，1961：65）至此，在中国封建社会实行了约1300年的科举制度被废止了。科举制度的废止，为新式学堂真正探索人才培养模式提供了契机。张之洞、刘坤一对于中国应该培养什么样的人才，也提出了想法：“窃谓中国不贫于财而贫于人才，不弱于兵而弱于志气。人才之贫，由于见闻不广，学业不实；志气之弱，由于苟安者无履危救亡之远谋，自足者无发愤好学之果力，保邦致治，非人无由。”（张之洞和刘坤一，1961：47-48）以往科举考试选拔出的只是应命的奴才，而彼时的中国更需要懂实业又有履危救亡之责任感的真正人才。唐文治也在思考和探索着同样的问题。

（二）唐文治游历外国的启示以及对中国现状的思考

唐文治的一生经历大致可分为三个阶段。第一阶段，三十岁以前，以求学为主。十七岁，“受业于紫翔王先生之门”，“日夜淬厉于性理文学，初知门径矣”（唐文治，1948：6）。二十一岁，受业于经学大师黄以周先生之门，“自是于经学、小学亦粗得门径矣”（唐文治，1948：11）。第二阶段，1894～1907年，三十至四十三岁，主要在官署中做事。第三阶段，四十三岁以后，主要从事教育事业。

出仕以来，唐文治对中国的外交事务极为热衷。1892年，唐文治赴礼部试，中式第三十一名贡士，座师为翁同龢。1894年甲午中日战争爆发时，翁同龢任军机大臣，“余拟上封事，计万余言，翁师激赏之，手自抄出数条，然当事者不能行也”（唐文治，1948：22）。之后，唐文治努力“阅各国条约事务各书，并‘万国公法’及曾惠敏、黎莼斋诸家文集”（唐文治，1948：24），于1896年考取总理各国事务衙门章京。唐文治在总理衙门供职期间，曾作为随员，随户部侍郎那桐出使日本，以三等参赞之职，随固山贝子衔镇国将军载振出使英国、法国、比利时、美国、日本等国。他曾自言“素性喜研究外交学”（唐文治，1948：41），在中外对峙的局势中，特别主张独立、竞争的态度。甲午中日战争期间，有人以为通过借外债可以与日本持久对峙，唐文治主张筹饷不借外债，“此时借洋债以御日本足矣，设异时他国有事，将何以应之”（唐文治，2005c：32），认为凭借外来的力量终究不是长久之计。在与日本的对峙中，他还反对急于议和。他在代载振作的《英轺日记》卷二中说：“孟氏有言：‘小役大，弱役强，天也。’吾以为虽天道而实视乎人心。何者？人与人之相处，国与国之相际，力焉而已。力相角于外，而智以为之干。智者所以济力之穷，要以伸吾力而自强也。今印度之人，无贵贱，无穷达，咸闭聪塞明，而莫自觉，是智困也。因循惰偷，凡事束缚而永弗能自拔，是力困也。智、力惧困，而犹熙熙然相安于无事，是心死也。如印度者，可以鉴矣。”（唐文治，1903：卷二13）但是这些言论终究未被重视和采纳；在国势日渐衰微之时，唐文治仍没有放弃自己的外交观念，《蓄艾编》曰：“盖东西研究外交之学，各有专门，其义均以竞争为主，着着争先，得步进步，未有人退步而我亦退步者。夫我退让而人益进步，且此事既让，彼将又生他事，则其事何所底止？此所谓求无事而适以多事也。故争之一字，实为今日外务部第一要诀。”（唐文治，2005a：94）1907年，唐文治虽然被迫转向教育，但心中仍存有对政治的希冀。1911年，“四月，汪君伯唐来沪。汪时为驻日本公使，见外侮日亟，国势阽危，特回国招余与张君菊生在张宅密议救国之策。议定请醇邸奉皇上赴英美求学，请庆邸当国，多招贤士大夫为之辅佐，或可挽国运于万一。公推伯唐赴京条陈其事。……醇邸曰：‘现有海陆军，何有外侮？’伯唐曰：‘中国海陆军其可恃乎？’醇邸遽曰：

‘汝去！’……伯唐废然赴日本，乃知国事万不可为矣”（唐文治，1948：65）。自此，唐文治参与国家事务的热情被彻底浇灭了，全心全意把目光投向实用人才的培养上，希望以此来实现国家强盛和外交独立的理想。

游历西方也使唐文治眼界大为开阔，他尤其注意到西方国家的富强与人才的培养密切相关。他在代那桐作的《奉使日本记》中说：“日本当明治以前，综览史书所纪，何尝不晦盲否塞，乃三十年来，国势勃兴，人才鳞萃。……揆厥所元，讵有异术，不过以上下之志通，而士大夫无日不求新学之所致也。……夫自古有不世之功，而特患有不立之志；亦无难成之事，而特患无任事之人。”（唐文治，1996：一编卷六 26-27）《蓄艾编》也说：“人才譬犹禾稼，主持学务者，譬犹农夫也。……要而言之，人才者，国家之命根也；学堂者，又人才之命根也，是故吾惟愿学部怜之悯之而救之也。”（唐文治，2005a：96）

（三）唐文治的教育宗旨：“实业为主”“注重中文”

唐文治先后主持上海高等实业学堂和无锡国学专修学校，非常重视实用人才的培养。上海高等实业学堂前身为南洋公学，先是以培养内政、外交方面的人才为主，1905 年正式改名，并转向培养工商实业方面的专门人才。1907 年，唐文治被任命为上海高等实业学堂监督，接手之初，他便整顿教务，锐意改革，“实业学校旧设普通工程科，特为改设铁路专科”（唐文治，1948：60）；“设立电机专科，请美国人谢而屯为科长。中国学校之有机电，自此始”；又“设立商船驾驶科，请英国毕业生夏君应庚名孙鹏为科长”（唐文治，1948：61-62），使得学校名副其实，真正成为培养实业人才的地方。

随着各地兴起实业学堂，如何对待实用之西学与中学之国粹的关系，尤其是如何看待国文的作用，成为突出的问题，“自西学东渐，怐愗之士颖异标新，以为从事科学，我国文字即可置之无足重轻之数。用是十余年来，各处学校于国文一科，大都摭拾陈腐，日就肤浅。苟长此因循，我国固有之国粹行将荡焉无存。再历十余年，将求一能文者而不可得”（唐文治，2007a：8190）。随着同文馆的开设、留学生的派出，学界出现了关于简化文字等的议论，甚至有人因此提出要取消中国文字，一律改用外国文字。另外，随着科举制度的逐渐废止、学堂中各种实用课程的加入，古代诗文的地位不再，从这个角度来说，如何看待和学习古代诗文的传统，也成为不可回避的话题。

张百熙等所拟定的《学务纲要》中特别提出“学堂不得废弃中国文辞，以便读古来经籍”，认为古文辞是工具，古籍传述、公文写作都要靠它，“且必能为中国各体文辞，然后能通解经史古书，传述圣贤精理。文学既废，则经籍无人能读矣。外国学堂最重保存国粹，此即保存国粹之一大端。假使学堂中人全不能操笔为文，则将来入官以后，所有奏议、公牍、书札、记事，将令何人为之乎？行文既不能通畅，焉能畀以要职重任乎？”（张百熙等，1961b：204）《学务纲要》所谓“中国文辞”，包括古代的各体文章，在1906年的《学部奏请宣示教育宗旨折》中即简称为“国文”（学部，1961：224）。《学务纲要》中对国文的作用有了明确的论说，且主要还是从实用的角度来看待的。

对于国文教育的作用，唐文治有更进一步的思考和论述。在入主上海高等实业学堂之后，唐文治明确提出了自己的教育宗旨：“大要在造就专门人才，尤以学成致用振兴全国实业为主，并极意注重中文，以保国粹。”（唐文治，2005b：97）他执掌上海高等实业学堂及无锡国学专修学校多年，始终坚持这一宗旨，并亲自教授国文，还为此专门编订了一系列的教材，如《国文大义》《国文阴阳刚柔大义》《国文经纬贯通大义》等。唐文治认为，国文教育在人才培养的不同层面发挥着作用。第一，在普及教育层面，国文发挥着传播、沟通各种知识的作用。“今日学校课程未有重于国文者，普及教育赖乎国文，输入文明，亦赖乎国文，盖穷乡僻壤，岂能尽通西文，惟赖游学生之精通国文者徧行教授之也。”（唐文治，1996：三编卷二11）并且，古代之农、工、兵、法、商家之学，“正赖精研国文之达人硕士，荟而斠之，沟而通之”（唐文治，2007a：8188-8189）。第二，唐文治认为国文与国民性情、人品的养成密切相关，希望通过国文学习达到振兴世道人心之目的。他说：“尝读曾子之言曰：‘出辞气，斯远鄙倍矣。’……惟出鄙倍之辞，斯滋鄙倍之行，言不顺则事不成，事不成则秩序混淆，而礼乐不兴，刑罚不中。是以‘成功’‘文章’实为一事”；并且，“矧夫文字者，世道人心之要钥也。我国文字之与语言，虽判若两端，而实有息息相通之理”（唐文治，2007a：8187-8188）。前一个层面是基础性的作用，后一个层面是唐文治国文教育的核心内容。

（四）国文教育的宗旨和方法——“立心”与“性情教育”

1. 国文教育从“代圣贤立言”转变为为国民“立心”

古代策论经义取士以来，虽然出现了许多古文选本，文章的阅读、写作得到普及，然而普及的目的在于科举考试，与人才的培养无关，甚至八股文的写作对人的思想是一种毒害。周作人说：“几千年来的专制养成很顽固的服从与模仿根性，结果是弄得自己没有思想，没有话说，非等候上头的吩咐不能有所行动，这是一般的现象，而八股文就是这个现象的代表。”（周作人，1933：149）八股文用精致的形式和“代圣贤立言”，让学习它的人，磨灭了自己作为人的思想意志。

唐文治看到了那个时代所需求的真正人才应该是有精神、有理想的人才。他在重新认识古人的观念中找到了理论根据，并在《国文大义》中说：

孔子有言：“修辞立其诚。”诚者，尽性之本，修身之源，而即文家之萌柢也。《中庸》云：“不诚无物。”吾国人谓之诚，西国人即谓之精神。人惟有精神，斯有理想。理想日新，而文明之象生焉。（唐文治，2007a：8195）

关于“修辞立其诚”，孔颖达解释说：“修辞立其诚，所以居业者。辞谓文教，诚谓诚实也；外则修理文教，内则立其诚实，内外相成，则有功业可居，故云居业也。”（孔颖达，1980：15-16）朱熹云：“修省言辞，诚所以立也；修饰言辞，伪所以增也。”（朱熹，2002a：22 册 2176）从孔颖达到朱熹，无论将“诚”解释为诚实还是真诚，都侧重于从道德修养方面而论。清代以来文论家也很关注“修辞立诚”，章学诚认为“立诚”就是“文德”，是作家为文态度的“敬”“恕”。近代以来修辞学家则从创作内容方面来理解“立诚”，即情感的真实、内容的充实等。唐文治结合《中庸》的论说，认为“诚”即“精神”。“诚”的字面意义是真实无妄，然而作为《中庸》的核心概念，它的意义远不止此。张岱年说：“今传《中庸》中，‘中庸’的观念却不是最重要的观念；而最重要的中心观念，乃是‘诚’。今传《中庸》以‘诚’为人生之最高境界，人道之第一原则。”（张岱年，1982：328）《中庸》云：“天下之达道五，所以行之者三。曰：君臣也，父子也，夫妇也，昆弟也，朋友之交也：五者，天下之达道也。知、仁、勇三者，天下之达德也。所以行之者一也。”（朱熹，2012：29）“……凡为天下国家有九经，所以行之者一也。”又云：“诚者，天之道也。诚之者，人之道也。诚者不勉而中，不思而得，从容中道，圣人也。诚之者，择善而固执之者也。”（朱熹，2012：31）治理国家有以上九条定理，但实行起来只归结到一点，就是“诚”。又云：“凡事豫则立，不豫则废。”（朱熹，2012：31）程颐曰：“此章论在事之诚。”（程颢和程颐，1981：1158）也就是说，凡事有诚信则有准备，有准备才能成功。诚之所以有如此重要的作用，在于诚是天道运行的本然特质，人要顺天道而行，就要求诚，努力达致诚的境界，则可以修身、治国、平天下。就人事合于天道而言，诚是一种人生境界，进而从诚在成己成物的过程中发挥的作用而言，它又是一种力量。《中庸》曰：“诚者，物之终始，不诚无物。是故君子诚之为贵。诚者，非自成己而已也，所以成物也。成己，仁也；成物，知也。”又曰：“故至诚无息。不息则久，久则征，征则悠远，悠远则博厚，博厚则高明。博厚，所以载物也；高明，所以覆物也；悠久，所以成物也。”（朱熹，2012：34）诚，向内可以成就自身，向外可以成就万事万物，并且是积蓄着源源不断的力量在成己成物。博厚、高明、悠久，正是对这种力量的描述。“诚”的字面意义主要指真实无妄的态度，而把“诚”解释为“精神”，着眼于这种力量，更直观、准确地阐发了唐文治的意愿，他认为在中西对峙而中国又积弱积贫的现状下，学校所培养的人才需要有一种放眼全球、胸怀宽广，又能立定自身、积极进取的深厚精神力量，有精神的人才会有理想，有理想才会积极建设文明、富强的国家。

“诚”就其字面意思而言，又是与心相关联的。《大学》有“诚意”一章：“所谓诚其意者，毋自欺也，如恶恶臭，如好好色。”（朱熹，2012：7）君子要做到心意诚实，不自欺欺人。诚，都是发自内心的，《中庸》的“诚”也是如此：“诚者自成也，而道自道也。”（朱熹，2012：34）朱熹解释曰：“言诚者物之所以自成，而道者人之所当自行也。诚以心言，本也；道以理言，用也。”（朱熹，2012：34）人之所以能成己成物，是因为有诚，诚发自人的内心。因为与心相关，对于“成物”之说，学者也曾经批判《中庸》是唯心主义：“《中庸》把人的主观信仰、信念和客观事物的真实性混同起来。它说‘诚’是事物总规律，只有相信这一总规律，才会有万物的存在，所以说，‘诚者，物之终始，不诚无物’，把客观事物的真实性安放在人的主观认识、主观信念的基础上。”（任继愈，1985：二册 24）但是事实上，《中庸》的诚并不是客观事物的理，它虽然主观，但与王阳明心学所谓“心外无物”“心外无理”并不相同，它是发自内心的态度或力量，让人更好地体察规律、践行规律。正因为“诚”是发自内心的，所以也就突出了人在修身、治国中的主观能动性。唐文治非常重视人才的建设性作用，这正与《中庸》的观念契合，所以他也特别提到“不诚无物”。他通过对“修辞立诚”和“不诚无物”的解读，突出了人才培养的核心，即精神、理想的培养。

唐文治入主上海高等实业学堂不久，就请学校的国文教员编写《中学国文读本》，作为高等学生进阶之用。有人提出质疑：“凡天下教者与学者，其心性万有不齐也，气质万有不齐也，耳目聪明亦万有不齐也……教育之士将合其不一者而归于一……居中国今日之时代言教育，欲合不一而归于一，譬犹行亿万之里，跬步初施也，历十年之时，长日始至也，如是而欲强求其一，取寻丈之木睇而斫之，一杯之水灌而溉之，其受损于无形者，或已伙矣。然先生之辑教科读本，毋乃舛乎？”唐文治则认为：“凡学堂之风气，矫其陂者而归于平，偏者而返于正，弱者而起于强，举天下学者心性气质耳目聪明，皆从我之志以运行，而无所隔阂，久之，而不一者遂渐致于一，贤智者毋庸俯而几，愚不肖者俱可仰而及，孟子所谓‘先立乎其大’，‘所过者化，所存者神’，若机之省括，惟精研国文自能收效于无形。”（唐文治，1996：二编卷五 33）孟子所谓“先立乎其大”，就是立其心。朱熹解释曰：“心则能思，而以思为职。凡事物之来，心得其职，则得其理，而物不能蔽；……若能有以立之，则事无不思，而耳目之欲不能夺之矣。”（朱熹，2012：342）对于唐文治来说“立心”即是“立诚”，就是中国人树立起作为国民的精神和理想，他认为精研国文自会收到“立心”的效果，在国文教育中真正融入了时代精神。

2. “性情教育”的确立

“立心”的具体做法如何，唐文治在探索中经历了从重视道德教育到更留意于性情教育的转变。1909 年，唐文治编《国文大义》时，注重的还是国文与道德之关系：“及长，稍稍与世周旋，默考政治学术之升降，人心世道之根原，爰知文章与制行相为表里。”（唐文治，2007a：8187）“制行”即德行，他认为文辞鄙倍则德行必有亏，德行必有亏则事业也绝不会成功。国文教育就是培养光明磊落、道德高尚之人。而到了 1912 年，他编《国文阴阳刚柔大义》时则认为文之阴阳刚柔与人之性情相为表里，通过文章之阴阳刚柔可以判断一个人的性情，甚至可以了解一个时代的盛衰，还可以通过国文教育来转化、调和阴阳，以此振作国民的精神，振兴国家。1925 年，唐文治再编《国文经纬贯通大义》时，性情教育的理念更为明确：“盖余向主道德教育，追阅历世变，始悟性情教育为尤急。……教授国学，必须选择文章之可歌可泣，足以感发人之性情者，方有益于世道也。”（唐文治，1948：92）

道德教育与性情教育的不同在于，道德教育是外在强加于人的，性情教育则是唤起内在本有。教育既是为了“立心”，那么采用什么样的教育模式就与唐文治对“心”和性情的认识有关了。唐文治在《论性情与心之辨别》中指出：关于“性、情、心之辨”，二程（程颢、程颐）、朱熹皆有论说，但是，“文治谓，张子‘心统性情’一语，浑括尤极简当。按性、情二字俱从心。天地之大德曰生，性者生理也，故先儒又曰：性，生也。人秉纯粹至善之性，发而为蔼然恻怛之情。情字从青，青，东方之色，发露于外者也。人当春夏之交，见万物萌芽，弥望青葱，欣欣向荣，不觉缠绵悱恻之情油然自生，是何也？以人之情应乎天地之情也，是故性本善而情亦善，性为未发，情为已发，而皆统摄于心，以为体用”（唐文治，1920：卷一）。朱熹虽也赞同张载“心统性情”之说，但朱熹理论的核心在“性”，“性是实理，仁义礼智皆具”（朱熹，2002b：14 册 216）。朱熹所谓“心”，只是人的知觉器官，理并不在心，理是在心之外就已经存在的，人心之动，可能是被外物所蒙蔽，所以理学统治下的封建社会强调的是“存天理，灭人欲”，是将外在的道德强加于人。而张载认为，“性”是生而有之的秉性，不是外在的，是一心之所有，“合性与知觉，有心之名”（张载，1935：24）。只是“天下凡谓之性者，如言金性刚，火性热……凡物莫不有是性，由通蔽开塞，所以有人物之别；由蔽有厚薄，故有智愚之别”（张载，1935：290）。唐文治基于张载的理论认为，通过后天教育，感发国民天性中已有的道德良知，开愚昧、通闭塞，也就达到了“立心”的目的。他在《张子大义序》中也有论述：“夫古圣人为治之要，将使人日新其德，即使人自洗其心。”张载的理论即是秉承圣人而来，“故曰：张子盖深于治道者也”（唐文治，1996：一编卷四 8）。唐文治的“性情教育”承袭古代圣贤的教化理论，既是内容又是方法，符合人性也符合时代的需要。

3.《国文大义》中论情与才——现代教育模式的奠定

在《国文大义》中，有《论文之才》曰：“故惟能尽人性、尽物性，而其学无不通者，乃谓之才。昔人谓作文须令诸子百家皆腾跃而出其腕下，鄙人惟蕲诸生异日作文，能令各种科学皆腾跃而出其腕下，则尽乎才之能事矣。”（唐文治，2007a：8200）格物致知之才，加上对文字的驾驭能力，就可以传播、普及各种科学知识。这只是国文教育的基础内容。《论文之情》中曰：“天下惟有真性情者乃能为大文章。……情居才之先，情之挚者乃能善用其才。故凡人之霸才无主而无真性情者，其人决无结果。凡文之霸才无主而无真性情者，其文决无成就。”（唐文治，2007a：8198）唐文治认为，凡有用之人才，无论作文还是做人，都应以性情统摄才能，其最终才能有所成就。这正是“立心”的结果，是唐文治国文教育的核心内容。

唐文治在人才培养方面的深入思考，使性情教育成为国文教育中重视素质教育的先声。20 世纪 80 年代以来，我国明确提倡素质教育。素质教育提出的背景之一就是以往教育有重知识的传授与考核，而忽视学生内在素质的倾向。“素质是人的自然遗传和社会历史文化交互作用的产物，是人的先天与后天两方面因素的有机‘合金’。”（刘家丰，2001：30-31）素质具有潜在的特征，是人的才能形成和发挥重要性的动力。唐文治倡导的性情教育正是考虑到了先天的禀赋与后天的引导，而且在情与才的关系中也看到了性情教育对才能发挥的巨大作用。

二、现代语文教授模式的奠定

唐文治在性情教育的具体实施中采用循序渐进有层次的教授模式。《国文经纬贯通大义》的“例言”中说：

> 学者读文，务以精熟背诵，不差一字为主。其要法，每读一文，先以三十遍为度。前十遍求其线索之所在，划分段落，最为重要。次十遍求其命意之所在，有虚意，有实意，有旁意，有正意，有言中之意，有言外之意。再十遍考其声音，以求其神气，细玩其长短疾徐、抑扬顿挫之致。（唐文治，2007b：8243）

《国文经纬贯通大义》列举了四十四种读文法，主要讲经纬贯通之线索，以及格律声色讲求。《国文阴阳刚柔大义》以及唐文治所发明的读文方法“唐调”，则进一步教授如何通过读文达到性情的培养和精神的升华。由线索、命意入手，理解古文，培养驾驭文字的能力；进而理解古人，达到古人的精神境界，从而获得精神的升华。这也是当代语文教学所秉承的模式。唐文治的国文教授方法让我们看到，从古文辞的学习到国文课的开设，再到今天语文教学的演变线索，以唐文治等为代表人物所作的文话著述在继承古代文章学的基础上，奠定了现代语文教育的新模式。

（一）求“线索”与“命意”——从《古文关键》到《国文经纬贯通大义》

唐文治很清醒地认识到掌握“线索”“命意”是理解文章精神的基础。《国文经纬贯通大义》序中说：“盖规矩者，形也。通于形之变化离奇，则进于神矣。音律者，声也。通于声之抑扬徐疾，则敛于气矣。文字者，经天而纬地者也。吾日求古文之线索，则知古书之经纬与其命意。于是，我之精神与古人之精神，䜣合而无间。”（唐文治，2007b：8240）

唐文治论读文首重线索，这与他对古人文章评点的关注和有意识地继承分不开。他说：“圈点之学，始于谢叠山，盛于归震川、钟伯敬、孙月峰，而大昌于方望溪、曾文正。……惟昔人圈点所注意者，多在说理、炼气、叙事三端，方、曾两家，乃渐重章法、句法。……是编精意，专在线索，而线索专在于圈点。如‘局度整齐法’，则专圈整齐处；‘鹰隼盘空法’，专圈腾空处；‘段落变化法’，专圈变化处。”（唐文治，2007b：8243-8244）唐文治注意到文章评点发展过程中，出现了对章法、句法的关注，他认为这是真正找到了学文的门径。他所谓“线索”，也就是文章的篇法，即文章的经纬，比如：“《论语》二十篇，都凡数百章，篇法章法无一同者，经纬之变化也。”（唐文治，2007b：8241）但是他对于评点理论发展过程的描述并不符合事实。谢枋得有《文章轨范》七卷，选文六十九篇，其评点多注意于文章的说理、炼气等方面。其书虽流传很广，但文章评点的形式并不始于此，之前，吕祖谦《古文关键》已开先河，稍有不同的是，吕祖谦在文章纲目关键处多以丹黄等笔抹出，谢枋得等人则开始用圈点，其目的都在指示文章作法。

对文章篇法、章法的关注，吕祖谦也已开先河。《古文关键》最注重文章的“纲目关键”，“如何是主意首尾相应，如何是一篇铺叙次第，如何是抑扬开合处”（吕祖谦，1936：看文字法 1）。吕祖谦对大多数选文的段落结构或铺叙次第都做了评点，如评《获麟解》曰：“其抑扬开合，只主祥字，反复作五段说”，还以夹批的形式——“此见昭昭处”“难”“序前意尽”“说不祥”“说祥”“百尺竿头进一步”等（吕祖谦，1936：卷一 1-2），点出其铺叙次第，可见其最关注的也是文章的篇章结构之法。

吕祖谦虽重视篇法，但并没有自觉地阐发其对创作的意义。从《文心雕龙》到《古文关键》的变化，我们能更清楚地看到对篇法的关注在文章创作论发展中的意义。《文心雕龙》有两个核心内容：一是文体论，是对文体发展的讨论和文体创作标准的总结，魏晋以来各体文章发展的繁荣与定型为此探讨提供基础和依据；二是创作论，从“情采”“熔裁”“声律”等篇来看，其都是在语言文字基础上探讨文辞的修饰，即使有“章句”一篇，也主要是就诗歌而言，论述一章有一个完整的意思，即“章总一义，须意穷而成体”；并且论篇章的关系也只说：“寻诗人拟喻，虽断章取义，然章句在篇，如茧之抽绪，原始要终，体必鳞次。”（刘勰，1981：375）还没有特别留意于单篇散文的篇章内部结构的有机性等问题。唐宋以来，单篇文章在结构体制上的完善与定型，使得篇章结构的探讨成为可能。有学者已经指出唐宋古文发展的一个重要的方面，即“独立的篇什之文”的确立，也就是唐宋开始真正有了单篇文章的独立体制，“唐宋古文正以其为篇什之体制，乃与秦汉以前古文异辙”（朱刚，1997：171）。吕祖谦的《古文关键》所选文章以唐宋韩愈、柳宗元、欧阳修、苏轼为主，提出“学文须熟看韩、柳、欧、苏，先见文字体式，然后遍考古人用意下句处”（吕祖谦，1936：看文字法1），显然是有鉴于唐宋文章在单篇体制上的完善，因此讨论如何读文时，与作品的关联更紧密才能深入作品本身探讨具体作法，可以说，对文章篇法的探讨是散文理论的发展和进步，使散文的欣赏和创作更为自觉。

近代，魏晋以来所形成的文体观念在逐渐瓦解，随着封建制度的解体，古代的各种文体失去了存在的意义，古代的文体论也失去了对文章创作的指导意义。在古今文学的演变中虽然存在着文言与白话的区别，但是古人所形成的对单篇文章体制的认识，所谓“首尾相应”“抑扬开合”等，并没有失去其价值。唐文治不仅自觉地传承这些理论，并且更明确地把它们作为学文的入门途径。他把对章法的把握放在首位，在读文的层次和目的方面更加明确，先求线索之所在，次求命意之所在。吕祖谦非常留意于文章的“纲目”，有学者已经指出，所谓“纲目”应该是“文章展开的主要线索”（吴承学，2003：78），唐文治所关注的“线索”恰好与此一致。他在《国文经纬贯通大义》中首先就以运用线索的方法的不同，列出了四十四种读文法。现代的文学作品中，作者已经自己分好了段落，但古人文章或分几卷或分几章，在独立的单篇文章中并没有分段。唐文治等人的国文教授正处在一个过渡时期，他已经认识到划分段落的重要性，他所总结的四十四种篇章之法，既是对古文的导读，也是在指示作文段落结构的安排方法。不过，唐文治所谓“线索”也不完全等同于今天的所谓段落，情况更为复杂。第一种，线索指示的就是段落，以第一种“局度整齐法”为例，唐文治举《尚书·无逸篇》作为范文，他认为：“此篇则一变其面貌，以‘周公曰呜呼’五字作线索，叙事错落，而其意愈转愈深，亦愈转愈紧。”（唐文治，2007b：8248）从今天出版的各种有标点的横排版的《尚书》中，我们看到今人确实都是以“周公曰呜呼”为线索来划分段落的。其他如“辘轳旋转法”“格律谨严法”“奇峰突起法”“倒卷珠帘法”“层波叠浪法”等，其中所论线索指示的也是段落。第二种，有线索可循，但线索指示的相当于今天所谓的“句群”，且大多指示的是包含于同一段落中不同句群之间的逻辑承接关系，如“鹰隼盘空法”“两扇开合法”等。所谓“鹰隼盘空法”，以《孟子·齐桓晋文之事章》为例，“此章以‘王’字作主，第一段泛言不忍之心，第二段言省察扩充不忍之心，第三段言行不忍人之政之效验，第四段言行不忍人之政之实际，皆系直下，所谓经也。其他譬喻盘空，皆系横放，所谓纬也”（唐文治，2007b：8256-8257）。“鹰隼盘空法”就体现在横的方面，也就是每一段的内部，“凡文之当擒题而不遽擒者，必先盘旋作势，左右萦绕，所谓‘鹰隼盘空法’是也。孟子最善用此法。如此篇‘是心足以王矣’下，本可直接‘是乃仁术也’节，乃偏以‘百姓皆以王为爱也’，推开作‘盘空法’。‘此心之合于王者何也’下，本可直接‘老吾老’节，乃偏以‘有复于王者’两节作‘盘空法’。‘王请度之’下，本可直接‘制民之产’，乃偏以‘抑王兴甲兵’节一跌作‘盘空法’，内又以‘肥甘不足于口’‘邹人与楚人战’作小‘盘空法’，‘今王发政施仁’节作大‘盘空法’，然后结出‘恒产’，便格外有力矣。善用心者觅此等线索，自能领悟。一经一纬，即一纵一横也。孟子熟于纵横学，故其文特妙”（唐文治，2007b：8256）。第三种，没有特别明晰的线索可循，唐文治所总结的方法只是展现了作者写作的逻辑思路，如“空中楼阁法”“匣剑帷灯法”“俯仰进退法”“画龙点睛法”“短兵相接法”“逸趣横生法”等。所谓“画龙点睛法”，唐文治以韩愈《应科目时与人书》为例，认为“纯用譬喻，至末点睛，如天马行空，不可羁勒，文字之奇，无逾于此矣”（唐文治，2007b：8329）。第四种，与前三种着眼于整体结构不同，唐文治主要是从句字、声韵、炼气等角度总结的作法，如“响遏行云法”“硬语謷牙法”“选韵精纯法”“炼气归神法”等。另外，还有着眼于主题的作法，如“追魂摄魄法”“摹绘旖旎法”等。这些作法应是在掌握了前三种方法的基础上，再来探索的，并不具有前三种方法作为学文门径的意义。

自然段是按照文章内容的表达来划分的，展现了作者创作的逻辑思路，也是引导读者阅读的线索，有助于读者更清晰准确地把握作者的创作意图和中心思想，甚至，“有些时候，因了分段的不同，文章的意味和情调也会不同起来”（夏丏尊和叶圣陶，1938：6）。唐文治通过寻绎文章形式上的线索，目的也是更好地把握文章的命意，如前所举《尚书·无逸篇》，通过分段，他看到“前言无逸则天命归，逸则天命不永。后言无逸则人心顺，逸则人心怨诅。深嗟永叹，反复丁宁”（唐文治，2007b：8248）。唐文治对线索的总结，不仅考虑到结构、命意，也考虑到其修辞意义，即文章命意如何更生动、准确地传达。以韩愈《送高闲上人序》为例，“此文以常人为之，必先叙高闲喜草书，再叙其近于张旭，再勉其不外慕徙业，然后能神完而守固。乃退之以‘倒卷珠帘法’行之，先言神完守固，次言不外慕徙业，次入张旭，次入高闲之草书不如旭，文便处处得力。而勉励高闲之意，自在言外，亦可谓神品矣”（唐文治，2007b：8300）。韩愈没有按照常规的思路来构思文章，而是开篇便树立了自己关于书法的理论，然后又树立了一个草书创作代表张旭，最后才说到高闲及其草书创作，这样高闲草书的不足之处便显露无遗。这种“倒卷珠帘法”，有蓄势而出、不可阻挡的气势，读完全篇会让人有心服口服之感。唐文治通过对比分析展示了形式与内容之间的关系，突出了线索在文章中的价值。

（二）文之声、色、味、神——唐文治论文学作品的欣赏与文学修养的积累

如果说求线索与命意还停留在对文学作品内容与形式的理解上，那么“考其声音”“求其神气”则进入了欣赏层面，既是对文学作品本身的欣赏，又是读者文学素养的积累。

唐文治读文的第三步是“考其声音，以求其神气，细玩其长短疾徐、抑扬顿挫之致”（唐文治，2007b：8243），《国文经纬贯通大义》的四十四种方法主要以篇章结构的“线索”为主，也有一小部分如“响遏行云法”“炼气归神法”等涉及声、气等的探究。他的《国文大义》下卷也主要论声、色、味、神等，可以与相关的作法互相阐发。

论文章的声、色，实际就是论声调和辞采，声、色都是文章外在的表现，但是唐文治的探讨更明确地把外在的形式与内在的思想情感的表达结合起来，是从外在形式入手从而深入文章的思想内蕴，以此感受文章之美。古代诗歌、骈文讲究声律，以声调论散文，在清代以桐城派最为突出，刘大櫆提出“因声求气”：“神气者，文之最精处也；音节者，文之稍粗处也；字句者，文之最粗处也。……积字成句，积句成章，积章成篇，合而读之，音节见矣，歌而咏之，神气出矣。”（刘大魁，1959：6）能得“因声求气”真谛的是曾国藩，曾国藩又传授于张裕钊，据唐文治记载：“昔曾文正初见张廉卿先生，为读曾子固文一首，而廉卿先生文因以大进。”（唐文治，2007a：8197）“往者张廉卿先生谓：‘学古文，其始在因声以求气，得其气则意与辞因之而并显。’”（唐文治，2007a：8214）刘大櫆所谓“神气”并不好理解，张裕钊的解释更为具体。古文音调的变化反映的是古人声气的变化，声气又与文章中表达的思想情感是相通的。唐文治受张裕钊启发，认为读文应该注意声调，从音调的长短平仄中更好地体会作家内在情感的起伏和文章韵致。“入门之始则宜先辨声之短长。大抵文之震荡茹吐处，宜多用平用长，辨难奥衍处，宜多用仄用短，……至于首尾段落之处，其声皆须有宏大远到之致，或如波澜之潆洄，或如异军之突起。”（唐文治，2007a：8217）

文章之色，主要体现在词采的运用上，“文体固宜清澄，而修辞尤贵精彩。昔人所谓‘负声有力，振采欲飞’是也”，“学者之采色，务在三代、两汉之间，庶

其色泽古而可珍。而入门之始，要在熟读《说文解字》《昭明文选》，识字愈多，著色愈工”(唐文治，2007a：8219-8220)。但文章之色并不仅仅停留于文字的着色，“尽文章之始事与终事，其色约有五端。……初学古文，宜先求有津润之色，俾不至于枯窘。迨才气日扩，笔下有汩汩乎来，缤纷陆离之致，当有怪丽之色。然怪丽不足为文章之能事，折于衷焉，乃为绚烂之色。由是而与道日腴，则为平淡之色。平淡之极，精光内敛，美在其中，则如白贲之无色，是为洁白”(唐文治，2007a：8220)。对于这五种文章之色，唐文治并未分主次或好坏，而是理出了层次，展现了由外及内的积累与深化。才气的扩大、理道的日益深厚，使词采越来越趋平淡，而文章的思想内涵也越来越深沉。《周易·贲卦》曰：“上九，白贲，无咎。”(孔颖达，1980：38)《周易·序卦》曰：“贲者，饰也。”(孔颖达，1980：96）白贲，即无饰，由文饰而返于质朴。刘勰《文心雕龙》“情采”篇曰：“贲象穷白，贵乎反本。”(刘勰，1981：347）刘勰也主张文章创作应懂得返璞归真，不过多雕饰是为了突出内在所蕴含的光彩。白贲之色非是无色，正是“精光内敛，美在其中”。宋代推崇“平淡”的文章风格，也是将绚烂孕育其中了，“凡文章先华丽而后平淡，如四时之序。方春则华丽，夏则茂实，秋冬则收敛，若外枯中膏者是也，盖华丽茂实已在其中矣”(吴可，1983：331)。

唐文治《国文经纬贯通大义》中有“响遏行云法”“钟鼓铿锵法”“点缀华藻法”“典重斋皇法”“硬语瞥牙法”“选韵精纯法”等，都与文章的声、色有关，他也非常注重从文章内容和形式的辩证关系中论述这些作法，如“响遏行云法”中评《左传·郑子家告赵宣子》曰：“子产有辞，郑国赖之。此书开子产之先，惟其理直气壮，故其声音极为强硬。”(唐文治，2007b：8306）声响的动人，是与思想情感的力量相应和的。“点缀华藻法”中说：“凡摛辞藻，不贵涂坿，涂坿即俗矣。惟炼之至而入于淡净，乃为上品。”(唐文治，2007a：8332）又评陆机《演连珠》曰：“藻采纷纶中，时有见道之言，所谓文质相宜是也。后世作者枝叶大于本干，实为词章家之流弊。”(唐文治，2007a：8333）没有内容的华藻，只会让人觉得粗俗，文质相宜才是点缀华藻的最终目的。

唐文治论文章的味、神，也强调宜实不宜虚，滋味、神韵是古人文章创作追求的最高境界，微妙而难以言传，他则引导读者从实处入手体会文章之妙。古人所谓“味”，是指文章的“余味”“回味”，追求的是“意味深长”。唐文治认为这种读文的感受是抽象的、虚幻的，不应该再从虚处入手来把握，“自近代文家好多用虚字，专以吞吐夷犹，为文之旨味，而文味遂日以漓。不知古人所以吞吐夷犹者，不过言外之意耳”(唐文治，2007a：8222)。他主张仍从文章的内容、立意入手体会其味。唐文治把文味分为五种——酸、苦、辛、咸、甘，认为其适用于不同的文体和立意，如“辣味于檄文最宜，辨驳亦多用之。友朋书牍中用之者，宜依物以譬，令人尝之而不觉”（唐文治，2007a：8224）。从内容上来说，无须区分味之甘苦，“盖文中之味，有出于讥刺者，有出于寄慨者，有出于自况者，有出于悲愤者，有出于希望者，虽千变万化，要须挹之而不能尽”（唐文治，2007a：8224）。总之，文章之味就是文字之外更深层次的意味。

唐文治论文之神亦是从实处着手，“盖凡文与技之进于神者，必有所以能神之故，是为由实而虚”（唐文治，2007a：8225）。他主要从叙事、写人的角度论文之神，所谓“神”，即文章所刻画出的事理和人物的神韵。他认为“所以神之故”，即由实而虚，有三种方法：“自然”“点缀”“白描”，“于是无人不有神，无事不有神，而天下文章之妙尽于此矣”（唐文治，2007a：8226）。唐文治把文章之神分为十二种，“至诚之神”宜用自然之法，“灵警之神”“淡远之神”等宜用白描之法，“骄奢之神”“柔佞之神”等则宜用点缀之法，也有白描与点缀并用者，如“豪迈之神”“依违之神”等。他最后又总结说：“天下之事物，万有不齐，而于万有不齐之中，各有一神以为主，由是而理纯焉，气凝焉，味旨焉，情长焉，思不滞焉，志不杂焉。……而理、而气、而味、而情、而思、而志又藉神以发其微，然后栩栩而欲活焉。”（唐文治，2007a：8231）也就是说，抓住文章之神，是为了更好地理解体现在文章中的作家的情、理、思、志等，如何抓住文章之神，则应该留意于文章中“自然”“点缀”“白描”等手法的运用。

南宋以来，古人总结出了文章的各种读法、作法、篇章字句之法，因为多从外在形式入手，忽略了形式背后的内容因素，因此近代以来，常被诟病为“死法”。唐文治在继承古人各种法的基础上，重视思想情感在文章中的主导作用，以形式与内容的辩证关系为基础，确立了读文的新模式。

（三）“存其心、养其性”——《国文阴阳刚柔大义》

《国文经纬贯通大义》指出，读书求线索与命意，最终是为了“我之精神与古人之精神，䜣合而无间”（唐文治，2007b：8240），也就是要超越文章本身，获得精神的升华。该书主要讲了读文章如何求线索、命意等，即上文所分析的两个步骤。对于如何通过读文章获得精神上的升华，唐文治专门编著《国文阴阳刚柔大义》，发明文章阴阳刚柔之蕴，从而“存其心、养其性”；并且唐文治还有专门的“唐调”传世，教授具体读文声调。

1. 文之阴阳刚柔与人之性情气质

《国文阴阳刚柔大义》绪言曰：“国文阴阳刚柔之说创于姚姬传先生……继其说而大昌之者为曾涤生先生……吾尝综二先生之说而论之，姚先生之说创而未备者也，曾先生之说广矣、大矣、美矣、尽矣，所谓通神明之德，类万物之情，其在兹乎？顾吾窃有进焉者。”（唐文治，1996：三编卷一 16-17）阴阳刚柔大义的提出，继承了桐城派的理论。古代文论对于作家主观风格的论述不多，刘勰《文心雕龙》“体性”篇认为，“气以实志，志以定言，吐纳英华，莫非情性”（刘勰，1981：309），并以贾谊、司马相如等人为例阐述了作家性情与文风之关系。姚鼐（字姬传）专注于美学风格的总结，进一步区分了阳刚、阴柔之美：“鼐闻天地之道，阴阳刚柔而已。文者，天地之精英，而阴阳刚柔之发也。……其得于阳与刚之美者，则其文如霆，如电，如长风之出谷，如崇山峻崖，如决大川，如奔骐骥；其光也，如杲日，如火，如金镠铁；其于人也如凭高视远，如君而朝万众，如鼓万勇士而战之。……观其文，讽其音，则为文者之性情形状举以殊焉。”（姚鼐，1992：93-94）他们把作家与文章相关联论风格，在某种程度上与近代把人与文相关联的教育观念相契合，唐文治承其说，目的就在于阐发文章与作者、读者性情培养之关联。

首先，唐文治论述了人心与阴阳刚柔之关系：“昔尝谓伏羲氏画八卦不过象奇耦之数以为记识，而圣人谓为范围天地，曲成万物，以其包涵阴阳刚柔之蕴也。阴阳刚柔之理蕴于一心，发之则为吉凶悔吝，凡人自少至老，自昼至夜，均在吉凶悔吝之中，而吉凶悔吝则萌柢乎一心之阴阳刚柔。……惟圣人立教，俾人自易其恶，自至其中，善济其阴阳刚柔而运妙用于一心，故曰以此洗心，又曰复其见天地之心乎。”（唐文治，1996：三编卷一 17）唐文治把《易经》的阴阳刚柔之理同前文讲到的“立心”结合起来，他认为，天地万物的运行都体现了阴阳刚柔之理，而人心最能体会和运用阴阳刚柔之理，圣人所讲的教化，就是要感发人心来主动调剂阴阳刚柔。

其次，唐文治主张运用阴阳刚柔之理调剂人之性情。他说：“凡人之性情气质，亦未可一概而论，毗于阳者，阴亦寓焉；毗于阴者，阳亦寓焉。……天地之道，阴阳之气常相胜而相争，惟明于消息之故者，察其偏而调剂之，且因其偏而善用之，而后吾身得太和之气而生理以畅，善验古人文之神与气者亦若是而已。”（唐文治，1996：三编卷一 17）唐文治非常赞赏张载“心统性情”之说，因此性情虽生于自然，但后天仍可发挥“心”的主观能动性来调适。

最后，由于性情与文章密切相关，因此不仅性情会影响文章风格，而且文章风格可见出性情之阴阳刚柔，所以唐文治主张由不同的文章风格来调剂人之性情：“圣学之传，分为汉宋两家。汉儒之文尚训诂兼阴阳之美者也，而其弊也，为穿凿，为琐碎，由无大气以举之，则阴柔之过也；宋儒之文尚义理兼阴阳之美者也，而其弊也，为幽渺，为俚俗，由无大气以举之，亦阴柔之过也。因文以察天下之变，士大夫皆主阴柔之过，而积弱随之。然则生斯世也，为斯文也，其必以阳刚为主乎？”（唐文治，1996：三编卷一 17）一人之文章风格关乎自身，而一代之文章风格则关乎国家命运，因此，唐文治“国文阴阳刚柔之说”的最终指向是要调剂“国性”，即改变一代之人心风俗。他说：“统观一代之文亦然，凡刚柔相济者，多大率风俗和而运会盛；刚柔偏胜者，多大率风俗薄而运会衰。因文论世，确乎其不可易。至于阳刚之过变而为萧杀，阴柔之过降而为驽庸，则其世运将不可问。呜呼，文，心声也，而国性寓焉。”（唐文治，1996：三编卷一 18）

2. “唐调”

姚鼐论阴阳刚柔之美时还提出“观其文，讽其音，则为文者之性情形状，举以殊焉”（姚鼐，1992：94），重视通过“讽其音”来体会作家之性情。唐文治也继承了这一点，对于文章如何发挥“存其心、养其性”的功能，他主张通过读文来实现，他有一套自己的读文方法，被后人称为“唐调”。“中国教育学会的分支机构‘中华吟诵学会’曾在全国针对几百家吟诵流派做过一项调查，结果表明国学大师、上海交大老校长唐文治先生创立的‘唐调’，是晚清至解放时期，保存、传承得最好且最易吟诵的诵调。”（佚名，2012）

唐文治认为，性情有阴阳刚柔，影响到文章风格也体现出阴阳刚柔，最能体现文章之阴阳刚柔的就是文章之声音，也就是说文声亦有阴阳刚柔。“文声之妙蕴，通于天而协于律。《唐虞》曰：‘声依永，律和声。’是为言声律之祖。律十有二，阳律黄钟为之首，阴律大吕为之首，用以变动周流，统气类物。文之阴阳犹是也，文之阴阳之声亦犹是也。”（唐文治，2007a：8215）文声是作家自然之声气，气息有所谓抑扬顿挫，而声音也有一定的调值，即声调，气息的顿挫、声调的变化与音乐的旋律相合，这就是文声的阴阳之妙蕴。今天所流传的“唐调”也是从气息与声调方面显示出它的特点的，据唐文治的学生陈以鸿回忆，“唐调的最大特色是音乐性，这种吟诵法带有唱腔，音调高低起伏，语音长短相间，但又不同于‘吟唱’”（佚名，2012）。

既然文章之阴阳刚柔最突出体现在文声上，那么文声也可以反映一个人的性情，甚至一个时代之人心风俗：“世有好学深思、心知其意者，能取古今人之文声一一以细辨之，若者为廉直，为阐谐，若者为粗厉猛奋，为纤微憔悴，则于气运之升降与其人之性情、气质、善恶、贵贱、寿夭，可历数而不爽矣。”（唐文治，2007a：8216）进一步说，文声也可调剂性情之阴阳刚柔，甚至矫正一代之人心风俗：“夫读文岂有他道哉！因乎人心以合乎天籁，因乎性情以达乎声音，因乎声之激烈也而矫其气质之刚，因乎声之怠缓也而矫其气质之柔，由是品行文章交修并进，始条理者所以成智，终条理者所以成圣，即以为淑人心、端风俗之具，可矣。”（唐文治，1996：一编卷四 48-49）

第二节 林纾《春觉斋论文》与古代文章学审美理论的延续

林纾（1852—1924），字琴南，号畏庐，福建闽县（今福州市）人，以古文、翻译小说名世。青年时期的林纾博览群书，对《左传》、《史记》、韩柳文章产生了浓厚的兴趣，奠定了扎实的古文基础。1901年林纾迁家至北京，在那里他遇到了当时桐城派的代表人物吴汝纶，也结识了马其昶、姚永朴、姚永概等人，吴汝纶称赞其古文“是抑遏掩蔽，能伏其光气者”，马其昶也称其文“乃过于吴先生也”（林纾，1985：25），自此林纾古文名声大振，因其与桐城派的这段渊源，一般人们也把他看作是桐城派的殿军。林纾不懂西文，但通过魏易等人口译，然后再以桐城派古文笔之于书，他翻译、出版了两百多种西方小说，这些小说因其叙述文笔优美、引人入胜而颇受欢迎，影响广泛。

在众多“五四”前后的文话作者中，林纾是唯一与新文化运动倡导者产生正面冲突的人，但实际上林纾只是被动参与，他在“五四”前后对待古文传统的态度并没有多少变化，其文话著述价值也不应因此受到忽视。他的文话论著大多都作于1919年前后，《春觉斋论文》是其1910年执教京师大学堂经文科的授课讲义，1913年起在《平报》连载，1916年由北京都门印书局出版；《韩柳文研究法》1914年由商务印书馆出版；《文微》是1917～1920年林纾组织古文讲习会的讲稿，由弟子朱羲胄据听课笔记整理而成，1925年由陶子麟刊行。在这些文话著作中，林纾注重文章作者的主体功能，与近代以来的梁启超、王国维等人的观念、趋向一致，而与梁、王二者不同的是，林纾是在传统基础上阐发其观念的，搭建起了古代文章学审美传统向现代理论过渡的桥梁。

一、文学观念的近现代变革与作家主体的凸显

（一）古文家林纾与新旧文学的冲突

1917年，《文学改良刍议》《文学革命论》发表后，林纾在上海《民国日报》发表《论古文之不宜废》，文中说：“知腊丁不可废，则马、班、韩、柳亦有其不宜废者。吾识其理，乃不能道其所以然，此则嗜古者之痼也。”（林纾，1917）1918年，钱玄同和刘半农在报纸上合演了一出“双簧戏”。钱玄同模仿守旧派，化名王敬轩，写了一篇攻击新文化运动的信，其中有意推崇林纾之翻译与古文；而刘半

农则以《新青年》记者的身份作《复王敬轩书》，其中写道：“若要用文学的眼光去评论他，那就要说句老实话：便是林先生的著作，由‘无虑百种’进而为‘无虑千种’，还是半点儿文学的意味也没有。”（刘半农，1983：145）如果评价林纾是抱残守缺，可能不会引起林纾的愤怒，但是“文学意味”是林纾最看重和孜孜以求的，这样的评价激怒了他，他主动跳出来做了新文化运动的靶子。1919年林纾在上海《新申报》上发表了文言小说《荆生》《妖梦》，同时又在《公言报》上发表了《致蔡鹤卿太史书》，目的都是反对“去孔子，灭伦常”以及“废文言行白话”。一时间林纾成了众矢之的，这些言论遭到了广泛、激烈的批判。可以说，林纾是作为活靶子成就了新文化运动的思想启蒙。

目前学界对作为翻译家的林纾大都做肯定的评价，而对作为古文家、遗老的林纾则仍是批判为主。有学者认为，林纾是“老维新”，“不承认新造之民国，甘心作遗老，自称‘自始至终，为我大清之举人’，乃是维系着戊戌年间改良派拥戴光绪皇帝、实行自上而下的变法的政治立场”（夏晓红，2011：129）。还有学者认为，林纾在新文化运动中的言论是文化专制主义的表现。“对林纾整个一生功过是非的评价是一回事，对他在五四新文化运动中的表现的评价又是另外一回事。只要意识到在我们的社会生活中还有文化专制主义的影响的存在，只要意识到文化专制主义随时都有可能卷土重来，只要意识到像林纾这样的知识分子在自觉与不自觉中就会依傍当时主流意识形态的权力话语而反对那些背绳墨、离规矩、在权威话语的词典里找不到依据的出格言论，我们就不能以任何的理由原谅林纾在五四新文化运动过程中的表现，也不能以任何的理由减轻他的过失。”（王富仁，2007：256）

文学、文化有其存在的独立价值，同时又同一定的意识形态相关联。五四文学革命更多是把文学当作启蒙思想的工具，而新文化运动的兴起，是为民主主义革命进行更广泛的思想启蒙，以及扫清因社会政治动荡而出现的尊孔复古的逆流。有学者把林纾看作“老维新”或者文化专制主义势力，实际也是把林纾看作是作家与政治家的结合体或者封建文化的卫道士。但是，实际的情况是林纾缺少对于政治的敏感，并没有把文学同思想启蒙联系在一起。在他身上的所谓“政治活动”，只是几次“谒陵”，是个人对过去时光的怀恋，如他在写给郑孝胥的信中说：“谒陵，即如展先烈之墓也。且弟于谒陵之事，亦不语及同乡诸老，防触忌也。诸老皆仕民国，弟独念念故君，辞气必相枘凿。”“谓我为好名，听之，谓我做伪，听之。谓为中落之家奴，念念不忘故主，则吾心也。”（林纾，1983b：101）如果说林纾不是政治家，但却是封建文化的卫道者，也实在言过其实。我们从他对于仁义道德和古文不遗余力的传承，看到的只是他对新旧交替时期如何继承和改造传统的焦虑。对于孔子仁义道德的提倡，林纾并没有从程朱理学、王阳明心学入手去阐发理由，张僖为《畏庐文集》作序曰：“夙著经说十余篇，自鄙其陈腐，斥去不藏。”（张僖，1983：136）这是林纾对于所谓“道德文章”的一贯态度。他所提倡之仁义道德，是“常理”，类似于我们今天所说的中华民族的传统美德。他说：“须知天下之理，不能就便而夺常，亦不能取快而滋弊。使伯夷、叔齐生于今日，则万无济变之方。孔子为圣之时，时乎井田封建，则孔子必能使井田封建一无流弊；时乎潜艇飞机，则孔子必能使潜艇飞机不妄杀人，所以名为时中之圣。时者，与时不悖也。”（林纾，1935b：172）他希望延续的是能适应时代变化的“常理”，无论制度如何变迁，孔子的仁义道德与时不悖，有继承的价值。伯夷、叔齐面对政权更迭，不食周粟而死，他认为这种“死节”并无用处，也不想这么做。他虽有谒陵之举，但更希望顺应变化。他不逃避现实，而且还希望有所作为。他看到了国家发展之大势，“存名失实之衣冠礼乐，节义文章，其道均不足以强国。强国者何恃？曰恃学。恃学生。恃学生之有志于国。尤恃学生人人之精实业”（林纾，1983a：113）。与“常理”不同的“衣冠礼乐，节义文章”，他也认为是没用的，培养人才、发展实业更为重要。人谓翻译小说即畏庐之实业，他说“果能如称我之言，使海内挚爱之青年学生，人人归本于实业。则畏庐赤心为国之志，微微得伸，此或可谓实业耳”（林纾，1983a：115）。

对于古文，林纾也抱着传承而非卫道的心态。在《致蔡鹤卿太史书》中他说：“若《水浒》《红楼》，皆白话之圣，并足为教科之书，不知《水浒》中辞吻，多采岳珂之《金陀萃篇》；《红楼》亦不止为一人手笔，作者均博极群书之人。总之，非读破万卷，不能为古文，亦并不能为白话。”（林纾，1935b：172）在《论古文白话之相消长》一文中他也说：“古文者白话之根抵，无古文安有白话！”（林纾，1935a：81）林纾看重的不是古文中的封建道德，而是其本身的技巧、审美等“文学意味”，他也是在这个层面上认为“古文者白话之根抵”，其《春觉斋论文》正是从理论上对于古文审美传统的继承和发展。林纾的翻译小说实际也是其延续古文传统的一种方式。他在翻译的序言中除了探讨小说中的国家、国民思想之外，更关注的是西文与古文传统的契合。对于司各特的《撒克逊劫后英雄略》，他认为“可侪吾国之史迁”，“每听述者叙传中事，往往于伏线、接笋、变调、过脉处，以为大类吾古文家言”（林纾，1983d：118）。对于哈葛德的《斐洲烟水愁城录》他说：“西人文体，何乃甚类我史迁也！”“观其着眼，必描写洛巴革为全篇之枢纽，此即史迁联络法也。”（林纾，1913：2）他对西人小说中文学意味的敏感，源于他对古文传统的关注，这使他的翻译小说与以政治宣传为目的的翻译有了天壤之别。钱钟书曾经说过林译小说对他的影响：“商务印书馆发行的那两小箱《林译小说丛书》是我十一二岁时的大发现，带领我进了一个新天地，一个在《水浒》《西游记》《聊斋志异》以外另辟的世界。我事先也看过梁启超译的《十五小豪杰》、周桂笙译的侦探小说等等，都觉得沉闷乏味。接触了林译，我才知道西洋小说会那么迷人。”“我自己就是读了他的翻译而增加学习外国语文的兴趣的。”（钱钟书，2002：77-78）鲁迅、周作人、郭沫若、茅盾等人都受到过林译小说的影响。可以说，林纾翻译小说的实绩，从另外一个层面展示了林纾对古文审美传统的延续和传播。

通过仔细辨析，我们可以看到林纾与陈独秀等人关于古文的论争并不在同一个平面上，内涵、目的大异其趣。对于如何继承、改造和发展传统，他们并不是站在对立和冲突的两边，而是采取了不同的角度和方法。

（二）文学观念的近现代化与作家主体地位认识的变革

近代以来文学变革的趋势已是锐不可当，对于作家作为创作主体的认识，有学者已经指出这是近代文学观念的根本性变化之一。黄霖先生的《中国文学批评通史·近代卷》总结了近代文学观念的新变：“其一，变‘实利所归，一人而已’的封建文学为‘万姓所公’的国民文学”；“其二，破杂文学体系而建纯文学观念”；“其三，由‘独抒性灵’说走向创作‘自由’论”。“以上三点是关系到接受对象、文学本体、创作主体三大方面带有根本性的变化，具有纲领性的意义。”（黄霖，1996：6-10）在关注作家的主体性方面，梁启超、王国维的理论最有代表性。

梁启超倡导“新文体”的写作，这种“新文体”最大的特点就是作家的感情奔放，不受羁绊，他对八股文、桐城派的批判也着眼于这方面。他在《变法通议》中对八股文进行了严厉的批判：“古人之言即文也，文即言也。自后世语言文字分，始有离言而以文称者，然必言之能达，而后文之能成，有固然矣。故学缀文者，必先造句，造句者，以古言易今言也。今之为教者，未授训诂，未授文法，闯然使代圣贤立言，朝甫听讲，夕即操觚……又限其格式，诡其题目，连上犯下以钤之，擒钓渡挽以鉴之。意已尽而敷衍之，非三百字以上勿进也；意未尽而桎梏之，自七百字以外勿庸也。百家之书不必讲，惧其用僻书也；当世之务不必读，惧其触时事也。以此道教人，此所以学文数年，而下笔不能成一字者，比比然也。”（梁启超，1999：35-36）八股文是一种内容、形式都极不自由的文章样式，展示了从一个极端角度对作家创作的束缚。南宋以来文章作法、读法的总结就很盛行，具有代表性的桐城派的“义法”说也体现着对创作主体的束缚：“彼寻常人刻画英雄之行状，下种种呆板之评论者，恰如冬烘学究之批评古文，以自家之胸臆，立一定之准绳。一若韩柳诸大家作文，皆有定规，若者为双关法，若者为单提法，若者为抑扬顿挫法，若者为波澜擒纵法，自识者视之，安有不喷饭者耶？彼古人岂尝执笔学为如此之文哉？其气充乎其中，而溢乎其貌，动乎其言，而见乎其文，而不自知也。曰惟‘烟士披里纯’之故。”（梁启超，1999：376）梁启超认为，由前人文章中总结出的立意、行文之法，作为定规应用于所有的创作实在可笑，他从分析、批判的角度展现了古文创作中作家主体性的缺失。

在近代文学批评发展史上，王国维较早将西方文学理论观念引入中国，从而改变了传统的理论批评形态。不过，我们更应该看到王国维受西方理论影响在创作主体观念上的更新。王国维在《人间词话》中提出“境界”说：“境非独谓景物也，喜怒哀乐，亦人心中之一境界。故能写真景物、真感情者，谓之有境界；否则谓之无境界。”（王国维，1940：3）之所以提出“境界”，是相对于古人的理论而言的：“沧浪所谓‘兴趣’，阮亭所谓‘神韵’，犹不过道其面目；不若鄙人拈出‘境界’二字为探其本也。”（王国维，1940：5）诗词创作都讲究言少而意丰、言有尽而意无穷，“兴趣”说、“神韵”说分别是在作品本身的虚与实、形与神的互动关系中探讨的，而作品的意蕴实质还是作家的思想情感，所以王国维从作家与外物的互动关系中提出“境界”，认为在创作冲动被触发的阶段，这种关系就开始存在。在这个意义上，“境界”应是“探本”之论。他还说：“有有我之境，有无我之境。……有我之境，以我观物，故物皆著我之色彩。无我之境，以物观物，故不知何者为我，何者为物。”（王国维，1940：1）无论是有我之境，还是无我之境，都显示了文学创作中作家的主体地位。

“五四”时期，陈独秀主编的《新青年》成为新文化运动的主要阵地，文学革命作为新文化运动的重要组成部分，也在此阵地展开探讨。文学革命最早是提倡以白话文代替文言文。1917 年，胡适在《新青年》上发表《文学改良刍议》，从内容、形式等方面提出了文学改良之八事，尤其认为文言文之形式束缚了文学思想的表达，倡导言文合一的白话文学。接着，陈独秀发表了《文学革命论》，明确提出了推倒封建旧文学的革命主张，尤其要批判“仿古欺人”的明代前后七子、唐宋派以及清代的桐城派。胡适的主张也得到钱玄同等人的响应：“具此识力，而言改良文艺，其结果必佳良无疑。惟选学妖孽，桐城谬种，见此又不知若何咒骂。”（钱玄同，1917：12）“选学妖孽，桐城谬种”也明确成为文学革命的靶子。文学革命的发展对文学改革的内容也提出了要求，最重要的就是“个人的发现”。1918 年，周作人在《新青年》发表《人的文学》，“用这人道主义为本，对于人生诸问题，加以记录研究的文字，便谓之人的文学”。所谓人道主义，不是悲天悯人，“乃是一种个人主义的人间本位主义”（周作人，1935：195）。茅盾说过：“人的发见，即发展个性，即个人主义，成为‘五四’时期新文学运动的主要目标，当时的文艺批评和创作都是有意识的或下意识的向着这个目标。”（茅盾，1981：298）五四文学革命正是以“个人主义”为起点，同旧文学在内涵与价值上划清了界限。同时，提倡人的文学，也隐含着对于作家作为创作主体的肯定。

新文化运动是提倡“民主”与“科学”的思想启蒙运动，之所以发展出文学革命，是因为文学是传导思想的工具，肩负着启蒙的责任。钱玄同在给陈独秀的书信中说：“旧文章的内容，就是上文所说的‘不到半页，必有发昏做梦的话’，青年子弟读了这种旧文章，觉其句调铿锵，娓娓可诵，不知不觉，便将为文中之荒谬道理所征服。”（钱玄同，1935：142）文学革命就是通过否定旧文学，全面革新文学的形式、内容、功能等，实现思想启蒙的目的，因此在理论上也要抛弃旧文学中所谓“句调铿锵，娓娓可诵”等传统。而林纾所坚持传承的也并不是“句调铿锵”的传统以及其中“发昏做梦的话”，他看到了古代文章的“海阔天空气象”“清风明月胸襟”（林纾，2007a：6366），这是作家的学养、情感融入作品所体现出的美感，他对作家主体的关注，与近现代文学变革的趋势并行不悖。

二、林纾对古代文章审美理论的继承与发展

（一）“意境”说——林纾对作家主体性的觉悟

虽然林纾以继承和发展古文传统的姿态出现在“五四”时期显得不合时宜，但是在如何继承和发展古文传统方面，他却体现出关注作家主体性的时代特色。

中国古代文论中也有关于作家的论述，不过从创作论模式来看，其并没有认识到作家在创作中的主体地位。《文赋》是中国文论史上第一篇较系统、完整地论述创作的理论文章，其中已经明确了创作论的理论探讨模式，陆机曰：“恒患意不称物，文不逮意”（陆机，1984：18），这个模式包括两个层面，第一个层面，要使意能称物，也就是在意与物的关系中，论述如何更好地感知事物，把握要表达的对象；第二个层面，要使文能逮意，在文与意的关系中，论述如何使文章能更好地表现所把握的对象。后来的创作论都是在意与物、文与意的关系模式下展开的。第一个层面，在意与物的关系模式下，古人创作论的论述多涉及作家，但作家往往处在被动的地位。陆机曰：“伫中区以玄览，颐情志于典坟”（陆机，1984：20），概括了作家对创作的准备以及创作情志被触发的情形，《诗品序》和《文心雕龙》的“神思”篇等，所论也不外乎这两个方面。韩愈提出“不平则鸣”，着重强调了社会生活，尤其是仕途失意对于作家创作的触发；欧阳修在此基础上又提出“诗穷而后工”：“凡士之蕴其所有而不得施于世者，多喜自放于山巅水涯，外见虫鱼、草木、风云、鸟兽之状类，往往探其奇怪；内有忧思感愤之郁积，其兴于怨刺，以道羁臣、寡妇之所叹，而写人情之难言。盖愈穷则愈工。”（欧阳修，2001：612）欧阳修不仅认识到情志的郁积以及被触发，也认识到作家创作中对于外物的主动“探其奇怪”和主动的“兴于怨刺”，只是欧阳修并无意从理论上深化对作家主体性的认识，文学批评方面此后也再无回响。第二个层面，在文与意的关系模式下，古人的创作论多是对具体的篇章结构、裁剪、修辞等的论述，几乎不考虑作家的存在。《文赋》的论述是如此，从南宋以来讲作法的各种选评本和理

论专著中能更清楚地看到这一点。例如明代高琦的《文章一贯》主要是对前人论作法的编辑，但依类而编，颇成系统。上卷分别论“立意”“气象”“篇法”“章法”“句法”“字法”，下卷分别论“起端”“叙事”“议论”“引用”“譬喻”“含蓄”“形容”“过接”“缴结”。从篇名我们大致可以看出所论主要在篇章字句之法以及修辞手法，尤其从“立意”一篇更能看出对于作家主体性的忽略。所谓“意”，主要指一篇文章的主旨。在创作中如何立意，论者往往并不强调作家才情的投入，而是依题目而定，又有一定之格。《文章一贯》引吴琮的论说曰：“作文须熟考上下文，然后立说。主张要在题目外，题目却要在主张内，方是好文字。”（高琦，2007：2151）八股文的题目出自四书五经，如何立意就要熟悉题目出自哪里，上下文意如何，然后按圣人之旨立意，所谓“题目外”“主张内”，几同文字游戏。《文章一贯》还列举了“为文有八格”，即八种立意之法，分别是褒美、攻击、评品、抑扬、追想、回护、推明、考详等。

林纾的《春觉斋论文》最能代表其文学理论成就。全书包括述旨、流别论、应知八则、论文十六忌、用笔八则、用字四法等六部分内容，其中，“应知八则”部分最能体现其理论成就，分别是意境、识度、气势、声调、筋脉、风趣、情韵、神味等。其中，“意境”又是八则中的理论核心。林纾在王国维“境界”说之后提出“意境”，应该是对其有所认识和借鉴的。王国维对作家主体性的认识还不彻底，他的立足点仍然是作品，是以作品中所体现的物我关系来阐释“境界”的。林纾的“意境”说，摆脱了以古人作品为典范的创作论，让作家主导了文章创作的各个环节。

林纾“意境”论曰：

> 文章唯能立意，方能造境。境者，意中之境也。譬诸盛富极贵之家儿，起居动静，衣着食饮，各有习惯，其意中决无所谓瓮牖绳枢、啜菽饮水之思想。贫儿想慕富贵家飨用，容亦有之，而决不能道其所以然；即使虚构景象，到底不离寒乞。……意者，心之所造；境者，又意之所造也。（林纾，2007a：6365）

文章创作就是“立意”“造境”，这一点前人已经讲到，不同在于，前人关注的是如何立意、造境的形式技法，林纾则强调的是作家在其中的主导。林纾认为作品的主旨是由作家的心来决定的，作家心中积蓄了什么内容，也就相应地在作品中呈现什么样的主旨，这是作家之心胸、意念的体现，所以林纾所谓“意”，更多指向作家的心意，而非具体的作品内容；作品最后呈现出什么样的景象，也是由作家的心胸所决定的，作家意念中有什么内容就会为创作提供什么样的想象、虚构的空间。林纾认为作家的心胸对创作有决定性作用，所以他也很注重作家的修养：“文字之谨严，不能伪托理学门面，便称好文字。须先把灵府中淘涤干净，泽之以诗书，本之于仁义，深之以阅历，驯习久久，则意境自然远去俗氛，成独造之理解。”（林纾，2007a：6365）林纾非常明确，“意”并非靠理学或道德来支撑，而是要靠作家自觉汲取、积累和“理解”。“诗书”“仁义”“阅历”，就是在古人的经典作品中汲取营养，在社会生活中丰富阅历、体验情感，这些最终要靠作家在内心中反复熟悉、思考，最终融化为自己独有的思想，即所谓“独造之理解”，这样才能写出真正的好文章。林纾还说：“须知意境中有海阔天空气象，有清风明月胸襟。须讲究在未临文之先，心胸朗彻，名理充备，偶一着想，文字自出正宗。不是每构一文，立时即虚构一境。盖临时之构，局势也。一篇有一篇之局势，意境即寓局势之中。”（林纾，2007a：6366-6367）林纾反复强调，就作品本身而言的立意、境界只能称为局势，他所谓“意境”是就作家而言的，指作家自己的心胸以及所达致的境界，这些决定了具体作品的主旨、结构等。所以，林纾最后的结论是：“意境者，文之母也，一切奇正之格皆出于是间。”（林纾，2007a：6367）这点明了“意境”，即作家的心胸及其境界是创作的核心。

林纾还有一些单篇论文和《文微》中的一些观点也可佐证“意境”说。在单篇论文中他常把意境与义法并举作为标准，《与姚叔节书》曰，此四家者（指韩愈、柳宗元、欧阳修、曾巩），意境、义法皆足资以导后生而进于古，而所言又必衷之道，此其所以传也（林纾，1985：16）。《送大学文科毕业诸学士序》曰：“古文之敝久矣。大老之自信而不惑者，立格树表，俾学者望表赴格而求合其度，往往病拘挛而痿于盛年。其尚恢富者，则又矜多务博，舍意境，废义法，其去古乃愈远。”（林纾，1985：20）对于阅读、理解古人的作品，林纾认为“义法”是首先应该关注的：“读古人文章，必先察其义训，然后绎寻其文法，始为有序。”（林纾，2007b：6534）读文只是创作的积累，对于创作来说，《文微》中也指出应该更关注自己的“心”：“论文时，口有古人；为文时，心不必有古人：如此始不为依傍。”（林纾，2007b：6532）“作文时不可专摹古人，须使有个我在。”（林纾，2007b：6537）这也从另一个层面反映了林纾不排斥“法”的作用，但是更突出作家在创作中的主导作用。

（二）“识度”“气势”等——林纾论作家主体在文学各环节的审美体现

林纾在“意境”说中确立了以作家为主导的理论探讨方向，“应知八则”中的其他七条，是以作家为创作主体对文学各环节所做的审美探讨。

林纾提出的“识度”“气势”等条目，是借鉴曾国藩“古文四象”说而来的。曾国藩在《日记》中说：“吾尝取姚姬传先生之说，文章之道，分阳刚之美，阴柔之美。大抵阳刚者气势浩瀚，阴柔者韵味深美。”（曾国藩，1935：日记86）又在同治五年（1866年）十一月初二家书《致沅弟》中说：“《古文四象》目录钞付查收。所谓四象者，识度即太阴之属，气势即太阳之属，情韵少阴之属，趣味少阳之属。其中所选之文，颇失之过于高古。弟若依此四门而另选稍低者，平日所嗜者，钞读之，必有进益。”（曾国藩，1935：家书四 113）曾国藩的《古文四象》是一部文章选本，他把文章所表现出的普遍风格分为四大类，每一类下都有相应的选文，应该说这四种风格都是就作品层面而言的，是基于作品的内容和形式等来体认的。

林纾虽然在条目上借鉴了曾国藩的理论，也注重的是文学审美艺术的探讨，但是他所总结出的七条，考虑到了作者、作品和读者等文学的各个环节，又始终贯穿了对作家主体作用的观照。这也是由古代作品审美风格理论向作家审美风格理论的发展。

“识度”“气势”主要是在作家环节论文学的审美风格。关于“识度”，林纾说：“叶水心曰：‘为文不关世故，虽工奚益？’须知：关世故绝不在临文时。有远识，有闳度，虽闲闲出之，而世局已一瞭无余。如陆宣公疏中语，不惟深中德宗之病，而后来恢复事，皆一一不出料量之中，则识胜也。”（林纾，2007a：6367-6368）唐代陆贽的奏疏，历来为人所称道，林纾认为其胜在“识度”。“识度”不在于对题目的把握或内容本身的深刻，而是作家平时对历史和现实有关注、思考、积累，人有远识，有闳度，文才能表现出识度，即使以平淡之语出之，于世事也能切中肯綮。林纾还认为，不仅有论事之识，还有叙事之识。“凡人于人不留意处大有过人之处，而为之传者恒忽略不道，或亦闲闲叙过，此便失文中一大关键。”（林纾，2007a：6368）叙事之识体现在作家对于事物特点、精神的把握，文章得此关键，便会井井有条。林纾认为，《史记》之列传无不井井有条：“此惟知得传中人之利病，但前后提挈，出之以轻重，而其人生平，尽为所摄，无复遁隐之迹。此非有定识高识，乌能烛照而不遗？”（林纾，2007a：6368-6369）从学文的角度来说，“欲察其识度，舍读书明理外，无入手功夫。若泛滥杂家，取其巧思，醉其丽句，则与‘识度’二字愈隔愈远矣”（林纾，2007a：6369）。作者读书明理，对世事、材料才能有把握、取舍，文章才有“识度”。如果只是关注“巧思”“丽句”等文字技巧，会离“识度”越来越远。关于“气势”，林纾认为，“气不王，则读者固索然；势不蓄，则读之亦易尽”（林纾，2007a：6369），文章最能直接吸引读者的是其“气势”之美。“深于文者，必敛气而蓄势。然二者皆须讲究于未临文之先，若下笔呻吟，于欲尽处力为控勒，于宜伸处故作停留，不惟流为矫伪，而且易致拗晦。”（林纾，2007a：6369）古人往往以开合、提顿等文字之法论“气势”，林纾则认为“气势”是作家主观的体现。“凡理足而神王，法精而明徹，一篇到手已全盘打算，空际具有结构矣。则宜吐宜茹，宜伸宜缩，于心了了，下笔自有主张。”（林纾，2007a：6369）作家平时已经形成的思想情感趋向及一定的表达方式，在具体的作品中就表现为一定的“气势”，如韩愈文之“抑遏蔽掩”，“是文成后读者见其抑遏蔽掩，不是昌黎下笔时始思作此抑遏蔽掩，以狡狯骇众也”（林纾，2007a：6369）。

“声调”“筋脉”“风趣”“情韵”等主要是在作品环节论文学的审美风格。“声调”与“筋脉”是古文理论中最重要的两个方面，不过古人也是就文字而论，总结为作文法则，而林纾仍是在反驳中树立起了自己的观点。关于“筋脉”，林纾说：“伏处不必即应，断处亦不必即续，此要诀也。一篇之文，使人知扼要喫紧在于何处，当于起手时，在有意无意中，闲闲着他一笔，使人不觉。”（林纾，2007a：6373）古人关注的是伏应、断续，林纾关注的则是伏应、断续之外的作家的独到匠心。关于“声调”，林纾说：“时文之弊，始讲声调，不知古文中亦不能无声调。盖天下之最足动人者，声也。”（林纾，2007a：6371）然而，“讲声调者，断不能取古人之声调揣摩而摹仿之，在乎性情厚，道理足，书味深，凡近忠孝文字，偶尔纵笔，自有一种高骞之声调”（林纾，2007a：6373）。“声调”之所以动人，是因为其长短高下与作家之情感相应和，自然而然引发了读者的共鸣。“情韵”实际与“声调”相对而言，“声调”指情感表达之强烈者，“情韵”则指情感表达之绵远、悠长者。如何表达则与作家之性情相关，“情者发之于性，韵者流之于辞”（林纾，2007a：6378）。“风趣”也是文字风格之一种，但并不普遍，往往是庄重之中风趣间出，林纾认为《汉书》的这一特点最为突出。“风趣”也体现的是作家之意境，“由见地高，精神完，于文字境界中绰然有余，故能在不经意中涉笔成趣”（林纾，2007a：6376）。

“神味”是在读者环节论文学的审美风格。“神者，精神贯彻处永无漫灭之谓。味者，事理精确处耐人咀嚼之谓。”（林纾，2007a：6380）林纾论述的重点在“味”，古人从作品角度解释为“余味”，林纾则从读者角度做了阐发：“《诗》曰：‘辞之辑矣，民之洽矣；辞之怿矣，民之莫矣。’……船山先生释‘洽’也用一沁字，释‘莫’也用一受字。沁者何？沁入心脾也，非有味其言，胡能沁？受者何？受而服膺也，非有味其言，胡甘受？”（林纾，2007a：6381-6382）林纾的解释突出了“神味”与人的关系，不过，对作家的主体性阐释不够。

“论文十六忌”“用笔八则”“用字四法”也是《春觉斋论文》中的几个部分，本是同古人一样讲作文禁忌、作文技法，不过，林纾也采取了作家主体的视角，如论“忌剽袭”，学文之人不知如何学习古人美文，便割裂其字句而用之，纠正之法即是：“平时用功沉潜，体认古人用心所在，凡义法、意境、魄力、神味，蓄积盘亘于胸中，一到行文，当有自家把握，临时去取。”（林纾，2007a：6385）林纾不反对学古人，但一定要有个“我”在。又如，古人讲“起笔”，便列若干起笔之法，而林纾则讲作家起笔之用心，如甲乙丙丁各篇起法各不相同，都别有其用心，“西人之制机亦然：等一轮舶，然自锅炉、车轴、车叶外，机器之形匪有同者。

不同非自相戾也，期于适用而已”（林纾，2007a：6413）。林纾以造船比喻文章起头之法不一定恰当，但是也说明了文章如何起头在于作家主体意愿的表达。

（三）《韩柳文研究法》——林纾主体性审美理论的批评实践

林纾所著的《韩柳文研究法》与《春觉斋论文》是同一时间段内的著作，二者在理论观念上也基本一致，《春觉斋论文》是林纾有关主体性审美理论的阐发，《韩柳文研究法》则是对这一理论的实际运用。

《韩柳文研究法》首先总论作家之审美风格，然后再分别讲论作家文集中各篇作品的特点。先总论，后分论，也见出林纾观念中对于作家主体的重视。审美风格虽然最终要由作品来体现，但仍然是由作家整体“意境”所决定的，对于作家一定时期的创作来说，风格也是一定的。林纾提出的“识度”等七种审美风格，表现于不同的作家应该各有侧重。林纾分析和品评韩愈、柳宗元的文章时也看到了他们各自的侧重。对于单篇文章的讲论，并不能一一指明其风格，但作家主体时时都在，林纾指出“读文须知古人用心所在”（林纾，2007b：6535），他在单篇文章分析中，着重发掘韩愈、柳宗元用心之所在，以见出文字背后的“文心”。

关于韩愈，林纾认为：“实则韩氏之能，能详人之所略，又略人之所详。常人恒设之篱樊，学韩则障碍为之空；常人流滑之口吻，学韩则结习为之除。汉所谓‘摧陷廓清’者，或在是也。”（林纾，2007c：6441）“苏明允称韩文能‘抑绝蔽掩，不使自露’。不佞久乃觉之。蔽掩，昌黎之长技也。……所难者，能于蔽掩中有渊然之光、苍然之色，所以成为昌黎耳。”（林纾，2007c：6441）他认为韩愈在“识度”方面突出，即“能详人之所略，又略人之所详”，所以赞同李汉“摧陷廓清”的评价，认为“抑绝蔽掩”则使韩愈的文章在气势方面表现非凡。他反对秦观对于韩愈“能钩庄、列，挟苏、张”等的评论，认为只看文字表面的“离奇变化”“纵横引申”（林纾，2007c：6442）等，便谬指如此。韩愈以道统自任，自视颇高却怀才不遇，这是其“识度”“气势”的源头，林纾对单篇文章的分析往往能从此入手揭其用心。比如，“《说马》及《获麟解》，皆韩子自方之辞也。《说马》语壮，言外尚有希求；《解麟》词悲，心中别无余望。两篇均重在‘知’字，篇幅虽短而伸缩蓄泄，实具长篇之势”（林纾，2007c：6443-6444）。又如，“《送浮屠文畅师序》，直是当面指斥佛教为夷狄禽兽，而文畅通文字，却不以为忤者，此昌黎文字遏抑蔽掩之妙也”（林纾，2007c：6458）。

关于柳宗元，林纾认为他的特点主要表现在“声调”和“情韵”方面。刘禹锡《答柳子厚书》曰：“余吟而绎之，顾其词甚约，而味渊然以长。……端而曼，苦而腴，佶然以生，癯然以清。”林纾认为刘禹锡的分析能道得柳州真处，“凡造语严重，往往神木而色朽，端而能曼，则风采流露矣。柳州毕命贬所，寄托之文，往往多苦语，而言外仍不掩其风流。才高而择言精，味之，转于郁伊之中别饶雅趣，此殆梦得之所谓腴也”（林纾，2007c：6477）。连坐王叔文党羽被贬，是柳宗元一生的转折点，他自问夙心正直，于大节无亏，然遭此党祸，又自悔不该亲近二王，胸中便有无限悔恨、无奈交织。文中“多苦语”正是其真情流露，流之于辞又有“雅趣”，是情韵深长的表现。林纾分析柳宗元的山水记时，突出了“情韵”，主要分析其遣词造句，由辞之精练见用心之良苦：“公在永州，一荒昧不辟之区，必待粪除，其胜始出。是永州诸胜，均系诸公之一言，则非极力描摹，山容水态亦不易流传于艺苑。”（林纾，2007c：6511）林纾还认为，柳宗元的赋体文多能以声动人。“柳州诸赋，摹楚声，亲骚体，为唐文巨擘。顾得罪而出，但宜闭门思过之言，不能为狺狺自讼之语，此最难著笔。”（林纾，2007c：6481）单纯模仿声调并不能动人，正因为柳宗元有真实而难言之情，由此着笔，音节与情感相合，反而动人，如《佩韦赋》，“恶侃直而尚醇和，实有激而作。……音节甚高，赋色甚古，说理之文，却能以声容动众，亦云难矣”（林纾，2007c：6481）。

第三节　陈澹然文话与文章学人文精神及经世传统的延续

陈澹然（1860—1930[①]），字剑潭，号晦堂，桐城东乡（今安徽省枞阳县）人。“少英特，喜谈兵”，年长之后，不屑于桐城派的高谈性理、辞章，认为是无用之学。他平生所学无非内政、兵事、外交，也期望能学以致用，但他恃才傲物，锋芒太露，因此处处遇阻。他曾上书湖广总督张之洞和湖南巡抚陈宝箴，论行新政，但是没有被重视；袁世凯就任临时大总统，曾任命陈澹然为总统府参议，陈澹然劝阻袁世凯称帝未果，断然辞去。赵尔巽任清史馆总裁，受桐城马其昶推举，陈澹然被聘为分纂。但每遇论事，他意见多与人相左，又被婉言辞退。其门人叹曰：“独其性过刚，耻阉然媚世，命之所造，天且限之。所交王公贵人遍天下，莫不诧其才，而莫行其说。”（方秉简，2007：6775）晚年，其遂以教育、著述为业。

陈澹然的文话论著有两种，“《晦堂文钥》，宣统庚戌京师大学受文科之作也”，即1910年编成；“《文宪例言》，光绪戊戌，初制论策时，取经史百家经世文精者删节之，为世法。久之复虑焚书之祸，而益严之者也”（陈澹然，2007a：6772），

① 陈澹然卒年记载不一。《安庆文史资料》5辑载其卒于1925年，《枞阳文史资料》2辑载其卒于1930年。

《文宪》原名《文鉴》，是陈澹然在1898年编的经世文章节选集，因受到戊戌政变的冲击，又有所删减，改名《文宪》，另有《文宪例言》一卷。1916年，其子合《晦堂文钥》《文宪例言》《古棠塾教》为《原学三编》刊刻，1923年其门人王汉超又刊入《晦堂丛著》。陈澹然在绪言中明确提出：“吾之所学，义主读书植品、治事为文，铸为一体而贯通之。将使天下学者为豪杰，不为文人。”（陈澹然，2007a：6772）治事、为文的贯通，是他继承了清代以来的经世致用思想，尤其是颜李学派的理论，主张以治内政、外交、兵事的方法来作文，阐发了一套新的立意、造句、结构之法。古人的“法”总结自前人的文章，陈澹然的“法”来自实践，他希望文章从内容到形式都能切于实用。读书、植品的贯通，是他在古代文章经世价值之上，对文章如何传播人文精神的思考。

一、治事、为文贯通——陈澹然对传统文章学经世观念的继承

（一）经世致用之学与知行观的近代变革：陈澹然文话的理论基础

陈澹然在文章理论上独树一帜，是以其经世致用思想为基础的。陈澹然曾多次叙及自己的“经世之志”，他说：“弱冠读《通鉴》，感外忧辄慨然怀经世之志。同里吴廉甫先生，告以经世之法不外兵政外交，而其学必自舆地始，则毅然求舆地，以扩其精思。……夫舆地之书，世所传兵略而已。然兵家要略必首外交，而大本厥惟内政，三者皆奕，而舆地则为棋枰。未有不辨棋枰而能奕者，仆既日求舆地，则益求中外战史以明战略，求中外掌故以明内政、外交，然后意境豁然。”（陈澹然，1923a：后序1）他所谓经世之学，主要指舆地、外交、内政、兵略等，在《晦堂文钥》中其将经世之学与文章二者贯通而论。《晦堂文钥》中提到王阳明的“知行合一”与颜元的实学思想，陈澹然显然受到了二者的影响，不过，陈澹然将经世思想与知行观念完全融合，表现出对“理”以及文章创作更客观的态度，体现了时代精神。

传统儒家思想本是一种入世哲学，从孔子开始就有“以天下为己任”的济世思想，随着宋明理学的出现，朱熹的“存天理，灭人欲”，王阳明的“致良知”等学说，更强调个体的道德修养，儒家的济世情怀因此受到冷落。所以王阳明虽然提出“知行合一”，但所知、所行也只是在个人修养上下功夫。所谓“知”，即“格物致知”之“知”，王阳明认为，“夫万事万物之理不外于吾心”（王阳明，1992：47），致知是致吾心之知，穷理也是穷吾心之理。如胡适所说：“王阳明主张‘格物’只能在身心上做。即使宋学探求事事物物之理，也只是研究‘诚意’以‘正心’。”（胡适，1993：6）所谓“知行合一”，“知是行的主意，行是知的功夫；知是行之始，行是知之成。若会得时，只说一个知，已自有行在；只说一个行，已

自有知在”（王阳明，1992：4）。这是知行相依不分。王阳明说：“凡谓之行者，只是著实去做这件事。若著实做学问思辨的工夫，则学问思辨亦便是行矣。”（王阳明，1992：208）他还说：“一念发动处，便即是行了。”（王阳明，1992：96）他是把学问思辨，乃至情感、意念的发动都算作是“行”，是把知也当作行了。

明末清初，针对学风空疏的弊病，儒家学者又起而提倡经世之务，务必使自己的学术研究能有益于现实政治。颜元是这一思潮中的代表性人物，同时他也对王阳明的“知行合一”说有所发展，他特别强调，求真知就要实际习行，并通过解释格物致知说明了这一观念：“此‘格’字乃‘手格猛兽’之格，‘格物’谓犯手实做其事，即孔门六艺之学是也。且如讲究礼乐，虽十分透彻，若不身为周旋，手为吹击，终是不知。故曰‘致知在格物’。”（颜元，1987：645）王阳明并没有把经世致用的思想贯彻到“知行合一”的理论中，也就是说所知、所行仍然不能同经世之务相关联，如颜元批评说：“二千年纸上有四书五经，口上有四书五经，吾人身家、朝廷、政事、海域、边疆上，全不见四书五经也。”（颜元，1987：507）儒家学说应当体现在内政、外交、边防等方面，因此提倡“实学之”“实习之”，但是所知、所行并非是现实中的兵农、水火等，而是“尧、舜、周、孔三事、六府、六德、六行、六艺之道”。颜元曰：“某为此惧，著《存学》一编，申明尧、舜、周、孔三事、六府、六德、六行、六艺之道，大旨明道不在《诗》《书》章句，学不在颖悟诵读，而期如孔门博文、约礼、身实学之，身实习之，终身不懈者。”（颜元，1987：48）就是教导学者依照圣贤的教训实学、实习。又曰：“读尽天下书而不习行六府、六艺，文人也，非儒也，尚不如行一节、精一艺者之为儒也。”（颜元，1987：50）但颜元所谓“精一艺”，还并非如后来近代之实业学校所传授之技艺。

传统知行观是以个体的道德修养为核心来建构的，近代知行观是将经世致用的思想真正体现在知与行中，从而实现了观念的变革，有学者指出，“近代知行观则是围绕社会变革而展开”，也就是说近代以来已经把所知、所行真正聚焦在了社会现实中，因而“近代知行观的变革表现在‘知’‘行’范畴的主要涵义上，就是从德性之知转向了科学知识；从道德践履转向了社会实践”（杨国荣，2005：58）。近代知行观的发展，除了现实的需要之外，也是中西文化碰撞交流的结果。严复翻译了很多西方学术著作，深受其中思想的影响，他曾反思：都讲格物致知为学问本始，为什么中国的民智不如西方开化呢？“夫朱子以即物穷理释格物致知，是也；至以读书穷理言之，风斯在下矣。且中土之学，必求古训。……审覈物理，辨析是非者，胥无有焉。”中国人以读书穷理为方法，所穷的也不过是古人之玄妙义理，对实际并无用处。严复指出西方则不同：“赫胥黎曰：‘读书得智，是第二手事，惟能以宇宙为我简编，民物为我文字者，斯真学耳。’此西洋教民要术也。”（严复，1986：29）西方人通过亲身实践掌握实际的人情物理，自然也能应用于实际。

陈澹然并没有专门探讨知行问题，但是也能看到其知行观的时代精神与独特之处。他反对把“性理”等作为国粹来保存和学习，但他也注重对传统的继承，因此他的知行观念中融合了继承与变革的双重因素。陈澹然说：“今之保中学者曰‘国粹’，兢兢焉举昔人所谓性理、考据、辞章，下逮词赋，皆必拳拳焉惟恐失之。”（陈澹然，2007a：6783）“夫所谓国粹者，谓其至精之术，至实之言。故孔子删书，独存体要，未有繁靡无实，而可号为粹者。”（陈澹然，2007b：6804）他不反对通过读书探究、借鉴古人可用于实际的思想、言论，因此提出读书的办法：“但观大略”和“不求甚解”。陈澹然把知与行的重点仍然放在实际事务上，他认为“性理、考据、词章”都应该与实际相关联：“人之所以为人，异于禽兽者，伦常操守而已。此二者，事归实践，非可空言，何必高谈性命？新政新物，日新无穷，无一不当考证，何必远索古初？记言论事，无一不寓经纶，何必滥夸浮藻？此三者即吾所谓性理、考据、词章也。”（陈澹然，2007a：6784）这还只是泛泛而论，最能体现陈澹然经世致用的“致知”思想的是“即事求理”：“理者何？若木之有细纹，肌肤之有理腠。大匠斫木，斧至则开；庖丁解牛，迎刃而解。皆以中其理也。凡有一事，必有一理。即事求理，理积则文自生，乃不至空言无用。”（陈澹然，2007a：6785）近代以来的知行观与传统的知行观本质区别就是“知”的来源，即“理”的来源，传统知行观讲读书明理，近代以来的知行观则提倡通过社会实践获得知识，陈澹然的“理”来源于对具体事物的观察、研究，所谓“事理”也就是可以应用于实际的知识、道理。他的“格物致知”之法非常切实，其平生致力所学在内政、兵事、外交，“求之之法，始于寻常日用，逐事研求。由一身之政，推之一家；由一家之政，推之一国。内政明而识见定矣。一身之御外侮，一家之御强邻，推之即一国兵事也。兵事明而志气雄矣。一身之结纳，一家之往来。推之即列国外交也，外交明，而规模远矣”（陈澹然，2007a：6785）。陈澹然也经常检验自己的“所知”，“识生于内而根于外，一在论事，一在读书。泰西哲家，有实验、怀疑二派。实验莫捷于论事，怀疑莫切于读书。一事见端，吾先决其成败，不必问流俗之褒讥，究之或成或败，与先时之见何如，或有无穷之变化，一实验而吾识精矣。一书至目，吾独决其是非，不必问前人之论说，究之或是或非，与古人之言何若，自有不易之定凭，一怀疑而吾识愈精矣”（陈澹然，2007a：6789），他更希望把这些见识运用到实际事务中。光绪辛卯年（1891 年）他曾在刘忠诚幕中有所建树：“南帅刘忠诚方莅镇，而鄂、皖、赣、苏、浙、闽争杀教士，毁教堂，势汹汹且乱。列强争请以兵舰入长江。先生独请任保教，操重典，伏乱民，事辄定。”（王汉超，2007：6776）他 1893 年中举，授资政大夫，民国初期充任大总统府高等顾问。由于他处事落落寡合，恃才自负，学术上不趋势逢迎，对待权贵也敢直面相讥，因此他每次任职时间都不长，或会被罢黜或被迫离开，一生漂泊零落，终究未能大展其才。不过，陈澹然对兵政、外交的研求却成就了他的多部著作。《寤言》卷二《迁都建藩议》曰：“不谋万世者，不足谋一时；不谋全局者，不足谋一域。”（陈澹然，1966：577）这成为今天被广泛引用的战略名言。《权制》是陈澹然青年时代研究外交、兵略的著作，他说：“制变之道在因时，不欲诸时则道为虚器。”（陈澹然，1923a：叙 1）特别强调了对当下局势的把握，上文提到他对舆地之学的重视，他所谓“舆地”也不是书本上的山川地理，而是“环球形势无日不轮转于胸膈之间，内则中国山川高低广狭浩淼嵯峨，益无日不森然怀抱”（陈澹然，1923a：后序 1）。

（二）治事与为文的贯通——陈澹然文章经世理论的核心

“知行合一”本应该是在实践中“致知”，再把所知应用于实践，但是陈澹然一生都不得志，也只能将所知体现在文章中，这也成就了他对治事与为文的贯通。

陈澹然虽生长在桐城东乡，却很不满意桐城派为文之法，汪辟疆曾回忆说：“余于宣统初元屡见之宣南，大骂桐城派，又语余曰：‘桐城文，寡妇之文也。寡妇目不敢邪视，耳不敢乱听，规行矩步，动辄恐人议其后。君等少年，宜从《左》《策》讨消息，千万勿再走此路也。’”（汪辟疆，1985：77）不喜桐城文而至于大骂，绝对是陈澹然的为人风格。陈澹然身上天生有一种纵横家的气质，他最喜欢《战国策》中的文章，在京师大学堂为预科生授课时，曾把删削过的《战国策》《史记》作为讲义发给学生。[①]他所著《晦堂文钥》处处都以批判桐城派入手从而树立起自己的理论观点，其中也提到，“观吾所删《国策》《史记》，即知雅洁之法”（陈澹然，2007a：6787）。桐城派虽然主张“学行继程朱，文章介韩欧”，但是却不能将二者融贯为一，在古文创作中以禁理学语、禁时文语、禁词赋语等为“雅洁”，陈澹然认为这些都是容易做到的，写文章的难点在于“一题有一题之理，即一题有一题之文。……题何以切？认理而已。周秦之间，百家竞出，曾无两人规模议论如出一家。后世教人，必使议论规模归于一律，此即俗也”（陈澹然，2007a：6786）。无用、不实即是俗，这也是作文最大的弊端。陈澹然自述：“求经世书外，辄览古文词，未尝一读，惧其缚我也。”（陈澹然，1923b：2）不读古文辞，不习其文法，免俗不能从文章本身的形式和内容去讲求，而是要从创作观念上做根本性的改变。“自来豪杰为文，皆在不得志时，聊为寄托”（陈澹然，2007a：6789），“古人所以为文者何哉？大则明内政、兵事、外交，以治天下；小则明寻常日用，

① 参考胡先骕《京师大学堂师友记》，黄萍荪主编《四十年来之北京 第一、二辑合刊》，大东图书公司，1978年12月重刊，102-106页。

以结人群而已”（陈澹然，2007a：6785）。他认为，古人都希望所知能运用于现实，这是“知行合一”，但迫不得已着为文章，也是把所知化为文章以期治天下、结人群，“其著书条理，即办事规模，文字精神，即用兵方略，识之所至，文即至焉。阳明知行合一，不外是矣。何暇与庸鄙书生论家法哉？”（陈澹然，2007a：6789）这也是“知行合一”，目的仍是希冀实行之。因此，陈澹然论述为文的方法说：“仆滥窃文名，时以文人自耻，实则平生所学，乃在内政、兵事、外交。……偶有所作，即以内政、兵事、外交之法行之，久之而变化自出。”（陈澹然，2007a：6785-6786）写作的方法都来自研究内政、兵事、外交等积累的事理。也就是说，以研习内政、兵事、外交来锻炼作家的意志、气节，以内政、兵事、外交所用的方法来安排文章的结构、修辞，这就是治事与为文合一，也是陈澹然论文的核心理论。

（三）“成其人”，然后“成其文”——《文宪例言》对读文方法的突破

近世古文选本《古文渊鉴》《古文辞类纂》《经史百家杂钞》，“《渊鉴》义归经世，而文或未精。《类纂》一主于文，而义或未广。分途既众，究其所极，亦不过为文人。《杂钞》并姚书为八类，独创‘典志’‘叙纪’二端，义使治文者，讲究典章治乱，其识可谓卓矣。然独尊词赋，居全篇四一之繁，极其所归，则亦文人而已”（陈澹然，2007b：6806）。对于三种影响较大的古文选本，陈澹然也大致把它们归于经世或修辞两类，因为《古文渊鉴》关注文章之经世内容，仍与陈澹然的观念有所不同，因此被认为“文或未精”。

陈澹然认为：“古人之文，可看而不可读，看则取其规模，读则落其窠臼。”（陈澹然，2007a：6787）《文宪》选文，从“成其人”的角度入手，从而“成其文”。陈澹然并不要求仔细研读文章本身，而是领略其中经世的规模、方略，目的是成其人之规模、方略，文章中自然会运用和显露：“顾非先定为人之方，则体无由立。……未有能成其人，即未有能成其文者。而况事业乎哉？但令先立其诚，毋轻言动，务为淡定沈默，以养其源。坚忍刻厉，以严其理腠，乃可循序以成。伪而讬焉，虽偶以诳天下，终不能自欺其文。此古人为人、为文、措事业之大原。”（陈澹然，2007b：6823）

《文宪》中如何体现“成其人”，然后“成其文”呢？主要是明确分类、明确学习目标。“今所选，义归经世……约其目，曰纪述，曰典志，曰策论、曰书疏，而以诏令、箴歌广其术。……必先明其体，而后可求其用。纪述者，古今治乱大原；典志，则典章所在。斯二者，其体也。论策者，推阐古今治乱典章，以明其意，使人达古而措诸今。书疏为论策所推，各即其事以为之说，必精论策，而后可为。诏令原出书疏，而制益简；箴歌义兼书、令，而法益严。斯四者，其用也。”

（陈澹然，2007b：6806）虽然，陈澹然在分类名称上沿用了前人的做法，但是内涵截然不同。纪述章选文明"经世之人"，如史书之纪、传等记叙了历史事件，这些事件无一不与经世相关，而且明确突出了人在其中的主导作用；典志章选文明"经世之法"，如《史记》之《货殖列传》《河渠书》，《汉书》之《地理志》《食货志》等，展示了历史上曾有的经世制度、法规，"典章制度，则贵时其升降，以为变通。未有不明乎古，而可措诸今者"（陈澹然，2007b：6809）。对于"成其人"来说，这些是经世的基础，是人应该"知"的部分。论策章选文明"经世之谟"，文章或就经世之大局而论，如论王道、论变法等；或就经世之名目而论，如论科举、论朋党等。书疏章选文明"经世之用"，诏令章选文明"经世之道"。相对于论策章，这两章所选文章在内容上更关注具体事件，如扬雄之谏纳单于、苏轼之言治盗等。箴歌章选文明"经世之术"，即陈澹然希望人在经世中学会自处："天下可治，不难自尽其才；不可治，亦将陶写山林，不至猝投祸乱。"（陈澹然，2007b：6816）这四章的内容对于"成其人"来说，是让人学习如何"实行"所知。

（四）由"成其人"而"成其文"——《晦堂文钥》论创作

《文宪例言》主要讲"成其人"，《晦堂文钥》则主要讲由"成其人"而"成其文"。陈澹然在《晦堂文钥》中主要论述了作家修养与文章作法两方面的内容，都是围绕"治事与为文合一"的观念展开论述的。

陈澹然认为作家应该"炼气""炼识"。他说："气者，文之所由生也。""思读古人之文，借古人之气，以换我之气。……使无古人尚能自立天地间哉？"（陈澹然，2007a：6787）他认为，炼气不是通过读古人文章借得古人之气，人应具有自立于天地之间的气概。有什么样的气概就会写出什么样的文章，"吾才可为豪杰，吾气即豪杰之气，吾文即豪杰之文"（陈澹然，2007a：6787）。那么，如何炼气呢？在当时外患纷乘，内忧日迫的情势下，他主张以忧患来炼气："孟子曰：'生于忧患，死于安乐。'夫忧患何以生？借忧患以炼吾气，乃生机也。史公得名山大川长其奇气，彼当承平无事，内难不生，故可借山川险阻，以激其怀抱。今则俯仰身世，无一不在忧患之中。以忧患为山川，其气必较史公为更壮。……虽在学堂，目营四海，则其心自远，其量自宏，其气自有不可一世之概。"（陈澹然，2007a：6788）在内忧外患中磨炼自己的意志、气概，既有助于作文章，也有助于任事。陈澹然指出，作家的见识也是在对历史、现实的分析中，不断精进的。他自己的叙述以及后人的记载都特别注重他所表现出的炼识之精。其门人王汉超为《晦堂文钥》所作的序，以及其孙陈静荪的记载，都提到陈澹然对袁世凯称帝的先觉、直谏与无奈。王汉超记曰："民国既定，项城任为大总统，召入都，请居公府，辞，而规画辄秘。见其受制党人也，乃为《民国鉴》，引美、法往事动之。又惧其为拿破仑而祸中国也，则为《拿纪》以讽之，而不任厥事。……天坛草宪，他教辇巨金，争国教。先生复上书申孔教，誓死抗争。项城仅颁《尊孔令》示国人，而不敢尊为国教。先生叹曰：‘依违若此，安能大有为哉？’则浩然以去。……乙卯，帝制事起，先生叹曰：‘大乱作矣。’则上书切谏。项城不能用。”（王汉超，2007：6778）据陈静荪记载，在听说日本人怂恿、支持袁克定做皇太子时，陈澹然就以会造成内外交困的局势劝谏袁世凯切勿称帝，袁世凯没有听。后来得知袁世凯心意已决，陈澹然仍以国家前途计，从现实状况出发再次进谏：“公握政柄未久，民心未固，前清陋政陋规亟待革除；国民望治心切，正与民更始之时。今国内艾安，万民乐业，公若励精图治，不过十年定收大效。届时我公威望日隆，列强怀戒，国民爱戴，若召集国民大会决定国体，则轻而易举矣。”（陈澹然，1989：68）可是仍未能打动袁世凯。虽然多数的建议都未能被当权者采纳，但是通过这些都能看出陈澹然对于全局和现状的独立分析及把握。

对于文章作法，陈澹然也是从立意、篇章、声调等角度来把握的，但其理解完全不同于桐城派。其论立意曰：“大抵一题之出，骤思一意，必与众同，同何由胜？作文如战斗，老子有言：‘以正治国，以奇用兵。’天下安有正兵而能战者？”（陈澹然，2007a：6790）其论炼局曰：“以文譬之，一篇之局，即兵事、外交之大局也。作文必就题审局，亦若兵家审地势以定兵谋，外交家审列邦以为操纵，此定理也。一篇主意，譬之兵事，则为主帅；譬之外交，则为主国。主帅既定，必得偏裨，前后左右以拥卫之。主国虽强，必得友邦，内外联络以保持之。此即为文，正意之外，必得上下旁侧以辅助之之义也。”（陈澹然，2007a：6790-6791）无论立意、章句，皆以兵事、外交为喻，最终仍取决于作者对现状的把握，以及对兵事、外交理解和研修的程度，方法也会随之有所变化。

二、读书、植品贯通——陈澹然对古代文章学中人文精神的挖掘

20世纪末，王晓明等学者提出“人文精神危机”的问题（王晓明等，1993：63-71），由此，中国学术界展开了对于“人文精神”的讨论，这实际是在学术文化多元化的背景下，对“人文精神”内涵的重新认识。“五四”前后并没有这样的背景和讨论内容，但是当时的先进知识分子突破了封建时代的君臣关系，以国民的身份来思考问题，由此也带来了对人的价值的关注。正是在这个意义上，陈澹然认识到文章与人的价值以及人类命运的关联。

陈澹然在不同层面上关注了人与文的关系。在功用的层面，他认为文章可以正人心。“国与天地，必有与立。立者何？人心是也。孟子有言‘欲正人心。’”而

文章的作用就在于“正人心”，也就是要讲明义利之辨，“所谓义者，非无利也。尽吾之义以求之，则义即利也”。辨义利、正人心的目的，不是攘外安内，而是对全人类的人文关怀：“鄙意欲救今世，必得一环球孟子，合中外哲学政教而折中之，人类乃可自保。惜乎未见其人也。仆近著《原人》一书，慨焉有志于是。”（陈澹然，2007a：6794-6795）他希冀以“孔教之说”教化人心，不仅要使中国人，也要使全球万国之民心趋于仁善不争。“自恨不通西语，无能译证环球”（陈澹然，2007a：6795），他也有把其思想通过文章传播到西方去的想法，类似西方派传教士来中国。但是中国当时面临内忧外患，他又不愿正视“种族之分”“国际之别”的存在，因此这一想法终究不能付诸实行。虽然“正人心”被时时提及，也是当时的时代呼声，但是这并非陈澹然论述的主要方面。

在本体论层面，陈澹然把人的价值的实现同文章创作相联系，为文章创作注入了人文精神，深化了文章的内涵。古人着眼于纹饰藻彩，认为文章是自然之道的体现。刘勰《文心雕龙》开篇即论“原道”，认为天地万物皆有文采，体现了自然之道，而人生于天地之间，“实天地之心。心生而言立，言立而文明，自然之道也”（刘勰，1981：1），人所作的文章也应有文采，也是自然之道的体现。刘勰以自然之道解释文之本体，为后世文论从修辞角度探讨文章创作奠定了基调。明代以来，随着八股文的出现，形诸文字的文章的内涵日益狭隘，而学作八股文章的人也成为空疏不实之人。明末清初，顾炎武、黄宗羲、颜元等人起而倡为经世学说，也正是为了矫正这种空疏不实的风气。陈澹然致力于经世之学，对于文章本质、内涵的认识也有了变化：“子贡之论孔子曰：‘文章可闻，性道不可闻。’夫文章，目见者也，何以独谓之闻？其非后世之文章，固较然矣。自性道成风，圣学乃成虚器，此岂孔孟之过哉？孔子之论尧也，曰：‘焕乎文章。’夫尧未尝为文也。《尧典》一书，首称‘稽古’，出自后史可知。此岂可谓尧之文章耶？故鄙意孔子称尧之‘文章’，与子贡称孔子之‘文章’，断非区区文字，类皆实事可寻。……颜习斋之设学科，曰兵、农、钱、谷、水、火、工、虞，似即尧孔文章之实迹。”（陈澹然，2007a：6795）陈澹然显然受到颜元思想的影响，颜元曰：“不独《诗》《书》、六艺，凡威仪、辞说、兵、农、水、火、钱、谷、工、虞，可以藻彩吾身、黼黻乾坤者，皆文也。故孔子赞尧曰：‘焕乎其有文章。’周公作谥曰：‘经纬天地曰文，道德博闻曰文。’”（颜元，1987：190）孔子赞叹尧之天下的功德曰：“焕乎其有文章”，所谓“文章”，是指尧经天纬地的事功。“谥者，行之迹也。号者，功之表也”，“行出于己，名生于人”（朱右曾，1937：92），古代帝王以“文”为谥号，也是着眼于其一生的功绩。在古人那里，“文”与帝王的事功密切相关，到了颜元那里，“文”被扩展到普通人身上，而陈澹然在此基础上进一步指出广义的文章就是实事、实迹。对于形之于文字的文章，他也认为“文与事合为一途，其人乃为有用”（陈澹然，2007a：6786）。“惟言为心声，靡不载其精神以俱出，即有伪讬，明者不难洞其渊微。伊古以来，未有平居不考典章图籍，达古今中外之源流，立言能中其利害，措诸天下而无乖裂者。”（陈澹然，2007b：6801）这也就是主张文章中应该体现人的价值。他还提出学者应学为豪杰，而耻为文人。陈澹然的主张在充实人之为人的内涵的同时，也充实了文章的内涵，深化了对文章本质的理解。

在创作层面论人与文，也是近代以来文论关注的焦点，而陈澹然也有其独到的见解。子曰：“有德者必有言。”一般解释为：有德之人必有善言，然后世人却因此把道德、文章并列，认为有好的道德修养就能写出好文章，但是这并非必然。陈澹然曰：“综览唐虞已降四千年，迭治迭乱，未有士大夫不本道德以求经世，其国得以治安。……虽然，道德者，无形之物，于何见之？文字而已。古者文语未分，圣贤所言，皆成文字，故孟子集义，终以知言，而决以生心害政。呜呼！三代以上，礼乐兴，治乱系乎礼乐；三代以下，礼乐废，治乱系乎文章。”（陈澹然，2007b：6803）《孟子·公孙丑上》有这样一段对话：“公孙丑问曰：‘何谓知言？’孟子曰：‘诐辞知其所蔽，淫辞知其所陷，邪辞知其所离，遁辞知其所穷。’”（孟子，1987：209）陈澹然提到孟子的知言，就是想说明言语能透露出人的道德状况。人一旦在现实中遇到挫折，不能将所知运用于现实，如果生出淫心、邪心，必然表现于文章之中，这样的文章又必然有害于现实，这就是陈澹然所谓“生心害政”。因此他主张“本道德以求经世”，也就是本道德作经世文章。《文宪》“箴歌”一章的选文目的也在于此。此章主旨在明“经世之术”，“以经世之术，审量于身世之间，而忖其所处”（陈澹然，2007b：6816），能尽其才，也能守其才。因此，在陈澹然看来，道德不是性理、良知，而是人面对现实的自觉、自律，也可认为是一种人文精神。他主张本着这样的道德作文章，所以对于古人的箴、歌等文章也注重发掘其人文精神：“箴歌者，始于唐虞之世。君臣相规，《南薰》《月华》《击壤》诸篇，遂开后世风谣之祖，而《九歌》《勿坏》，尤为久安长治之原。后世君臣问答，有颂无规，遂至谀谄万端，君益骄而臣益媚，治乃不忍言矣。嗟乎，礼繁则敝，乐靡则亡。辑让之节愈明，而礼愈昧；律吕之文愈辨，而乐愈淆。”（陈澹然，2007b：6814-6815）他看到的不是“箴全御过”，“其取事也必核以辨，其摛文也必简而深”（刘勰，1981：117），而是“君臣相规”，君臣本着自觉、自律的态度治事、作文，即此种文体体现了人的道德取向。

陈澹然注重人与文的关联，把“正人心”“焕乎其有文章”“本道德以求经世”等观念同文章相关联进行思考，并没有提出“人文精神”的概念，更不能对于“人文精神”本身做深入的思考，但他的理论却是对在新的时代氛围、新的文学观念下，如何发掘、继承古代文章中的人文传统的思考，在今天仍有借鉴意义。

第四节　郭象升《文心篇》与古代文章学中性情论的理论提升

郭象升（1881—1942[①]），字可阶，号允叔，又号云舒、云叟，山西晋城人。1902～1909年曾入山西大学堂中斋学习，毕业考试中以《崇奖名流论》一文备受赏识，被举荐为拔贡，朝考一等。他自此也开启了教育与学术研究的生涯，先后担任山西优级师范学堂教习、山西医学专门学堂监督、山西大学文科学长、山西省图书馆委员、山西省立国民师范学校高师部学长，后山西省立国民师范学校变更为山西省立教育学院，郭象升任院长，再后省立教育学院又并入山西大学，郭象升任山西大学教育学院院长，兼任山西文献委员会常务委员、总纂等。

郭象升早年便蜚声山西文坛，一时碑板文告均出自其手，著有《允叔诗钞》《允叔文钞》；又对古人文章揣摩研炼，多有心得，执掌学校文科教育多年，重视对学生文章写作功底的培养，曾编撰《优级师范国文读本》《文学研究法》《五朝古文类案叙例》《古文家别集类案》等，为学生学习古文提供了参考。郭象升博览精研，著有《伪古文尚书说》《尚书金縢考释》《庄子说》《东都事略别鉴》《经史百家拈解》《渊照楼札记》等，还曾主持编纂《山右丛书》等。当代人还编有《郭象升藏书题跋》《郭象升手稿拾遗》等。

《文学研究法》共四种版本：民国五年（1916年）油印本，此本编纂较粗疏；民国十三年（1924年）的铅印本，增加了郭象升重刊序、赵戴文跋，以及《新名辞评议》《白话文评议》两个附录；民国十六年（1927年）太原中山图书社铅印本；民国二十一年（1932年）太原中山图书社铅印本。《文学研究法》出版之后受到当时学者的好评，郭象升也被誉为“山右第一才子”“中国古文殿军”等，从《文学研究法》的成就来看，这些评价并非虚誉。第一，郭象升明确提倡“文章专家之学”：“原文之所以为文，固求其有用而已。然世有为文章专家之学者，则又不得以有用无用为衡。郎夫之书（指前所论陆耀之《切问斋文钞》——笔者注），虽排斥世间一切不急文字，然未尝谓学文者必当奉此以为准绳，合之两伤，离之两美。异乎主于言理者之用心也”（郭象升，1932：148）。郭象升将“文章专家之学”与为义理、考据、经济等不同目的做文章的理论对等起来，并将其贯穿于整个《文学研究法》的论述当中，展现出文章观念的现代性价值取向。尤其是《文

① 郭象升卒年一般都认为是1941年，据李小强主编《郭象升手稿拾遗》前言之考证，应为1942年。

心篇》所关注的问题，虽然《文心雕龙》就已提出，但其中对文章作者文学素养的关注和总结，却是发前人所未发。本节将对此做深入阐发。第二，郭象升博览群书，又有开阔的视野，在《文学研究法》的《文派篇》中对先秦以来文章的发展有整体的观照，对各时代文章的整体创作特色、趋向，对各时代文章作家的创作成就、得失利弊都能言之凿凿。第三，《文学研究法》中的《文选篇》对古代的古文、骈文选本进行了系统的梳理、评价，尤其是对选本的选文目的、标准，以及文章与政治、科举的关联等问题的理论阐发，是到目前为止也绝无仅有的。后两个方面的成就将在本书第四章中做深入的论析。

郭象升的《文学研究法》有《文心篇》，专论文章作者之质性及经验。古人重视作者的修养，往往泛泛而论，如程颐论德行与文章曰：“孔子曰：‘有德者必有言’，何也？和顺积于中，英华发于外也。故言则成文，动则成章。”（程颢和程颐，1981：320）刘熙载论作家之才、学、识，曰：“文以识为主，认题立意，非识之高卓精审，无以中要。才、学、识三长，识为尤重，岂独作史然耶？”（刘熙载，1978：38）《文心篇》所论则并非简单强调作家修养，而是从文士质性、后天经验与文章的关联等方面探讨文章创作的规律。这方面的论述《文心雕龙》已开其端绪，清代以来，姚鼐、章学诚等能接续其传统，郭象升在此基础上，既能梳理古人的相关创作和理论经验，又能面对当时文章创作的实际需求进行理论开拓，对于当今的文章学研究、文章学理论建设而言都有重要的借鉴价值。

一、前人所提出的文章创作中的情性问题及阐发思路

《文心雕龙》的“体性”篇明确提出了情性与文章风格的关联问题，刘勰认为，“才力居中，肇自血气，气以实志，志以定言，吐纳英华，莫非情性”；又指出，先天的才、气与后天的学识、习染决定了文章的义理、情感、格调等，“各师成心，其异如面”（刘勰，1981：308-309）。刘勰在分析具体作家时，一一罗列其个性、气质及文章风格，并未对其“情性”进行理论抽象、总结。

清代以来，姚鼐在刘勰的基础上将作家的情性抽象为“阴阳刚柔”：“鼐闻天地之道，阴阳刚柔而已。文者，天地之精英，而阴阳刚柔之发也。……其得于阳与刚之美者，则其文如霆，如电，如长风之出谷，如崇山峻崖，如决大川，如奔骐骥；其光也，如杲日，如火，如金镠铁；其于人也，如凭高视远，如君而朝万众，如鼓万勇士而战之。其得于阴与柔之美者，则其文如升初日，如清风，如云，如霞，如烟，如幽林曲涧，如沦，如漾，如珠玉之辉，如鸿鹄之鸣而入寥廓；其于人也，漻乎其如叹，邈乎其如有思，暖乎其如喜，愀乎其如悲。观其文，讽其音，则为文者之性情形状，举以殊焉。”（姚鼐，1992：93-94）

章学诚的《文史通义》有“质性”篇，更细致地区分了情与性，认为“前人尚论情文相生，由是论家喜论文情，不知文性实为元宰。离性言情，珠亡椟在”（章学诚，1985：24）。章学诚专论文士之质性，更注重从品格层面论质性与文章，他从儒家对人格品性的分类入手，将文士质性区分为中行、狂狷、伪中行、伪狂狷：“《洪范》三德，正直协中，刚柔互克，以剂其过与不及；是约天下之心知血气，聪明才力，无出于三者之外矣。孔子之教弟子，不得中行，则思狂狷，是亦三德之取材也。然而乡愿者流，貌似中行而讥狂狷，则非三德所能约也。”（章学诚，1985：24）这是伪中行，另外还有伪狂狷者。他还分析了伪中行、伪狂狷在文章创作中的表现：矜心作意，但宗旨茫然；无屈贾之志，而自命为骚者；附庄而称达者；等等。什么样的文章创作才是真正的狂狷呢？章学诚指出：“《易》曰：‘一阴一阳之谓道。’阳变阴合，循环而不穷者，天地之气化也。人秉中和之气以生，则为聪明睿智。毗阴毗阳，是宜刚克柔克，所以贵学问也。”又指出：“才情不离乎血气，无学以持之，不能不受阴阳之移也。陶舞愠戚，一身之内，环转无端，而不自知。苟尽其理，虽夫子愤乐相寻，不过是也。其下焉者，各有所至，亦各有所通。……屈原忧极，故有轻举远游餐霞饮瀣之赋；庄周乐至，故有后人不见天地之纯、古人大体之悲；此亦倚伏之至理也。”（章学诚，1985：25）他认为，人之质性、才情有毗阴毗阳，而阴阳之道是循环往复的，可以通过学问来纠正毗阴毗阳之偏颇，使文章中所表现的情感趋于中和，以此在创作中达到著诚去伪。章学诚对作者的品性、才情、学问在文章创作中的作用机制做了深层次的思考和阐发。

刘勰认为文如其人，分别论述了两汉魏晋十一位作家的情性与创作风格的关联，纪昀曾提出异议：“此亦约略大概言之，不必皆确，百世以下，何由得其性情，人与文绝不类者，况又不知其几耶？”（纪昀，1957：279）元好问《论诗绝句三十首》曾指出潘岳《闲居赋》与其为人不符：“心画心声总失真，文章宁复见为人。高情千古《闲居赋》，争信安仁拜路尘！”钱钟书《谈艺录》中肯地指出了其中的分歧所在：“心画心声本为成事之说，实鲜先见之明。然所言之物可以饰伪：巨奸为忧国语，热中人作冰雪文，是也。其言之格调，则往往流露本相：狷急人之作风，不能尽变为澄淡，豪迈人之笔性，不能尽变为谨严。文如其人，在此不在彼也。”（钱钟书，2007：426）实际上，刘勰所谓“情性”，是就作家的气质、性格而言的，没有优劣之别；姚鼐所谓“阴阳刚柔”，也主要是就作家先天的禀赋而论的，所以二人的论述都是文与人对应的，并不需要考虑文与人不相符的复杂状况。而章学诚所谓“质性”，则更多是就作家品性而论的，品性有优劣，文章所表现的情感自然就有真伪之不同，“质性”篇之所以兢兢于辨析狂狷真伪，原因正在于此。前人虽意识到真伪混杂的存在，但是没有深入地论析，这也是章学诚的“质性”

篇的价值所在。

二、郭象升《文心篇》的独特内容及其价值

前人所提出的有关作家情性与文章风格的关联问题，以及讨论过程中对文学禀赋、文章品格的重视等，郭象升在《文学研究法》的《文心篇》中都有所继承，其进一步的贡献，可以分三个层次来认识：文学观念的转变、论述体系的系统化、相关问题的独特见解。

古人论文章一贯秉持杂文学的观念，论创作的素养也往往重视道德、学识等，并没有针对文学的特殊性发议论。刘勰论体性、姚鼐论阴阳刚柔、章学诚论质性也有这样的前提，因此，他们不管是论情性影响风格，还是论文章之阴阳刚柔，或者论狂狷之真伪，也都不会突出创作主体的文学素养。

郭象升的《文心篇》虽然明确指出是承继刘勰《文心雕龙》而作，但是有关文学、作家的观念已经大不相同，称得上真正意义的作家论，对作家主体的认可、对文章作者独特素质的总结，都能发前人所未发。首先，他将为文与为道对立起来认识：“文章之事，起于不平之心。不平之心，道之贼，而文章之先驱也。充道之极，文字可以不立。老子曰：‘为道日损，损之又损，以至于无。’则鄙俚之语录，亦疣赘矣，而为文者固反是。”（郭象升，1932：27）进一步，他从为人、为道的对立角度认识作家的独特素质：“章文之士，区其质性，盖有四焉：一曰意气，二曰迷溺，三曰孤僻，四曰捭阖。为道耶，克而去之；为文也，始也利用之，继也克去之。”（郭象升，1932：27）这四个方面与道的追求是相背离的，然而又是郭象升从古人的创作经验中总结出来的，与文学的追求相合。“意气”是对古代“不平则鸣”说的继承，“所贵乎文章者，心中跃跃有言而借题事以发抒之也”，否则“因循岁月，才品且愈趋愈下，非但文章而已也”（郭象升，1932：30）。“迷溺”指精神专一，有些甚至发展为嗜好。他举王维、贾岛、韩愈、苏轼等人为例，总结古人读书、作文的专一状态。“孤僻”指以淡泊、清净之心为文，“文本静业，岂可以躁心求之”（郭象升，1932：34），他举薛道衡、王勃、陈师道、韩愈等人为例进行了分析。郭象升又指出：“孤僻者，作人之大戒也，而于作文则为上药。”（郭象升，1932：35）“捭阖”指作文时以无为有、以曲为直之法，《庄子》《战国策》文章最突出，“捭阖者固无补于道，而有助于文”（郭象升，1932：37）。文章作家的独特素质被突出出来，作为作家的主体性身份也就得到了认可。

郭象升论文心并不止于论作家之质性，而是对质性与创作的关联有辩证的认识，对质性之偏颇也提出救弊之方。他沿用姚鼐阴阳刚柔之说，指出：“意气、捭阖，毗乎阳刚，迷溺、孤僻，毗乎阴柔。凡为文者，未有脱四累者也。”（郭象升，

1932：38）这四种素质既是文章作者所应有的，但又难免偏颇。所以上文已有引述，郭象升认为这四个方面的素质“始也利用之，继也克去之”。他指出救偏则须客观之法，“客观有二：有稽古之客观，有阅世之客观”（郭象升，1932：39）。稽古之客观包括通训诂、谙故实、识流略、明玄言，阅世之客观包括识情伪、纵游览、广交游、究治乱。之所以言文心而涉及客观，郭象升认为：“校德于毫厘，析理于分寸，固不若开拓万古之心胸，推倒一世豪杰也。”（郭象升，1932：58）他又进一步指出：“识流略、知情伪，则意气、捭阖可以化矣，而意气、捭阖吾所不非也；纵游览、广交游，则迷溺、孤僻可以化矣，而迷溺、孤僻亦吾所不非也。……固以相反为相成也。”（郭象升，1932：58-59）相较于刘勰的“体性”篇只将主观风格与客观风格分别论析，郭象升将主体的内在质性与外在经验的相反相成论述得更为系统，逻辑更严密。

清代以来人们论创作修养时很重视经学、史学根底，郭象升所举八种客观之法，即“通训诂”“谙故实”“究治乱”“识流略”“明玄言”“识情伪”“纵游览”“广交游”，也是在论文章作者的外在修养，他依据当时文章创作发展的实际状况，提出了很多独到的见解。“通训诂”“谙故实”“究治乱”等是明清以来文话著述中都特别强调的内容，郭象升提出了这几点，也没有更突出的见解。“识流略”是作为读书为学方法提出的，古代文话著述中几乎没有论述。刘向、刘歆父子有“七略、九流”之说，是对先秦至汉初学术思想的分门别类及追源溯流。章学诚总结其贡献曰：“刘向父子部次条别，将以辨章学术，考镜源流；非明于道术精微、群言得失之故者，不足与此。”（章学诚，1985：95）当代学者认为刘向、刘歆父子奠定了后世目录学的基础。郭象升提出“识流略”并非要文章作者辨章学术、考镜源流，或研究目录之学，而是要掌握学术门径，在读书时能“秉要执本”“得其环中”（郭象升，1932：44），“虽一切不入流略之书，皆可以流略之说归纳也。常见朋辈中读书不能终卷者，辄自谢为记性不佳，此由胸无泾渭，乍有新得而不知其置顿之地。”“识流略”是郭象升认识到宋明儒家“好持苛说，或以成败论人，不究终始”，清代朴学家“泥于校雠一端”（郭象升，1932：45），以及西学东渐的冲击等时代状况所提出的读书、为学方法，应该是希望以中学融贯西学，兼通万理之法，这一方法在当代仍具有借鉴意义。

桐城派特别强调文章要讲义理，郭象升提出“明玄言”，玄言表现于文章中即是义理，但他的义理不仅仅是桐城派所谓儒家的义理。郭象升的“玄言”是就哲学而言，之所以用“玄言”之名，一是因为包含广泛，“玄学者，九流、浮屠皆在所取，视朱、陆诸儒，范围广矣”；二是更看重其形而上的思辨性，“玄言者，学者至高境地”（郭象升，1932：46）。而且玄言涵盖的范围非常广，视野极为开阔：“玄言部分所包者五：九经也，诸子也，宋明理学也，释典也，欧人哲学也。博观约取，觉犁然有当于吾心，而后布在文章，可以率履不越。”（郭象升，1932：48）他不仅将门户之见一扫而空，还强调了对西方哲学思想的吸纳。郭象升还具体分析了玄言对古代文章创作的影响，他认为玄言与文章关系紧密，“于义理所得深者，其文章亦深”（郭象升，1932：46）。以骈文而论，“骈文衰于齐梁，由于玄言不振也。魏晋作者，根极道理，其言表里莹澈，视散文家或反过之”（郭象升，1932：47）。

“识流略”“明玄言”还未超出古人所强调的根底学问的范畴，而“识情伪”“纵游览”“广交游”等更注重外在阅历的积累在文章创作中的基础性作用，也是古人较少关注和强调的方面。“识情伪”就是练达老成，郭象升认为：“大抵诗词、书画之士，以天机深而世故浅者为佳；著书立言之士，以天机世故并深者为佳；功名之士，则世故足矣。”而“散体古文，与著书立言最近”（郭象升，1932：50）。古人论文章创作也讲山川之助，而郭象升提出“纵游览”不仅是要得山川之助，他指出：“世界一切之学，何自而起耶？起于触受而已矣”；而“游览者，触受之缘也。”有“触受之在山川者”，也有“触受之在政俗者”，“其大者增益智慧，而细者鼓舞文章”（郭象升，1932：51-52）。“广交游”的提出客观反映了古代文章创作的实际状况，文人交游广泛，也确实在影响着文章创作。郭象升指出，“师道至唐而亡，结友之风始盛”（郭象升，1932：53-54）；“广交游者，破陋之良方，成名之要务也。若曰：‘足以謏闻，不足以动众；足以动众，不足以化民。’是则辅仁进德之言，今但论文，请姑舍是”（郭象升，1932：55）。从中也可见，只有突破了道德、教化等范畴论创作，才会真正重视和总结交游对文章创作的作用。

第二章 “五四”前后文话与古代文章学技法理论的传承

“法”虽然不像“道”具有本体论意义，但也是古代文章学非常重要的范畴。文章技法是就散文篇章字句等进行的创作规律的总结，比如作文应该讲求立意、结构、气脉贯通、形式与内容相辅相成等，这些规律有广泛的适应性，并不存在文言与白话的界限。这是“五四”前后文话能够承继古代文章技法理论的基础。

南宋以来由于科举考试的需要，文章创作开始普及，讲授文章创作的“文法书”层出不穷，讲“文法”也成为古代散文理论批评的主要内容。南宋吕祖谦的《古文关键》主要是对所选文本的结构布局、笔法技巧进行总结，开创了探讨文章形式技法的先河。明代对于文章技法的探讨开始走向系统化，如高琦的《文章一贯》对前人论述依类编辑，庄元臣的《论学须知》论立意、章法、句法、字法等都颇成系统。明代在创作上成就较突出的七子派、唐宋派，其理论主张也能更明确地看到对前代创作技法的系统认识。七子派主张“文必秦汉”，李梦阳曰：“古人之作，其法虽多端，大抵前疏者后必密，半阔者半必细，一实者必一虚，叠景者意必二。”又曰：“夫文与字一也。今人模临古帖，即太似不嫌，反曰能书。”（李梦阳，2013：448）李梦阳认为做文章要模拟古人，主要是模拟古人的字法、句法。他的文章也多模拟《史记》《汉书》，实际就是对秦汉文章字法、句法的总结和实践。唐宋派主张要学习唐宋文章，他们批判七子派的字拟句摹，实际学习的是唐宋作家的篇章技法，如唐顺之的《董中峰侍郎文集序》曰：“汉以前之文，未尝无法而未尝有法，法寓于无法之中，故其为法也，密而不可窥。唐与近代之文，不能无法，而能毫厘不失乎法，以有法为法，故其为法也严而不可犯。”（唐顺之，1919：卷十 35）唐顺之的《文编》编选了大量唐宋文章，其评点也多关注文章篇章结构的梳理。清代桐城派方苞对《左传》《史记》义法的总结，不仅影响了桐城派的延续与传播，也影响了近现代文人的创作。胡适在《五十年来中国之文学》中说：“唐宋八家的古文和桐城派的古文的长处只是他们甘心做通顺清淡的文章，不妄想做假古董。学桐城古文的人，大多数还可以做到一个‘通’字。”（胡适，1988：9）作为安徽桐城（今安徽省枞阳县）人氏的朱光潜十五岁之前接受的都是正统的桐城派古文的教育，他自认为小时候学到的那些古文技法，即使后来改作白话文，也仍然有用。在《从我怎样学国文说起》中他说：“在造句布局上我很注意声音节奏。我要文字响亮而顺口，流畅而不单调。古文本来就很讲究这一点，不过古文的腔调必须哼才能见出，白话文的腔调哼不出来，必须念出来，所以古文的声音节奏很难应用在白话文里。”（朱光潜，2012：116）即使古文与白话的声音节奏不同，但是二者都讲求声音节奏，都通过声气的贯通来把握节奏，这个基本法则应该是一致的。

20世纪初随着科举考试的废除、新式学堂的兴办，以及白话文运动的兴盛，以往这些关于“文法”的理论应该如何看待、如何应用于现实，成为不可回避的问题。从晚清黄遵宪、裘廷梁等人倡导白话文，到新文化运动中胡适等人倡导白话文运动，其所提倡的都是对于文学或文章的改革，目的都是政治的启蒙与变革，并未触及语言文字本身的变革，更未能真正意识到古代文法的存在和意义。晚清的有志之士大都主张言文合一，以通俗文体启蒙大众。裘廷梁的《论白话为维新之本》一文是其中的代表，其分析当时的文章创作认为，“必取古人言语与今人不相肖者而模仿之，于是文与言判然为二，一人之身，而手口异国”，而言文分离的危害正在于“愚民”。裘廷梁指出，民之智愚与国之兴亡有关，但是，“中国有文字而不得为智国，民识字亦不得为智民”，“此文言之为害也”，“文言之害，靡独商受之，农受之，工受之，童子受之，今之服方领习矩步者皆受之矣；不宁唯是，愈工于文言者，其受困愈甚。二千年来，海内重望，耗精敝神，穷岁月为之不知止，自今视之，仅仅足自娱，益天下盖寡”（裘廷梁，2012：83）。裘廷梁认为人民识不识字不是国家兴亡的关键，而崇文言，致使人民劳费精力于此，才是国家衰弱的原因，矛头直指以科举考试为目的的文言文阅读与写作。随着封建社会的没落和科举制度的废除，文言文写作没有了必然存在的依据。后来“五四”时期的白话文运动的实绩，是出现了鲁迅、周作人等白话文作家和一大批白话文的典范作品。在白话文学的创作领域，古代文法似乎也随着文言文的衰落而成了历史。

白话文运动的兴起使语文教育和文学创作领域渐渐远离文言文，而以白话文为主。不过古代文法真正被认识、变革和传承，主要还是在语文教育的领域。在这方面，刘师培、姚永朴、来裕恂、徐昂等做出了积极的探索。“五四”前后的这些文话作者都接受过古文技法的训练，在新形势下，他们以自身的小学根底，从辞章学、语言学、修辞学等多个角度客观地审视、继承了古代文章学中的技法理论。姚永朴作《文学研究法》，徐昂作《益修文谈》，他们都有学习桐城派古文的背景，刘师培作《论文杂记》《文说》等，他则被划归与桐城派相对立的魏晋文派，但是他们都在小学方面孜孜以求。姚永朴是姚莹的孙子，从小受到桐城古文正宗的熏陶，又曾师事经学大师郑杲，被看作是能兼采汉宋的“通儒”；徐昂曾师从桐城古文家范当世学作诗、习古文，也曾跟随舅父孙锦标治小学，开启了他对古文辞声韵的研究；刘师培继承了仪征刘氏的《左传》家学，对于王念孙、王引之、阮元等扬州学派前辈也格外留心学习；来裕恂在杭州诂经精舍学习时，得清末经学大师俞樾青睐，被俞樾誉为“颇通许郑之学”。对于古代文章学特别重视的文法，他们都能用更科学的态度，以自身在文字、音韵上的造诣加以剖析、继承。

在语文教育领域，在教科书的编写、教育模式的确立过程中，文法问题不可避免。文廷式曾与李提摩太论中国文字，“（李提摩太）问曰：‘然则中国学童每至七八年、十年，犹有文理不通者，其故何欤？’余曰：‘求工求雅之过，非文字之咎也。中国文法，大半沿之周秦汉者十七八，沿之唐宋者十二三。若近千年之名物，则不登于文字，近五百年之语言，则不书之简牍。是学者读古书，通文理，其中已兼两次翻译之功，安得不迂缓乎？’”（文廷式，1993：804）。文廷式在这里主要讲文言文难学，我们从中也可见语文教育中“文法”的重要性，他显然也意识到了古文文法与白话文法的衔接问题。一般认为，我国自编的第一部新型教科书是1897年由朱树人编写、南洋公学出版的《蒙学课本》，该书在1901年修订本的《编辑大意》中指出：“我国文字语言离为二物，识字之所以难也。其文序与语次相歧者，童子尤难领悟。是编专取文、语同次者，凡倒装句法，及文中所有语中所无之字，概不阑入。”近代中国在语文教育中的转变之一就是文言文转向白话文。《编辑大意》中还指出：“旧法令学生苦认方块字，孤寂无情，断非善法。是编以两名相联开卷，由联字而缀句，而成文，七八岁童子稍有知识者，谅无不能贯串之理。”“其联字缀句之法，则先联平立之两名字，次联不并立之两名字。先两字，次三字、四字，则几乎成句矣。至九字、十字，则接句而成文矣。”（朱树人，1901：1-2）作为我国早期语文教科书的雏形，《蒙学课本》也自觉地把“积字成句，积句成章”的作文规律应用于语文教育。不过，这只是作文教学的过程，“积字成句，积句成章”的依据是什么，也就是说，“文法”是什么，这个问题还是没有解决。

“文法”问题的梳理，还要追溯到传统语文教育时期。传统语文教育主要有两方面的内容：一是识字，《千字文》《三字经》等教材都是以识字为主；二是选本，如《千家诗》《古文观止》等，它们或遵循“读书千遍其义自见”的办法，希望学生大声诵读，然后自己体会作法，或者以评点的形式，略为提示其作法。南宋以来虽有不少讲文法的书，然而并未能成为通行教材。刘师培在《国文杂记》中道出了其中的原因：“中国旧无文典。……中国人之于文法也，知其所当然，不知其所以然，于字类之分析、文辞之缀系，有白首不能得其要领者，无他，无课本之故也。中国人动言中国文词非他国所及，然岂知西人之于文字也，皆有一定之规则，不可稍违，而中国之所谓文法者，仅曰效周秦诸子、效八家已耳。即儿童之初学作文也，亦仅授以唐宋文数十篇，使之诵习，便以为文法可通，此诚孔子所谓贼夫人之子者矣。故欲授国文，先自罢诵古文始，而《东莱博议》《古文观止》诸书尤宜深戒。”又说：“中国人之言及编图文课本者，不曰浅陋，则曰迂拘。其目为浅陋者，大抵谓中国自有韩、柳、欧、苏之文在，何用另编文典。其目为迂拘者，大抵谓韩、柳、欧、苏诸名家曷尝受此教法，何以文亦能工。不知此皆谬说也。教授之法无不由浅而深，何独于国文而不然？”（刘师培，1936a：2）当时的中国国文教育，虽然在废除科举制度后改为新式学校的教育，但在内容和形式上仍主要承袭南宋以来围绕选本讲论文法的惯例。刘师培认为这样只能知其然，而不能知其所以然，方法应该由浅入深，主张先学认字，再学组词、造句。并且特别强调要让初学者明白组词、造句所依据的规则：“作文以明句法为主”，“中国国文之最宜讲明者在于字与字相配成句之义，此法不明必不可先使之作文。而中国腐儒动言神而明之存乎其人，又曰不可以言传。斯言也，非误尽天下青年不止。……规矩果可废，与不言规矩而言神韵，此皆浅儒藉此言以藏其拙者也”（刘师培，1936a：5），他坚决反对腐儒言神韵而抹杀作文之规矩，并明言：“中国无文典，此中文之一大缺点。今欲教育普及，当以编文典为第一义。”（刘师培，1936a：6）他在1906年所编的《中国文学教科书》一册的《序例》中说：“中国文学教科书计编十册，先明小学之大纲，次分析字类，次讨论句法章法篇法，次总论古今文体，次选文。”（刘师培，1936f：67册序例2）虽然《中国文学教科书》只编了一册，并没有按计划完成十册，但是从十册体例安排上我们可以看出，在识字之后、写作之前，他特别安排了对于句法、章法、篇法以及文体等的讨论，突出了学习文法这个中间环节。

现代学术研究中，能与古代技法理论恰切地相对接的，应是“辞章之学”。张志公于20世纪60年代提出“辞章之学”，其研究思路与刘师培之前的思考如出一辙。“所谓辞章之学，可以说是一门富于民族特点的探讨语言艺术的学问。它包含我们现在一般理解的‘修辞学’的内容，但是比‘修辞学’的范围广，综合性大，更符合我国语言文字的特点和运用语言的传统经验。前人在这方面留下来的材料很多，精华与糟粕杂糅，有待我们去爬梳整理，分析研究。”（张志公，1996：18）张志公又说：“辞章学是研究诗文写作中运用语言的艺术之学。”（张志公，1996：20）张志公虽然没有仔细分析辞章学与修辞学的不同，但是指出了辞章学最重要的特点，即研究语言的运用经验、规律，尤其是文学语言的运用经验、规律。钱钟书先生在给周振甫讲修辞的信中指出：“文法求文从字顺，而修辞则每反常规，破律乖度，重言稠叠而不以为烦，例装逆插而不以为戾，所谓‘不通’之‘通’，亦所谓‘文法程度’。”（周振甫，1991：1）也有学者指出，“它（指修辞学——笔者注）是某种语言中有关提高语言文字的表达效果的规律规则的总和”（王希杰，

2000：4）。这些分析进一步指出了修辞学是比研究语言的运用更高层次的研究，而张志公提出的辞章学相当于钱钟书先生所说的对“文法”的研究。对于“辞章学”的内容及建立的意义，张志公在后来的研究中更加明确：“在语言学界和语文教学界，多年来存在着一个令人头疼的问题，那就是怎样把汉语语言学的基础知识、基础理论同培养听说读写的应用能力（也就是语文教学）实实在在地结合起来。”（张志公，1996：49）他认为，辞章学就是“一种桥梁性学科”，是把语言学的知识同识字、作文教学关联起来的桥梁。

张志公在 20 世纪 60 年代，站在语文教育的角度探索更科学有效的方法，认为应该建立起语言学的知识同语文中识字、作文教学的关联，称为“辞章学”。他说前人在这方面留下来的材料很多，但并未具体说明和研究。今天我们把对语言学与语文教学二者的探索、研究联系起来的时候，会更清晰地认识到刘师培等人是立足于“文法”，站在“辞章学”的角度，看到了它同语言学和作文教学的关联，揭示了“文法”存在不受文言、白话论争的影响，有其客观规律、价值，从而开辟了传承古代“文法”的途径。

清代，讨论文法最突出、影响最大的学说就是桐城派的“义法”说。南宋以来人们对于文法已经有很充分的探讨，尤其其中经历了明代七子派李梦阳与何景明的论争，以及唐宋派唐顺之、茅坤的论争，人们对“文法”的内涵已经有较充分的认识。方苞在此基础上提出了“义法”说，目的就在于强调“义”与“法”的关联。他在《又书货殖传后》中说：“《春秋》之制义法，自太史公发之，而后之深于文者亦具焉。义即《易》之所谓‘言有物’也，法即《易》之所谓‘言有序’也。义以为经而法纬之，然后为成体之文。”（方苞，1983：58）基于此论述，文学批评史一般把“义法”解释为：“义”即文章之内容，“法”即文章之形式，“义法”合起来就是要求文章形式与内容的协调。不过，进一步就其对《左传》《史记》文章的具体分析来看，“义”与“法”的内涵是具体的、有所指的。方苞在《答申谦居书》中说：“若古文则本经术而依于事物之理，非中有所得不可以为伪。”（方苞，1983：164）他认为文章中所表现的思想内容，应该反映作者的行身蕲向，即桐城派所谓“学行继程朱”，反映在文章中即是“载道”。他在《周官析疑序》中说：“凡义理必载于文字，惟《春秋》《周官》则文字所不载，而义理寓焉。盖二书乃圣人一心所营度，故其条理精密如此也。”（方苞，1983：82）文章不一定直接言说义理，可以通过一定的“法”而使义理寓于文字中。他认为这个“法”也很好地体现在《左传》《史记》中，最主要表现为取材之详略得当。他评《绛侯周勃世家》说：“非独辞无芜累也，明于义法，而所载之事不杂，故其气体为最洁也。”（方苞，1983：853）评《廉颇蔺相如列传》说：“变化无方，各有义法，此史之所以能洁也。”（方苞，1983：856）又在《书〈汉书霍光传〉后》中说：

“其详略虚实措注，各有义法如此。”（方苞，1983：63）方苞在前人倡导的“文以载道”和文法的基础上，希望把二者融为一体，他所谓“义”并没有超出“载道”的观念，并要求在“义”的框架下运用“法”，“法”的内涵因此缩减为主要讲求详略得当。

对于“法”的批判清初魏禧等人已经提出，近代以来梁启超等人批判桐城派之“义法”说，认为把韩愈、柳宗元诸大家的创作总结为抑扬顿挫法、波澜擒纵法等，禁锢了作家的心灵。但在新文化运动中，“桐城妖孽”被打倒，文学革命的倡导者也并未批判“法”，而更多的是对其“载道”进行批判，以此来推翻封建文化以及封建政治制度。

刘师培、姚永朴等人既有着传统的血脉，又身处变革的大潮中，都难能可贵地肩负起了在批判中继承传统的重任。刘师培作为当时与桐城派并立的魏晋文派的代表，敏锐地看到古代文法，尤其是“义法”说的价值以及弊端。刘师培《文说》序曰：

> 若夫辨论文法，书各不同，或品评全篇，或偶举只语，或发例以见凡，或标书以志义。至于纂类摘比之书，标识评点之册，本为文之末务，岂学文之阶梯？自苏评《檀弓》，归评《史记》，五色标记，各为段落，乃舍意而论文，且蹈虚以避实，以示义法，以矜秘传，因一己之师心，作万世之法程。由是五祖传灯，灵素受箓，师承所在，罔敢或遗，可谓文章之桎梏矣。或谓规矩方圆，非言克传，文本天成，妙手偶得。其言虽异，其失则同。震旦文人，会心言外，或知其当然，昧其所以。而字类分区，文辞缀系，咸矜自得，罕识本源，学者憾焉。（刘师培，2007c：9522）

“因一己之师心，作万世之法程”，“咸矜自得”，刘师培看到“文法”的总结与传承，往往是以派别之师承的形式在延续，他批判“义法”的观点也着眼于此，他认为这一现象出现的根源在于不明白“法”的客观性，“法”之所以然，在“字类分区，文辞缀系”，是以语言为客观基础的，并非某家某派之心得。作为桐城派文章的嫡传，姚永朴的言论更能说明问题。姚永朴治学兼采汉宋，在经书之义理、考据方面皆有心得，对于“义法”说也能看清其实质。

> 且夫义法虽文学家所最重，而实不足以尽文章之妙。是以惜抱先生《与陈硕士书》云：“得书谓震川论文深处，望溪尚未见，此论甚是。望溪所得，在国朝诸贤为最深，较之古人则浅。其阅太史公书，似精神不能包括其大处、远处、疏淡处及华丽非常处。止以义法论文，则得其一端而已。”（姚永朴，2007a：6860）

姚永朴看到了“义法”的不完备，也认识到不完备来自义与法的结合，所以他又引张裕钊《答吴挚甫书》：“古之论文者曰：文以意为主，而辞欲能副其意，气欲能举其辞，譬之车然，意为之御，辞为之载，而气则所以行也。……盖曰意、曰辞、曰气、曰法，之数者，非判然自为一事；常乘乎其机，而绲同以凝于一，惟其妙之一出于自然而已。”（姚永朴，2007a：6861-6862）说明辞、法的运用都本于“自然”，不应是桐城派一家之写作秘钥。这同刘师培的观点相合。

来裕恂也以其开阔之视野，看到了古代文法书之无所依傍的状况，作《文章典》示后学以途辙：“汉文无文典，凡文章之成也，运用之妙，悉在一心，故勤苦而难成。”他又认为：中国何尝无文字之书，举《尔雅》《说文解字》《广韵》以及后人提倡之书，中国又何尝无文章之书，并举历代言说文体、文法、文则等内容的书。这些书皆极博、极精之著，“然而博只一类，精只一艺，通只一道。今有合一炉而冶之，甄陶上下古今，列举字法文法，如涅氏英文典、大槻氏日本文典之精美详备者也。……以泰东西各国文典之体，详举中国四千年来之文字，疆而正之，缕而晰之，示国民以程途”（来裕恂，1906：序 1-2）。来裕恂与刘师培等都以其小学根底及开阔之视野，成为传承古代文法的代表。

“五四”前后的文话著述揭开古代文法理论的神秘面纱，使其回归到“辞章学”的本真面貌。古代文法理论是古人建构其创作个性和审美理论的基础，通过刘师培等人的剖析、阐发和继承，它也成为当代文章学理论建构可资借鉴、运用的基础理论。

第一节　刘师培文话与辞章学的构建

刘师培（1884—1919），曾名光汉，字申叔，号左盦，江苏仪征人。1904 年开始参加反清革命，先后加入中国教育学会、光复会、同盟会、国学保存会等进步组织。1907 年转而投靠端方，后又意欲助袁世凯称帝。1917 年，被蔡元培聘为北京大学文科教授。刘师培曾先后主笔《警钟日报》《国粹学报》《政艺通报》《四川国学杂志》等，还在《中国白话报》、《申报》、《天义报》、《衡报》、《中国学报》副刊、《国故月刊》等发表了大量文章。除了政论文字，刘师培关于经学、文学等的观点也多见于这些文章。刘师培去世后，挚友、弟子等整理其著述，编为《刘申叔先生遗书》，1936 年由宁武南桂馨校印出版。

刘师培的文话著述主要有《论文杂记》《文说》《汉魏六朝专家文研究》等。《论文杂记》自 1905 年起连载于《国粹学报》，1928 年由朴社编印出版，之后收入《刘申叔先生遗书》。《文说》也自 1905 年起连载于《国粹学报》，之后也收入《刘申叔先生遗书》。《汉魏六朝专家文研究》是刘师培在北京大学的授课讲义，由门人罗常培根据笔记整理而成，1945 年由南京独立出版社出版，1946 年再版。《论文杂记》《文说》虽然在序言中似乎侧重于“文法”，但实际内容较驳杂，《文说》“声韵篇”从声韵、声情角度论字法，辞章学的内容比较突出；《汉魏六朝专家文研究》共分二十一节，除了个别小节之外，如“论谋篇之术”“《史》《汉》之句读”“论各家文章与经、子之关系”等，其余都是通过分析具体作品来论文章作法，涉及篇章、字句、文体、性情等，较全面涉及了辞章学应论述之内容。

刘师培曾祖父刘文淇、伯父刘寿曾、父亲刘贵曾，皆治古文经学。刘师培不仅承继了其家学渊源，还发扬了扬州学派前辈的治学传统。扬州学派以王念孙、王引之、汪中、焦循、阮元等为代表，兼取吴、皖两派之长，兼顾训诂与义理而能融会贯通。刘师培不仅吸取了扬州学派在治学方法上的优长，而且也直接继承了王念孙、王引之、阮元等人的若干观点，并结合其他派别的观念而加以融贯、阐发。钱玄同认为：“最近五十余年以来，为中国学术思想之革新时代，其中对于国故研究之新运动，进步最速，贡献最多，影响于社会政治思想文化者亦最巨。此新运动当分为两期：第一期始于民元前二十八年甲申（公元一八八四），第二期始于民国六年丁巳（一九一七）。”第一期中成就最为卓著者，他认为有十二人，康有为、宋君平、谭嗣同、梁启超、严复、章太炎、蔡元培、夏曾佑、孙诒让、崔适、王国维以及刘师培；并且认为，这些人的研究“虽趋向有殊，持论多异，有壹志于学术之研究者，亦有怀抱经世之志愿而兼从事于政治之活动者，然皆发舒心得，故创获极多”（钱玄同，1936：1-2）。刘师培在研究中眼界之开阔、方法之融贯以及结论之独立等方面，都很突出，这是我们探究刘师培文学研究成就时不可忽视的前提。当代学者对刘师培在经学、史学、小学以及中西学术的交融等方面的成就已有总结，对于刘师培的文学研究而言，声音训诂不仅是其主要的研究领域，也是其审视文学内涵、文学发展史的独特视角，因此本节将结合其小学成就，论述他在“文法”上的继承与建构，以切实见其文学研究之趋向与轨迹。

一、刘师培论“文”之内涵

（一）刘师培推崇骈文是对抗桐城派还是保存国粹？

刘师培承继阮元的学说，主张明确区分文与笔，又认为“骈文一体，实为文类之正宗”（刘师培，2007c：9543）。他的这一主张意义何在，只有还原其历史背景才能更好地做出解释。刘师培在《论文杂记》中明确提出：

> 盖“文”训为“饰”，乃英华发外，秩然有章之谓也。故道之发现于外者为文，事之条理秩然者为文，而言词之有缘饰者，亦莫不称之为文。古人言文合一，故借为文章之文。后世以文章之文，遂足该文字之界说，

失之甚矣。夫文字之训，既专属于文章，则循名责实，惟韵语俪词之作，稍与缘饰之训相符。故汉魏六朝之世，悉以有韵偶行者为文，而昭明编辑《文选》，亦以沈思翰藻者为文。文章之界，至此而大明矣。降及唐代，以笔为文，如昌黎言“作为文章，其书满家”，梦得言“手持文柄，高视寰海”是也。……若以笔为文，则与古代文字之训相背矣。而流俗每习焉不察，岂不谬哉？（刘师培，2007b：9493-9494）

刘师培以骈文为文类正宗，钱基博的《现代中国文学史》将其列入骈文学派，也有人将其列入《文选》学派，也有学者着眼于桐城派与骈文派的论争，认为刘师培是有意为骈文派争地位。南桂馨校刊《刘申叔先生遗书》在序文中称：“清三百年骈文莫高于汪容甫，六朝文笔之辨则以阮文达为最坚，昔周书昌、程鱼门论定文章，称桐城为天下正宗，申叔承汪、阮风流，刻意骈俪，尝语人曰：‘天下文章，在吾扬州耳，后世当自有公论，非吾私其乡人也。’”（南桂馨，1936：2）从中似乎可见当年刘师培力挺扬州派及其骈文的情形。虽然刘师培对于桐城派及其学术主张多有不满，但是在刘师培的著述中我们并未见到直接褒扬扬州派骈文的话语，而其对于清末常州派的骈文甚至多有不满。刘师培也并不热衷创作骈文，南桂馨说：“申叔初年充塞报章文字，伸纸疾书，但以饱满畅达为贵。若其经心刻意之作，则必体仿六朝，浸浸焉上攀汉魏讫今，按其遗书以学见者不必文，而以文见者必有学。”（南桂馨，1936：2）刘师培虽然因其家学渊源而以治古文经学见长，但他在学术蕲向上却并不是汉非宋，在《汉宋学术异同论》中他说：“汉儒经说虽有师承，然胶于言辞，立说或流于执一。宋儒著书虽多臆说，然恒体验于身心，或出入老、释之书，故心得之说亦间高出于汉儒。……故荟萃汉宋之说，以类区别，稽析异同，讨论得失，以为研究国学者之一助焉。”（刘师培，1936b：1-2）他以研究“国学”的视野而兼综各家，因此以骈散之争看待刘师培之论文主张并不确切。

刘师培在著述中更倾向于从“保存国粹”的角度表述其主张。他在《论近世文学之变迁》中说：“文学之衰至近岁而极。文学既衰，故日本文体因之输入于中国。其始也，译书撰报，据文直译，以存其真，后生小子，厌故喜新，竞相效法。夫东籍之文，冗芜空衍，无文法之可言，乃时势所趋，相习成风，而前贤之文派，无复识其源流，谓非中国文学之厄欤？”（刘师培，1936c：53 册 4-5）刘师培对当时文学创作的不满，更多的还是来自梁启超等倡导的“新文体”。新文体散文在语言上不避俚俗，并大胆借鉴、吸收外国文章之语法，加之梁启超在写作中又“纵笔所至不检束”，虽然“对于读者，别有一种魔力焉”（梁启超，1998：86），但是在刘师培看来却是对传统的背叛。1905 年初，邓实、黄节等发起成立“国学保存会”，2 月 23 日，国学保存会的机关刊物《国粹学报》在上海发刊，刘师培参与创办。国学保存会的宗旨为“研求国学，保存国粹”（佚名 b，1905）；《国粹学报》

的“发刊辞”也强调，阐发西学是为证明“中学”，反对“扬西抑中”：“海通以来，泰西学术输入中邦，震旦文明不绝一线，无识陋儒，或扬西抑中，视旧籍如苴土。夫天下之理，穷则必通，士生今日，不能藉西学证明中学，而徒炫皙种之长，是犹有良田而不知辟，徒咎年凶；有甘泉而不知疏，徒虞水竭，有是理哉？”（佚名a，1905）国粹派出现本身就是借助保存国粹宣传革命，以期救亡图存。对于骈文，刘师培也说：“俪文律诗为诸夏所独有，与外域文学竞长，惟资斯体。”（刘师培，1936e：1）

以骈文为文类之正宗，表面看是保存国粹，再深入考察刘师培对于文、笔的辨析，背后还有他作为文字学家“循名责实”的学术追求。相对于骈文，刘师培认为白话文有更好的启蒙和救亡图存的作用。他在《论白话报与中国前途之关系》中说：“就文字进化之公理言，则中国自近代以还，必经白话盛行之一阶级”，“中国自近岁以来，所创之报日增，而阅报之人仅占国民之一小部分，岂国民之不嗜报与？则以中国发行之报皆用文言，仅适于学士大夫之目，而不适于农工隶卒之目也。且中国之民号四百兆，而农工隶卒之数，倍于学士大夫。今聚四百兆之民，而受报界之影响者，仅及于上流社会，何其与文明普及之旨相背与？吾观乡里愚民无不嗜阅小说，而白话报体，适与小说相符，则其受国民之欢迎，又可知矣”（刘师培，2008：165-166）。在《论文杂记》开篇他也说：“以通俗之文，推行书报，凡世之稍识字者，皆可家置一编，以助觉民之用。”但是紧接着他笔锋一转，又说：“然古代文词，岂宜骤废？故近日文词，宜区二派：一修俗语，以启瀹齐民；一用古文，以保存国学，庶前贤矩范，赖以仅存。若夫矜夸奇博，取法扶桑，吾未见其为文也。”（刘师培，2007b：9484）他仍然坚持骈文中保存古代文章的规范，不应抛弃。这一认识又是基于他一贯所坚守的“小学”观念。

刘师培作《正名隅论》说：“自伏羲作八卦，仰观于天，俯察于地，观鸟兽之文与地之宜，近取诸身，远取诸物，此即象形文字之始也。及黄帝造书契以代结绳，用仓颉沮诵诸人正名，百物明，民共财，而百官以治，万物以察。及孔子论为政，以正名为先。盖名者，所以别同异，明是非，辨嫌疑也。名丽于物，物生有形。形也者，物此者也；名也者，命此者也。故形以定名，名以定事，事以验名。则名与实相宾。”（刘师培，1936d：46 册 1）刘师培所谓“正名”，基础在于小学，由小学而名正，而可实行，凸显了小学的作用及科学性，这是他主张骈文的更深层次的目的。所以，《文说》“耀采”篇中说：“文也者，乃英华发外秩然有章之谓也。由古迄今，文不一体，然循名责实，则经史诸子，体与文殊；惟偶语韵词，体与文合。”（刘师培，2007c：9541）所以他认定“骈文之一体，实为文类之正宗”（刘师培，2007c：9543）。

（二）由阮元的《文言说》到刘师培的《文说》

阮元最初只是以“有韵”“对偶”作为“文”的标准。其《文言说》曰：“《左传》曰：‘言之无文，行之不远。’此何也？古人以简策传事者少，以口舌传事者多，以目治事者少，以口耳治事者多，故同为一言，转相告语，必有愆误。是必寡其词，协其音，以文其言，使人易于记诵，无能增改，且无方言俗语杂于其间，始能达意，始能行远。此孔子于《易》所以著《文言》之篇也。古人歌诗、箴铭、谚语，凡有韵之文，皆此道也”；孔子《文言》“不但多用韵，抑且多用偶”（阮元，1993：605-606）。以此为标准，再来审视《文选》，阮元认为昭明太子所选才是真正的文：“昭明所选，名之曰‘文’。盖必文而后选也，非文则不选也。经也，子也，史也，皆不可专名之为文也。故昭明《文选序》后三段，特明其不选之故。必沈思翰藻，始名之为文，始以入选也。”（阮元，1993：608）《昭明文选》所选以骈文为主，照阮元的理解则骈文即是“文”之正宗。不过，其子阮福发现：“梁时恒言有韵者乃可谓之文，而《昭明文选》所选之文，不押韵脚者甚多，何也？”《昭明文选》符合了“对偶”的特点，但是不符合“有韵”的特征。针对阮福的提问，阮元通过《文韵说》对六朝所谓“韵”之含义做了说明：“梁时恒言所谓韵者，固指押脚韵，亦兼谓章句中之音韵，即古人所言之宫羽，今人所言之平仄也。”“八代不押韵之文，其中奇偶相生，顿挫抑扬，咏叹声情，皆有合乎音韵宫羽者。《诗》《骚》而后，莫不皆然。”（阮元，1993：1064）对于阮元的这一解释，后人诟病最多。章太炎《国故论衡·文学总略》中考释“文”之含义，认为：“近世阮元以为孔子赞《易》，始著《文言》，故文以耦俪为主，又牵引文笔之说以成之。夫有韵为文，无韵为笔。是则骈散诸体，一切是笔非文。借此证成，适足自陷。”（章太炎，2006：40）其弟子黄侃则指出“文笔以有韵无韵为分，盖始于声律论既兴之后”，不应无视事实，随意解释所谓“有韵”之内涵（黄侃，1996：268-269）。无论如何，阮元仍然把《昭明文选》的标准和《文言》的特征加以糅合，最终认为：“综而论之，凡文者在声为宫商，在色为翰藻。即如孔子《文言》，‘云龙风虎’一节，乃千古宫商、翰藻、奇偶之祖；‘非一朝一夕之故’一节，乃千古嗟叹成文之祖。子夏诗序‘情文声音’一节，乃千古声韵、性情、排偶之祖。”（阮元，1993：1066）

刘师培对于“文”的关注，不像阮元是从《文言》《昭明文选》入手的，他更关注文法，因此对于字句篇章以及文体规范进行全面论述的《文心雕龙》是他取法的主要对象。他对于“文”的定义借鉴了刘勰《文心雕龙》的体例。刘师培的《文说》作于1905～1906年，分“析字”“记事”“和声”“耀采”“宗骚”五篇，对比阮元在“有韵”方面不能自圆其说，刘师培做出了更合理的解释。他提出了作为“文”的两个条件，条件之一，即“和声”。

> 且古用韵文，厥有二故：一则创字之原，音先义后；解字之用，音近义通。古人作文，比类合义，韵既相叶，义必相符。一则奇字硬语，诘屈聱牙；惟韵语偶文，便于讽诵。故外史谕书名，臣籀作《史篇》，使呫毕之儒，事半功倍。综斯二因，遂崇偶体：或抑扬以协律，或经纬以成章，或间句而协音，或隔章而转韵，或用韵不拘句末，或协声即在语端，或益助词以足句，或谱古调以成音，此句中之韵也。至于触物抒情，侔色揣称，或掇双声之字，或采叠韵之词，或用重言，或用叠语，此字中之音也。况音区轻重，言判疾徐，声音之学，自古有之。虽四声未辨，字无平仄之分；而两语相承，音有低昂之判。……观风虎云龙，音殊高下；气求声应，语判洪纤。章句之间，各叶宫羽。虽曰音韵天成，暗与理合，然口舌相调，形气相轧，洞合天然之律，亦由意匠之工。（刘师培，2007c：9531-9533）

刘师培没有像阮元以“有韵”入手论文，而是以骈文，即“偶文”入手来论，认为声韵和谐本就是“偶文”的特征之一，并详细论述了声韵和谐在文章中的种种表现。关于对阮元“文韵说”的批评，刘师培认为：“或谓四声乃古代所传，五音特乐歌所用，文韵之说，近于拘牵。夫胶柱鼓瑟，刻舟求剑，以此言音，诚为背古。”（刘师培，2007c：9539）他看到了阮元把“声韵”与“可诵”联系起来的合理性，在《论文杂记》中他说：“言志者为诗，记事者为史篇。史篇起源，始于仓圣。《周官》之制，太史之职，掌谕书名。而宣王之世，复有史籀作《史篇》，书虽失传，然以李斯《仓颉篇》、史游《急就篇》例之，大抵韵语偶文，便于记诵，举民生日用之字，悉列其中，盖《史篇》即古代之字典也。又孔子之论学《诗》也，亦曰‘多识于鸟兽草木之名’，是诗歌亦不啻古人之文典也。盖古代之时，教曰‘声教’，故记诵之学大行，而中国词章之体，亦从此而生。”（刘师培，2007b：9485）刘师培认为文之“可诵”即是四声、五音体现在文章中：“古人之文，其可诵者文也，其不可诵者笔也。”他又引古人的见解来说明：“昔梁元帝之论文也，谓‘宫征靡曼，唇吻遒会’，刘彦和《文心雕龙》，亦曰‘声不失序，音以律文’，欲求立言之工，曷以此语为法乎！”（刘师培，2007c：9540）

作为“文”的条件之二是“词采”，《文说》“耀采”篇专论这一方面，而实际上所谓“采”，从文字训诂的角度来解释，即是“排偶”。

> 昔《大易》有言：“道有变动故曰爻，爻有等故曰物，物相杂故曰文。”《考工》亦有言：“青与白谓之文，白与黑谓之章。”盖伏羲画卦，即判阴阳；隶首作数，始分奇偶。一阴一阳谓之道，一奇一偶谓之文。故刚柔交错，文之垂于天者也；经纬天地，文之列于谥者也。三代之时，一字数用，凡礼乐法制，威仪言辞，古籍所载，咸谓之文。是则文也者，

乃英华发外秩然有章之谓也。（刘师培，2007c：9541）

“和声”“词采”之外，刘师培也强调“文”要有性情。仿刘勰“辨骚”，《文说》中也有“宗骚”篇，《文心雕龙》关注的是《楚辞》“取镕经义，自铸伟词”，而刘师培则从《楚辞》中看到了作家之性情：

> 故知《楚词》之书，其用尤广：上承风诗之体，下开词赋之先，若中垒《世颂》之篇，贾生《惜誓》之作，渊源有自，咸出于《骚》；故王逸作注，兼采景、唐之什，昭明选文，详征屈、宋之词。惜夫汉、魏以下，效法者稀：则以立言之旨，情文相生。后世诗人之作，情胜于文，故朴而不华；赋家之作，文胜于情，故华而不实。惟《洛神》之赋，出于《九歌》；《北征》之赋，近于《涉江》；《哀江南赋》，乃《哀郢》之余音；《归去来辞》，亦《卜居》之嗣响。自此以降，文藻空存，非复屈、宋之旨矣。（刘师培，2007c：9547-9548）

阮元也强调文要表现性情，刘师培更进一步把它纳入论述“文”之内涵的体系中，提出应该“情文相生”，并以《楚辞》作为典范。

对于“文”的认识，刘师培也看到了其中的发展历程，希望通过发展历程的分析，更清晰地展示骈文为“文”之正宗。《论文杂记》中说：“是今人之所谓文者，皆探源于六经、诸子者也。故古人不立文名，亦不立集名。若诗赋诸体，则为古人有韵之文，源于古代之文言，故别于六艺九流之外；亦足证古人有韵之文，另为一体，不与他体相杂矣。”然而，“六朝以降，集名始兴，分总集、专集为二类。然考《隋书·经籍志》则所列集名，大抵皆兼括诗文各体，且多俪词韵语之文。唐、宋以降，诗集文集，判为两途。而文之刊入集中者，不论其为有韵为无韵也，亦不论其为奇体为偶体也，而文章之体，至此大淆”（刘师培，2007b：9489）。从“文集”之名使用的混乱，他看到了唐宋以来骈散各体的发展。刘师培又认为以笔为文，始于韩柳；而骈文的衰落源于六朝文体的卑弱，以及近代以来的学风空疏。这些论述基本沿袭前人的思路，没有太多新意。

刘师培把古代文体同印度佛书相类比，将其划分为三类，他在《论文杂记》的开篇说：“印度佛书，区分三类：一曰经，二曰论，三曰律。而中国古代书籍，亦大抵分此三类：一曰文言，藻绘成文，复杂以骈语韵文，以便记诵，如《易经》六十四卦及《书》《诗》两经是也：是即佛书之经类。一曰语，或为记事之文，或为论难之文，用单行之语，而不杂以骈俪之词，如《春秋》《论语》及诸子之书是也；是即佛书之论类。一曰例，明法布令，语简事赅，以便民庶之遵行，如《周礼》《仪礼》《礼记》是也；是即佛书之律类。后世以降，排偶之文，皆经类也；单行之文，皆论类也；会典、律例诸书，皆律类也。故经、论、律三类，可以该古今文体之全。惜后人昧其渊源，不知文章之派别耳。”（刘师培，2007b：9483）

刘师培将古代文体分为文言、语、例等三类，这三类以用途来区分，尤其以便于记诵和便于议论、记事来区分骈散，在一定程度上揭示了骈体文和散体文在文章发展中的不同作用。这一认识也是他在探讨文法时，能够不拘骈散的基础。

二、刘师培的“辞章之学”及其立论基础

（一）近代汉学家之文法观念——刘师培辞章学基础之一

提到古代文法，近人往往更多地想到前后七子、唐宋派、桐城派等。刘师培对于古代文法的传承，以及对近代辞章学的建构，得益于他的文字学成就，以及前代文字学家的启发。

刘师培讨论文章作法是以文字学为基础的，是源于清代文字学家对于文字起源的认识。清代，“我国语文的指导思想发生了根本的转变：从主张以字形为依据阐明本义到倡导以声韵为关键进行名物训诂”（胡奇光，1987：231）。乾嘉时期的汉学家多走上了以声韵入手研究经学的道路。刘师培承前人之遗绪，又有所发挥。钱玄同为《刘申叔先生遗书》作序曰：“刘君于声音训诂，最能观其会通。……就字音推求字义，其说出于黄扶孟、王石臞伯申父子、焦里堂、阮伯元、黄春谷诸先生而益加恢廓。”（钱玄同，1936：钱序4）“就字音推求字义”之观念，刘师培也扩展到对于文学创作的思考，他在《正名隅论》中说：“论文字之起源，则先有此名，援字音以造字，既有此字，乃有注释之文，是字形后于字音，而字义又起于字形既造之后也。”（刘师培，1936d：2）其又引《尚书》孔颖达疏、《程子遗书》、《东塾读书记》中的言论，说明古人对文字起源早有精审的论述。在此基础上，刘师培又做了进一步引申。他认为，“推考字音之起源，约有二故：一为象人意所制之音，一为象物音所制之音，而要之皆自然之音也”；如古人称为六情的喜、怒、哀、惧、爱、恶等字的字音，皆像人在嬉笑、盛怒、悲痛等时候所发之声（刘师培，1936d：3）。刘师培认为文艺创作亦是如此，“人意所制之音，即唇舌口气所出之音也。意蓄于中，赖唇舌口气为之达。昔《乐记》有言：‘凡音之起，由人心生焉。’又曰：‘感于物而动，故形于声。’盖意由物起，既有此物，即有此意；既有此意，即有此音。及声音演为言语，而言语之音，即象唇舌口气所出之音”。其又举例曰：“《史记·陈涉世家》：‘夥颐，涉之为王沈沈者。’楚人谓多曰夥，汉书只作夥。俞正燮云：夥颐，惊大之辞。……吾谓，此江淮之间惊讶大物之音也，其音在阿、耶二字之间……”（刘师培，1936d：3）既然文字之意义的核心在于声韵，文艺创作也是感于物而形于声，文字不仅承载了意义，也承载着情感，那么文章创作必然应该重视文字基础。

在他所编的《中国文学教科书》中，刘师培一再申明“作文之道，解字为基”。

《序例》云：“六书之学，固周代普通之教科矣。吾观西周之时，史佚以《尔雅》教子，西汉之制，讽《籀书》九千字，乃得为吏，则舞勺之童、刀笔之吏，皆能娴习雅诂，精通六书，不必其在儒者也。况乎作文之道，解字为基。……岂有小学不明而能出言有章者哉。夫小学之类有三：一曰字形，二曰字音，三曰字义。小学不讲，则形声莫辨，训诂无据，施之于文，必多乖舛。今之学者，于长卿、子云咸推为文苑之雄，岂知司马作《凡将》、子云作《训纂》，固俨然小学之儒哉。则文学基于小学，彰彰明矣。”（刘师培，1936f：67 册序例 1）作文不仅仅是了解文字之形、声、义，刘师培还指出，文章之“文从字顺”也有赖于小学之根基。他在《论文杂记》的序中说：

> 近世巨儒，如高邮王氏、确山刘氏，于小学之中，发明词气学，因字类而兼及文法，则中国古人亦明助词、联词、副词之用矣。昔相如子云之流，皆以博极字书之故，致为文日益工，此文法原于字类之证也。后世字类、文法，区为二派，而论文之书，大抵不根于小学，此作文所由无秩序也。（刘师培，2007b：9482）

“文法原于字类”是刘师培建立辞章学的核心概念。南宋以来对文法的探讨，尤其是七子派、唐宋派、桐城派的探讨，正是缺少文字学的基础，使文法探讨变得玄而又玄。与桐城派“因声求气”之说相对，刘师培提到“词气”，他认识到文章的“气”不仅仅与篇章、结构相关，也与字法、句法密切相关。高邮王氏即王引之，确山刘氏即刘淇，他们的著作为刘师培的探讨提供了依据，本身也具有辞章学之意义。王引之《经传释词》自序曰：“自汉以来，说经者宗尚雅训，凡实义所在，既明箸之矣，而语词之例，则略而不究，或即以实义释之，遂使其文扞格，而意亦不明。”（王引之，2000a：自序 1）王引之认为应该从语法意义上理解虚字，不受其实词意义的拘束。《经义述闻》中王引之也说：“经典之文，字各有义。而字之为语词者，则无义之可言，但以足句耳。语词而以实义解之，则扞格难通。”（王引之，2000b：761）在《经传释词》中，王引之就遵循了这一原则。从句子语气上考虑虚词之意义，从而形成了虚词与词气的规律性关联，阮元特别肯定了这一规律对于文章写作的意义。阮元《经传释词 · 序》曰：“高邮王氏乔梓，贯通经训，兼及词气。昔聆其‘终风’诸说，每为解颐，乃劝伯申勒成一书。今二十年，伯申侍郎始刻成《释词》十卷。……《论语》曰：‘出辞气，斯远鄙倍。’可见古人甚重词气，何况绝代语释乎！”（阮元，2000：序 1）另外，刘淇将自己的《助词辨略》与文体论、文法论等著作并列而论，《自序》云：“大都古辞韵语，往体今言，义各有归，淆用斯舛，能自得之，庶几善变耳。他如辨体制，研风尚，溯流穷源，枝分节解，则有挚虞《文章流别》、刘勰《文心雕龙》之属，述之备矣，所不赘焉。”又说：“构文之道，不过实字虚字两端，实字其体骨，而虚字其性情也。

盖文以代言，取肖神理，抗坠之际，轩轾异情，虚字一乖，判于燕越，柳柳州所由发哂于杜温夫者邪！且夫一字之失，一句为之蹉跎；一句之误，通篇为之梗塞；讨论可阙如乎！”（刘淇，1954：序 1-2）刘淇明确表示其著作是为文章写作立法。刘师培的辞章之学注重对字法、句法的探讨，王引之、刘淇等人的奠基功不可没。

（二）桐城派“义法”说的匡正——刘师培辞章学基础之二

刘师培虽然以骈文为文学之正宗，并被归与桐城派对立之魏晋文派，但是其眼界并没有被骈文所束缚，对桐城派的“义法”说有明确借鉴，“义法”说主要是就篇章而论法，这也使刘师培能够弥补汉学家只关注文章字句而忽略篇章的不足。虽然学作文应该遵循字、句、篇的顺序，但是刘师培认为作文应先谋篇：

> 刘彦和云：“夫人之立言，因字而生句，积句而成章，积章而成篇。篇之彪炳，章无疵也；章之明靡，句无玷也；句之清英，字不妄也。”此谓立言次第须先字句而后篇章，而临文构思，则宜先篇章而后字句。盖文章构成，须历命意、谋篇、用笔、选词、炼句五级。必先树意以定篇，始可安章而宅句。若术不素定，而委心逐辞，异端丛至，骈赘必多。故无论研究何家之文，首当探其谋篇之术。谋篇者，先定格局之谓也。（刘师培，2007a：9568）

对于桐城派来说，论作文先谋篇并不稀奇，但是就刘师培的知识结构而言，这一论述却是难能可贵的。这是他能够贯通古今、建构其辞章之学的又一关键。刘师培注重文法，以语言文字作为讲求文法的基础，因此他对桐城派以“义”来规范“法”并不赞成，借鉴的同时，多有匡正，由此树立了他对篇章法则的认识。与“义法”说相关联，桐城派讲“雅洁”。据方苞门人沈廷芳载，方苞曾说：“南宋、元、明以来、古文义法不讲久矣，吴越间遗老尤放恣，或杂小说，或沿翰林旧体，无一雅洁者，古文中不可入语录中语，魏晋六朝人藻丽俳语，汉赋中板重字法，诗歌中隽语，南北史佻巧语。”[①]这是为求文辞典雅设立了许多戒律。方苞所谓“雅洁”表面是要求文辞的典雅，而背后则暗示着义理之纯洁。他在《史记评语·绛侯周勃世家》中说：“子厚以‘洁’称太史，非独辞无芜累也，明于义法，而所载之事不杂，故其气体为最洁也。此意惟退之得之，欧、王以下，不能与于斯矣。”（方苞，1983：853）刘师培也要求文章应“句劲文洁，篇章整齐”：“桐城方望溪之文，句句洁净，后人虽张大义法之说，然其最初法门要由洁净而入。亦有文章树义甚高，但因不洁累及全篇者。”“欲求文洁，宜先谋句劲。造句从稳字入手，

---

① 苏惇元辑《方苞年谱》引沈廷芳语，《方苞年谱》见《方苞集》（上海古籍出版社，1983 年版）附录，沈廷芳语见 890 页。

力屏浮滥漂滑，由稳定再加锤炼，则自然可得劲句。句劲文洁，光彩自彰。”（刘师培，2007a：9600）与桐城派相比，刘师培将用字与造句之洁净、有力与篇章整齐相关联，其要求具有了文法规则之意义。

桐城派由《史记》总结出“义法”，刘师培也看到了《史记》叙事的这一特点，而明确认为这是中国古代叙事文之特点和优长：“中国文学之特长，有评论与记事相混者，即所谓夹叙夹议也。如《史记·魏其武安侯列传》，通篇记事，并无评论，而是非曲直即存于记事之中。余如《封禅》《平准》两书，句句叙事，亦即句句评论。故夹叙夹议之文以《史记》最为擅长。”（刘师培，2007a：9601）在刘师培看来，《史记》之叙事与义理无关，只是古代记叙文特有的篇章之法。好处在于：“夫记事与评论之不宜分判，殆犹形影之不能相离。倘能融合二者，相因相成，则既免词费，且增含蓄，较诸反覆申明，犹可包孕无遗，岂非行文之能事乎？”（刘师培，2007a：9601-9602）刘师培还以此篇法衡量后世之骈文，揭其篇法之弊端：“后代四六，先用典故比附事实，事实之后更加赞美，则词费文繁，去古益远矣。”（刘师培，2007a：9602）

（三）刘师培的“辞章之学”

文法不仅涉及篇章字句，也涉及文字学、语法学以及文体、作家之性情等内容，刘师培之辞章学虽然略引端绪，但大致内容都有所涉及。

1. 从声韵、声情角度论“字法”

《文说》“和声”篇讲到虚词作为语气词的用法及其声情效果。刘师培说：“文以代言，取肖神理。上古立言，罕用助语，欲传语尾之余音，则择实词为虚用。……然实字必征其义，虚词必聆其音：故‘只’为语已之词，用‘只’则文气下引；‘乎’为语余之助，用“乎”则文声上扬。”掌握了语气词的用法才能更确切地达意。并且虚词用法得当，还能表达意义之外之意蕴：“如‘遑暇’重言，‘庸何’并列，‘期期’象口吃之声，‘耳耳’表不然之意，虽施语缣墨，系属费词，然传其声貌，非此莫由。”（刘师培，2007c：9538）

实词之意义与其声调相应，其表达意义与风格皆有不同，刘师培主张作文时要以声调为基础“选字”：“文字不同，各如其面，字各有音，施之或异。两字相联，或音判刚柔，两义相符，或用分雅俗。故黄沙白草，发为粗厉之音；海水天风，恍睹寂寥之境。”他又指出不同文体用字不同，声情亦不同：“杂绮语则音多柔靡，诵军歌则音入浑雄。文韵异同，各视其体。”“其故何哉？则用字不同之故也。”而且，桐城派所谓“因声求气”，也可以体现在对“字法”声情的掌握上：“赋物之篇，响逸而调远；逞词之作，锋发而韵流。作者集字以成章，诵者循声而得貌。”（刘师培，2007c：9539）

2. “论谋篇之术”最重“转折与贯串”

《汉魏六朝专家文研究》第四节“论谋篇之术”中，刘师培也注重以作家之主意来安排篇章：“谋篇既定，段落即分，大抵文之有反正者，即以反正为段落；无反正者，即以次序为段落。”（刘师培，2007a：9569）这一点并未超出前人。不过在论及“文章有主客观之别”时，他借鉴唯物、唯心理论讲文章之立意与篇章之法，眼界更为开阔：“夫文学所以表达心之所见，虽为艺术而颇与哲学有关。古人之学说，各有独到之处，故其发为文学，或缘题生意，以题为主，以己为客；或言在文先，以己为主，以题为客。于是唯心唯物遂区以别焉。《史记》虽为记事之书，而一切人物皆由己意发挥。”（刘师培，2007a：9586）以此评论《史记》，揭示了其“究天人之际，通古今之变，成一家之言”的创作实质。他还针对各体文章分析其主客观写法。

刘师培论篇章注重转折与贯串，最能体现其对前人“因声求气”说的借鉴与发展。桐城派讲论“因声求气”，虽然也是主张通过诵读来实现，但并未真正认识到“气”为何物，往往把“气”与“神”相关联，“气”被虚化了，变得难以捉摸。刘师培认识到“文气”实际是篇法连贯性的体现，尤其应注重篇章中的转折之处：“模拟古人之文，能研究其结构、段落、用笔者，始可得其气味；能瞭解其转折之妙者，文气自异凡庸。若徒致力于造句炼字之微，多见其舍本逐末而已矣。”（刘师培，2007a：9569-9570）他还通过比较看到汉代与魏晋文章在转折运用上的不同：“古人文章之转折最应研究，第在魏晋前后其法即不相同。大抵魏晋以后之文，凡两段相接处皆有转折之迹可寻，而汉人之文，不论有韵无韵，皆能转折自然，不著痕迹。试观蔡邕所作碑铭，序文头绪虽繁，而不分段落，事迹自明；铭词通体四言，而不改句法，转折自具。”（刘师培，2007a：9570）他又说：“然自魏晋以后，文章之转折，虽名手如陆士衡亦辄用虚字以明层次。降及庾信，迹象益显。其善用转笔者，范蔚宗外当推傅季友、任彦昇两家。两君所作章表、诏令之类，无不头绪清晰，层次谨严，但以其潜气内转，殊难划明何处为一段何处转进一层，盖不仅用典入化，即章段亦入化矣。”（刘师培，2007a：9572）刘师培作为文字学家能够客观地对待语言文字的进化、变迁，但是对古今文章由著述向单篇文章的发展变化却并没有太多研究，所以在篇章、段落问题上仍持厚古薄今的态度，以汉代文章为高格，他说：“凡作排偶文章，于转折处之两联，往往以上联结前，下联启后，此虽非转折之上乘，但勉强差可。若每段必加虚字，或一篇分成数段（如作寿序分为幼年、中年、晚年之类），不能贯成一气，则品斯下矣。”（刘师培，2007a：9572）刘师培讲篇章的贯串也以著述而非单篇文章为例，“所谓贯串者，例如，《汉书·地理志》载某县有某官，《百官公卿表》即略之”。对于单篇文章他只说：“大抵文章有一篇自成章法者，有合一书而成章法者，零杂篇章自应各具起讫。既合若干篇以成一书，即应全书相为终始。……实则篇章之作法亦不能外是：一篇之应互有详略，亦犹两传之互有详略不相重复也。”（刘师培，2007a：9572-9573）

诗歌讲究音节，所谓“一简之内，音韵尽殊；两句之中，轻重奚异”，刘师培能将之引入散文中加以发挥，见解独到：“所谓音节，既异四声，亦非八病。凡古之名家，自蔡伯喈以至建安七子、陆士衡、任彦昇、傅季友、庾子山诸人之文，诵之于口无不清浊通流，唇吻调利。即不尚偶韵之记事文亦莫不如是。例如《史记》叙事每得言外之神，尝有词在于此而意见于彼之处，以其文中抑扬顿挫甚多，故可涵咏而得其意味。”（刘师培，2007a：9573）散文之音节虽不讲求四声八病，但是也要讲求声气之节奏：“大凡文气盛者，音节自然悲壮；文气渊懿静穆者，音节自然和雅：此盖相辅而行，不期然而然者。”声气音节体现在篇法上还讲究篇法之变化：“文章最忌一篇只用一调而不变化。”（刘师培，2007a：9574）

3. 经书、《史记》、《汉书》之字法、句法

刘师培认为，经书之字法对文学的影响很大。“欲撢各家文学之渊源，仍须推本于经。汉人之文，能融化经书以为己用。如蔡伯喈之碑铭无不化实为空，运实于空，实叙处亦以形容词出，与后人徒恃‘峥嵘’‘崔巍’等连词者迥异。此盖得诸《诗》《书》，如《尧典》首二段虚实合用，表象之辞甚多。汉人有韵之文皆用此法，而伯喈尤为擅长。”（刘师培，2007a：9582）“又研究陆士衡者必先熟读《国语》，盖《国语》之文虽重规叠矩而不觉其繁，句句在虚实之间而各有所指，文气聚而凝，选词安而雅，陆文得其法度，遂能据以成家。”（刘师培，2007a：9583）

刘师培指出，明句读即是明造句之法：“研究《史记》《汉书》者，不可不明其句读。”“所以必须辨明句读者，以句读明而后意思可明也。且《史》《汉》每句并不苟言，如句读不清，则文章精神全失。盖文章本有驰骤及顿挫两种，《史》《汉》中二者皆不废。文章有顿挫而无驰骤，则失之弱；有驰骤而无顿挫，则失之滑。欲明其文中驰骤顿挫之处，则非明其句读不可。”（刘师培，2007a：9579）

4. 形似与神似：总论性情与章法、句法

刘师培总结其对篇章字句的讨论说：“盖形体不全，神将奚附？必须形似乃能靡然不辨，此固非工候未至者所能赞一词也。夫杼柚篇章，岂为易事？章法句法既宜讲求，转折贯串犹须注意。逮至色泽匀称，声律调谐，然后乃能略得形似。形似既具，精神自生。”不过篇章字句之法的学习也有所本：“又文章之美，全由性情。……故模拟古人之文须先沟通其性情之相近者。”（刘师培，2007a：9588）

5. 论文体与写法

《汉魏六朝专家文研究》“汉魏六朝之写实文学”一节中，刘师培提出了文章

作法中有写实与“表象形容”两种。他认为史书应该写实，“就史书而论，《史》《汉》之所以高出于后代者，即在其善于写实。故每记一事，则经过之曲折，纤细不遗；记战争则当日之策画瞭如指掌”（刘师培，2007a：9593）。另外，“碑铭颂赞之文，盖出于《书经·尧典》之首段，与《礼经》之不可增减一字者不同，本以‘拟其形容，象其物宜’为尚，而不重写实，秦汉碑铭全属此体。后人不知文字有实写与形容之别，亦不知有表象之法，故以典故代形容，典故穷后易以代词。此风自六朝已渐兆其端，唐、宋始变本加历”（刘师培，2007a：9595）。探讨论、赞之作用他则说：“论、赞即贯串纪传之大意，铭词乃综括碑文之事实，非于碑传本事之外别有增益也。”（刘师培，2007a：9602）刘师培关于文体写法的讨论，涉及如何看待后世文体创作、文体论观念发展的问题，后世作家因时代之变迁往往“破体为文”，而复古文论则因文体不足以规范创作而要求严守体制，刘师培的这一论述对于如何理解后世的论争具有借鉴意义。

第二节 姚永朴《文学研究法》与古代文章作法理论的系统化

姚永朴（1861—1939），字仲实，晚号蜕私老人，安徽桐城人。五世祖姚范，祖父姚莹，父姚浚昌。曾师事张裕钊、吴汝纶、萧穆等人，兼通汉宋之学，有“通儒”之名。一生无意仕进，倾力于学术与教育，光绪二十七年（1901 年）起，“历主广东起凤书院、山东大学、安徽高等学堂、北京大学、法政专门学校讲席”；“九年（民国九年，即 1920 年——笔者注），南归，复历主江苏东南大学、秋浦周氏宏毅学舍、安徽大学讲席，先后成才而去者数千人”（王蘧常，2011：211）。著述有《尚书谊略》《群经考略》《十三经述要》《蜕私轩易说》《诸子考略》《群儒考略》《文学研究法》《史学研究法》《史事举要》《旧闻随笔》《蜕私轩集》《蜕私轩续集》等。《文学研究法》是姚永朴 1914 年担任北京大学文科教授的讲义，体例上意欲继承《文心雕龙》之“体大思精”，开启了古代文章作法理论向现代“文学概论”论述体系的演进；内容上仍关注文法，为现代辞章学的建构提供了借鉴。

一、《文学研究法》与“辞章之学”

（一）姚永朴与桐城派——嫡传和“不立宗派”

虽然近代文学史中往往称林纾为桐城派的殿军，而忽视了真正的桐城派，但林纾不过私淑桐城派，只是因为他以古文笔法翻译小说，所以名声更大。而真正在理论与创作上称得上桐城派嫡传的，非姚永朴莫属。姚永朴在学文方面既得家传，又与姐夫马其昶、妹夫范当世、兄姚永楷、弟姚永概互相切磋，打下了坚实的基础。后又师从桐城派中兴大将曾国藩的弟子张裕钊、吴汝纶等。光绪五年（1879年）秋天，姚永朴往金陵赴试，想乘便拜访时任凤池书院山长的张裕钊，可惜张裕钊外出，未能亲聆教诲。随后他寄书并录所作数篇向张裕钊求教，表达了“欲附于门墙之末”的愿望。他还曾记其事曰：“武昌张廉卿先生训后进为诗古文，必使自吾邑诸老入手。……又曰：学文不信桐城诸老绪论，必堕庞杂叫嚣之习。”（姚永朴，1966：138）张裕钊教学生学文应遵从桐城派诸老的论说，姚永朴也赞成这一看法，“桐城之文，末流亦失之单弱，然自方氏以来，气体清洁，与庞杂者自不同，故《四库全书总目》于《望溪集》称之云：‘源流极正。’大抵方、姚诸家论文诸语，无非本之前贤，故未尝标帜以自异也”（姚永朴，2007a：6897）。在《答方伦叔书》中他也说：“自少好为文章，然求之太迫，无所真得，胸中无一成熟书。去年春来天津，奉教吴挚甫先生，始知精诵为学文始事，因取古人之文，悉心读之，久之乃涣然微觉有得。”（姚永朴，2014：44）“因声求气”之法，也是桐城派学文的入门之法，张裕钊、吴汝纶曾受教于曾国藩，姚永朴又受教于张、吴二人。对于姚永朴的古文创作，钱基博在《现代中国文学史》中评价说：“其文随手起落，不为张皇，坦迤平直中，自然感激顿挫，不如并世诸公之好做段落，狠其容，亢其气，硬断硬接；而我用我法，余味曲包，此真姚鼐血脉也！”（钱基博，1981：162）他不仅指出姚永朴为桐城派文章正宗，而且指出他并不死守义法，而以自己真正的体会作文，反而更能得姚鼐的真传，这也是姚永朴更值得注意的方面。

有学者指出：“姚永朴在北京大学讲授桐城派的理论，著《文学研究法》凡二十五篇，颇得时誉。季刚先生继起讲授《文心雕龙》，那时他才二十八岁，风华正茂，其后汇集讲义而成《札记》一书，亦颇得时誉。如果说，《文学研究法》是代表桐城派的一部文论名著，那么《文心雕龙札记》就是代表《文选》派的一部文论名著了。”（周勋初，2006：2）虽然学者把这种有趣的对比看作是桐城派与选学派的争斗，但是作为当事人的姚永朴眼界却并不囿于派别。

姚永朴不立宗派之取向非常明确：“近世张文襄公《书目答问》，于古文中又析之曰：‘桐城派古文家’‘阳湖派古文家’‘不立宗派古文家’，尤不足据。韩退之《答刘正夫书》云：‘文无难易，惟其是尔。’惜抱先生《古文辞类纂序》云：‘夫文无所谓古今也，惟其当而已。’苟知其是与当，尚何派别之可言？”（姚永朴，2007a：6896）他在文章方面的不立宗派、眼界开阔，得益于他在学术方面的博采兼通。桐城派尊崇程朱理学，方苞提倡“学行继程朱之后，文章在韩欧之间”，并提出“义法”说。乾嘉学派兴起，喜攻程朱理学，姚鼐极力辩护，又进一步主张“义理、考据、辞章”，提倡为文亦要注重考据，但是在汉学方面并未有任何建树。桐城派代表人物中，只有方东树学问驳杂，著《汉学商兑》“正其违谬”，颇能中汉学症结。而作为桐城派后期代表性人物的姚永朴在汉学方面亦颇有建树，被时人目为“通儒”。姚永朴弱冠之后，见其乡先辈、经学大家萧穆，萧穆告之曰：“子之文洵美矣，然不致力经史为之本而第于文求之，终弗能工也。”姚永朴幡然醒悟，其后专力治经，“永朴从事朴学，实斯言启之”（姚永朴，2014：155）。姚永朴曾在姐夫马其昶的书信中了解到经学大师郑杲，“心仪久矣”。后“乃获交迁安郑东甫杲，钻寻商榷，多所匡益”（姚永朴，2014：33）。光绪十九年（1893 年），姚永朴在京师见到了郑杲，“见辄就询诸经大义”，郑杲则恳恳为其析疑讲艺。姚永概在所撰《蜕私轩集跋》中说：“或问迁安郑君杲：‘今世为汉学者有几人乎？’郑君曰：‘吾未见也。然如仲实者，舍书无他营，舍经无他书，虚心以求真，是将终其身焉，其殆庶与！’”（姚永概，2014：129）京师法政学堂监督乔树楠亦对姚永朴极为推崇，将其与廖平并称为“当代两经师”。其尝对人言：“先生说经，虽以宋儒为宗，而于汉唐博稽兼采，无门户之见，是谓通儒。且世之治朴学者，往往不工于文，而先生则文与诗并工，且卓有惜抱家法，殆所谓华实两胜者。”（李大防，2014：131）

不立宗派并非仅仅是学术上的取向，更反映出一种眼界和怀抱。处在内忧外患中的中国，如何对待西学与国粹呢？姚永朴并不一味提倡保国粹，而是感受到了西学之日新月异，也认为国粹如有“是”与“当”之处，必不灭亡：“吾国开化最早而进化乃独迟，夫岂一朝一夕之故欤？二百年来，泰西诸国英君伟士飙举云兴，其教民之术日新月异，吾国自甲午后乃自知不敌，恍然思借他山之助以新我国民。自奉明诏罢科举，各省学堂几遍设矣。一时舆论，主进取者惟欧化是崇，主保守者又虞国粹之尽失，窃谓二说皆非也。夫国于天地，必有与立，果为独有之文明，世变愈亟，且将因外界之刺激而益显其真，夫何忧于不存”（姚永朴，2007b：102）。在面对新文化运动时，姚永朴对传统文化也采取了“何忧于不存”的态度。1914 年姚永朴开始在北京大学文科任教。其间，1916 年，蔡元培任北京大学校长，次年，蔡元培聘请陈独秀为文科学长，之后，李大钊、杨昌济、胡适、刘半农、鲁迅、周作人等相继被聘为北京大学教授，这些人为北京大学带来了革命的气息，他们以《新青年》为阵地展开了对封建文化、封建文学的批判。1917 年陈独秀在《新青年》发表《文学革命论》，主张“推倒陈腐的铺张的古典文学，建设新鲜的立诚的写实文学”，而这种“陈腐的铺张的古典文学”的代表，便是被他称作“妖魔”的“明之前后七子及八家文派之归、方、刘、姚”（陈独秀，1917：1-3）。钱玄同则响应胡适对白话文的提倡：“具此识力，而言改良文艺，其结果必佳良无疑。惟选学妖孽，桐城谬种，见此又不知若何咒骂。”（钱玄同，1917：12）他们把文学革命的矛头都明确指向了桐城派。已经离开北京大学的林纾起而反驳，成为革命派的活靶子，而此时正任教于北京大学的姚永朴不堪于此，1918 年辞职而去。1935 年，吴孟复、马茂元等同谒蜕私先生于里第，“先生因留之饮，焘诵惜抱寿海峰诗：‘如今中酒能多少？他日奇文恐散亡！’先生喟然曰：‘子亦青年，以为奇文耶？谬种耶？’焘谨对曰：“‘为文章者，有所法而后能，有所变而后大”。自其当变者而观之，则未变者皆谬种也；自其足法而言之，则可法者皆奇文也。先生《文学研究法》言之详矣。’先生莞尔曰：‘有是哉!“奋臂拨眥”，几何不为引车卖浆者语耶！昔在京中，林琴南与陈独秀争，吾固不直琴南也。若吾子言，桐城固白话文学之先驱矣’”（吴孟复，1989：191）。姚永朴没有像林纾那样与革命派发生正面冲突，他并不认可二者的做法，吴孟复“有所法而后能，有所变而后大”“可法者皆奇文”的话，让他很欣慰。对于传统，尤其桐城派的“义法”，他不是从派别的角度去坚守，而是根据现实取其“是”与“当”。

（二）《文学研究法》研究“篇章之法”的辞章学视野

吴孟复评价《文学研究法》说：“近年以来，中外语言学者渐究语义、语用，知有篇章之学，不知者往往诧为新奇，实则陆、刘之所探索，欧、苏之所经营，归、方之所评述，即语义、语用与篇章语言之妙用也，先生是书之所平章、考镜，即中国之‘篇章语言学’与‘文章学’也。”（吴孟复，1989：191-192）桐城派论文章作法的重点就在于篇章结构之法，姚永朴在此基础上，从语言学角度出发为以篇章结构为主的作法找到了更充分的依据，做出了更深入的阐发。吴孟复的评价应该是看到了这一进步，但是现代的“篇章语言学”更倾向于语言学上的研究，现代的“文章学”概念则包含了公文等应用文的写作，这些并非姚永朴撰写《文学研究法》的初衷。“辞章学”是研究如何由语言形成文学作品的学问，应该更符合姚永朴的想法，所以我们更倾向于在“辞章学”的领域肯定《文学研究法》在篇章之法上的探讨。

1. “欲文章之工，未有可不用力于小学者”

比之于桐城派的前辈，姚永朴多了一个“经师”的身份，这使他眼界更开阔，看到清代汉学家在文字学方面的研究进展，也看到了他们对于文字与文学的探究。《文学研究法》卷一开篇即从文字角度论文学“起原”：从“情动于中，而形于言”，到人声、言语，再说到文字。“文字”是文学起源中的一个重要环节。语言不能传远，“有聪明睿智者出焉，于是作书契以易结绳之治，百官以理，万民以察。盖至是而人类之作用乃益宏，文字之功效，乃不可胜数矣”。文字保存和展现的不仅有声音，还有“形象”，“天地之元音发于人声，人声之形象寄于点画，点画之联属而字成，字之联属而句成，句之联属而篇成。文学起原，其在斯乎？其在斯乎？”（姚永朴，2007a：6834）姚永朴认为文学是人的内在思想情感的表达，语言就是内心思想情感的外现，而文字则是语言之形象，由字成句，由句成章，表现思想感情的文学作品就产生了，所以文学的起源与语言、文字密切相关。这是姚永朴论述文章作法的基础。

姚永朴认为，学写文章要从识字开始。“今日宜文学发达，远迈古初矣。而考其实乃有大谬不然者，何哉？间尝推寻其故，然后知今之字数孳乳而寖多，其体又视古日歧，迨至楷书通行，而去之也益远。”（姚永朴，2007a：6836）“然则如之何而可？曰：欲由今溯古，以通其训诂，必自识字始。”所以文章要写好，也离不开小学的功底：“试观古今文家，如李斯有《仓颉》七章，司马长卿相如有《凡将》篇，扬子云有《训纂》篇八十九章，班孟坚固复续十三章，而段氏玉裁《说文注》引其中所载孔子以下数十家之说，皆深于文事者。唐韩退之尤兢兢于此，故其言曰：‘凡为文辞，宜略识字。’（《蝌斗书后记》）又曰：‘文从字顺各识职。’（《樊绍述墓志铭》）近世湘乡曾文正公国藩论文，亦以‘训诂精确’为贵（《日记》）。可见欲文章之工，未有可不用力于小学者。”（姚永朴，2007a：6837）

2. 义法“不足以尽文章之妙”，“而为文顾可无法哉”

姚永朴治学兼采汉宋，在经书之义理、考据方面皆有心得，对于“义法”说也能看清其实质：“且夫义法虽文学家所最重，而实不足以尽文章之妙。”（姚永朴，2007a：6860）姚永朴看到了“义法”的不完备，也认识到不完备来自义与法的结合，所以他又引张裕钊《答吴挚甫书》认为辞、法的运用本于自然。姚永朴在“起原”篇中说：“程子颐《语录》云：‘凡物之名字，自与音义气理相通。天末名时，本亦无名，只是苍苍然也。何以便有此名，盖出自然之理，声音发于其气，遂有此名此字。’”又说“天地之元音发于人声”（姚永朴，2007a：6834），可见语言、文字的出现都本于自然，那么他所谓辞、法的运用本于自然，应该就是以文字为基础，遵循字句篇章的自然法则。

针对世人对“法”的排斥，他认为：“文之有法，犹室之有户也。谁能出不由户，而为文顾可无法哉？”（姚永朴，2007a：6858）“大抵古人之文，愈奇变不可测，愈有法以经纬其间。”（姚永朴，2007a：6859）他敏锐地指出了“法”在创作中的入门作用。如何来认识“法”及其作用呢？姚永朴认为：“（姚鼐——笔者注）作《古文辞类纂序》遂云：‘凡文之体类十三，而所以为文者八，曰神、理、气、味、格、律、声、色。神、理、气、味者，文之精也；格、律、声、色者，文之粗也。然苟舍其粗，则精者亦胡以寓焉？学者之于古人，必始而遇其粗，中而遇其精，终则御其精者而遗其粗者。’……方植之《昭昧詹言》云：‘诗文以气脉为上。

气，所以行也；脉，绾章法而隐焉者也。章法，形骸也，脉，所以细束形骸者也。章法在外可见，脉不可见。气脉之精妙是为神’。”（姚永朴，2007a：6860-6861）引方东树的话可以看出，姚永朴也认为，神理气味是文章之内在要求，而格律声色则是外在形式的表现，内外相辅而成，以此为其创作论之纲领。

3. 围绕字句篇章之法，论“神理气味、格律声色”

姚永朴对“神理气味、格律声色”的论述都是围绕字句篇章之法展开的。关于文章之“神”“理”，姚永朴认为其都源于作家之主意，而体现于笔法。论“理”，他认为“若夫理之在天下，无论见于事，寓于物，皆赖文以明之”（姚永朴，2007a：6948）；“理虽积之于书，而意则摄之于我。既有意矣，又必有术以行之，然后能执简御繁，化腐为奇”（姚永朴，2007a：6950）。关于“神”，他引前人的话，认为“盖水到而渠乃成，机熟而神乃王也”（姚永朴，2007a：6946）；他又引刘大櫆“神只是气之精处”等语，认为文章之神妙是作家主观之意志、精神的体现。作家之主意又体现在笔法上，所以他认为，“古人精神兴会之到，往往意在笔先。如周公作《无逸》，凡七更端，皆以‘呜呼’发之。其后欧阳公作《五代史赞》，每篇亦如此。是皆有无穷之意，在于笔先，有不期然而然者”；“又有意在笔外者，如……《平原君虞卿列传赞》既叙虞卿始智终困，忽作转语云‘然虞卿非穷愁，亦不能著书以自见于后世’云，又所以寓己之感愤也”（姚永朴，2007a：6947）。从中我们可见篇法与神、理之关系。

关于“气”，姚永朴说：“文章无气无以行之，无味无以永之。”（姚永朴，2007a：6951）他引孟子的“养气”说、曹丕的“文气”说、韩愈的“气盛”说等，说明气与文学创作相关。气具体如何影响文章，前人说得不是很清楚，姚永朴也只引了刘大櫆《论文偶记》的论说：“气最要重。予向谓文须笔轻气重，善矣，而未至也。要得气重，须是字句下得重。此最上乘，非初学拙笨之谓也。”（姚永朴，2007a：6953）还引姚鼐的《与先石甫府君书》：“大抵文章之妙，在驰骤中有顿挫，顿挫中有驰骤。若但有驰骤，即成剽滑，非真驰骤。”（姚永朴，2007a：6955）如何是“字句下得重”，如何是“驰骤”“顿挫”，姚永朴没有解释，我们很难把它们同确切的字句篇章之法相互对应。关于“味”，姚永朴引述前人之论也较多，认为“怪奇可骇”之句、“故作诙谐之语”、“言近指远”（姚永朴，2007a：6957）等写法会使文章有“味”。

关于“格”，姚永朴解释为文体格式，认为“大抵文章一类有一类之格”（姚永朴，2007a：6958），并引录刘勰关于各种文体的格式标准；还认为“一篇有一篇之格。盖欲谋篇，必制局；欲制局，必立格”（姚永朴，2007a：6962），并引《文心雕龙》“附会”篇和《曾国藩日记》说明谋篇布局之原则。关于“律”，姚永朴只讲述了遣词造句方面的“戒律”。

姚永朴关于“声”和“色”的论述最能体现其小学基础，在理论上也有了一定的系统性。姚永朴说：“古人之所谓声调者，与齐梁人之说不同。古人本乎天籁，齐梁则出于人为。”（姚永朴，2007a：6969）“齐梁人之说”，指沈约创四声八病之说，后来刘勰又有所申述，到唐人发展为近体诗之格律。姚永朴认为古人之声调“本乎天籁”，从他所引各家之说可以看出，他也认为对声音的讲求主要是指气息之长短高下是否自然，这可以通过讽诵来了解、体会。姚永朴引《曾国藩日记》云：“汉魏人作赋，一贵训诂精确，一贵声调铿锵”；《曾国藩日记》又云：“读韩文《柳州罗池庙碑》，觉情韵不匮，声调铿锵，乃文章中第一妙境。情以生文，文亦以生情；文以引声，声亦以引文。循环互发，油然不能自已，庶渐渐可入佳境。”（姚永朴，2007a：6968-6969）所引可见文气之高下、长短与文章之声情紧密相关，但还不足以说明文气与篇章结构之关联，他又引梅曾亮《与孙芝房书》云：“夫古文与他体异者，以首尾气不可断耳。有二首尾焉，则断矣。退之谓六朝文杂乱无章，人以为过论。夫上衣下裳，相成而不复也，故成章。若衣上加衣，裳下有裳，此所谓无章矣。其能成章者，一气者也。欲得其气，必求之于古人。周、秦、汉及唐、宋人文，其佳者皆成诵乃可。”（姚永朴，2007a：6974）姚永朴也想通过引文说明，文能成章，气息才能连贯。他还说：“吴挚甫先生《答张廉卿书》云‘声音之道，尝以意求之，才无论刚柔，苟其气之既昌，则所为抗坠、曲直、断续、敛侈、缓急、长短、伸缩、抑扬、顿挫之节，一皆循乎机势之自然，非必有意于其间，而故无之而不合，其不合者必气之未充者也。’是真破的之论矣！若夫下手之方，则在于讽诵。”（姚永朴，2007a：6974）姚永朴以“讽诵”来学习篇章结构的看法，与刘师培“可诵”的论述不谋而合[①]，不过，刘师培“可诵”只是对“有韵”做解释，而姚永朴相比刘师培更明确了“声调”与篇章结构相关联，以声调之自然、可讽诵来体会文章结构之特点，对于辞章学的探讨更具建设性。

关于文章之“色”，姚永朴提出：“色也者，所以助文之光采，而与声相辅而行者也。其要有三：一曰炼字，二曰造句，三曰隶事。”（姚永朴，2007a：6975）他认为文章之“色”主要体现在字句方面。关于炼字，他说：“吴挚甫先生尝为永朴诵欧阳永叔《石曼卿墓表》末段‘呜呼曼卿’以下数行，以为字字若有凸凹，因叹文章之难，第一用虚字，盖浅深雅俗，于此焉分。”（姚永朴，2007a：6975-6976）关于造句，他引《曾国藩家训》云：“文章雄奇，以行气为上，造句次之，选字又次之。然未有字不古雅而句能古雅，句不古雅而气能古雅者；亦未有字不雄奇而句能雄奇，句不雄奇而气能雄奇者。是文章之雄奇，其精处在行气，其粗

---

① 参见本书第二章第一节刘师培关于“可诵”的论述。

处全在造句、选字也。”（姚永朴，2007a：6976）

二、《文学研究法》——姚永朴在古代文论话语系统中建构“文学概论”体系

姚永朴的《文学研究法》是在其《国文学》讲义的基础上编订的。据门人张玮所记：“（先生）往岁主讲国立法政学校，著有《国文学》四卷，翔赡而简易，典显而精凿，学者便之。玮适以是时亦滥竽讲席，获读其书，亟率诸弟执贽往受学焉。今年先生复应文科大学之聘，编订讲义，较《国文学》尤详。”（张玮，2007a：6831）《国文学》是姚永朴在国立法政学校的讲义，全书共选了二十一篇古代文论的篇章，分为四卷，卷一是唐代以前的文论，卷二是唐代文论，卷三是宋代文论，卷四是清代桐城派的文论，每篇中都有笺注，文后都有按语。《国文学》第一卷选了《毛诗·关雎序》、班固的《汉书·艺文志·诗赋略》、曹丕的《典论·论文》、陆机的《文赋》、许慎的《说文解字序》以及沈约的《宋书·谢灵运传论》，这些文论篇章涉及了文学的文体论、创作论、批评论、作家论、文学的功用以及创作中的训诂、音韵问题等。南宋以来诗文批评领域就有不少辑录或汇编式的文论专著，如《诗人玉屑》《文章一贯》等，但所辑录的内容大都是着眼于创作讲论作法或评论作家。《国文学》所选的篇章不仅涵盖了各个时代，还特别包罗了关于文学的各个方面的内容，而且其加笺注、按语的体例，也突破了古人述而不作的观念，把前人的论说纳入了自己的阐述体系中。这些都为后来《文学研究法》的出现打下了坚实的基础。

《文学研究法》全书分四卷：第一卷讲起源、根本、范围、纲领、门类、功效；第二卷讲运会、派别、著述、告语、记载、诗歌；第三卷讲性情、状态、神理、气味、格律、声色；第四卷讲刚柔、奇正、雅俗、繁简、疵瑕、功夫；最后是结论。其门人张玮称：“其发凡起例，仿之《文心雕龙》。自上古有书契以来，论文要旨，略备于是，后有作者，蔑以尚之矣。”（张玮，2007：6832）钱基博先生在《近代提要钩玄之作者》集部中首举姚永补《文学研究法》，且评论说：“明文章之利钝，搜录古今作家论文之言，采摭极博，而出以组织，有剖析，有综合，洞明得失，极有经纬。”（钱基博，1997：156）钱基博也赞叹《文学研究法》在体例上的严整。但是《文学研究法》以引述前人的观点为主要内容，所以后世往往认为它主要是桐城派理论的继承与总结，也常被质疑太少创见，甚至有人怀疑其并没有论说体系可言。其实《文学研究法》的论述方式，是在一个标题下引录、梳理前人论说，并加以阐发。这样的论述方式，其标题的安排最能见出论说的目标、观念，因此当我们把目光集中在标题上的时候，就会发现姚永朴引述前人的眼界非常开阔，而且别具匠心。姚永朴在“结论”中说：“永朴为诸君撰《文学研究法》二十四篇，于文章奥窔，言之亦略具矣。……大抵昔人论文，皆本其所阅

历者告人，欲人目前依之用力，则将来得力较为直捷耳。”又说：“则真悟必出于真知，真知必出于真学也。”（姚永朴，2007a：7027）他的最终目的似乎只是希望通过《文学研究法》指示作文门径，不过，正如他所仿照的《文心雕龙》一样，其所论已经超出了指示门径的范围。王运熙先生曾指出：“《文心雕龙》的中心是论作文之道，是研讨文章作法，是就书的写作宗旨和结构而言。若就全书内容看，则较为广泛，其中涉及不少重要文学理论问题，涉及历代许多重要作家作品的评论，并发表了许多精辟独到的见解，有些方面且有较为系统的论述，这些内容无疑使《文心雕龙》成为中国文学批评史上一部伟大著作，其价值远远超过他论述作文之道、矫正当时文风的本意。”（王运熙，1995：8）20世纪以来《文心雕龙》论述体例的系统性以及其理论价值得到了广泛的探讨，姚永朴《文学研究法》对《文心雕龙》的模仿，应该也是基于对其理论价值的认识和理论体系的模仿。与20世纪出现的《文学概论》的内容与体例相比，《文学研究法》的论述系统堪称一部古代文论话语系统下的《文学概论》。

（一）姚永朴有志于建立文学“专门学”

因为姚永朴的桐城派身份，《文学研究法》往往被看作桐城派理论的延续或总结，但是姚永朴的出发点却并非如此。姚永朴反驳了清代以来对于文学的鄙薄：“或曰：文章特一艺耳，沾沾自喜何为？曰：否，不然。凡以文学为一艺者，不过本孔子‘文莫，吾犹人也；躬行君子，则吾未之有得’（《论语·述而》）与‘行有余力，则以学文’（《学而》）诸语耳。然孔子之意，盖以行为文之本，非谓有行即可无文也。使其如此，何为‘四教’以文为首（《述而》），而畏于匡，且曰‘文王既没，文不在兹乎’（《子罕》）？”（姚永朴，2007a：6839）戴震曾在《与方希原书》中规劝古文家：“自子长、孟坚、退之、子厚诸君子之为之，曰：‘是道也，非艺也。’以云道，道固有存焉者矣，如诸君子之文，亦恶睹其非艺与？”（戴震，1980：143）针对汉学家的批评，姚永朴做了反驳。但是在新的社会形势下，汉宋学派的对立并不是主要矛盾，姚永朴也看到了形势的变化，以及文学面临着的更多挑战。

或又曰：当今时事孔亟，所应讨论者至多，奚暇及此？曰：否，不然。子独不闻“国与天地必有与立”之说乎？夫国之所藉以立，岂有过于文学者？匪惟吾国，凡在五大洲诸国，谁弗然？盖文字之于国，上可以溯诸古昔而知建立所由来，中可以合大群而激发其爱国之念，下可以贻万世而宣其德化政治于无穷。关系之重如此，是以英吉利人因其国语言文字之力，能及全球，时以自诩；吾国人反举国文蔑视之，殊不可解。夫武卫者，保国之形式也；文教者，保国之精神也。故不知方者不可与

> 言有勇。且语言发于天籁，文字根于语言，则亦天籁也。既为中国人，举凡各种科学，非得有中国文字阐明之，乌能遍行于二十二行省？是故欲教育普及，必以文学为先；欲教育之有精神，尤必以文学为要。（姚永朴，2007a：6839-6840）

姚永朴也在更高的层面上看到了文学的作用，认识到文学与国家之精神、文化的存亡密切相关。因此他提出文学“专门学”：“（文学）盖分为普通学、专门学是也。何谓普通学？但求其明白晓畅，足以作书疏应社会之用可矣。何谓专门学？则韩退之《答李翊书》所谓‘将蕲至于古之立言者’是也。”（姚永朴，2007a：6840）

清代，汉学家认为文与道是两码事，并不重视文。戴震说：“古今学问之途，其大致有三，或事于理义，或事于制数，或事于文章。事于文章者，等而末者也。”（戴震，1980：143）桐城派崇尚理学，极力把文与道相捏和，但是无形中也限制了文的独立，“义法”说将“义”凌驾于“法”之上就是典型的表现。姚永朴突破了派别的束缚来认识文学，这是《文学研究法》构建体系的思想基础，虽然与《文学概论》从审美的角度专门研究文学还有差距，但是其建立文学专门学的趋势已经形成。

（二）“五四”前后《文学概论》的著述状况

中国学者撰写的《文学概论》比较集中地出现是在20世纪的二三十年代，而之前较早被翻译过来的《文学概论》是日本人本间久雄于大正六年（1917年）所作，三年后由章锡琛翻译了“前编”部分，并连载于《新中国》杂志；1925年，章锡琛又重新将这部书进行翻译、出版。本间久雄在序言中说：“文学的研究、论述，近来虽已逐渐旺盛，但还意外的少被研究，论述到的，是成为一个社会现象的文学这东西的根本问题。换一句话，便是说到文学的创作及鉴赏比别的种种精神底活动占怎样的位置的一种社会学底研究。”“我早已抱憾于这一事，因而想从上面的立足点，为初学者解说文学构成及文学存立的基本条件和理由。”（本间久雄，1926：序3）本间久雄把文学当作一种独立的精神活动，研究其基本原理和价值，并初步明确了《文学概论》的性质。这部书分四个部分，“序论”，论文学之本质、价值，文学与时代、政治、道德、宗教、气候风土；此外还有“内容论”“形式论”以及“结论和余论”。后来很多《文学概论》的写作都仿照这一体例。1934年启智书局出版了薛祥绥编的《文学概论》，编者在序言中提及当时编著《文学概论》的风气：“近年高级中学及各大学文学系，恒授《中国文学概论》，而坊间渐多编译之本。”但他认为其中“杂糅成编，纰缪百出者”非常多，并通过批驳谬误，确立了自己的论述体例和内容。他罗列了五种谬误：“不悟究文学递嬗之迹，非概论之全体”；“不悟评论即诗文而权衡，概论由文学而推阐，似同而实异”；“不悟文士评论，亦概论之一目，乌足以概其全哉”；“分门叙次，自类迄目，……是又自论文学，晰其体式；岂可与囊括宏博之概论同日而语”；“以别国之义法，而隐括华夏之文学；何啻削足适履”（薛祥绥，1934：序 1-2）。这些批驳实际上是要把《文学概论》同以往的作家、作品的品评、文体论以及文学史等加以区分，《文学概论》也涉及这些方面，但是概括而论之。薛祥绥这部书的主要内容包括文学之定义、起源、研究法、范围、工具、要素、形式、分类等。

（三）《文学研究法》的“文学概论”体例与性质

《文学研究法》作于 1914 年，作者应该还没有看到后出的《文学概论》，但是基于建立文学“专门学”的观念，姚永朴的《文学研究法》也在一定程度上具备了“文学概论”的性质。

第一，文学的本质和范围是“文学概论”研究必不可少的内容。《文学研究法》卷一所论相当于 20 世纪二三十年代《文学概论》中的“序论”，其中《根本》和《范围》两篇就对“文学是什么”做了论述。《根本》一篇是论述文学的本体问题，限于眼界和引述古人的体例，姚永朴以文为用，而以外在的“道”作为文之本体。“夫质者，文之本也。《礼记》云：‘无本不立，无文不行。’（《礼器》）是文与本固相须为用也。而本尤为要。”（姚永朴，2007a：6841）“是故为文章者，苟欲根本盛大，枝叶扶疏，首在于明道”（姚永朴，2007a：6842）；“其次，在于经世”（姚永朴，2007a：6845）。他列举先秦至清代有关文与道的论述，认为“是皆以道为文之本之说也”（姚永朴，2007a：6844）；又举古人关于文章经世的言论，大略主张文章能经世，即有用，有用即有本。《范围》一篇，论“文学家之别出于诸家者有四焉”：一异于性理家，二异于考据家，三异于政治家，四异于小说家。姚永朴希望以文学与其他学术之不同，见出文学之特点与性质，而以集部为文学之范围，把小说排斥于文学之外等观点，并未能超越古人。

第二，“文学概论”研究还包括对文学作品要素的考察。本间久雄的《文学概论》有专门的“内容论”“形式论”，把文学作品分成内容与形式来考察，这是外来的办法。中国古代是以“体”来认识文学作品的存在的，姚永朴的认识也没有超出这个范围。《文学研究法》卷一有《门类》一篇，赞同姚鼐、曾国藩对文体的分类，并以姚鼐《古文辞类纂》的十三类为主，对各种文体的名称来源、变化做了分析。《文学研究法》卷二又有四篇分别论各种文体，《著述》《告语》《记载》《诗歌》。诗文并论，已经能看出姚永朴跳出了单纯的“古文”语境。其论“体”的重点在“选文以定篇”，举出各文体中具有典范意义的作品，略做品评，举例仍是以唐宋八大家的作品为主。

第三，“文学概论”研究也很注重创作论。创作论是古代文论最为关注的内容，

《文学研究法》卷三就相当于文学创作论。《文学研究法》卷一有《纲领》一篇，相当于卷三创作论的总论。姚永朴认为：“文学之纲领，以义法为首”（姚永朴，2007a：6855），但是“夫义法虽文学家所最重，而实不足以尽文章之妙”（姚永朴，2007a：6860），更能抓住文章创作核心的是姚鼐的“神理气味、格律声色”论。卷三的主要内容，就是分别论《神理》《气味》《格律》《声色》。另外，还有《性情》《状态》两篇分别论述了创作中作家主观的资禀、遭际和客观的遣词造句对文学风格的影响，理论观念上继承了《文心雕龙》的“体性”篇。

第四，“文学概论”研究中也注意到文学的风格问题。《文学研究法》卷四的主要内容即是风格论，分别以《刚柔》《奇正》《雅俗》《繁简》等考察了文学主体、客体、时代与风格之关联。另外，《文学研究法》还有《运会》论文学的变迁。

总体来说，《文学研究法》在论述中比较突出文体论、创作论，但是就其整体而言，它在理念、理论框架上都已经超越了南宋以来关于文体论、作法论等的专著，而更接近稍后出现的各种《文学概论》的著述。《文学研究法》的出现同《文学概论》一样，是有识之士在中西文化碰撞中希望重新认识和构建中国文学及其价值的结果，不同在于二者所运用的理论话语，一个来源于古人，另一个来源于西方。《文学概论》也就是文学理论基础，对于文学理论和文学批评话语的建构至关重要，从这个意义上说，姚永朴的《文学研究法》对于今天文学理论话语的重建应该具有重要的借鉴意义。

第三节　来裕恂《文章典》与文章读写轨范的现代建构

来裕恂（1873—1962），字雨生，号匏园，浙江萧山县（现为萧山区）人。光绪十六年（1890年）肄业于杭州西湖诂经精舍，为俞樾高第弟子，为后来在文字学、史学等方面的研究打下了坚实的基础。著述有《萧山县志稿》《萧山人物志》《杭州玉皇山志》《春秋通义》《姓氏源流考》《匏园诗集》等。光绪二十九年（1903年），赴日本留学，进弘文学院普通师范班。次年春天，修业期满，在横滨孙中山创办的中华学堂主管三江（按：古以长江中下游江苏、安徽、江西为三江之地——笔者注）学生。后以日俄战剧，影响到学校经费，来裕恂遂回国。回国当在1904年夏，其文话论著《汉文典》就撰成于此时，《匏园诗集》卷十八有《暑日在家无事，著〈汉文典〉以自遣》二首，其一云：“渡津无筏道其穷，不有辞书孰发矇？五夜机声参入漏，中宵剑气化为虹。帘垂月照室虚白，窗敞风嘘烛晕红。底事夜深犹剔烬，文思字义为沟通。”（来裕恂，1996：302）光绪三十二年（1906年），《汉文典》由商务印书馆出版，后又再版多次。

近年来的研究中，学者多从修辞学的角度肯定《汉文典》中《文章典》的价值，但是来裕恂更多是希望从根本上认识中国文学，以及从建立文章的读写轨范的角度探究问题。他的创作本意有两个方面：第一，外国有一批论文典的书籍传入中国，如涅氏的《英文典》、大槻文彦的《日本文典》等，还有日本汉学家猪狩幸之助的《汉文典》、冈三庆的《汉文典》、儿岛献吉郎的《汉文典》等，这些都对我国有所影响。但是，汉语与日文、西文有本质区别，不能勉强用外来的体系，“以日文之品词，强一汉文，是未明中国文字之性质，故于字之品性，文之法则，祇剌取汉土古书，断以臆说，拉杂成书，非徒浅近，抑多讹舛”（来裕恂，1906：序2）。第二，来裕恂希望将来中国“无人不读书，无人不识字”，而当时中国的现状是需要更明确的读写轨范，“吾国之文，难哉难哉！不知非难之为患，无指示其难之书之为患”；“上下古今，茫茫斯道，岂河洛精蕴、羲颉妙道，可示人以义理，而不可示人以轨范乎”？“乃返而求之于《尔雅》，于《说文解字》，于《广韵》，于阐发《尔雅》《说文解字》《广韵》之书，于言文体、文法及选文、论文之书”，“以泰东西各国文典之体，详举中国四千年来之文字，疆而正之，缕而晰之，示国民以程途”（来裕恂，1906：序2）。他相信中国人自己能够建立起这种轨范，他也从古人的文章学中看到了已有的基础。文章学是个理论系统，《汉文典》无意于建立这样的理论系统，而是以文字学为基础探讨读写轨范，《汉文典》分《文字典》和《文章典》，因为“泰西文规学家，必先学语言而后学文规。中国方言不同，既无辞典，又无俗语文典，势不得不专求于文章之中，故兹篇作文字典，使言语之惬当；作文章典，见言语之作用”（来裕恂，1906：本书大恉1）。因此，《文章典》以建立读写轨范为目标，与研究如何由文字到文章的“辞章之学”的目标一致；在向着这个目标的探索中，他也看到了中外文字、文学的差异，因此出现了从文学基本原理角度进行探讨的“文诀”“文论”卷，这同之后出现的《文学概论》的研究目标又有一致之处。在研究的过程中，来裕恂也完成了在新观念下对古代文章学技法理论的重新审视和梳理。

一、《文章典》与“辞章之学”的构建

来裕恂对于古代文法理论的发展有非常精当的概括：

《易》曰“有序”，《诗》曰“有章”，序与章者，所以明言之有法也。中国自上古至三代，语言文字不甚相离，故能以词见法。魏晋以来，骈文盛行，于是尚造句配章之法。逮唐宋古文家又专重篇章格调，而文法亦密。故汉以前之文，因文生法；唐以后之文，由法成文。因文生法者，

文成而法立；由法成文者，法立而文成。是以巧若公输，必以规矩；射如由基，必以彀率，文亦若是。舍法以求之，不得也。（来裕恂，2007：8505）

明清以来，文法的探讨十分兴盛，而反对文法者，则认为“文成而法立”，不应该受规矩的束缚。近代以来，文法仍因此深遭诟病。来裕恂从文学语言发展的角度，对文法的生成做了梳理：汉代以前，言文基本一致，也是字词的形、声、义逐渐发展和明确的时期，所以汉代出现了许多字书，如《仓颉篇》《凡将篇》《急就篇》等，明确字词的意义、用法等。刘师培、姚永朴虽然都提到了这些字书，但是并没有认识到它们代表了文学语言发展的一个阶段。与字书相对应的，我们也能看到汉大赋中运用了大量的词汇，在声音或字形上达到一种同音或同形的铺张排列，这也能说明这是文学创作中字词运用高度发展的阶段。魏晋时期，“造句配章”之法逐渐形成。这也是通过极度发展的形式，即骈文形式的出现和发展所达成的。骈文重视造句，《文心雕龙》“章句”篇曰：“笔句无常，而字有常数，四字密而不促，六字格而非缓，或变之以三五，盖应机之权节也。”（刘勰，1981：375-376）说明骈文一般以四字、六字句为主，或有三字、五字句也是为了调节音节，偶有出现。除了字数，骈文的造句还讲求声律，沈约所谓“前有浮声，后须切响”的原则也适用于骈文，阮元、刘师培等的文章中也有阐发。唐宋以来，创作、观念上更注重单篇文章独立存在的价值。汉代，单篇文章的创作就已经不少，不过从文体上来说，多是诗赋、奏议、书信等；从观念上来说，也仍以能“立一家之言”为不朽，如曹丕曰：“文章，经国之大业，不朽之盛事。”（曹丕，2009：313）所谓“不朽”，曹丕曰：“观古今文人，类不护细行，鲜皆能以名节自立。而伟长独怀文抱质，恬淡寡欲，有箕山之志，可谓彬彬君子矣。著《中论》二十余篇，成一家之言，辞义典雅，足传于后，此子为不朽矣。”（曹丕，2009：258）唐宋八大家的创作所树立起的则是单篇的成体之文的典范，唐顺之批评前七子说：“有人焉见夫汉以前之文，疑于无法，而以为果无法也，于是率然而出之，决裂以为体，饾饤以为词，尽去自古以来开阖首尾经纬错综之法，而别为一种臃肿佶涩浮荡之文。其气离而不属，其声离而不节，其意卑，其语涩，以为秦与汉之文如是也”。（唐顺之，1919：卷十 36）唐顺之还不能像来裕恂那样站在文学语言发展的角度来论述问题，但是他看到了唐宋八大家文与秦汉文的不同，即唐宋文中所树立起的“开阖首尾经纬错综之法”，这也在一定程度上说明了秦汉还未能发展出这样的成体之文。来裕恂认识到文法是建立在文学语言发展的基础之上的，并不迷信哪一派别之观点，所以他才说作文章，“舍法以求之，不得也”。以此总结文法，来裕恂的《文章典》卷一“文法”篇对文法的总结，相比古人的文法著述，展现出前所未有的系统性与科学性。

来裕恂的“文法”，分字法、句法、章法、篇法四篇，每一篇下又分若干章，每一章下又分若干节。不过，每一节的名目下，多是以一两句话讲论原理，然后再举一个例子，论述较简略。宋、元、明代的很多文法著作，如《文则》《文章精义》等对文章的字法、句法多有论述，但是没有语言学做理论依据，因此论述缺少系统性；再如《文章一贯》《论学须知》等，虽然也认识到文法包括字、句、篇、章，但是具体的论述中只能以抽象的概念来形容各法，如“纵横开阖”“伸缩相换”“浓淡适匀”“音律和谐”等，初学作文之人，看到这样抽象的总结，只会更加迷惑而不知所从。来裕恂从语言的特点、规律出发，考虑到了文意、文章的气势、风神、声情等方面，所总结的文法对古人的论述多有借鉴，不仅能使初学者有门径可循，还对以往古人论述中似是而非的“法”有所澄清。

（一）关于“字法”

来裕恂把“字法”分为六章：语助法、形容法、分析法、增改法、锻炼法、类用法。“语助法”列举了 160 多个语助词，认为“字于文有密切关系者，莫要于语助字。盖文之神情，悉藉此以传也”（来裕恂，2007：8505）。所谓“神情”，主要指文意上的起始、转折、收束，以及“借感叹以传文字之声情”（来裕恂，2007：8515）。“形容法”也列举了几十种形容词：“文章之声情神韵，全赖描写摹拟以传之，故其功用，悉在形容。”（来裕恂，2007：8518）后四章分析法、增改法、锻炼法、类用法等专讲字词如何灵活运用，从而影响到文章的意蕴、气势。比如关于用字之轻重，刘大櫆在《论文偶记》中曰：“气最要重。予向谓文须笔轻气重，善矣，而未至也。要得气重，须是字句下得重。此最上乘，非初学拙笨之谓也。”（刘大櫆，1959：5）刘大櫆只是看到了文气与用字轻重的关系，但是如何理解用字的轻重呢？来裕恂说：“有同此一字，而辞气之间抑扬异节，缘被所指者先后之间，言语情态，轻重殊异故也。”（来裕恂，2007：8523）字词本无轻重，因为在句子中所处的位置以及所指的内容较重，则辞气也会因此凝重，反之则轻。同一“之”字，在“俎豆之事”“军旅之事”的表述中语气凝重，而在“则尝闻之矣”“未之学也”等表述中则语气轻飘，有轻视之意味（来裕恂，2007：8524）。又如“类用法”，来裕恂认为，“文中用一类之字，则文势壮，文义广”（来裕恂，2007：8527）；“韩文用字，故皆有来历。然苟不一类，则字古而文不古者有之”（来裕恂，2007：8529）。他认为学古人并非用古拙之字，而是学古人“用字类之精神”：“有文焉，观其行迹，纯乎古矣，而字不尽为古书所已用，然苍苍其光，渊渊其声，又不可谓非出于古者，是盖吸取字之精神，以施于笔端也。”他举韩愈《画记》为例，认为“用字全法《考工记》，周人以后，无此种格力”（来裕恂，2007：8529-8530）。前人评《画记》只看到其“朴拙”“精整”，浦起龙曰：“画为《出猎图记》，是白描手，点墨不踰分外，有所应有而止，吾不难其变而贵其朴。”（浦起龙，1744：卷四十九 20）马茂元注韩愈《画记》引张裕钊曰：“读此文，故须求其参错之妙，尤当玩其精整。”（韩愈，1998：86）但“朴拙”“精整”表现在哪里，都不能确指。来裕恂吸取了宋人陈骙《文则》中的分析，《文则》论曰：“文有数句用一类字，所以壮文势，广文义也。然皆有法。韩退之为古文伯，于此法尤加意焉。如……《画记》用‘者’字，盖取《考工记》。”（陈骙，2007：169）明人高琦编《文章一贯》把《文则》中的这一段论说辑入“句法”篇，还没有认识到陈骙论述的理论依据。《考工记》有：“天下之大兽五：脂者、膏者、臝者、羽者、鳞者……以脰鸣者、以注鸣者、以旁鸣者、以翼鸣者、以股鸣者、以胸鸣者，谓之小虫之属。”（林尹，1985：462-463）这里连用了若干个“者”字组成的词组，此行文方式使文章形成了连绵的气势和顿挫的节奏，韩愈《画记》就是吸取了这一用字法之精神，来裕恂将此归入字法篇，总结为“类用法”。除了“用字类之精神”，他还讲到单独字的类用、复杂字的类用，以及“用字类之性质”等。

（二）关于“句法”

“句法”篇共分五章，皆是在“关系”中论句法：“关系格调”一章，在句子与文章风格关系中论句法；“关系节次”一章，在句子与全篇结构关系中论句法；“关系性质”“关系声情”两章都是在句子与文意表达的关系中论句法；“关系优劣”一章，论句法既关系到风格也关系到文意。

“关系格调”一章曰：“格律声调，乃文之要。原其所以气象雄浑，情韵悠扬者，悉在句法之变换。”（来裕恂，2007：8531）姚鼐提出“神理气味、格律声色”，姚永朴、刘师培认识到“格律声色”与文章结构、词采有关，但是只有简单举例，没有系统论述。来裕恂把“格律声调”理解为“气象雄浑，情韵悠扬”，也就是文章的客观风格。他认为客观风格与句法关系最为密切，并详细分了十二种句法做了论述，如论“短句”：“短句主劲拔，有仅一二三字，而见其声调之工、音节之妙者。”（来裕恂，2007：8531）又如论“整句”：“文非整句不足以镇压之，盖文贵疏旷，尤贵严重，惟用整句，如鼎之正位，凝命而不可袭矣。”（来裕恂，2007：8533）再如论排句：“文用排句，则有震荡之气势，跌宕之丰神，其句法各异。”（来裕恂，2007：8535）“关系优劣”一章中论句之繁简、疏密等也是从文风方面来论述的。“关系节次”一章曰：“有一种文句，能振起一章之精神，棣通全篇之消息者，其妙在乎筋节腠理之间。”（来裕恂，2007：8538）来裕恂共分析了九种句法：锁句、撇句、插句、刺句，都是从文章整体的意义、结构考虑的；顿句、挫句、振句、提句、宕句则都是从结构的气势上考虑的。“关系性质”一章从句子之缓急、轻重、正反等两两对比中展现语气、文义之不同。“关系声情”一章论述了各类表述不同声情的句式：问句、讶句、叹句、诫句、断句、骇句、愤句等。今天的文章写作往往用标点或感叹词，已经能很明确地看出声情。

（三）关于“章法”“篇法”

我们今天往往“篇章”二字连用，意义侧重于“篇”字，但在古代“篇”与“章”是有区分的。刘勰《文心雕龙》“章句”篇曰：“因字而生句，积句而成章，积章而成篇”；“句司数句，待相接以为用；章总一义，须意穷而成体”（刘勰，1981：375）。可以看出，“章”是比“篇”小的单位。现代人一般把“章”解释为“段”，“一章”被认为相当于我们今天一篇文章的一个自然段，今天文章的一个自然段是不能够表达一个完整的思想的，但是刘勰却很明确：必须要一个意义说完整了才能构成一章。而且来裕恂在论文法的开头，也很明确地认识到：魏晋以来，“尚造句配章之法”，唐宋古文家才开始“专重篇章格调”（来裕恂，2007：8505），也就是说篇、章的区分，还主要是就成一家之言的子书而论的，并非就唐宋以来单篇的文章而言的。明代人的文法理论著述中，关于篇、章的区分就变得模糊不清了。庄元臣的《论学须知》中分别论立意、论章法、论句法、论字法，而没有论篇法。“论章法”曰：“意立则可以成章……大抵章法之所贵者开合，而开合之所贵者圆融，有全篇之大开合，有段落之小开合，大开合则大圆成，小开和则小圆成。”（庄元臣，2007：2215）庄元臣所谓“章”，就是一个完整的篇章，而内中又可分为若干段落。高琦《文章一贯》的上卷则有：立意第一、气象第二、篇法第三、章法第四、句法第五、字法第六。《文章一贯》采用以辑录前人观点为主的成书方式，在“篇法”中，高琦辑录《文则》中引孔颖达关于《诗经》章法的论述、《文章精义》论述《孟子·公孙丑下》首章的章法，也辑录了关于韩愈《争臣论》、苏洵《春秋论》等篇法的论述，显然他也把子书中有相对完整意义的一章看作一篇。从“章法”中所举之例来看，其多是就段落或句与句之关联而论的，比如论“顺下”之法：“《大学》‘知止而后有定，定而后能静，静而后能安，安而后能虑，虑而后能得’，‘古之欲明明德于天下者’二节亦同。”（高琦，2007：2161）

来裕恂把篇、章分开来论，但是所谓“章”，他并没有明确是指段落，也不是着重于句与句之关联来论述“积句成章”，而是认为“章之大略，起承转结”（来裕恂，2007：8548），这是把“章”作为具有相对完整意义的结构来看待，那么它就失去了同“篇”的区别，其所论“起承转结”之法，也适用于篇法结构。

关于“篇法”，来裕恂说：“篇法者，组织一篇之文者也。……首尾照应，中间段落务使条理秩序，脉络贯通，则谋篇之法得矣。”（来裕恂，2007：8564）他还细致地把篇法分为“完全之篇法”与“偏阙之篇法”，“完全之篇法”是就一篇之首尾结构而论的；“偏阙之篇法”考虑到了文章中间部分段落之间的关联：“有一种篇法，多关系乎章段之节腠，而又不得目之为章法者。其于篇法，盖具体而微，故有偏而不全，阙而不完之处焉。”（来裕恂，2007：8570）

二、《文章典》对文学理论基本问题的研究

在“文学概论”的观念和著述出现之前，来裕恂也在古代文论的话语系统中，开始探讨“文学是什么”“文学的分类”等有关文学理论的基本问题，《文章典》卷四“文论”就可以看作是这方面的探讨。“文论”卷包括八篇：原理、界说、种类、变迁、弊病、纠谬、知本、致力等。“原理”篇包括文之真相、文之性质、文之功用、文之效果等四章，“界说”篇包括文与辞、文与字、文与学、文与道等四章，都是在不同的层面对“文学是什么”所做的探讨。“种类”篇共分六章，从不同角度对文学做了分类阐发。“变迁”篇分十四个阶段论述了文学的发展流变。“弊病”篇、“纠谬”篇、“知本”篇、“致力”篇，皆是对文学创作的探讨。

（一）“文之真相”——《文章典》在人与文的关系中探讨文的本质

来裕恂为什么要考察“文学是什么”，因为他看到了文学关系国家存亡：“地球各国学校，皆列国文一科。始也，藉以启普通知识，继则进而为专门之学。果何为郑重若斯哉？以文之盛衰，系乎国之存亡，故知保存其文，即能保存其国。”（来裕恂，2007：8666）“故有文斯有国，有国斯有文。要知国文为何种原质，有何等关系，昧者不察，弁髦之，敝屣之，殆未之思耳。”（来裕恂，2007：8667）要想知道文学到底在何种层面、何种程度上关系国之存亡，当然就必须从文学的本质入手来考察。

古人关于文学本质探讨较早、对后世影响很大的，就是《文心雕龙》的“原道”篇，其认为文“本乎道”，是道之文。刘勰所谓“道”，主要还是指自然之道，周振甫认为：“刘勰在《原道》里，一开头就提出人类未生以前的‘道之文’，那就是天玄地黄，日月叠壁，山川焕绮。这个道是指人类未生以前的自然界的道，这个文是指自然界的各种色彩纹理。接下来讲‘心生而言立，言立而文明，自然之道也’。从言到文，是自然造成的，这个是人类社会自然演变而成的道，不是指儒家或道家的道。”（周振甫，2010：74）来裕恂虽然也从文道关系入手，但最终落实在人与文的关系中阐发文之本体。《文章典》“文之真相”一章说：“‘文’也者，所以载道，道必因文以见也。”天之道，“焕乎有文”，地之道，“粲然有文”，接着又论及人道：

> 人道本天地，尽其道可与天地参，而生聚焉，而教育焉，而制作焉。典章制度备，礼乐刑政明，人道立矣。人道立即人文生。《语》曰：“文不在兹”，又曰：“未丧斯文”，盖道非文不著，文非道不生。中国文明，

开自伏羲，伏羲仰观俯察，画八卦，启文明，文王知道在兹也，作《彖传》；周公知道在兹也，作《象传》；孔子知道在兹也，作《系辞》。皆发明"道"也，即所以发明文也。俗儒不知经天纬地之为文，而以辞当之，于是道为文所蔽，文为辞所蔽，而文之真相失。（来裕恂，2007：8667）

与文"本乎道"的说法不同，也与刘师培把典章、礼法等人文和文字之文并列来认识韵文、偶语不同，又不认同从语言、文辞的角度认识文之本质，来裕恂认为"人道"即"人文"，又把"人文"等同于"文"。他之所以强调"人文"，不是把典章、礼法等看作是文，而是看重"文"所体现出的"人"的本质。《文章典》"文之性质"一章说："仁义者，人之道，即天所赋之性质，人即此性质而复之，而保之，而光大之，故蕴之为道，发之为文。"（来裕恂，2007：8668）人对于自身以及如何存立于天地之间的思考，便是人道，落实在文字上就是"文"。

来裕恂之所以能突破"道"，而在人与文的关系中认识"文学是什么"，是在"国家兴亡，匹夫有责"的时代背景下认识到了"国民"的存在和价值。《文章典》"文之功用"一章说："凡人之性情，常营营于所怀抱，所阅历，一旦为外界议论所激刺，必发其特别之思想，印证意识焉。及外物之性情，适合己之性情，则与之俱化，此人之性情然也。善为文者，即利用此性情以成其功，是故有因文而性情变异者，有因文而风俗转移者，有因文而国民忠义者。"（来裕恂，2007：8668-8669）来裕恂也认识到文学是针对有性情的人创作的，文学所关怀的是国民的精神、风俗。能对国民之精神产生影响的文学，作者之人文精神必然不应缺失。《文章典》专门有"文之效果"一章，论及为人与为文之关系："夸毗者不崇实践，文必纤艳浮侈；微倖者专务干禄，文必破碎掇拾；诞妄者矢口谈玄，文必虚无灭裂；浮荡者徒知罔利，文必诡谲浮伪。"（来裕恂，2007：8669）

来裕恂虽然主张从语言文字的角度学习、总结文法，但他反对从"辞"和"字"的角度来认识文学本体。他认为修饰文辞并不等于文学，在"界说"篇中对此做了辨析："盖人之意，藉声而传，其声之有义可显者，谓之'辞'，义不能显者，仍谓之'声'。人必藉辞以表思想，思想之可以达者，画之而为"字"。由字而缀焉，而续焉，谓之'文'。"（来裕恂，2007：8670）人要靠语言文辞以表达思想，靠文字把思想表达落在实处，语言、文字是文学存在的基础。他还针对清代以来桐城派与选学派的对立，强调文学不等于辞章、不同于文字训诂："迨至文字派别，于是研究字学者溺于训诂，研究文学者囿于词章，而文与字俱坏矣。然始则患在文与字分，后乃患在文与字合。文与字分者，歧而二之也；文与字合者，混而一之也。歧而为二，弊不过能文章者不通训诂，通训诂者不能文章；至混而为一，几不知何者为文，何者为字。"（来裕恂，2007：8671-8672）这让我们更清楚地看到了来裕恂文学本体论观念与前人的不同。

来裕恂虽然没有如后来的《文学概论》的著作，以西方的话语概念来描绘“文学是什么”，但是他是在国家、国民和国文的语境中思考问题，以“人文”为“文”，某种程度上等同于今天所说的“文学是人类的一种文化形态”，童庆炳还进一步指出，文学的文化意义“是与人的精神关怀密切相关的”（童庆炳，2008：48）。来裕恂的论说也与此有所契合，所谓“人即此性质而复之，而保之，而光大之”（来裕恂，2007：8668），正是要求文学体现对“人道”的思索与关怀。

（二）《文章典》的文学分类概述

《文章典》“种类”篇包括“属于体裁之种类”“属于格律之种类”“属于学术之种类”“属于世用之种类”“属于性质之种类”“属于通俗之种类”，来裕恂从六个层面对文学做了分类。古代文论主要是从体裁上对文学进行分类，从《典论·论文》论“诗赋欲丽”，《文心雕龙》“论文叙笔”，一直到《古文辞类纂》中把古文辞分为十三类，这些分类也是为了更好地认识文学本身，以及更好地指导创作。但是近代以来，随着政治制度、社会生活的变迁，古代的各种文学体裁失去了它存在的价值，而随着白话文学创作的繁荣，新的文学体裁和分类逐渐形成。人们一般借鉴西方文学观念，将文学分为散文、诗歌、戏剧、小说四类。来裕恂也看到了古今文体的差异，为了更好地认识古代的创作状况，对当时的创作又能有所借鉴，他以清代以来各派别的创作观念为基础，对分类做了广泛的探讨。依体裁分类，是古人和今人都常用的办法，在“属于体裁之种类”一章中，来裕恂只分了撰著和集录两类，较简略；依格律、性质分类，古人虽然没有这样做，但是对文章的骈散、有韵无韵，以及理、气、辞、情等方面都有认识和论述。“种类”篇中其他三章依据学术、世用和通俗的分类，是来裕恂对清代以来文学创作和观念梳理、总结的结果，有独到之见解。

“属于学术之种类”分为七家：儒家之文、道家之文、阴阳家之文、法家之文、名家之文、纵横家之文、杂家之文。来裕恂的这一分类观念来自章学诚，《文史通义》关于“文集”的论述曰：“夫治学分而诸子出，公私之交也；言行殊而文集兴，诚伪之判也。声屡变则屡卑，文愈繁则愈乱。苟有好学深思之士，因文以求立言之质，因散而求会同之归，则三变而古学可兴。”（章学诚，1985：297）章学诚指出，政治与学术分离则诸子著作兴起，汉代以来著作衰而单篇文章兴起，晋代以来集各体文章而成的文集兴起，所以他认为应该因此把文章的源头推到诸子成一家之言的著述中。比章学诚稍晚的阳湖派为文能折中诸子而成一家之言，史称恽敬为文：“四十后，益研精经训，深求史传兴衰治乱得失之故，旁览纵横、名、法、兵、农、阴阳家言，较其醇驳而折衷于儒术，将以博其识而昌其词，以期至于可用而无弊。”（王钟翰，1987：5964）阮元评张惠言：“以经术为古文”（阮元，1984：262），实际也是肯定张惠言文章能成一家之言的创作趋向，张惠言自己也主张为文要能“有所执持，操其一以应于世而不穷”（张惠言，1984：117）。再后来龚自珍、魏源也表现出类似的创作趋向，章炳麟评龚自珍：“其文辞侧媚，自以取法晚周诸子，而佻达无骨体。”（章炳麟，2017：159）我们不一定要认同章炳麟的观点，但是他认识到龚自珍对诸子以独立见解而发为文章的继承。可以说章学诚以来，在清代中后期的确出现了继承诸子文章创作精神的潮流。以此为契机，刘师培在《论文杂记》中也继承了章学诚的论文观念：“六朝以前，文集之名未立。及属文之士日多，后之君子，欲观其体势，以见性灵，乃汇萃成编，颜曰文集。且古人学术，各有专门，故发为文章，亦复旨无旁出，成一家言，与诸子同。”（刘师培，2007b：9496）刘师培认为，六朝以来包括唐宋人的文集，其编撰目的都在于承继诸子“成一家之言”的创作宗旨。来裕恂也继承了章学诚的观念，其在学术层面对文章的分类，一方面展示了文章发展中的承继轨迹，如“儒家之文”曰：“儒家者流，出于司徒之官，经义纷纶，纯粹以精，儒家之文也。汉之董仲舒，唐之韩愈，宋之欧阳修，其文为儒家言。”（来裕恂，2007：8678）另一方面，也是为了指示文章创作的着力点所在，这一章的开头他便说：“古人于文，必有得力之处。治古文者不可不知，但非如后世文家言，某氏之文出于某氏也。盖家数之不同者，先儒所谓习焉而各得性之近者是也。”（来裕恂，2007：8678）来裕恂并没有把后世文集直接定义为儒家之文或道家之文等，他认为后世文家能在某一方面用力才能有所建树，而创作用力的入手处总是不离诸子，所以可以梳理出较明晰的分类。

“属于世用之种类”分四类：名世之文、寿世之文、经世之文、酬世之文。来裕恂的这一分类不仅限于文之功用，他认为“文丽于天地而述之者人，行之者世，世所称之者，不一其端，即人所应之者，不一其类”（来裕恂，2007：8680），他看到了作文之人、读文之人对创作的影响。先秦时期，古人就提出了立言使人不朽的观点；曹丕也说“文章，经国之大业，不朽之盛事”；金代周昂也在作者、读者与文章的关联中论创作的不同，《中州集》引述周昂语曰：“文章工于外而拙于内者，可以惊四筵，而不可以适独坐；可以取口称，而不可以得首肯。”（元好问，1959：166）所论并不全面。清初潘耒《毛氏家刻序》云：“文章品格，万有不同。语其大凡，略有三种：有花叶之文，有条干之文，有根柢之文。”花叶之文，“辞工矣，而未深乎义也”；条干之文，“义畅矣，而未几乎道也”；根柢之文，“道备而辞与义无不该焉”（潘耒，2002：1417 册 501）。潘耒主要从作者与文章关联角度进行分类，虽是文章分类，却暗含着作家为人之境界的高下，郭预衡解释潘耒的分类说，“实即世间所谓文人之文、学人之文和儒者之文”（郭预衡：2000：下册 338）。梁启超在《湖南时务学堂学约》中对文章也有分类：“传世之文，或务渊懿古茂，或务沉博绝丽，或务瑰奇奥诡，无之不可；觉世之文，则辞达而已矣，当以条理细备，词笔锐达为上，不必求工也。”（梁启超，1999：109）梁启超在近代社会变革的氛围中，认识到国民的存在，希望文章能起到启蒙大众的作用，因此其分类更侧重读者对文章的接受。相比之下，来裕恂的分类融合前人的观点，兼顾了作者创作境界和读者或社会的阅读需要两方面，较全面反映了古代文章创作的状况。“名世之文”，作者能揣摩人情事势之利害，迎合世俗之见，“可以行近今，不可以垂久远”（来裕恂，2007：8680）；“寿世之文”，或“润色鸿业，雍容揄扬”，或“遭时不偶，索解人不得，则韬光匿采，无求闻达，立不朽之言，以俟来者，又何高也”（来裕恂，2007：8680-8681）；“经世之文”，不求“行近今”或“垂久远”（来裕恂，2007：8681），但作者有忧国忧民之志，只求文章能裨益于世；“酬世之文”，就是世俗所谓应酬之文，是分类中大家都忽略的，但是作品却很多，用途极广泛。

“属于通俗之种类”包括公移之文、柬牍之文、语录之文、小说之文。来裕恂认为：“世有一种文体，鄙俚亵秽，不足以与于古作者之林，而颇流行于社会，且其势力范围甚大，外此而独立，反不适用。此等文体，谓为通俗，庶乎可也。”（来裕恂，2007：8683-8684）这一类的划分并没有太明确的标准，大多是因语言俚俗而归于此类。近代以来，随着各种报刊的创立，白话文的创作越来越成为潮流。提倡白话文的学者大都肯定古代白话小说的成就，但并未关注到其他的白话文。来裕恂所说的通俗文虽然不能等同于白话文，且认为这些通俗文“鄙俚亵秽”，但是他关注到很多被学者所忽视的发展环节。对于“公移之文”，他认为，“此等文体，别有程式，但求明达，不事精深”（来裕恂，2007：8684）。他看到了古代文学的发展，除了雅与俗、文言与白话的对立以外，还有从个人创作到程式化的发展。关于“柬牍之文”，他看到通俗化的原因在于“世俗酬酢”：“稽诸往古，犹以雅言，创为一体，……后世俗尚日趋简陋，俚语俗字之杂出，散行骈体之并陈，勒为专书，名曰尺牍。此等文体，甚不雅训，而世俗酬酢通用之，此又一格也。”（来裕恂，2007：8684-8685）

（三）“文诀”——《文章典》论文学之要素与风格

《文章典》中的“文法”所讲的是文学作品都需要遵循的创作轨范，是文章成形的基本法则，不过文学要走向审美的层面还有很多值得深入探讨的技巧，这是来裕恂总结“文诀”的目的：“诀者，巧也。孟子曰：‘梓人轮舆，能与人规矩，不能使人巧。’言可心悟，不可口授也。然是说也，以之例文，则义不全。文章之道，神而明之，存乎其人，何不可示之以机括？试体验之，有为文章所必有事者，得数义焉。”（来裕恂，2007：8574）“文诀”包括“文品篇”“文要篇”“文基篇”

三部分，来裕恂梳理总结了古人关于创作技巧的论述，但在其中所体现出的观念，已经超出了技巧的范围。来裕恂在语言文字基础上思考和总结文法，在人与文的关系中思考文学的本质。除此之外，文学还有审美的问题，来裕恂也认识到这一点，在“文诀”中，他没有把文学审美仅仅看作语言或修辞问题，而主要在内容、形式等要素上展开讨论。也就是说，来裕恂明确了文学审美技巧的探讨是比总结文法更高的层次，在这个层面应该以内容、形式等作为最基本的要素。

“文要篇”相当于“文学概论”中的论“文学之要素”。来裕恂说：“为文之道，当知所要。耳目所注，心思所贯，诚中形外，睟然盎然，古来作者，胥于此研究焉。”（来裕恂，2007：8584）来裕恂把这些要素分为内容、外象两方面，认为对文学审美技巧的讲求，应该从这两方面的要素入手。古人并不明确对于字句篇章的探讨和对于气势、性情的讨论的区别，也就是文法和审美技巧，对于文学创作的意义有何区别。明代前七子中的何李之争、唐宋派中茅坤对于唐顺之的质疑等，都是因为没有明确认识到这一区别。比如唐顺之主张学习韩愈、柳宗元、欧阳修、苏轼等人“开阖首尾经纬错综之法”，这是对文学篇章形式法则的重视与探讨，他因此也受到茅坤的质疑。唐顺之在《答茅鹿门知县书》中说：“至如鹿门所疑于我本是欲工文字之人，而不语人以求工文字者，此则有说。鹿门所见于吾者，殆故吾也，而未尝见夫槁形灰心之吾乎？”而且“学者先务，有源委本末之别耳”，并无对错之别。唐顺之后来在学古趋势的转变方面，即是由末而趋本，与茅坤的想法更为契合，他说：“只就文章家论之。虽其绳墨布置，奇正转折，自有专门师法，至于中一段精神命脉骨髓，则非洗涤心源，独立物表，具今古只眼者，不足以与此。”（唐顺之，1919：卷七 9）唐顺之指出文章创作可以学习古人的形式法则，但是古人文章之所以写得好，在于作家思想精神的独立，这也就在形式法则之外的审美层面上提出了学文的趋向。所谓作家思想精神的独立，应该落实到哪里，唐宋派并不清楚，最终只能落在抽象的“本色”二字上。来裕恂看到古人也有论文诀的，如《崇古文诀》《作义要诀》等，但是这两部书“随感而发，不专事于诀也”（来裕恂，2007：8574）。这两部书确实对文章审美技巧有所论述，如《崇古文诀》中评《原毁》曰“曲尽人情”（楼昉，2007：470），评《祭鳄鱼文》曰“辞严义正，真可以感动鳄鱼”；但也有立足于字句篇章来品评的，如评《平淮西碑》曰“布置回护，叙事有法”，评《柳州罗池庙碑》曰“叙事有伦，句法矫健”（楼昉，2007：472），其中缺少系统明确的标准。明清以来对于审美技巧的评价或侧重于“趣”，如黄宗羲曰“叙事须有风韵，不可担板”（黄宗羲，1959：481）；或侧重于“理”，如魏禧曰“为文之道，欲卓然自立于天下，在于积理而练识”（魏禧，2002：1408 册 461）；或侧重于“情”，又如黄宗羲曰“世不乏堂堂之阵，正正之旗，皆以大文目之。顾其中无可以移人之情者，所谓刳然无物者也”（黄宗羲，

1959：481）。来裕恂看到他们所论都属于文学之要素，又借鉴日本人所著文典，将其分为内容和外象，即内容、形式两个方面。内容方面的要素包括性、情、质、理、意、思、度、气、骨、趣等，都与作家之心胸相关：“人之一身，万象俱备。积之既厚，内蕴毕宣；反而求之，得诸于心。其斯为文之本欤！”（来裕恂，2007：8584）不过，这些要素对于创作的影响层次不同、范围不同，来裕恂缺少更细致的梳理。他所谓外象要素包括机、势、采、调、笔、境等，这些既包括作用于人的耳、目等的具体可感的要素，也包括作用于人内心的抽象感受等要素，体现了中国古代审美理论的丰富性。后来出现的《文学概论》在内容和观念上都大量借鉴西方，在论及形式要素时，多只能回到语言、用韵或体裁等方面来探讨，反而不如来裕恂总结古人的论述更有启发。来裕恂对文学审美要素的总结与梳理，不仅使我们对文学创作过程以及文学本身的认识由平面的读法、写法转变为更清晰、立体的观照，而且也让我们看到传承古代文论在当代的价值。

《文章典》中有“文品”篇，相当于“文学概论”中的论风格。中国古代文论中系统的风格论当属刘勰《文心雕龙》的“体性”篇，刘勰认为文人创作是“各师成心，其异如面”，他看到了作家性格与文章风格之关联，也总结了文学的客观风格，即“若总其归途，则数穷八体：一曰典雅，二曰远奥，三曰精约，四曰显附，五曰繁缛，六曰壮丽，七曰新奇，八曰轻靡”（刘勰，1981：308），又把八体分成四组，四组之间有一正一反的关系，即“雅与奇反，奥与显殊，繁与约舛，壮与轻乖”，彼此形成了一个完满、自足的风格系统。唐代司空图的《二十四诗品》把诗歌风格分为二十四种，即雄浑、冲淡、纤秾、沉着、高古、典雅等，每一种都以四字韵语来描摹这一品的品貌，是在审美体验之上的描摹，其中又渗透着深刻的哲理。清代姚鼐也以哲理指导其风格的划分，他说：“鼐闻天地之道，阴阳刚柔而已。文者，天地之精英，而阴阳刚柔之发也。”（姚鼐，1992：93）古人的风格理论都离不开哲理的支撑，更注重在对立统一中把握风格。而来裕恂把风格看作是内容与形式的契合，以及由此带给读者的审美体验。“文品”篇分为“庄重类”“优美类”“轻快类”“遒劲类”“明晰类”“精致类”等六章，没有以两两相对来概括风格类型，而且如“庄重类”曰：“庄重之文，必运以浑厚之意，出以谨严之笔，其气魄则闳而大，其丰神则莹而澈。”（来裕恂，2007：8575）“遒劲类”曰：“遒劲之文，以雄健之笔、豪爽之意行之。”（来裕恂，2007：8580）他注重的是内容与形式契合所呈现出的气象。来裕恂对其他类型的解释则注重了读者的审美体验，如“优美之文，如散锦明珠，如绛霞青霭，如远山近水，如芳草奇花，明媚动人，情文并至”（来裕恂，2007：8577）。

第四节　徐昂《益修文谈》与古代文章学的“声韵”和“义例”问题

徐昂（1877—1953），字益修，江苏南通人。他无意功名，一生以教授为业，先后任教于南通师范学校、江阴南菁中学、通海五属公立中学，以及之江大学、无锡国学专修学校等，精通声韵学、易学、古文辞，著述颇丰，后编为《徐氏全书》，共十三册，收著述三十七种。其中《益修文谈》一书是 1914 年其任教南通县立女子师范学校国文课期间编著的；后来在国文课的讲授中屡有增订，1929 年由翰墨林书局正式出版；后又有所增订，编入《徐氏全书》，于 1952 年出版。《益修文谈》以新的眼光分析、总结国文的创作与发展历程，得益于徐昂受教育的背景以及眼界的开阔。他从小所受的也是传统教育，读四书五经，学习属对、作文等。《自订年谱》中记载，徐昂二十一岁曾跟随其舅孙伯龙学习。孙伯龙，名锦标，号慕庐，南通人，清末廪贡生，近代语言学家，主要从事南通方言的研究。徐昂二十三岁时到江阴南菁书院学习，师从桐城派古文家范当世，学习诗与古文辞。老师的言传身教使徐昂在文字学、文学方面打下了良好的基础，走上了对声韵、古文辞研究的道路。在江阴南菁书院学习期间，徐昂就开始接触外国的语言与文法，先后研究过罗马字、英文法、日文法等，这给他的文字学、文学研究带来了中西比较的视野，使他更清楚地认识到汉语的特点和优势。

《益修文谈》共分四卷，卷一《通论》，主要论文学之名称、起源、文言与白话之区别、文学之功用以及与国家存亡之关系、散文与骈文、古文与时文等，是对文学本身所做的探讨；卷二《论各代文》，是对文学发展所做的历史考察；卷三《论制作》，内篇从作家的修养、性情等方面论创作，外篇则主要从文体角度论作法；卷四《论文法》，论及词性、省文、逆文、句读等。《益修文谈》的前三卷内容较详细，各自有一定的系统，卷四则较简略，其整体的系统性也不太明确，既有文学概论的性质，也有辞章学、语法学的内容，正如徐昂在该书《自序》中所说：“依类次之，偏而不全，聊以整理思想已耳。”（徐昂，2007：8894）大约作者在这些方面都有所思考。不过，从内容上看，徐昂着重以其声韵学之根底分析作品之声情，立足于文体论文章作法，在论述中又把声情、作法归结为阴阳变化之道，这是《益修文谈》最突出的特点。徐昂的文字学根底与桐城派古文的根底被巧妙地融为一体。

一、论文言与白话之关联——徐昂文话的立论基础

白话文是在打倒文言文的过程中兴起的，所以白话与文言便被安置在了两个不同的阵营，从而失去了关联。但是随着西学东渐的风气的影响，学界出现了“废除汉字，改行拼音文字”的呼声，冷静的学者不仅重新认识到汉字的作用，也开始重新审视文言与白话的关系。徐昂也认识到：“文字为灌输文明统一政策之母，盛衰所伏，国家系之。”（徐昂，2007：8903）而且认为：“文字者，一国之骨髓。文可赅字，故于本国之文字，从其省称曰国文，此因乎公名者也。”（徐昂，1929：卷一 1）“国文”是以文字为基础的，并不特指文言或是白话。这是徐昂研究文言与白话关联的大背景，其研究自然具有了补弊纠偏的时代意义。

徐昂分析了载于书册之文辞与流于口舌之语言的分化过程：

> 文、言各尽其用，虽自仓颉已然，而当时语言与文字固未有异，特变音为形耳。盖未有文字之时，人心皆具自然之观念，不假思索，自能缀合为语句。仓颉因其音而衍形以附之，所以导民于自然，使义理昭于行而有所凭，非强其背天然缀系之语言而别驰也。自通国之人不能尽通文字，而各地自为方言，无统一之语法以维系之。于是载于书册之文词有定则，而流传于口舌者日趋于复杂，天下遂群奉一致者以为文词，流变者谓之语言，文、言歧为二途，而士君子亦遂兢兢严文俗之分，以为俚曲乡歌不与雅乐伦比矣。（徐昂，2007：8903）

在文词与语言有分歧之前，二者并无差异。后来语言流为方言，失去了统一的语法，但“文词有定则”，所以在提倡白话文创作的情形下要确立白话文即语体文的规范，仍然要借鉴文体文，也就是借鉴文言文。徐昂又说：“欲求语体文描写刻画曲尽其致，须文体文先有根柢；欲求新语法与新式标点施用准确，须国文法先有根柢；欲求国音字母声韵读音及拼法精密无间，须声韵学先有根柢。”（徐昂，2007：8896）他不仅破除了文言与白话的壁垒，而且对如何看待和保存文言文也有更通融的观点：“或以推行语体文为戾乎古，不知实复古也。语体愈盛行，文体愈高贵。或虑文体将因之式微，亦过矣。西土文字多源罗马，厥后字形音调，递经变化，而拉丁古文，学者群奉为国粹。存古适今，并行不悖。互相诋訾，奚可耶？”（徐昂，2007：8907）

如何在白话文逐渐兴盛的时代，探讨古代文言文法的继承、发展？把语言文字同文章创作结合起来是探讨的起点和关键，但是这样做虽然消除了文言与白话的壁垒，但是带来了文法与语法的混淆不清。本书前文关于刘师培、来裕恂等辞章之法的论述，更多体现了他们对古文文法的总结和继承，而徐昂的《益修文谈》在总结古文创作及继承的讨论中，文法与语法混淆不清的问题则更为突出。

《益修文谈》卷四《论文法》主要分析了文言文中的省略句、倒装句、句读等问题。有学者认为：“徐昂的语法研究成果主要包括《论文法》和《马氏文通订误》。”（周远富，2006：169）《论文法》被看作是论汉语语法的著述，而徐昂的本意不限于此。论及句读，徐昂说：“动字性质未变而词意未完者谓之读，词意已具而可以独立者谓之句。”（徐昂，2007：9058）曹文麟在为徐昂《益修文谈》所作的序言中对其论句读有所生发，曰：“词章句法自古特殊，……诗歌、辞赋、骈文、词曲以至所谓制艺者皆沿之。汉魏散文中亦然，……故讲究句读，亦应视其文之气机、神韵如何，特不知句读者不当藉口为说耳。”（曹文麟，2007：8892）从比较可以看出，二者都在论句读，曹文麟关注的是句读之文学中的文法意义，而徐昂则总结的是句读的语法规则。徐昂论省略句、倒装句也侧重于语法的总结，在这个意义上，我们可以把《论文法》看作是汉语语法著述。但是徐昂之本意似乎并不全然如此，《论文法》开头说：“律寓之于诗，法寓之于文。古人之文颠倒省略，非故为是艰深之词，盖本其自然之感而发为文章。根诸语言，未尝预设成法而法自在，后世卒未有能越其范者，则文法之变化固同于语法而出自天然也。就其天然而分析之，以为文家之轨，于是乎文法生焉。”（徐昂，2007：9053）徐昂所谓“文法”与诗歌之格律类似，是以语言为基础的行文法则，但是不等同于语法。而论及句读时他又说：“旧式句读之分析视乎文法，新式标点之分析视乎语法，语法与文法字体或异，而字性多同。字性不明，则分析无所依据，易有舛谬，体制无论文言，读法首重分句。”（徐昂，2007：9058）徐昂对文法与语法的界限似乎并不明确，而且上述引文中他也提到国文法是新语法的基础。

这种作文技法与语法交织，认识不清的状况，前人已经看到。徐昂曾写过《马氏文通订误》，陈望道认为《马氏文通》时代是“修辞文法混淆时期”（陈望道，2008：221）。吕叔湘在《重印〈马氏文通〉序》中说：“作者不愿把自己局限在严格意义的语法范围之内，常常要涉及修辞。……语法和修辞是邻近的学科。把语法和修辞分开，有利于科学的发展；把语法和修辞打通，有利于作文的教学。后者是中国的古老传统，也是晚近许多学者所倡导的。在这件事情上，《文通》（指《马氏文通》——笔者注）可算是有承先启后之功。”（吕叔湘，1983：序5-6）正如吕叔湘所说“语法和修辞是邻近的学科”，徐昂并无意于建立某种学科体系，而是敏锐地看到了文学修辞的语言学基础，并由此建立起了文言与白话的关联，他在研究中文法与语法界限的不明，也恰恰真实地反映了古代文论在近现代转型中的实际状况。

二、“声韵”“义例”——徐昂《益修文谈》的核心内容

（一）“韵有阴阳之别”“变化随乎意境”——韵文文法

刘师培认为韵文才是文章正宗，但在他的研究中较少涉及韵文的文法问题。而徐昂在音韵学方面的造诣使他对韵文文法有了更多的关注。

徐昂认为：“组篇遣句，皆关音节，而状音协韵之文，尤为声音之所寄。古代协韵，天籁流露，皆任其自然。后世拘拘于韵书，或情已止矣，而迫于不偶，复缀词以赘韵；或意未宣也，而限于不协，遂屈意以就韵，若是者皆汩其真。”（徐昂，2007：8998）关于“组篇遣句”与音节的关系，桐城派刘大櫆已经有较清晰的论述：“音节高则神气必高，音节下则神气必下，故音节为神气之迹。一句之中，或多一字，或少一字；一字之中，或用平声，或用仄声；同一平字仄字，或用阴平、阳平、上声、去声、入声，则音节迥异，故字句为音节之矩。积字成句，积句成章，积章成篇，合而读之，音节见矣；歌而咏之，神气出矣。”（刘大櫆，1959：6）字句、音节、神气的关系并不是徐昂探讨的重点，他的关注点主要在“状音协韵之文”的声韵。

对于文章押韵所带来的声情表达上的特征，徐昂在卷三“审音”一章做了系统总结。他认为：“韵有阴阳之别，阴声单纯，齐齿有噫嘻之音，属少阴；合唇或撮唇有呜呼吁之音，属太阴。阳声入鼻，重鼻音属太阳，轻鼻音属少阳，阴阳之变化，随乎意境。”（徐昂，2007：8998）作家所抒发的情感不同，表现在声韵上自然也应该有所不同：“纵观古代韵文，由意成音，发扬者大半用阳声，抑郁者大半用阴声，郁极者用入声，悉发于自然。”（徐昂，2007：8999）他又以宋玉的《风赋》为例，认为：“说雄风处，意境发皇，由阴而阳，阳声多于阴声；说雌风处，意境萧索，由阳而阴，阴声多于阳声。”（徐昂，2007：8999）他还比较平声韵与仄声韵的声情变化：“潘岳《秋兴赋》、陶潜《归去来辞》皆述归田之志，而陶讬兴在春，其气舒而音扬，协韵皆取平声；潘讬兴在秋，其气郁而音抑，篇中仄韵居多。所讬攸殊，音随时变，人籁与天籁相应，岂不然乎？”（徐昂，2007：8999）

对于《诗经》的用韵，徐昂在其所著的《诗经声韵谱》中有详细的分析。在“审音”一章中，他认为后世协韵之妙都以《诗经》为源头：“春秋以降文之协方言而合古韵者，皆同源也。“无韵文章的用韵也以此为源头，他论述了《论语》用韵的妙处：论语中石门章、击磬章、楚狂接舆章、长沮桀溺章、丈人章等，“此五章皆写当时隐逸，同协齐齿韵，有噫嘻之音。子路与晨门应答、孔子与荷蒉者应答，同协一韵，如联吟然，亦一妙也”（徐昂，2007：8998）。在《益修文谈》1929

年的版本中，徐昂还论及《大戴礼记》《公羊传》的用韵，还分析了唐宋文章的用韵：“韩退之《进学解》工（姑黄切）良方三韵间接相协，柳子厚《种树郭橐驼传》：‘其莳也若子，其置也若弃’，莳置半句节韵，与子弃二韵相叠，皆取法乎经。《进学解》佶屈聱牙，全句发声皆颚音，（佶郡纽，屈溪纽，清浊音，双声。聱牙疑纽，双声。）与诗经音节相合。”（徐昂，1929：卷三 16）徐昂之所以在后来的版本中删掉了这些论述，或许是无韵文章用韵方面的例子搜集得太少，或者是想更集中地说明有韵文章的用韵特征。不过，他也在无意中展示了散文在发展中与韵文的关联。刘熙载说：“韩文起八代之衰，实集八代之成。盖惟善用古者能变古，以无所不包，故能无所不扫也。”（刘熙载，1978：20-21）。所谓“集八代之成”“无所不包”，就是对于八代骈文创作成果的继承，其中应该也包括对骈文用韵的继承，徐昂所分析的《进学解》在声韵上的妙处，应该就是韩愈学前代韵文的体现。

（二）《益修文谈》“论制作”

对于古人在创作上热衷于谈论“法”，徐昂评价认为：“伊古以来工于文者，多本其自然之天赋与经历，发为文章，而不能道其所以然。纵或论文，语多囫囵，无从摸索，此已成为吾国文家相沿之习矣。”（徐昂，2007：8895）他认为古人论创作多是有感而发，没有太多理论思考，“不能道其所以然”。但是他没有像刘师培、来裕恂那样，以其文字学之理论根底，反观古人所论之法，总结其所以然。当时的很多《文学概论》著作把文学分为内容与形式两方面来探讨文学的要素，大概受此启发，徐昂把创作分为内篇、外篇来探讨，内篇关注到作家的修养与作品的内在，外篇不仅论及作品的外在形式，而且还关注到文学的创革、辨异，在文学自身的继承与变革中认识文学创作。徐昂在探讨的体例和内容上都超越了前人，具有了现实的指导意义。

1. 内养与外修

古代文章家都各自有其学文之甘苦心得，如韩愈所谓平心养气之道，苏轼所谓摄心专气之法等，徐昂认为，“诸家所得不同，而自其所从入之途而几于成，大抵一致”（徐昂，2007：8987）。他将其总结为道、性情、理想、神气，以及游览、事业、处境与享年、传世等八个方面，前四个方面可以说是作家之内养，后四个方面则是外修的功夫。

关于作家之内养，徐昂首先关注到“道”：“论文首当注意于道，道本也，文末也。道德既进，则文字之思想自因之而高，古人一篇精义所萃之处，皆道之所在。”（徐昂，2007：8987）与程朱理学所关注的外在于人而存在的“义理”之道不同，徐昂所谓“道”，是指作家的道德修养，体现在文章中，“曰诚，曰谦”（徐昂，2007：8987）。徐昂还关注到“理想”，与前人仅强调“积理”不同，他认为，“天才优而积理又深者，其思想必高，文特完美”。他所谓“天才优”，不是生而有之的，是强调作家的志向以及想象力。他说：“宋谢皋羽每执笔时瞑目遐思，身与天地俱忘，尝语人曰：‘用志不分，鬼神将避之。’”又说：“奇幻之思想，有不可以常理衡之者”（徐昂，2007：8989）。自陆机《文赋》以“精骛八极，心游万仞”（陆机，1984：22）来论述想象、构思活动，之后的文章创作中少有人提及想象在创作中的作用。徐昂将积理与想象并提，有矫弊之意。除了“道”“理想”，徐昂还提到性情和神气的作用，其论说也是对明清以来文章相关理论观念的总结和发展。关于“性情”，他认为性情与功力并重，“古人恳挚之文不事修饰，遣词布局无不中节，固由于功力，而其感触而发，不待穷思竭虑，多本于性情。功力宜磨砺，性情宜培养，能如是也，则情文并至”（徐昂，2007：8988）。关于“神气”，他说：“文字犹形骸也，至其成章则神气为之也。……神即丽于气也。……自古名哲不可磨灭之文，纯其精气积成，变化离合之处，莫不有神以驭气，此其所以可贵者也。”（徐昂，2007：8989-8990）他强调的是为文要有内在的精神、气势。

徐昂不仅看到了作家内在修养、性情、想象力等的重要性，还关注到外在活动对文章的促进作用，外修是内养的最好补充。他论“游览”曰：“求神气之全，非徒于读书时凝之养之而已。读书既有得矣，侧身天地，游览名山大川，以旷其神而王其气，则所造必达。故推其蕴蓄，多根底于载籍，而充其涵养，则得力于游览。”（徐昂，2007：8990）自然与作家的关系，古人也有关注，但是“事业”与文章之关系，却是徐昂的新见，他说，“事业既富，一旦由感触而发抒其经验，自有经纬万象之观。故文章视乎事业，虽以韩、欧学力之勤，不能强为发皇也”（徐昂，2007：8991），并感慨于曾国藩等人的事业与文章并茂。刘勰《文心雕龙》主张“研阅以穷照”（刘勰，1981：295），强调作家应有生活阅历的积累，徐昂论“处境与享年”又有所发挥：“古之作者传世最美之文，得之晚年居多。盖阅世既深，身经世变，感情既多，忽有感触，发为至文，自能得天然之妙。后人未至其时，未有古人之阅历，执笔强袭之，不能几也。而文章之道不至，性天之培养未纯，年齿虽高，阅历虽多，感触之情钝薄，则又不能曲达于文字而传之后世，故文章必学行与阅历相辅而后能有成。”（徐昂，2007：8992）

2. 文体与“义例”

徐昂《益修文谈》卷三《论制作》的“分论”中对于文体的论述重在“义例”，如论传状碑志曰：“传状之义在表扬亡者生前以保存其遗行，墓志碑表之义在爱护身后以保存其遗骸。”（徐昂，2007：9006）“记亡者事实，有从幼时记起者，有就某一事为断者，至于依其时期之次序，由生前说到没后，惟年谱如是耳。传状布置，于生前记其事之较大而著者，于卒后补叙其较轻者，此常例也。”（徐昂，2007：9007）

徐昂把文体分为两大类：“文体之原，记叙与论说二者而已，犹之阴阳两仪也。记叙主摄纳，属阴性；论说主抒发，属阳性。……记叙者，记事物之文也；论说者，记言之文也。叙论攸分，诸体皆从此两体孳生。”（徐昂，2007：9000）两大类下也有小类，但并非如前人小类包含甚广，用以包括全体。例如，曾国藩《经史百家杂钞》先分三门，门下有类，如“著述门”又分论著类、辞赋类、序跋类，而论著类又可细分为论、辩、议、说、解、原等文体，虽以简化分类为趋向，但细目所包含的文体仍然很全面。而徐昂在记叙、论说两大类下也论及古代的各种文体，但目的不在于包括全体，如“记叙以传状碑志为最要，故先列焉。余如记姓氏、记言、记时、记方位、记数、状音诸法。纪传与杂记相通，杂记中记游与山水亦法之要者，以次列后”（徐昂，2007：9006）。记叙一类中涉及传状碑志以及游记、山水记等体，并不涉及史传及其他各类记体文。徐昂的目的在于论述各种记叙之义例，而非专论文体，其意义很明显是指向当代之创作。

明末清初，史学家对于史书编撰以及《春秋》“义例”的重视，也影响到方苞对古文“义法”、章学诚对“古文公式”的探讨，他们的探讨是徐昂论文体“义例”的基础。方苞对义法的分析，主要体现为对《左传》《史记》的分析，而《春秋》之义例、《周官》之仪法，对其义法说的形成有很直接的影响，如《周官析疑·序》曰：“尝考诸职所列，有彼此互见，而偏载其一端者，有一事而每职必详者，有略举而不更及者，有举其大以该细者，有即其细以见大者，有事同辞同而倒其文者，始视之若樊然淆乱，而空曲交会之中义理寓焉。”（方苞，1983：82）方苞对《周官》中如何记载诸官职而义理寓于其中做了分析，其互见、以小见大等法的运用与文章之义法可以互通，从中我们也可以看到方苞“义法”说的内涵，即叙事中材料的详略、剪裁等，文章的义理便寓于其中。方苞对于“义法”的认识，还体现在文体方面，《答乔介夫书》曰：“盖诸体之文，各有义法。”（方苞，1983：137）其在《书韩退之〈平淮西碑〉后》论及碑志文体的“义法”，曰：“碑记墓志之有铭，犹史有赞论，义法创自太史公，其指意辞事必取之本文之外。班史以下，有括终始事迹以为赞论者，则与本文为复矣。……或体制所宜，事有覆举，则必以补本文之间缺。”（方苞，1983：111）章学诚在探讨传记的写作时提出要重“义例”，“文章宗旨，著述体裁，称为例义”。“例义”即是“义例”。章学诚对当时的不辨义例，却强作解事提出批判，“有好为高论考，辄言传乃史职，身非史官，岂可为人作传？世之无定识而强解事者，群焉和之，以谓于古未之前闻”；“今之作家，昧焉而不察者多矣，独于此等无可疑者，辄为无理之拘牵”（章学诚，1985：42）。

章学诚对撰史之“义”以及方志的编撰体例方面多有探讨和实践，另外对文章总集、别集之编撰义例也有论说：“宋人编辑《文苑》，类例固有未尽，然非佥人所能知也。即传体之所采，盖有排丽如碑志者，自述非正体者，立言有寄托者，借名存讽刺者，投赠类序引者，徘谐为游戏者，亦次于诸正传中；不如李汉集韩氏文，以《何蕃传》入杂著，以《毛颖传》入杂文，义例乃皎然矣。”（章学诚，1985：43）另外，章学诚也重视文章体制的辨析，而探讨的重点也在“义例”，《古文公式》中批评苏轼《表忠观碑》：“文辞不察义例，而惟以古雅为徇”。“苏子瞻《表忠观碑》，全录赵抃奏议，文无增损，其下即缀铭诗，此乃汉碑常例”，苏轼循常例，也对奏文做了点窜涂改，然而奏文前后的格式却用了前人的规范，章学诚认为，“奏文辞句并无一定体式，故可点窜古雅，不碍事理前后，自是当时公式，岂可以秦汉之衣冠，绘明人之图像耶”（章学诚，1985：18）。

在各种“义例”的论述中，徐昂能继承前人学说而更加详细，比如论“传状”曰：“传、赞分开为正体，与行状之叙、论混合有别，传公而赞私，论赞中材料以取之传外为贵。（方望溪《书韩退之〈平淮西碑〉后》颇抒此义。）”（徐昂，2007：9011）徐昂在方苞的基础上，把取材传外详细地分为五种：“（一）提出王者事实，不入之传，留为论断作案；（二）著者述自己对于亡者事实之见闻；（三）著者自陈其与亡者相关之事实；（四）著者自己之经历，取作衬托，与之并传；（五）著者述作传之颠末：是皆上乘也。”（徐昂，2007：9011）对于“义法”或“义例”之“义”，方苞、章学诚仍坚持以儒学眼光来定义，即儒家之义理。而徐昂更强调文体之客观作用，对文体之作例论述更细：传状以“保存遗行”，墓志以“爱护身后”，因此“墓志之义近于传，铭之义近于赞，而法不尽同。传之义公，就正例而言，著者之私意只可入之赞。志铭之义私，著者与亡者相关之事实可与正文并叙。记葬地以明死者之所归，记葬之年月日以详其时，此墓志所宜独详者”（徐昂，2007：9007）。

“义例”本就叙事而言，在论述一类文章中，徐昂虽然不能罗列各种作例，但是仍本文体之客观作用，论述其作法，而不拘于区分文体，比如论述序跋赠序，与前人分而论之不同，徐昂认为，“序诗文集，关于送别或祝寿等作，皆含有赠言之意”；“序跋与赠序体制虽分，而义实相通”；“序弁前而跋履后，皆不以赞美为贵，古人赞叹处多不过数语，重在考求事行，披览全集，抉其生平精神与志趣所寄托者，表彰著述之所从出”（徐昂，2007：9043）。对于前人认为赠送序、寿序等文为不经、不古，徐昂说：“穷一切著作之始，体制皆自无而有，经与古之合不合，在言之见道与否，而不在乎文体名称之异同也。”（徐昂，2007：9044）他不拘泥于文体的名称、发展等，而是依托文体来认识文章创作之意义、作用：“送人序临别赠言，直接用文字，盖以语言寄于空虚，时迁境易，痕迹泯然，著为文字，可永其相告之意。且可为别时之纪念。若夫骊歌未动，鸿文忽抒，非送别而亦詶以序，使对待者置之座右，他日或散处，检诵故人文字，可回溯曩昔风雨谆谆之意，藉以印证往迹，故虽非送别而亦含有其意。”（徐昂，2007：9044）

徐昂虽只论“义例”，其意义却远远超乎于此。古人的文体论往往列举诸体，以见出各体之源流，近代以来随着社会状况的变化，古代的文体以及文体论却在渐渐失去其存在的意义和价值，随着新文学的兴盛，新的文体及分类也应运而生，新旧之间如何关联与继承，并不能直接、轻易地实现。徐昂虽依托古代文体进行论述，却跳出了古代文体论的窠臼，面向当代创作，由文体入手认识到文学创作之意义，从而论述其“义例”，相当于用新文学的眼光重新审视古代的各体文学创作，客观上在破除古今文章创作的隔阂。

第三章 “五四”前后文话与文体论的古今演变

中国古代的文体论很发达。东汉时期各种文体开始定型，六朝时期便出现了大量文体论著述，《文心雕龙》中“论文叙笔”部分是其中内容最完整、最具系统性的论述。唐宋时期出现了不少新的文体，旧有文体的程式化或破体为文的现象也很突出，于是明代在复古思潮的推动下，又出现了很多辨析文体体制的著述，如吴讷的《文章辨体》、徐师曾的《文体明辨》等。清代以来，姚鼐编《古文辞类纂》，曾国藩编《经史百家杂钞》，其中体现出的文体合并、简化的分类观念很突出。古人的文体论思想很丰富，如何超越文言和白话的隔阂继承这些文体论思想，是“五四”前后文话作者所面临的巨大障碍。

古代的某种文体可能会衰落、消亡，古人针对某种文体所总结的写作规范等可能没有用武之地，但是这些只是文体论的内容和表象，文体论的核心内涵之一在于“体制为先”，体制是为文的依据，体制为作者在为文之先提供了选材的路径、范围，立意的趋向，修辞风格、表现手法的选择等，即使是破体为文也是以这一“体”为依据来破体的。例如，明代徐师曾的《文体明辨序说》论“碑文”曰：“碑实铭器，铭实碑文，其序则传，其文则铭，此碑之体也。又碑之体主于叙事，其后渐以议论杂之，则非矣。故今取诸大家之文，而以三品列之：其主于叙事者曰正体，主于议论者曰变体，叙事而参之以议论者曰变而不失其正。至于托物寓意之文，则又以别体列焉。”（徐师曾，1962：144）徐师曾论述了碑文的创作规范，即使是变体也是将正体的议论手法扩展使用，是正体规范的延伸。古人重视文体的存在，重视体制对创作的引导、规范作用，这样的文体论思想、观念是可以被继承的，而不受文言与白话限制。

“五四”前后的文话作者立足于当时文章创作与文体变迁的实际状况，在对于古代文体发展的学理性思考中，都想抓住文体的内核、关键，对文体的分类、源流、作法等，予以提纲挈领的辨析、阐发。刘勰《文心雕龙》的二十篇文体论以“原始以表末，释名以章义，选文以定篇，敷理以举统”（刘勰，1981：535），建立起了文体论的论述体系。明清以来的文体论著述多有沿用，“五四”前后的文话著述对此论述体系也多有继承，是我们探究这些文体论著述成就的重要入口。另外，姚鼐的《古文辞类纂》、曾国藩的《经史百家杂钞》等体现出明确的文体合并、简化的分类观念，章学诚从经、史、子、集的角度辨析古代文体形成之渊源，指出“子史衰而文集之体盛，著作衰而辞章之学兴。……经学不专家，而文集有经义；史学不专家，而文集有传记；立言不专家，而文集有论辨”（章学诚，1985：5）。前人的这些文体论思想也都深刻影响着“五四”前后的文话作者。“五四”前后的文体论文话著述，在继承前人合并、简化文体分类观念的基础上，都不同程度地体现出变革精神。吴曾祺重视文体发展中的各种体类的变化，注重唐宋以后出现的新文体，王兆芳则秉持文章、文体本原于学术的理念，二人的文体论展现出对古代文体体类的重排与再辨析趋向。高步瀛自觉变革传统的文体分类标准，张相将古代文体分为陈文、生文，历史之属与实用之属，二者都展现出与当代文体观念接轨的学理性思考。

第一节 吴曾祺文话与古代文体体类的重排与再辨析

吴曾祺（1852—1929），字翼亭，亦作翊庭，福建侯官（今福州市）人。曾任平和、泰宁县学教谕，漳州中学堂监督，全闽师范学堂教务长。后受聘于商务印书馆编译所，辛亥（1911 年）末，辞职返里。1915 年任福建经学会副会长。

吴曾祺编纂了《涵芬楼古今文钞》，共一百卷，选文八千多篇，号称“艺苑巨观”。后又缩减为《涵芬楼古今文钞简编》，序言曰：“然犹有病其（《涵芬楼古今文钞》）卷帙太繁，汗漫而不能卒业者。余乃复取旧书，重加选辑，盖留者十之二三，去者十之七八，虽割爱者多，而大致已略具矣。”（吴曾祺，1929：序 1）《涵芬楼古今文钞》出版之后，“中间一得之见，颇不为海内通儒硕彦所讥，而书问往来，以作文之法来请者络绎不绝，是亦不可无以答其勤也”（吴曾祺，2007a：6563）。所以他又编了《涵芬楼文谈》，初版于辛亥（1911 年）正月，1949 年之前又再版了十二次。其专论文体的《文体刍言》没有单行本，最早附在《涵芬楼古今文钞》中“例言”之后，后来又附录于《涵芬楼文谈》的书后。

吴曾祺还编纂有《中学国文教科书》《左传菁华录》《历代名人书札》等，其中的文体思想、文章作法的论述，可与《文体刍言》《涵芬楼文谈》的论述互相印证。《中学国文教科书》由明清上溯至周秦汉魏，选文七百余篇，目的是示人以作文之法，所选“专以助人之精神兴趣，而仍不戾于绳尺者为主”（吴曾祺，1908：例言 1）。《中学国文教科书》共分五集，每集前有序言，列举每一时代有代表性的文章作者加以评论，以展现一代之文章成就与风貌。该书“例言”中说：“一代之隆，必有数作者搘拄其间，其苦心孤诣，实足自存于天壤。”（吴曾祺，1908：例言 1）显示出以代表性作家梳理文章发展史的观念。

一、《文体刍言》与近代以来务实而不称名的文体分类思想

《文体刍言》是吴曾祺编《涵芬楼古今文钞》的衍生品，他的目的不是明辨文体，展现文体的源流、正变等。《涵芬楼古今文钞》的叙言里已经有所说明：“余年未弱冠，即好为古文辞。愚不自揆，思欲悉取古人之作而纵读之。每遇意之所喜，即录而置之箧衍中。岁月既久，裒然巨帙矣。暇日无事，则出而观之，俨若数千年间，通人硕士，聚之一室，相与上下其议论。以谓生人之极欢，无以易此。……若夫挟数卷之书，守盈尺之纸，因陋就简，宝护甚至，虽欲旁通曲证，其道无由。”“余既本此意而为是书，又虑其所收既广，其势且漫而无纪也，乃仿桐城姚氏之法，分为十三类”，每一类下又有细目，“熟乎此者，则所见易明，所为易成”（吴曾祺，1910b：自叙 1）。吴曾祺希望纵览古今文章，所以编《涵芬楼古今文钞》，将作品分为十三类和若干细目，这是他的编纂方法。他由梳理作品，进而立文体名目、论各体状况，与《文章辨体》《文体明辨》等为辨体而选文的探讨思路完全不同。所以吴曾祺的《文体刍言》有了与以往不同的文体观念和内容，更重视文体发展中的各种体类的变化，注重唐宋以后出现的新文体等。

《文体刍言》首先沿袭姚鼐的《古文辞类纂》，分文体为十三类。其中，改“书说”为“书牍”：“书说一门，系姚氏创立，盖专以收战国时策士之语。然举实而言，皆史家取其一时问答之词，而被以文采，与书迥不相类。且此种文字，只见于七雄之世，此后绝不复闻。”（吴曾祺，1910b：例言 2）他认为战国策士的游说之辞，未必以书信来表达，于后世也未见延续，而书牍包含的范围广，能代表书面告语形式在后来的发展状况。吴曾祺对每一类文体名称的解释都从“类型”的角度考虑，而非单纯将其看作文体的名称，如“哀祭类”，姚鼐主要指哀辞、祭文，吴曾祺认为：“哀为伤逝之词，……祭则所用者广，不尽施之死者，如告祭天地山川、社稷宗庙，凡一切祈祷酬谢诅咒之举，莫不有祭，即莫不有文。以交于神明者，于理则一，故选家皆合而同之。”（吴曾祺，2007b：6664-6665）其子目包含就很广泛，告天文、告庙文、上梁文、愿文、青词等都归属于哀祭类。

吴曾祺认为“姚氏之书，第举其纲，而未详其目”（吴曾祺，2007a：6576），因此于十三类文体中，详加以子目，共两百一十三目。他还指出：“大凡辨体之要，于最先者，第识其所由来；于稍后者，当知其所由变。故有名异而实则同，名同而实则异；或古有而今无，或古无而今有。一一为之考其源流，追其派别，则于数千年间体制之殊，亦可以思过半矣。”（吴曾祺，2007a：6576）这是吴曾祺论述各文体的核心思想，具体论述中主要突出了以下三个方面。

第一，以作品存目，而非立名目梳理其发展、正变，尤其注重唐宋以后兴起或兴盛的文体。例如，诏令类的“德音”一目曰：“《诗》‘秩秩德音’‘德音莫违’，盖谓有德之言，用以为相称颂之语，不以指王言也。至唐宋之世，诏敕之外，别有此体，凡加惠寓内则用之，如后世之所称恩诏也。”（吴曾祺，2007b：6649）又如诏令类列“诰”：“诰之名见于《尚书》，在诏令之先。汉唐少见，……宋则臣下授官多用诰，如唐代之告身。今世则诰敕并用，以官品高下为差。”（吴曾祺，2007b：6649）还有如“言”“书后”“读”“评”等文体，唐代开始兴起或兴盛，“程文”“跋”“疏”“引”等文体宋代开始兴起或兴盛，“寿序”一体明清时期较兴盛等。

第二，同名称的细目，数见于不同的类目，以用意列目，不受名目的束缚。例如，“说”见于“论辨类”，“赠序类”中也有“说”一目：“论辨中有此体，惟古人集中多有云‘某说为某人作’与‘名某说’‘字某说’，其语气实与赠序无异。”（吴曾祺，2007b：6646-6647）“如议一也。一入之论辨类，一入之奏议类。书一也，一入之诏令类，一入之论辨类，一入之奏议类，一入之书牍类。……皆名称相同，而词气迥别。读者以意求之，亦可以知其大概矣。”（吴曾祺，1910b：例言1）其中有些文体流传下来的篇章不多，很难归纳出其体制特征，能不能当作一种体裁，有必要讨论。但是，从吴曾祺所列出的这一类文体的名目来看，他是有意要让大家看到文章创作中的变化，即“名同而实则异”。例如，杂记类中列“经”，有陆龟蒙的《耒耜经》、苏轼的《东坡酒经》等，体近于记，非经典之“经”；箴铭类中列“诰”，举颜延之的《庭诰文》为例，取告诫之意，而非诰命；颂赞类中列“雅”，举柳宗元的《平淮西雅》为例，归入颂赞类文章，而不归入诗体。

第三，吴曾祺还关注到了前人未曾关注的现象，即文体体质属性的变化。明代以来的文体著述往往关注某一文体在表现方式和手法上的变化，徐师曾《文体明辨》最为突出，特别区分了每一体之“正体”“变体”“别体”等，比如论“记”体：“其文以叙事为主，后人不知其体，顾以议论杂之。……然观《燕喜亭记》已涉议论，而欧、苏以下，议论寖多，则记体之变，岂一朝一夕之故哉？……又有托物以寓意者，有首之以序而以韵语为记者，有篇末系以诗歌者，皆为别体。”（徐师曾，1962：145）又如序体中有序跋，后来发展出赠送序、寿序等，这属于增值性的发展变化，一般文体著作都会论及。吴曾祺也关注到了这些内容，除此之外，他还关注到了一些非增值性的变化，即文体的转移，有些文体在创作目的、内容等方面的变化，也影响到文体的类别归属，并非简单的“名同而实异”，如“启”：“其始尚或用以奏御，唐以下，则第施之尊贵而已。”（吴曾祺，2007b：6642）“笺”也有类似的变化：“魏晋时多此体，然上之太子诸王而已，不以施之奏御也。今于元文中得数篇，竟与贺表同用，非古义也。”（吴曾祺，2007b：6642）又如书牍类中列“札”：“札与简同，以木为之，而作字于其上。后乃转以为书札之名，即汉人所称笔札是也。至今世，则为公牍中之一体；而朋友往来之词，鲜有称札者矣。”（吴曾祺，2007b：6644）书牍类之“移”也有类似的变化：“移亦檄之类。……刘子骏《移书太常博士》，此其最古者。后世为公牍之一体，虽体稍不同，而名义尚沿其旧。”（吴曾祺，2007b：6645）

吴曾祺的文体论篇幅较小，受篇幅限制，《文体刍言》丰富的论据和严谨的论证较少，例如，论辨类的“议”体：“以议名文，似远在论之后”（吴曾祺，2007b：6634），没有切实的例证，只能做似是而非的论断。又如，他将檄、牒、判、符、考语、约、牓等公文都归于诏令类，笏记归杂记类等，也有可议之处。

二、《涵芬楼文谈》对古代文章创作传统的挖掘与构建

吴曾祺的《涵芬楼文谈》共四十章，外加杂说三十五则。他在序言中说，“昔刘彦和著《文心雕龙》一书，极论文章之秘，识者以为知言”（吴曾祺，2007a：6563），是有意接续《文心雕龙》的创作意图。《涵芬楼文谈》四十章中，前五章为“宗经”“治史”“读子”“诵骚”“研许”，缺少“原道”篇对文之本体的探讨，也不能如《文心雕龙》的前五篇起到“文之枢纽”的作用，但是对文章源流的论述，能适应明清以来文章思想的发展趋势，注重了治史、读子等，尤其认为：“子之为书，大抵昔之通人硕士，各出其生平阅历所得，自为一家之言。其精语名言，时足以辅经训之所不逮，而挹注不穷，盖亦文章家之渊薮也。”（吴曾祺，2007a：6571）《文心雕龙》有文体论二十篇，《涵芬楼文谈》因为书后附有《文体刍言》，所以只列“辨体”一章，简述其文体论的核心思想。《涵芬楼文谈》其他篇章大都仿《文心雕龙》而创设，创作论部分内容丰富：“明法”一章阐明创作论的核心，即知法且要会用法，“养气”“储才”两章论作者修养问题，“命意”“修辞”“切响”“炼字”“运笔”等章论立意、格律、篇章字句等文章作法，“核实”“设喻”“征故”“寓讽”“写景”“状物”“传神”“含蓄”“属对”“设问”“互异”等章论表现手段、修辞手法等，其他还论及创作中的“仿古”“适机”等问题。第四十章论“欣赏”，亦如刘勰在“知音”篇中感慨知音难得，更指出创作不应有媚俗之心，“苟作文者而有汲汲人知之心，则其品格必卑，理趣必浅，气味必醨，风骨必弱”（吴曾祺，2007a：6619）。杂说三十五则也主要是讲创作。《涵芬楼文谈》四十章中，最值得关注的是“诵骚”“涉趣”“切情”等章，吴曾祺在关注明清以来文章学发展新动向的基础上，对古代文章学传统的挖掘和建构，在思路和方法上对当代具有借鉴意义。

“诵骚”一章沿袭了刘勰、章学诚等人的论说，意在纠正散体文创作中观念的偏颇，关注到散体文章的色泽、雅俗问题，不仅有调和骈散的意义，对于客观认识和继承古代的文章创作传统也有很重要的意义。《文心雕龙》有“辨骚”篇，

刘勰在其中指出，《离骚》“虽取镕经意，亦自铸伟辞”（刘勰，1981：36），充分肯定其在辞采方面的成就。后来韩愈、柳宗元论及学文途径时都提到《离骚》，韩愈《进学解》曰：“上规姚姒，浑浑无涯；《周诰》《殷盘》，佶屈聱牙；《春秋》谨严，《左氏》浮夸，《易》奇而法，《诗》正而葩；下逮《庄》《骚》，太史所录，子云、相如，同工异曲：先生之于文，可谓闳其中而肆其外矣。”（韩愈，1998：46）柳宗元论作文之道，也指出本于六经之外，应“参之《离骚》以致其幽”（柳宗元，1979：873）。明清以来的论者，也多论某某学《楚辞》，少有从文章发展史的角度论《楚辞》之价值，或者只从辞赋一脉的发展中认识其价值，如《文章辨体序说》曰：“宋景文公有云：‘《离骚》为词赋祖，后人为之，如至方不能加矩，至圆不能过规。’信哉！”（吴讷，1962：19-20）至章学诚始论及骚赋对后世文章之影响，《答大儿贻选问》笼统地说：“《国策》、骚赋，乃后世辞章之祖也。”又举例曰：“排比之文，欲使顿挫抑扬，得诗人一唱三叹之意。如贾长沙《过秦》之论，有何深刻之意，而文有赋心，气如河海，诵读一过，而过秦讽汉之意，溢于言外。屈氏《离骚》，上称帝喾，下道齐桓，中述汤、武，以刺世事，即一理也。”（章学诚，1985：91-92）《战国策》、骚赋抑扬顿挫的表达，虽然出于诗教之遗，但是纵横排比已经偏于文辞之修饰，从而影响到后世文体。20世纪以来，刘师培在《论文杂记》中也笼统地指出：“中国文学，至周末而臻极盛。庄、列之深远，苏、张之纵横，韩非之排奡，荀、吕之平易，皆为后世文章之祖。而屈、宋《楚词》，忧深思远，上承风雅之遗，下启词章之体，亦中国文章之祖也。”（刘师培，2007b：9484）

吴曾祺对《离骚》的肯定不仅限于其对骚体、赋体的开创或对后世文学在修辞上的影响，“为词章之学者，溯其渊源所自，莫古于骚。……自屈平始作《离骚》，其徒宋玉、景差之属，相率为之。……统谓之《楚辞》。其独至之诣，一本于幽。幽者，非闇然无华之谓，敛其光气，而纳之沉郁顿挫之中。……唐宋以来作者，惟韩、柳二家于此实有所得，此外则金之元遗山，亦可称为入室弟子，余人莫之敢望也。凡不善学此者，其失在于风骨不骞，情韵易竭，而徒袭乎一二楚音，即强而名之曰‘骚体’”（吴曾祺，2007a：6572-6573）。吴曾祺认为应该学习《离骚》的风骨、情韵。以此为基础，他认为包括《离骚》在内的《昭明文选》所载秦汉以来的有韵之文，也都是文章创作的源头：“或谓骚人之作，词赋家所宜问津，若为散体文者，似可无事乎此。不知古之为文者，本无所谓骈散之分。……今有人于萧《选》一书，全未寓目，则其为文，色不泽而枯，字不雅而俗，其去古也远矣，而尤号于人曰：‘吾之文固以气胜！’其孰信之？故人当少时，不独《楚辞》当读，必取秦汉之文数十篇，朝夕讽诵，使吾之神明意象，日与之习，久而自化，则虽率意之作，而气味固自不同。”（吴曾祺，2007a：6573-6574）中唐以来，序跋、碑传等无韵文章的发展空前繁盛，对包括辞赋在内的有韵文章的创作及理论总结相对较疏忽，人们只将其作为一种文章体制，对其自身发展有所梳理。吴曾祺继承、发展了《文心雕龙》的“变乎骚”的思想精髓，从情韵、色泽等方面，肯定汉魏六朝有韵文在整个文章发展史中的源头性作用和影响。惜其论述过简，仍需更深入的辨析、探究。

《涵芬楼文谈》“涉趣”一章关注到的文章创作传统，在古人的观念和创作中时断时续，在现代小品文的创作中有所继承。明代中后期，“趣”成为人们普遍追求的审美范畴，在诗、词、文及小说、戏曲的创作和批评中都有体现。关于文章中应该讲究“趣”，屠隆《论诗文》曰：“文章止要有妙趣，不必责其何出。”（屠隆，2012：八册 445）钟惺《东坡文选序》曰：“夫文之于趣，无之而无之者也。譬之人，趣其所以生也，趣死则死。人之能知觉运动以生者，趣所为也。”（钟惺，1992：240-241）吴曾祺发展了这一传统，他认为不是所有的文体都应该追求趣味，“泥金检玉之书，镂版镌碑之作”（吴曾祺，2007a：6606），不应语涉纤佻，“至于友朋通问之词，书画题识之语，谈言微中，足以解颐，固亦通人韵士之所不废者乎”（吴曾祺，2007a：6606）。所以他提倡的学习对象并非明代文章，而是将这一传统追溯至先秦：“凡欲学此种文字，须取径于《庄》《列》之书，此外则如刘义庆之《世说》，不可不读。其魏晋间人文集，亦宜恣意涉猎，盖所谓善谈名理者，莫此为近。唐以来已不多见，自宋以后便成绝响。”（吴曾祺，2007a：6606）并且他还将批判的矛头隐隐指向晚明小品：“其有侪于优伶之诽诨，尖刺之虐谑，词不雅驯，坠入恶趣，风斯下矣。”（吴曾祺，2007a：6606）在具体作品的评价中，吴曾祺并未将“涉趣”作为主要的标准，只是在《古今文范初集序》中指出：“方望溪刻意为文，能力去繁芜，体格颇为严洁，而往往拘束无生趣。”（吴曾祺，1910a：23）

“切情”一章所涉及的内容，在古代诗歌理论中一直都有探讨，而关于文章中的情，清代以来才有较明确的探讨，黄宗羲、章学诚都在情与理的关联中论述文章之情。黄宗羲指出：“文以理为主，然而情不至，则亦理之郛廓耳。……而世不乏堂堂之阵，正正之旗，皆以大文目之，顾其中无可以移人之情者。所谓刳然无物者也。”（黄宗羲，1959：481）章学诚认为，“文生于情，情又生于文”，“文以气行，亦以情至。人之于文，往往理明事白，于为文之初指，亦若可无憾矣；而人见之者，以谓其理其事不过如是，虽不为文可也。此非事理本无可取，亦非作者之文不如其事其理，文之情未至也”（章学诚，1985：55）。吴曾祺也很重视“文生情，情生文”，但是与前二者关注说理中间的“情至”问题不同，吴曾祺更关注文章叙事、抒情中的“切情”与否，“盖天下固有一种之文，非情至者不能作，而深于情者，则往往不求工而自工”；司马迁之《屈原列传》《伯夷列传》等传、柳宗元致许杨二京兆书、欧阳修之数篇墓志铭等，“惟此等文，断不能无因而出。

故非身入其境，即作亦必不工”（吴曾祺，2007a：6604-6605）。

第二节 王兆芳《文章释》与学术史视野下的文体论

王兆芳（1861—1909[①]），一字漱六，又字漱馡，通州兴仁项家桥（今江苏省南通市）人。幼年丧父，家境贫寒，受人资助进入江阴南菁书院攻读经史，受到经学名家、时任江苏学政黄体芳的赏识，后又被时任江苏学台的吴汝纶收为门生。光绪十五年（1889年），应试中举，但因身材矮小、其貌不扬而未发放官职，后回乡开馆教授学生，称其所居为“霞山精舍”。著作有《公羊异礼疏证》一卷、《经义征学》四卷、《古今义鉴》二卷、《教育原典》六卷、《霞山精舍文献记》二卷、《才兹文》一卷、《文章释》一卷。

《文章释》是王兆芳论文体的一部专著。这部专著是王兆芳面对中西学术思想的碰撞，思考文体观念的继承与变革的结果：“末学求道，最重师承……今者西术与我学争，我若固守专家之师承，而儒道反不振。兆芳以为：学通天地人，而考道于古圣贤，譣道于事物，祖述不摇，引申不已，务使我儒道之大，足以括西术之长，而西术之长，不足抗我儒道之大，若是则亦善守师承者乎？”（王兆芳，2007：6255-6256）《文章释》初版在光绪二十九年（1903年），刊行前曾寄送俞樾求序，后有王兆芳跋语，其他版本信息不详。民国十四年（1925年）由中华印刷局再版，更名为《文体通释》，书前增加金受申序，书后又加了刘敦本跋，金受申序曰：“清季南通州王兆芳漱馡氏著《文章释》，辨体一百三十余种，诚为卓绝前修。友人邹君得其原稿，商量复印，以表彰先贤，嘉惠后学。惟以原名未洽，更名《文体通释》。”（金受申，1925：序1）将书名变更为《文体通释》，可能并不符合王兆芳的本意，因为从著述的具体内容来看，王兆芳确立了“原本于学术”的文体论纲领，更倾向于从文章本体层面思考文体之渊源、流变。

---

① 其卒年，所载不一。《文章释》书后仍有1903年王兆芳的跋语，《江苏省地方志·南通县志》“人物篇”有王兆芳传，载其卒年为1898年，不可据。据《南通县志》，同乡张謇曾给王兆芳送挽联：“不以流俗毁誉祸福淆是非，企古学礼，儒者，儒者；方为世界经济学问造因果，丧我同志，天乎，天乎”，并私谥“文者先生”。又《张謇全集·第六卷：日记》有两处记载涉及王兆芳：光绪三十年（1904年）九月十五日，沙健庵、徐翔林、王漱六、范肯堂、龚伯厚等先后来；宣统元年（1909年）正月二十四日，补录挽王漱六孝廉联，私谥议。据此，王兆芳去世或应在1909年。

一、《文章释》以“原本于学术”为纲领，将文章、文体分为修学、措事两大类

王兆芳将其书命名为《文章释》，有其对古代文体论以及通行的文体观念的反思，虽专论文体，但更希望从文章本原出发来认识文体，不愿意被已有的所谓“文体”及观念所束缚。王兆芳虽以各种“体”入手追溯源流，但是他的关注点并不在我们通常意义上的“文体”，而是认为文体类型是无法穷尽的，尤其是以表现手法、骈散体式等区分文体，不可能厘清文体的分类问题。他说：“文章之异体，生从文字，文字之用多，故文章之体亦多，非选家所能括。”“其躯骨有解释、考据、记叙、告语、讽赋、议论六体，象貌有散行、骈偶两体，而以此隶百体，卒无以明学术。”（王兆芳，2007：6320）王兆芳认为文章、文体原本于学术：“昔自仓颉造文字，是生文章，帝王载道，萃而为经。文学之事，通经学道，儒与王同道，文与学相因也。”（王兆芳，2007：6319）并由此文章与学术的关联，将文章分为修学与措事两大类：“内学术于文章中，而综厥大体，不外修学、措事二科。考道、传道为修学，率道为措事。知其措事，则知文章为有用之具；知其措事之必由修学，则知文章为载道之器。”（王兆芳，2007：6320）他在此基础上又将文章区分为“源于经学”“源于史学”“源于子学”“源于杂学”等小类。

古人已关注到文章的本原问题，刘勰《文心雕龙》较早提出“原道”说：“道沿圣以垂文，圣因文而明道”（刘勰，1981：2），认为文章本原于道，圣人所作的经典是后世各种文体的源头。后来的理论家对此少有阐发，直到章学诚才将“原道”说向前推进，指出“子史衰而文集之体盛……经学不专家，而文集有经义；史学不专家，而文集有传记，立言不专家（即诸子书也），而文集有论辨。后世之文集，舍经义、传记、论辨三体，其余莫非词章之属”（章学诚，1985：5）。王兆芳将文章分为修学、措事两大类，尤其注重本于经、史、子学而生成的文体，这正是对刘勰、章学诚文章观念的进一步阐发。他不仅仅是要梳理一个个文体的源头，而且是要从本体论的层面上确立文章、文体的本原，也为其文体分类、文体源流、文体作法等的探讨确立了理论纲领。

二、与前人相比，《文章释》文体分类细目的大变化

在修学、措事两大文类之下，王兆芳的文体分类细目也有了很大的变化。这些变化对于我们深入认识文章、文体的发展源流，是有启发意义的。

变化一：不以单篇文章定文体，而是将著作也纳入文章文体的范围，《文章释》中出现了很多古人从未探讨过的文体名目，如微、春秋、考、略、诀、鉴、细草等。这不仅是因为王兆芳专门将修学文体列为一大类，这些从未探讨过的文体名目也大都属于修学类。更重要的原因在于王兆芳认为文体分类不能仅限于单篇文

章，“由汉而来，文章寖别于学术，于是选文之籍，罕录讲学之篇……学者专以词章计篇者为文章，心偭学术矣。而述原委，论文体，挚虞《文章流别》以下，其可取十余家，佥就词章计篇者属意，未足为通，又多以词句论体，学者从是求之，治丝而棼，翻不逞学术”（王兆芳，2007：6320）。比如王兆芳解释“微”体曰：“微者，隐也，细也，经指精细者幽隐难显，而释之使明显也……源出《春秋左氏微》《铎氏微》《张氏微》《虞氏微传》，流有近儒魏源《书古微》《诗古微》。”（王兆芳，2007：6260）他所列举的文章其实都是著作，《春秋左氏微》等书目出自《汉书·艺文志》。又如解释“春秋”体：“史举春秋以晐冬夏，编年月而记事也……主于记载有次，因时先后。源出《夏殷春秋》，流有孔子《春秋》，《桃左春秋》，汉陆贾《楚汉春秋》，赵长君《吴越春秋》，晋习凿齿《汉晋春秋》，孙盛《晋阳秋》及《晏子》《吕氏》诸《春秋》。”（王兆芳，2007：6267-6268）此类著作都以“春秋”定名，取其按时序记事之意，但事实上这些著作在体例上也并不完全都按照时序来记事。

变化二：将很多文学现象或学术现象当作文体来罗列，如反、广、拟、补等，“反”为《反离骚》一类，“广”为《广离骚》《广连珠》等类，“拟”为《拟连珠》《拟天问》等类，“补”有《补周诗》《补亡诗》《补逸书》《补后汉书年表》等。这其中属单篇文章一类的文体原来都归属于诗体、骚体、连珠体或者史传等，并没有确定的体制规范和写法，王兆芳也说“四者皆无专体”（王兆芳，2007：6278）。不过，把这些所谓文体作为文学现象或学术现象的类型来认识和研究也是很有必要和有意义的。

变化三：同一名目可能重复出现在不同的大类之中，如传、说、表、难、序等，可分别梳理源流，避免混淆。源出经学的“传”：“传者，驲遽也，转也，传也，转传经训，若驲遽也。……主于转移受授，依经传训。源出《礼经·丧服传》《春秋传》，流有魏文侯《孝经传》，汉申公《鲁诗传》，伏生《尚书大传》，毛公《诗故训传》。”（王兆芳，2007：6260）源出史学的“史传”：“史传，为列传。‘传’义见前。列，分解也，叙也。史以人事分叙，异乎释经之传也。……源出《穆天子传》，流有汉迁《史》列传。”（王兆芳，2007：6270）“传”与“史传”用的都是同样的“转也，传也”的意思，但二者渊源、用途不同，文体发展也各有源流，分开来梳理，后来出现的单篇传记文章就不至于误将源头追溯至《礼经·丧服传》。

三、《文章释》对文体名称、源流、篇目的论析

王兆芳《文章释》共列文体一百四十三目，其自述体例曰：“先释名义，必宗本字本义，其取引申义者，必使与本义相顾，明立体之元意也；终释源流，源取信于可考，流略举以见例，明观体之来路也；中释体之所主，契名义，符源流，

明布体之要法也，其不为恒体者阙焉。”（王兆芳，2007：6320-6321）他对文体的论析包含了三个层次：先解释名称，然后解释作法，最后梳理创作源流。比如：“释者，解也，解释文字也。主于因文解义，正名事物。源出《尔雅》之篇称‘释某’，流有汉刘熙《释名》，唐陆德明《经典释文》，及宋王应麟《通鉴地理通释》。”（王兆芳，2007：6259）王兆芳对“释”体的论析共三句话，恰好对应着上述三个层次的内容。在所有文体的论析中，王兆芳在三个层次上的用力并不均衡，在解释名称、梳理源流方面较突出，在解释作法方面较简略，所谓无恒体者，如反、广、拟、补等体，也不涉及作法。

关于“释名义”，王兆芳的学问以朴学见长，在考订文体名称的内涵等方面也显露出优势。以“策”为例，徐师曾的《文体明辨》对名称的解释有误，分类、源流因此也混淆不清。徐师曾列“策问”和“策”两类，关于“策问”曰：“汉文中年，始策贤良，其后有司亦以策试士……对策存乎士子，而策问发于上人。”（徐师曾，1962：129-130）关于“策”曰：“按《说文》云：‘策者，谋也。’《汉书音义》曰：‘作简策难问，例置案上，在试者意投射取而答之，谓之射策。若录政化得失显而问之，谓之对策。’……又学士大夫，有私自议政而上进者（如宋苏洵《几策》，苏轼《策略》《策别》《策断》，苏辙、秦观《进策》之类）。”（徐师曾，1962：130）虽然徐师曾也强调几者“体各不同”，但是有何区别却没能说清楚。王兆芳将其分为三种，名称内涵及源流各不相同，一是“策问”，“策”的意思在“册”中已经有解释：“册者，古作‘笧’，借作‘策’，或作‘筴’，符命也，诸侯进受于王者也，天子之命编简作符册也。”（王兆芳，2007：6280）“策问者，‘策’本字作‘册’，义见前。著词于策以咨问贤才也。主于询言咨事，制诰试学。源出汉文《策贤良文学诏》，流有武帝《策贤良制》，晋陆机《为武帝策秀才文》，《文选》列‘策秀才文’。”（王兆芳，2007：6282）二是“奏策”：“奏策者，策，马箠也，筹策也，谋也。谋若运筹，亦如运用箠策，而奏进之者也。主于筹算精谋，别中下而要其上。源出汉贾让《奏治河三策》。流有隋文中子奏《太平十二策》，唐王忠嗣上《平戎十八策》，宋张齐贤献《开宝十策》。”（王兆芳，2007：6301）奏策之“策”与策问之“策”的意思完全不同，王兆芳的解释更有说服力。三是“对策”：“对策者，‘策’本字作‘册’，义见前，应对君所问事之册书，非谓谋策也。颜师古曰：‘对策者，显问以政事、经义，令各对之而观其文辞，定高下也。’主于视策详说，殚洽见闻。源出汉晁错《对贤良文学策》，董子《对贤良策》，平津侯《对贤良策》《对册书问治道》，杜钦《对贤良方正策》《白虎殿对策》，唐刘蕡《对贤良方正能直言极谏策》。”（王兆芳，2007：6302）王兆芳将“对策”的意义重心放在“对”而不是“策”上，抓住了名称内涵的关键，文体的特征及与其他文体的区别也一目了然。

关于“释源流”，王兆芳功过参半。《文章释》对所罗列的一百四十三目大多数都考订出确切的源流，主要依据了《汉书·艺文志》《隋书·经籍志》等目录，以及《孟子》《左传》《汉书》《尧典》等的原文或注疏中的引文，或参考《昭明文选》、《唐文粹》、严可均的《全上古三代秦汉三国六朝文》等，出处也都详加注解，很方便查考。王兆芳考订文体源流之详博，为深入研究某一文体或文学现象提供了非常重要的参考。不过，《文章释》对源流的梳理只是在某个层面反映了文体的形成过程，客观上忽略了“选文以定篇”，没有突出这一文体中有代表性的作品，也不能客观反映这一文体的发展状况。例如，序体涉及的主要类型是序跋和赠序，而王兆芳也论述了两种不同的序体。一是源出经学的“叙”：“叙者，通作‘序’，次第也，端绪也，述也，述书篇之义，或古或今，或人或己，而次厥端绪也。……主于述循端绪，明厥意指。源出孔子《周易·序卦》《书百篇序》，流有子夏《诗序》，汉郑子《诗谱叙》，许慎《说文叙》，及孙子《算经叙》，《吕氏春秋·序意》，《淮南子》末篇《要略》，《文选》列‘序’。”（王兆芳，2007：6266）二是措事之文的“序”：“序者，本字作‘叙’，义见前。宴会赋诗而叙之，又饯送有诗，以赠言为叙也，诗序之变也。主于即事记述，写以深情。源出晋王羲之《兰亭诗序》，流有唐苏晋《天子命宴序》，欧阳詹《宴东湖亭序》，贾曾《饯张尚书赴朔方序》，韩退之多送友序，《文粹》列‘序’。”（王兆芳，2007：6306）这其中对唐宋以来作品数量庞大的、影响广泛的诗文集序以及赠送序，都没有充分反映。

第三节　高步瀛《文章源流》与古代文体论变革路径的思考

高步瀛（1873—1940），字阆仙，私谥贞文，河北霸县（今霸州市）人。九岁而孤，居新安外家，从黄秉钧先生受业。1889年，吴汝纶主讲于保定莲池书院，高步瀛从之受业。1902年，高步瀛还曾赴日本游学，卒业于弘文学院师范科。曾任直隶师范学堂教习官，直隶学务处省视学，学部主事等；入民国，历任教育部佥事，社会教育司司长等职。1928年辞去部职，专任国立北平师范大学教授，兼任国立北平大学女子师范学院教授。1930～1931年，曾在奉天萃升书院讲习，后仍回北平教学。1937年起兼任保定莲池讲学院教学。高步瀛早岁工骈文，后又受学于吴汝纶，为文遂兼善骈散两家之长。又博闻强识，为学将辞章与考据相结合，在辞章笺注方面成就突出。著述有《先秦文举要》《两汉文举要》《魏晋文举要》《南北朝文举要》《唐宋文举要》《唐宋诗举要》《选学举要》《文选李注义疏》《古文辞类要笺证》《古文辞类纂笺证》《史记举要笺证》《文章源流》等，还与吴闿生合著《孟子文法读本》《国文教范》《古今体诗约选》《古文范》等。

《文章源流》是高步瀛的授课讲义，有国立北平师范大学铅印本，北平和平印书局铅印本。高步瀛长于考据，征引文献的视野、内容都很广博，与古代及同时代人相比这一特点也很突出。其文话著作以论文体源流为主而以文章命名，体现了从文体入手探究文章、文学自身发展的意图，不承袭古人论述中仅倚重文体功用做阐发的做法。

一、《文章源流》转换文体分类标准，与当代创作论、文体论接轨

高步瀛梳理古人文体分类状况，指出：《文苑英华》《唐文粹》《宋文鉴》等文体分类“皆失于烦琐”，“真西山《文章正宗》出，乃廓而清之，分为辞令、议论、记事、诗歌四类，有纲无目，又失之广莫。及储同人《八大家类选》分为六门十三类家，纲目悉张，可谓善矣；昔但限于唐宋八家，八家以外之文，往往苦无类可入。姚姬传《古文辞类纂》分为十三类，较储氏为备，然有目无纲，亦未尽善。曾氏《经史百家杂钞》分为十一类，括以著述、告语、记载三门，若网在纲，有条不紊，较姚氏又进矣；然著述、告语，范围太廓，分界为难，而以词赋入著述门，尤多龃龉；其记载门增入叙记、典志二类，则曾氏之卓识，超越前人矣”（高步瀛，2013：1359）。在明清时期的文体学著述中，文体分类还呈现出另一种越来越繁碎的倾向，吴讷《文章辨体》有文体五十九类，徐师曾《文体明辨》有一百二十七类，贺复征《文章辨体汇编》多达一百三十二类。但是，高步瀛更关注文体分类的简化倾向，分别梳理了《文章正宗》《八大家类选》《古文辞类纂》《经史百家杂钞》通过纲目给文体进行分类简化的方法，以及具体实施中的优缺点，以此为基础，他确立了自己的分类纲目。

高步瀛将文体分为三门，三门下有十六类，十六类下又有若干细目。关于三门的分析，他说：“窃以文章之类别，实不出说理、叙事、言情三大端，有论议、记载、词章三门，已可包括无遗。”（高步瀛，2013：1359）宋代真德秀《文章正宗》将文体分类简化为辞命、议论、叙事、诗赋四类，学者一般认为这样的文体分类具有开创性的意义。赵逵夫指出：“这是我国文体分类上的一个很大的进步，具有开创的意义。……像‘议论’‘叙事’这样的完全从形式和反映生活的方式上高度概括的划分，此前确实还没有过。”（赵逵夫，2000：53-54）严格来说，所谓开创性主要体现为对文类的合并，开启了文体分类的简化倾向。不过，从文体分类的观念来说，《文章正宗》还未突破以功用作为文体分类标准的传统，辞命类从类目上就能看出其功用，真德秀对议论类的解释，突出其切磋、交流的功用：“按议论之文，初无定体，都俞吁咈发于君臣会聚之间，语言问答见于师友切磋之际，与凡秉笔而书、缔思而作者皆是也。”（真德秀，1986：6）对叙事类的解释，突出其史

官纪事之功用：“按叙事起于古史官，其体有二，有纪一代之始终者……有纪一事之始终者……又有纪一人之始终者。”（真德秀，1986：6）后来姚鼐、曾国藩的文体分类沿袭真德秀分类的简化倾向，也依然没有彻底摆脱文体分类中的功用理念。高步瀛在承袭前人简化趋向的基础上，不是调整、修补前人的分类，而是严格按照说理、叙事、言情的表达方式，从根本上将文章进行了重新分类，不仅自觉地转换了传统的分类标准，开启了真正的变革，而且打开了传统与现代文体理论的对接通道，奠定了继承传统、重构当代理论体系的基础。

《文章源流》在三门之下有具体的类别、细目的划分。论议门下有七类：论辨、传注、序跋、赠序、诏令、奏议、书说等。记载门下有四类：传状、碑志、叙记、典志等。词章门下有五类：词赋、箴铭、颂赞、哀祭、诗歌等。每类下又有细目若干，高步瀛都能不拘于名目，不避烦琐，重视区别其表达方式、表现手法等，这最能体现高步瀛简化分类的理念。因此，《文章源流》中同一名目分属不同类别的现象尤为突出，例如，论议门下序跋、诏令、奏议、书说等类中都有“书”体；论辨、传注、书说类中都有“说”体，赠序类中还有“字说及名说”；又如，论议门的序跋类下有“序”体、传注类下有“记”体，记载门的叙记类下也有“记”体、“序”体等。以“书”体为例，自刘勰《文心雕龙》有“书记”篇，将臣僚上言之书与朋旧往还之书统称为“书记”以来，后世沿袭，以“书”统称其体。高步瀛也认为他们的创作目的、用途相同：“告于君曰上书，行于下曰敕书，友朋往来，亦谓之书。虽有上下平行之异，而舒布于言，如其事物，以著明其意，罔不同也。”（高步瀛，2013：1443）但他仍将其分列于“奏议”和“书说”两类中，从两类“书”体中所引用的前人评论可见，奏议之“书”在表现手法上有一些共性的要求如“典、显、浅”等（高步瀛，2013：1445），而书说之“书”则更多地表现个性，豪宕、奇崛、悱恻动人都有。再以“序”体为例，大部分诗文集序、赠送序等都归于论议门，而游宴之序如《兰亭诗序》《滕王阁序》，以及记事之序如柳宗元的《序棋》《序饮》等，在表达方式上属记叙性质，则归属于记载门。高步瀛也强调：“说理、叙事、言情三者，有时亦互相为用。……诗主言情，而亦可以叙事、明理；记主叙事，而亦可以说理、抒情。明乎此，则头头是道，无扞格不通之弊矣。”（高步瀛，2013：1291）高步瀛分类理念之融通，尤其细目分类不囿于名称，从中也可见一斑。

对同一类中不同文体的区分，高步瀛主要从其表达方式上着眼，如“辨”与“论”的区别：“原辨之为体，与论为近……大抵论喜驰骤，而辨贵谨严，此其小异者也。”（高步瀛，2013：1366）又如，郑玄注疏经典有《三礼注》《周易注》《古文尚书注》等，还有《毛诗传笺》，是以注还是以笺来命名，区别何在？高步瀛引孔颖达的话，说明注和笺在表述思想的方式上是不同的：“孔冲远曰：‘郑于诸经，皆谓之注。此言笺者，郑以毛学审备，遵畅厥旨，所以表明毛意，记识其事，故特称为笺。余经无所遵奉，故谓之注。’此笺与注之别也。”（高步瀛，2013：1386）对具体篇目的辨析，高步瀛也着眼于表达方式。比如，如何分类名为“戒”或“诫”的文章，以及名为“训”的文章，高步瀛认为，“属于箴铭类者，当以有韵者为限。他如韩退之《守戒》，当属论辨；柳子厚《三戒》，当属叙记；至于曹大家之《七诫》、郑康成《戒子书》、王子渊《酒训》，当属诏令。选文者或入铭箴类，则昧于文之体制矣”（高步瀛，2013：1586）。

二、《文章源流》分析源头重功用，分析流变重表达

《文章源流》在文章分类的基础上，更重要的内容是梳理文体源流，高步瀛对此有所分别，在分析文体源头时，他着眼于功用，尊重古代文体形成的实际；分析其流变时，则延续其重视表达方式、表现手法的理念，突出文章之美、文辞之用，目的仍是要与现代文体观念、文章创作接轨。

文体分类的兴起与文章的功用密切相关，刘勰《文心雕龙》的文体论部分多着眼于功用，以解释文体名称及总结文体的行文规范，如从“思无邪”的角度解释诗体：“诗者，持也，持人情性；三百之蔽，义归无邪，持之为训，有符焉尔。”（刘勰，1981：48）从“登高能赋，可为大夫”的角度出发，总结赋体的规范：“原夫‘登高’之旨，盖睹物兴情。情以物兴，故义必明雅；物以情观，故词必巧丽。丽词雅义，符采相胜，如组织之品朱紫，画绘之著玄黄。文虽新而有质，色虽糅而有本，此立赋之大体也。”（刘勰，1981：81）郭英德在《中国古代文体学论稿》中也指出：“中国古代的文体分类首先萌生于人们对特定的社会行为的分类，不同行为方式的区别类分是中国古代文体分类原初的生成方式。”（郭英德，2005：31）

高步瀛在探讨文体命名之源时，主要从功用着眼，这符合以上所述古代文体论的实际。例如，传注类中“议”出现于汉代：“昔汉宣帝以经师传授不同，于甘露三年，诏诸儒讲五经同异，太子太傅萧望之等平奏其议，帝亲称制临决，于是撰为《石渠论》，《汉书·艺文志》所载议奏十八篇是也。”（高步瀛，2013：1394）高步瀛指出其出现的今古文之争的学术背景及“平心讨论”的写作目的：“盖今古文家师说不同，今平心讨论，折衷至当，使学者知所适从，用意甚善。”（高步瀛，2013：1394）又如，“寿序”文的出现，文人多鄙视之，高步瀛引吴汝纶的话从创作主旨上肯定其存在的价值：“吴挚甫先生曰：‘以文为寿，知言者每病其非古，余尝以为不然。礼之用，因时为变。今之上寿亲堂，不贤于古之冠子之礼乎？冠子而字之，则有辞矣，奉觞上寿，称辞而祝嘏其亲，独何为不可？……凡文之能者，亦各用当时之体，追古风而为之辞尔，岂必古人有之而吾乃为之也哉！……’

此说尤为精当，于制礼之源，文章之变，均洞彻渊微。”（高步瀛，2013：1418-1419）

高步瀛也能洞悉文体发展中的变量，在论述中几次提到“文人为文，随意命名，不可纪极”（高步瀛，2013：1403）。在论述“送序”文的发展时他指出：“特（魏晋——笔者注）诸家之序，皆必及赋诗，以明序盖因诗而作。而后之作者，或言赋诗，或不言赋诗，盖重在赠言之旨，而诗转非其要，此亦文章因时势而变迁者也。”（高步瀛，2013：1415）既展现了文体确立之初，创作主旨、功用是命名的主要指标，又专门强调了文章发展中文体变迁的事实。基于这样的观念，高步瀛在梳理文体的流变过程中，以及对重要篇目的论析中，特别突出的是文辞之用和文章之美。他在论析中多次使用“至其文章之妙”（高步瀛，2013：1525）“然此篇以文字论”（高步瀛，2013：1370）等字眼，突出强调文辞的表达，比如论书说类的“书”体：“以文而论，李斯《谏逐客书》，文采斐然，其中间以色、乐、珠、玉为喻，颇与辞赋相近，而刘彦和据《骊山奏》事略意径，以为法家少文，殆非定论。盖所言之事不同，故词之文质亦异。”（高步瀛，2013：1444）写作目的、文体不同，其表达方式的差异也很明显，充分体现了文章修辞的功用和效果。

第四节　张相《古今文综》与文体观念的古今融通

张相（1877—1945），原名廷相，字献之，仁和（又署杭县，民国时期钱塘仁和并置杭县，今属浙江杭州）人。他早年潜心举业，甲午中日战争中国战败，他深感举业无用，转而肆力研求日语，希望通过翻译探求东西各国富强之原，所译日本平田久著《十九世纪外交史》，为当时有心国际政局之人所推崇。1902年后，兼任安定学堂、杭州府中学堂、宗文学堂文史讲席。1914年，应上海中华书局之聘，主持文史地课本的编审，先后历时三十年。中华书局的教科书在当时非常畅销，得张相之力为多。著述有《诗词曲语辞汇释》、《古今文综》、《古今尺牍大观》（与姚汉章合编）、《春声集（诗文稿）》（未刊行，原稿或已散佚），其中《诗词曲语辞汇释》一书，是其十余年精力所萃，对于诗词曲的阅读与研究有非常重要的参考价值。

《古今文综》是一部大型的散文选本，中华书局1916年初版，至1936年已再版五次。该书共四十册，以文体分目，共分六部十二类，细目若干，选文两千多篇。每部每类都先论说，后选文，其文章观念、文体思想也集中体现于此。张相将其选文与论体的关系描述为：“始立目以求文，继因文而生目”（张相，2007：8766），其文体思想与古人及同时代的人都有很大的不同，文体源流、体制的辨析不再是他关注的重点，他更注重文体的实用性，面向当时写作的实际需要，阐释文体分类，细绎文章作法，展现出更融通的文体观念。

一、《古今文综》合并简化文体为六部十二类，突出实用文体

清代以来，学者往往为了简化文体分类，将某些文体合并为一类，某类之中再分不同细目，如姚鼐的《古文辞类纂》、曾国藩的《经史百家杂钞》，以及王兆芳的《文章释》、高步瀛的《文章源流》等皆是如此。张相的《古今文综》也合并了文体的分类，将其高度简化为六部十二类，而对同类文体不同体制细目的划分，并不求全，也很少深入辨析其不同。这些都是其特色。

《古今文综》缀言曰：“兹书凡六部十二类：曰论著序录，推阐发明，是其帜志，为第一部；曰书牍赠序，所以敦伦好，寄情愫，为第二部；曰碑文墓铭，伐石镌辞，垂诸不朽，体则异，悄则同，为第三部；曰传状志记，表章人物，亦碑文墓铭类也，为第四部；曰诏令表奏，庙堂之制，高文典册，别成一体，为第五部；曰辞赋杂文，摛张之作，统纪于此，为第六部。”（张相，2007：8763）论著类包括论、辨、说、议、原等体，序录类包括著述之序、杂序、谱、录、跋等，因为两类都以推阐发明已意为主要内容，所以合为一部。书牍、赠序两类主要表现有关人情交往的内容，张相在别序一体中列有“合送数人”一种，他指出：“赠序之体，昉乎书牍，昔雷仲伦之《示子姪》，骆宾王之《与博昌父老》，致辞达愫，匪止一人，此其先河与。”（张相，2007：8806）从中略能见出“序”与“书”两类文体的关联，“所以敦伦好，寄情愫”是它们共同的创作主旨，合为一部较为恰切。碑文、墓铭因为载体相同，通常都被合并，张相也指出两类文体体制不同，但是“伐石镌辞，垂诸不朽”的创作主旨相同。对于传状、志记两类，张相只说二者在“表章人物”方面的共性，对于记物、记事等内容没有论及。具体论述中在志记类里也列有“典志”一体，与曾国藩将典志仅限于典章之书不同，张相的“典志”包括的范围更广，包括治理、兵事、食货、兴造、黉序、祠庙、上仪等内容的文章。诏令表奏类包含了上行、下行的应用性公文，因其用途上的特殊性，确实可以独成一体。辞赋、杂文两类包含的范围也特别广，“箴铭颂赞，省入辞赋类，意以韵文，体质相近”；“祭吊哀诔，韵文为多”（张相，2007：8763），亦省入辞赋类；《文心雕龙》所列杂文仅包括对问、连珠、七体，张相在此基础上还列有杂颂、杂赞、杂拟、集句、杂体等。除了第六部辞赋杂文的归类缺少共性，稍显杂乱之外，其他五个部类的划分都以内容表达、创作主旨等方面的共性为依据，有一定的合理性。

二、《古今文综》与古代文体细目划分传统

《经史百家杂钞》《国朝文录》等主要是针对某一文体类型划分细目，细目仍

是一系列的相关文体，张相则更重视对某一种文体的再分目，即在前人所划细目下再划细目。《文心雕龙》《昭明文选》在这方面已开先河，如《文心雕龙》“论说”篇曰：“详观论体，条流多品：陈政则与议说合契，释经则与传注参体，辨史则与赞评齐行，铨文则与叙引共纪。”（刘勰，1981：200）《昭明文选》中赋体、诗体都按内容等划分了细目，如将赋体划分为京都、郊祀、畋猎、纪行、游览等十八目。后世，《唐文粹》也有某一种文体的细目划分，如将“论”体细分为天、帝王、封禅、封建、兴亡等十六目。明清以来的学者更关注文体的外延、文体发展中的破体为文和表现手法的变化等，对文体体制的内涵，尤其是对文体再细分的关注不多。

张相继承了《文心雕龙》以来再分细目的传统，主要按内容、施用对象、施用场所等划目，如“论”体，按所论内容又分为论理、论文、论政、论史、杂论等；“寿序”之体，按施用对象又分为亲戚、仕宦、武功、布衣、学人、女寿、双寿、方外、初度序、自序等；“祠庙碑文”之体，则按施用场所、施用对象分为岳渎、寺观、圣贤、功德、义烈、家庙、杂祀等。这样分目可以更好地展示文体的体制内涵，也是为了更好地引导创作，为讲文体作法打基础。

三、《古今文综》面向当时创作实际，详细标举法式

张相《古今文综》的文体论与同时代的论述相比，最大的特点就是注重论述文体作法。在社会政治剧烈变革的大背景下，文学、文体观念也发生了巨大变化，有些文体面临消亡，有些文体由创作中心滑向边缘，张相的文体论解决了古代文体学在古今转化中的实际问题，即如何看待和继承古代的文体、文体论，尤其是那些面临消亡、已经完全失去应用价值的文体，该如何继承的问题。张相将六部十二类文体又分为两类——历史之属与实用之属，属性不同，继承的侧重点也不同。

> 总集、别集，流传伙矣。要其泾渭，析为两事：一曰历史之属，一曰实用之属。曷谓历史？古之所有，今之所废者也。曷谓实用？古今不废者也。约以今名，前者曰陈文，后者曰生文。生文所以眎其效，陈文亦以博其趣。……论著序录，书牍赠序，碑文墓铭，传状志记，抉宇宙之奥，发事物之赜，通性情之正，扬风烈之懿，皆生文也。故此四部，标举法式，不厌烦细。诏令表奏，限于时代，此陈文也。词气堂皇，多大手笔，两汉之文，此尤翘楚，多闻善识，聊博其趣而已。（张相，2007：8763）

另外，辞赋杂文类虽属生文，但是根据现实需求的状况，也只是稍加展示，以备采择：“辞赋之才，古称君子，今匪急务，特示一斑。……杂文之属，略同辞赋，钩其佹异，以终吾篇。”（张相，2007：8763-8764）

《文心雕龙》对文体的论述，终篇往往“敷理以举统”（刘勰，1981：535），是就功用总结文体的写作规范。后来的文体论讲作法时也往往继承这一传统，将作法当作不可移易的规范来遵守。张相一反传统，则以“适变”“当机”为原则讲作法，体现出观念的融通：“文之为事，贵乎适变，是以赴节投袂，应弦遣声，士衡所云，譬之歌舞，微夫微夫，轮扁有不能言者夫。大抵当机以应者工，设鹄以射者拙。”（张相，2007：8772）具体到某一种文体，张相不是空泛论语言、形式、风格等的要求，而是切实讲写什么、如何写。例如，“论”体的作法共罗列七种——敷陈、问答、整炼、清折、翻腾、申前人之说、驳前人之说，前两种从表现手法着眼，中间三种则从修辞效果着眼，后两种讲立论之法。又如“墓铭”的作法，考虑到文体的特殊情况，作法分文章之属、格式之属进行讲解。就格式的作法而言，张相对前人有明确格式可效法者加以总结，不拘泥于遵循某一种格式，就题名的格式分为仅称为碑、仅称为碣、仅称为志、仅称为铭；就墓铭的结构格式分为平分段落、有铭无序、名为铭而无铭、略于序而详于铭等；就墓铭的语言格式，列举了“铭不用韵语”“通体用也字”（张相，2007：8836）两种。《古今文综》讲作法很多时候也并不受体制限制，例如，论为布衣作寿序，则以《伯夷列传》为法式：“司马子长作《史记》，以伯夷事迹无征，爰即天道报施，寄其宏议，……而闾巷布衣，操行中庸，名位不足以自显，老死沟壑，传者用希。”（张相，2007：8809）布衣之士没有节操、事功、学问等可以逞笔，可以用《伯夷列传》的寄托之法。又如，论为方外之人作寿序曰：“游方之外，谊本《庄子》。”（张相，2007：8810）方外之人的思想与《逍遥游》《齐物论》《养生主》等所论有一致之处，可以本《庄子》之思想、风格立论。

不过，我们也需要指出，张相对论著、序录等文体作法的论述“不厌烦细”，也就难免有重复之嫌，比如论自序、他序、序古书之作法都涉及谦抑之法、阐发之法等。

第四章　“五四”前后文话与古代文章发展史的梳理

古代文章学中重要的内容之一是对文章创作做承前启后的总结，《文心雕龙》的文体论各篇可以看作是不同文体文章的发展史，此外，古人深入探讨古代文章发展演变的论著就很少了，大都是以单篇序跋、书信等形式所作的论述，如吴子良《筼窗续集序》对自秦汉至南宋重要作家以及创作传统进行了梳理，蒋湘南《与田叔子论古文》的几封书信对古代文章发展中文与笔的消长做了梳理。19 世纪末 20 世纪初随着西方文学理论、观念的输入，学界才出现了真正现代意义上的《中国文学史》，1910 年由武林谋新室出版的林传甲的《中国文学史》，实际内容主要是对古代散文发展史的概述；1937 年商务印书馆出版的陈柱的《中国散文史》是第一部以“散文史”命名的专门研究古代散文发展史的专著。在这些文学史、散文史出现的同时，“五四”前后的文话作者也有志于对古代文章发展的传统进行梳理、总结。

20 世纪以来，中国文学史包括各种通史、断代史的书写都经历了很多变化，各种散文史专著也层出不穷。不过，古代散文的内容庞杂，涉及的作家作品数量众多，其发展过程与社会政治、学术思潮的变迁密切相关，因此对古代散文发展中继承与变革规律的总结也并非易事。“五四”前后的文话或从文体，或从地域，或从文法，或从学术发展的角度对古代散文发展规律的探讨，都是 20 世纪以来散文史研究著述中多所忽略的内容，对于今后散文史研究的深入有非常重要的借鉴价值。

刘咸炘的《文变论》从思考古人的文体正变理论入手，探究古代文章文体的发展规律；《辞派图》又从文辞的师法与传承角度，探究文章创作的流变脉络。孙德谦的《六朝丽指》也从体制、作法等方面，肯定、梳理六朝文章的成就。陈衍的《石遗室论文》以立意与笔法的关联为视角，梳理文章史的流变；郭象升的《五朝古文类案叙例》提出“古文专家之学”的概念，认为文章即使义理无当，而“笔力独高者”（郭象升，2013：1887），即是好文章，并以此观念为基础梳理文章发展史，陈、郭二人都关注到了文章笔法这一核心内容。与以上观念相反，胡朴安提出了"不以文为文"（胡朴安，2007a：9076）的评文标准，他在《历代文章论略》中指出，"历代之文无不与学问、人品相关"（胡朴安，2007b：9090），并依次梳理古代文章的发展演变。围绕文体、作法、笔法等变迁或传承，梳理古代文章发展史，一定程度上符合古人文章创作的实际，而"不以文为文"又是古人创作中时时存在的境界或追求目标，那么怎样将这些创作实际都客观反映在散文史的叙述中，"五四"前后的这些文话著述，为我们提出了核心的问题，也开拓了散文史研究视野。王葆心的《古文辞通义》最初只是他在师范学堂的讲义，但立意却希望能通达古今："始意本思新立篇目，取裁近日新资料与旧资料，鼓铸而熔化之，定一新旧文学适中之法式。"（王葆心，1906：叙例）胡朴安的《读汉文记》、陈衍的《石遗室论文》等也都在文与法的关系中，思考文章的发展历程。

第一节　刘咸炘文话与古代文章发展史叙述模式的创建

刘咸炘（1896—1932），字鉴泉，别号宥斋，四川双流（今成都市双流区）人。刘咸炘有深厚的家学渊源，其祖父刘沅是蜀中大家，创立了槐轩学派，刘咸炘自述其学问："所从出者，家学祖考槐轩先生，私淑章实斋先生也。"（刘咸炘，2009b：戊辑 519）1916 年起，任尚友书塾塾师。1926 年起，兼任敬业学院哲学系主任及成都大学、四川大学教授。其著述极富，据《刘咸炘先生传略》，共计二百三十五部，四百七十五卷（刘伯毅和朱炳先，2009：壬癸合辑 1169），总名为《推十书》，取"推十合一"之旨，不仅内容上文史哲兼容并包，而且能继承总结传统学术又融会西学，在方法和见解上都有令人惊喜之处。刘咸炘关于文体、文章与文学史关系的认识，主要见于《推十书》戊辑《文学述林》部分。

一、刘咸炘论文体的文学史意义①

从焦循以文体为中心提出"一代有一代之所盛"，王国维提出"一代有一代之文学"，目前的文学史叙述中对文体意义的认识并没有超越他们。一些分体文学史也只是突出了各阶段代表性的作家作品，并没有很明确探讨文体的文学史意义。近代学者刘咸炘在"什么是文学"以及文学发展的探讨中对文体的文学史意义有

① 本小节的内容曾以"文体的文学史意义——以刘咸炘〈文学正名〉〈文变论〉的观点为主"为题发表在《兰州大学学报》2014 年 3 期上，作为本书的一部分，为统一体列，内容略有改动。

更深层次的认识，对我们进一步探究文学发展内在规律及古今文学的演变颇有启发。

（一）《文学正名》将对文体的认识与“什么是文学”相关联

刘咸炘一开始就把文体与“什么是文学”的问题关联起来，认为文体不是简单的形式，它同文学的本质有关。他在《文学正名》中指出，文就是“以意为内实，而以符号为外形者也”。

> 内实不外三种，曰事（物在内）、理、情。
>
> 外形横剖，则为三件。一为体性，即所谓客观之文体，此由内实而定。文本以明事、理、情为的，所明不同，方法亦异。事则叙述（描写在内），理则论辨（解释并入），情则抒写，方法异而性殊，是为定体。……
>
> 二为篇中之规式。如诗之五、七言，以字数分也；文之骈散，以句列分也；以及韵文之韵律，词曲之谱调，一切形式，成为规律。一文体中多以此而成小别。
>
> 三为格调。即所谓主观之文体。……艺术之高下由此定，历史之派别由此成。（刘咸炘，2007：9708-9710）

我们今天在理解古人所谓“体”的概念时认为，体既指体裁也指体貌。刘咸炘不仅区分了两者，还指出一为客观，所谓体性即指体裁，它的出现不是作家的主观意志，而是由所要表达的客观对象，即事（物在内）、理、情等，以及事、理、情背后的客观用途所决定的。二为主观，所谓格调是就体貌、风格而言的，这与作家的思维方式、字句章节的安排、修辞的运用等相关，“艺术之高下由此定，历史之派别由此成”。刘咸炘还提到“规式”，“规式”是就骈散、格律而言的，虽然大多时候是“众人所同”，但是也以美为目的，“规式、格调则别加美为目的。规式本以美之标准而定，格调变化随人，而要以动人为的，皆期于主观之美者也”（刘咸炘，2007：9710）。

刘咸炘对文之外形三个层次做区分，应该是基于对古代文体与文体论实际状况的把握，古人对体制与风格的关系已有比较清楚的阐发。《文镜秘府论》曰：“词人之作也，先看文之大体，随而用心，尊其所宜，防其所失。”（弘法大师，1983：333）吴讷的《文章辨体》辑录宋代倪思的论述曰：“文章以体制为先，精工次之；失其体制，虽浮声切响，抽黄对白，极其精工，不可谓之文矣。”（吴讷，1962：14）先体制而后风格于古人是比较普遍的认识。刘勰对客观文体与主观创造之间的关系有更深层次的阐发。《文心雕龙》“定势”篇曰：“夫情致异区，文变殊术，莫不因情立体，即体成势也”。“因情立体”正是刘咸炘所谓“客观之文体，此由内实而定”；“即体成势”，文体形成之后，也便具有了一定的风格趋向。《文心雕龙》“定势”篇又曰：“是以括囊杂体，功在铨别，宫商朱紫，随势各配。章表奏议，则准的乎典雅；赋颂歌诗，则羽仪乎清丽；……此循体而成势，随变而立功者也。”（刘勰，1981：339-340）作家要驾驭不同的文体，首先要了解文体的风格趋向，才能在此基础上发挥其创作才能。刘勰同时还指出“夫情固先辞，势实须泽”（刘勰，1981：340），把握体势固然重要，文辞的修饰、作家的创造性也很重要。刘勰明确为我们阐发了主观之创造正是基于客观之文体，二者的关联就在于“势”。

刘咸炘之所以把文之外形区分为以上三个层次，是为了更好地辨析古今中外的各种文学观念，文学观的确立是文学史研究的基础。他分析指出：“《七略》条别六艺、诸子，而诗赋专为一类。……其区别固犹以内容、体性，非以艺术也”；文笔之说，“虽犹未混子、史，而其标准则显立于规式声色中矣”，同时《昭明文选》《文心雕龙》也兼涉子、史中艺术美的内容；“西人之论，其区别本质，专主艺术，……盖彼中本以诗歌、剧曲、小说为文，犹中国之限于诗赋之流也。然后之编文学史者，亦并演说、论文、史传而论之”（刘咸炘，2007：9711-9712）。从以上三类划分标准来看，单以体裁为标准不能划分文学与非文学，而专主规式、格调也不能完全奏效。刘咸炘不仅认识到后来文学史研究中确实出现的尴尬，即以抒情性或文学性划定散文范围，抹杀了文学史实际，而且更认识到以主观艺术性来考察文学史发展规律的尴尬。所以他的结论是：“惟具体性、规式、格调者为文。其仅有体性而无规式、格调者止为广义之文。惟讲究体性、规式、格调者为文学，其仅讲究字之性质与字句之关系者止为广义之文学。”（刘咸炘，2007：9712）结论虽然简单，但是树立了一个更符合实际的观念：文学体裁虽然不以美为目的，但是却是文学创造美的前提，是作为语言审美艺术的文学之所以成为文学的基础。文学发展史的研究也不能离开这个基础。这使刘咸炘在论述文体自身的发展以及文体与文学发展史的关联时，层次更为清晰。

（二）“内容日充”“异调日众”——刘咸炘探究某一文体自身之发展规律

古代文体论众多，古人很注重梳理某一文体自身发展的线索，刘勰在这一方面堪称典范。《文心雕龙》文体论的论述纲领是“原始以表末，释名以章义，选文以定篇，敷理以举统”（刘勰，1981：535），考究某一文体体裁的源流变迁，选取各时期代表性的作品进行论述，最终确立某一文体的创作方法和要求。刘勰对于文体源流的考察、作品论析，就相当于今天分体文学史的雏形。既然每一种文体都有其发展的线索，那么发展规律如何呢？明代吴讷、徐师曾等把文体的变化描述为“正”“变”或“雅”“俗”，也只能看作是线索的描述，直到刘咸炘才以古人为基础对文体的发展规律有了理性、清晰的总结。刘咸炘以“客观之文体”即文学体裁为核心，总结了某一文体的发展规律：

> 凡一文体之初兴，必絜静谨约以自成其体，而不与他体相混。其后则内容日充，凡他体之可载者悉载之；异调日众，凡他体之所有者悉有之。于是乃极能事而成大观。（刘咸炘，2007：9724-9725）

“内容日充”“异调日众”，是客观文体发展的两种规律性模式。“内容日充”是从客观文体与内容表达的关系角度来总结的，刘咸炘在《文学正名》中也有相似的阐发：“凡文之一体，用之既久，内实往往扩张，遂有变体。如诗本言情，而亦有用以叙事论理者。”（刘咸炘，2007：9709）这就是由表达内容的变化所带来的文体内涵的扩张。“异调日众”是从客观文体同主观文体的关系角度总结文体发展规律的，即同一体裁因某一作者或群体之行文笔法不同而发展出不同的格调、派别。关于后一方面，刘咸炘虽然论述不多，但从他所举的例子我们可以看出两方面都有涉及：“诗词之初，本以道情、而后乃记事、说理矣。碑铭之初本浑略，而后乃详实如传记矣。词之初本通俗，而后乃典丽似骈文、律诗矣。五言诗如磬，而亦可作笳鼓之雄音。游记本地志之流，而亦作小说之隽语。”（刘咸炘，2007：9725）这五条例子，前两条指向“内容日充”，而后三条则展现“异调日众”。

刘咸炘已经指出文体发展主要是内实的扩张，我们从《文体明辨序说》和《文章辨体序说》对于“正体”“变体”的论述中能够梳理出更为具体、复杂的发展状况。

第一，内实之变异。例如，“碑文”有主叙事之正体，主议论之变体。“记”体，以叙事为正体，转而发展出杂以议论之变体。《文体明辨序说》曰：“按金石例云：‘记者，纪事之文也。’……其盛自唐始也。其文以叙事为主，后人不知其体，顾以议论杂之。故陈师道云：‘韩退之作记，记其事耳，今之记乃论也。’盖亦有感于此矣。”（徐师曾，1962：145）《文章辨体序说》曰：“大抵记者，盖所以备不忘。如记营建，当记月日之久近，工费之多少，主佐之姓名，叙事之后，略作议论以结之，此为正体。至若范文正公之记严祠、欧阳文忠公之记昼锦堂、苏东坡之记山房藏书、张文潜之记进学斋、晦翁之作《婺源书阁记》，虽专尚议论，然其言足以垂世而立教，弗害其为体之变也。”（吴讷，1962：42）

第二，内实之扩大。某一体文章的用途随着社会发展而不断扩展，其内实也自然随之扩充。例如，“序”原是序作者之意，后又出现了赠送、燕集等作。“表”体，旧以此向上陈情，后来扩充到辞解、陈谢、庆贺等。《文章辨体序说》曰：“按《韵书》：‘表，明也，标也，标著事绪使之明白以告乎上也。’三代以前，谓之敷奏。秦改曰表。汉因之。”“窃尝考之，汉、晋皆尚散文，盖用陈达情事，若孔明《前后出师》、李令伯《陈情》之类是也。唐宋以后，多尚四六。其用则有庆贺、有辞免、有陈谢、有进书、有贡物，所用既殊，则其辞亦各异焉。”（吴

讷，1962：37）

第三，内实之分化。某一体文章内实虽未显著变化，但随着社会的发展，文体发生分化，因具体用途的细微差别而名称亦随之不同。例如，“论”体原是笼统指议论或论理为主的文体，随着社会发展，其实际包含的品类越来越多，如政论、史论、经论、文论、设论等。“疏”体，亦是如此。《文章辨体序说》曰：“按唐虞禹皋陈谟之后，至商伊尹、周姬公遂有《伊训》《无逸》等篇，此文辞告君之始也。汉高惠时，未闻有以书陈事者。追乎孝文，开广言路，于是贾山献《至言》，贾谊上《政事疏》，自时厥后，进言者日众，或曰上疏，或曰上书，或曰奏劄，或曰奏状。虑有宣泄，则囊封以进，谓曰封事，考之于史可见矣。”（吴讷，1962：39）

以客观文体为核心的发展，实际还应包括文体在字数、格律等方面的变化，即“篇中之规式”的变化，上文所引《文学正名》中也提到“一文体中多以此而成小别”，不过刘咸炘《文变论》中并未就这个方面加以论述。古人在这方面的关注较多，《文体明辨序说》和《文章辨体序说》中认为，以字数、格律的变化而论，有四言、五言、七言，古体、近体等。以骈散的变化而论，有先为散体，而后为骈体，或骈散兼用的，如“诏”体，“古之诏词，皆用散文，故能深厚尔雅，感动乎人。六朝而下，文尚偶俪，而诏亦用之”（徐师曾，1962：112）。据此，吴讷把诏书分为汉诏与唐宋诸诏二体，徐师曾为了明确诏书这种变化则分为古、俗二体。

关于“异调日众”，《文心雕龙》的论述就已经对其有所展现。以诏令为例，或皇帝自为，或假手词臣，因为皇帝或词臣个人语言风格的不同以及各个阶段文风的不同，同样的文体也会表现出多样的格调。“诏策”篇载：“观文、景以前，诏体浮新。武帝崇儒，选言弘奥。策封三王，文同训典；劝戒渊雅，垂范后代；及制诰严助，即云厌承明庐，盖宠才之恩也。孝宣玺书，责博士陈遂，亦故旧之厚也。逮光武拨乱，留意斯文，而造次喜怒，时或偏滥……建安之末，文理代兴，潘勖九锡，典雅逸群；卫觊禅诰，符命炳耀，弗可加已……魏文帝下诏，辞义多伟……晋氏中兴，唯明帝崇才，以温峤文清，故引入中书。”（刘勰，1981：215）汉武帝、汉宣帝、魏文帝的诏书都体现了各自的情感取向，潘勖、卫觊、温峤等人代诏也有各自的文笔特点。以上是就某一种文体的发展规律而论的，它是刘咸炘探究文学自身发展规律的基础。

（三）复古与顺变——刘咸炘以文体为核心探究文学史发展的内在规律

继承与变革是文学发展的基本规律，以往文学史的探讨主要侧重于社会生活的主导方面，对外部规律探讨充分，已有学者指出了这方面的特点：“中国的文学史家一般都更重视外部因素主要是历史文化与社会背景对文学的制约和影响。……简言之，便是多善于从‘他律论’的文学史观去阐释文学的发展变化，而从文学内部、文本自身（语言、修辞、音韵、格律以及一切属于文学形式的问题）去探索它的发展动力，做得还很不够。”（董乃斌等，2003：9）刘咸炘的《文变论》以文体为核心论述文学发展的承与变，正是对文学发展内部规律的探索。

刘咸炘对文学变迁的线索做了粗略描述：

> 文之变迁，惟文与诗最多，凡至四五：魏晋异汉，六朝稍异魏晋，盛唐异六朝，中唐异盛唐，两宋又稍异中唐。其变皆以渐，至宋而变穷。元明不能再变，遂成两派对立之形。词、曲、八比，体小时近，仅一变而亦成对峙之形。（刘咸炘，2007：9723）

刘咸炘认为，文学变迁就是文体的渐变，变穷而后出现不同的复古派别，概括起来就是围绕文体发生的变与复。他很赞赏皎然把诗歌的发展描述为“复古通变”：“唐释皎然作《诗式》，首标复古通变之说。曰：‘反古曰复，不滞曰变’；又谓‘陈子昂复多而变少，沈、宋变多而复少’。其论甚精。”（刘咸炘，2007：9724）皎然只讲到诗歌发展中的变与复，且论变与复只看到复多变少或复少变多，而刘咸炘把思考扩充至整个文学史，围绕文体论述文学发展的变与复，并着力挖掘变与复背后的内在依据，这就将讨论引向了对文学发展继承与变革规律的探索。刘咸炘首先总结了“源正流变之说”：

> ……略举如是，皆在变时，变之既极，则其弊溢泆，于是有识者持复古之说，绳之以正体，……刘水村（埙）谓宋诗止是四六策论之有韵者，王弇州（世贞）谓元无文，论曲者以本色为尚，周止庵（济）《词辨》列苏、辛为变而贱明人，论时文者标清真、雅正为宗而排隆、万。凡若此类，皆复古守正之说也，……然复古太甚，则其弊拘隘，于是有识者持顺变之说，扩之以容流。故刘孟涂（开）谓文体至八家始备，韩之赠序、欧之集序，皆古所无。陈石遗（衍）谓开元、元和、元祐皆辟土启疆，若守《骚》《选》、盛唐，惟日蹙国百里。彭尺木（绍升）谓论者执成化、弘治之一概以量列朝，亦通人之弊。凡若此类，皆通变之说也……（刘咸炘，2007：9725）

刘咸炘通过罗列古人的论说，展示了古代文学发展过程中复、变两种状况。“复古之说”，是人为地确立前代某一种文体为“正体”，并从创作上进行学习。有的是从客观文体角度确立正体，如上文中刘埙认为抒情才是诗之正体，不满于宋诗发议论；也有从主观文体的角度确立正体，如上文中以“本色”论曲，以“清真、雅正”论时文等。“顺变之说”则主张创作要在前代的基础上另辟蹊径，或在体裁上有创新，如“韩之赠序、欧之集序”；或在内容、格调上有突破，如开元、元和、元祐时期的诗歌创作。不过，这些还都是前人的主观论说，有些围绕主观文体，有些围绕客观文体，标准也变动不一。刘咸炘又继续剖析复古与顺变说背后的依据：

> 夫守源正者之根据，在于文体，其执以非顺变者，谓其忘本而破体也；顺流变者之根据，在于文质，其执以非守正者，谓其遏新而轻质也。故主源正者辨体甚精，顺流变者言本甚透，非皆拘拘争格调而已。（刘咸炘，2007：9726）

刘咸炘认为，守源正者旨在模拟，其依据在于文体；顺流变者旨在变革，其依据在于“本质”。模拟就是承继，他围绕客观文体开始进一步探究文学发展的承继规律。刘咸炘认为，文学发展中“本质当重，而摹拟亦不可废也”（刘咸炘，2007：9726），主要是模拟文体的两个方面，“词格固不能无摹拟，今岂能人创一格邪”，这是对主观格调的模拟，但这不是他想继续探究的重点；“异调固当容，内实固可充，而文之大体则不可逾越”（刘咸炘，2007：9726），这是就客观文体论模拟，客观文体的内实、格调都可以变化，但“文之大体”必须传承。他在《袁中郎论文语钞》中还以诗为例专门探讨了“文之大体”。他所谓“文之大体则不可逾越”，并非古人所谓“体制为先”，古人是要求创作必须遵循文体确立之初的体制规范，也就是所谓“正体”“古体”，不允许内实的扩充、格调的新变。而刘咸炘的“文之大体”是文体发展中始终不变的“原理”。他说：“诗之情事，固不必时而亦变，其因时而不得不变者，乃体式耳。若其原理，固有不变。……以大原理与小体式，本质与人工混言不分，此古今论诗者所以纷纷也。《骚》不袭《雅》是也。谓《雅》穷于怨，不可也。《雅》之善怨者多矣，即为《雅》，亦何尝不可怨耶？可以怨，原理也。《骚》《雅》其体式也……”（刘咸炘，2009a：戊辑 97-98）《雅》《骚》都是诗体，抒情尤其是抒发怨情，是诗体的创作原理，无论是“兮”字句的骚体还是四言的《雅》诗，只是体式不同，都要遵循诗体的抒情原理。那么，内实扩充、格调新变之后，如何判断其原理的存在与否？刘咸炘说：“如诗本主言情，而亦有用以叙事论理者，虽变甚而失本性，为论者所斥，然苟未全失本性，且能自成一妙，则亦当容许。……以实定体，从其多者为主耳。至于方法……特其中自有主从，以法定性，从其主者言之耳。”（刘咸炘，2007：9709）无论内实、方法如何变革，都要看其主导的方面，主导的方面明确不变，那么文体的原理即“文之大体”就可以不断传承下去。基于“文之大体”，刘咸炘对文学发展的承与变有更辩证的认识：“夫论文固当有不变之准，然后可以言通变御变。倘无不变之准而徒言变，则凡变皆是，更无所谓通。”（刘咸炘，2009a：戊辑 98）有了“文之大体”为准的，文学创作中继承与变革才更明晰，围绕着客观文体，文学创作在传承“文之大体”的基础上，表达内容与表达方法不断追求变革与创新。

刘咸炘认为顺流变者依据在“本质”，何为“本质”？他说，明代前后七子、唐宋派等都在论复古模拟，“盖其所论，犹局于词格。至明末诸人反摹拟之弊，乃专论本质而开容广之风。公安、竟陵、浙东开之。而叶横山《原诗》之论尤为畅遂，其所持者乃在文之内实，此于论文之道为一大进矣”（刘咸炘，2007：9725）。刘咸炘认为公安派、竟陵派尤其是叶横山反对模拟的依据是“文之内实”，可见“本质”即“内实”。公安派袁宏道在《雪涛阁集序》说：“文之不能不古而今也，时使之也。妍媸之质，不逐目而逐时。……唯识时之士，为能隄其隤而通其所必变。夫古有古之时，今有今之时，袭古人语言之迹，而冒以为古，是处严冬而袭夏之葛者也。”（袁宏道，2008：709）袁宏道批判前后七子字拟句摹之复古，认为文学创作要随时代的发展变化而变化。叶燮的《原诗》也提出类似观点：“诗之为道，未尝一日不相续相禅而或息者也。”（叶燮，1979：3）认为向前发展变化是诗歌发展的整体趋势，前后七子模拟古人的依据在不变之“法”，叶燮在批判的同时也提出自己的观点：“天地之大，古今之变，……发为文章，形为诗赋，其道万千。余得以三语蔽之——曰理、曰事、曰情，不出乎此而已。然则，诗文一道，岂有定法哉!先揆乎其理，揆之于理而不谬，则理得。次徵诸事，徵之于事而不悖，则事得。终絜诸情，絜之于情而可通，则情得。三者得而不可易，则自然之法立。”（叶燮，1979：20）“理、事、情”三者，是刘咸炘所谓的“文之内实”，叶燮认为其是“法”确立的依据。内实是随时代而变化的，各种笔法的运用随之变化，所形成的格调也各异。所以刘咸炘肯定叶燮“所持者乃在文之内实”，“专论本质，而开容广之风”（刘咸炘，2007：9725），他也认为应该以内实为依据，根据时代和内实的变化来选择变化、创新艺术形式，即“根极本质，而容纳异调”（刘咸炘，2007：9726）。也就是说，文学艺术美随着社会生活的发展而发展变革，这实质是外部规律的展现，虽然这不是刘咸炘关注的重点，但是，可以看出刘咸炘对文学史规律较全面的把握。

（四）“文之大体”——刘咸炘探究文学文体古今演变的核心

刘咸炘说，客观文体“由内实而定”。又说，“文各有大体，人所皆知。……体生于实，即文之用。失其用者皆为不切”（刘咸炘，2007：9716）。他指出“文之大体”的确立依据也在于内实。实际二者不矛盾，他考虑到内实扩充带来的变化：“故一名虽为一体之表，而名与性已不尽相掩合，特相沿自有规例，以实定体，从其多者为主耳。”（刘咸炘，2007：9709）“从其多者为主”，也就是文体表达的主导方面，即“文之大体”。因为内实扩张，文体名目会有变化，并不能完全反映文体本身的性质，所以应该“以实定体”，并且最终能确定的不是文体名称而是“文之大体”。也就是说，刘咸炘围绕文体论文学的继承与变革时，关注的不是文体名目的承与变，而是“文之大体”的继承与内实、格调的发展变革，因此他的观念才能适用于思考文学的古今演变。

宋代以来文体的分类出现了简化的趋势。南宋真德秀《文章正宗纲目》曰：“其体本乎古，其指近乎经者，然后取焉。否则，辞虽工亦不录。其目凡四：曰辞命，曰议论，曰叙事，曰诗赋，今凡二十余卷云。”（真德秀，1986：6）真德秀把文章分类简化为四类，《文章辨体》凡例曰：“独《文章正宗》义例精密，其类目有四：曰辞命，曰议论，曰叙事，曰诗赋。古今文辞，固无出此四类之外者。”（吴讷，1962：9）其中，叙事、议论、诗赋的分类已经明确体现出与事、理、情的对应，但是他序说的重点仍是细小的“体”，而不是类。后来曾国藩将文章分为三门十一类，情况也未有实质改观。可以说，在刘咸炘之前文体分类的简化只是出现了“类”的概念，但实际指导创作的仍然是细小的文体概念。刘咸炘从表达的角度已经忽略了那些细小的文体，从前文所引，他对文学变迁线索粗略描述的原文来看，他认为能指导文学创作的只有诗、文、词、曲等体，他所谓“体”即古人所谓“类”，有了本质的不同。正如前文所论，刘咸炘由诗歌角度探究诗体的抒情特征，而认为骚、雅只是诗体的不同体式。这就是由“类”到“体”的认识变化。“文之大体”在其中得到延续、继承。近代文学的发展，就是在继承“文之大体”的基础上，以文体为核心的变革。

近代，随着封建制度的没落，与之相适应的封建文化也被唾弃，那些与封建制度、封建文化的表达紧密相关的文体，也一并失去了其存在的价值；同时，文人去掉了封建文士的“帽子”，面对新的社会需要，也有了新的思想与表达方式，这是新文体产生的基础。梁启超正是看到了社会变革所带来的文人身份与创作的变化，把文章创作分为“传世之文”与“觉世之文”：“传世之文，或务渊懿古茂，或务沉博绝丽，或务瑰奇奥诡，无之不可。觉世之文，则辞达而已矣。当以条理细备，词笔锐达为上，不必求工也。”（梁启超，1999：109）在封建社会，文人的创作面对的是社会的上层，表达方式追求渊懿古茂或沉博绝丽等，以求留名青史。而在社会变革的时代，文人的创作所面对的读者是普通大众，表达方式也因此有所不同。梁启超不仅提倡“文界革命”，还提倡“诗界革命”“小说界革命”，他的这些理论以及创作实践，同之前龚自珍、黄遵宪等人的创作一样，主要从所表达的内容、趋向等方面开启了文体的近代变革。我们可以很清楚地看到，这个变革是以诗歌、散文、小说等文体为基础的，但不是对照古代文体名目机械地继承，本质上是通过这些文体继承前代文体所形成的叙事、论理、抒情等“文之大体”。古人是在“文之大体”的基础上，扩充内实、容纳异调，近代梁启超等人亦是如此，回归到文体最基本的表达，才能寻求更大的变革。正如刘咸炘所说，“有不变之准，然后可以言通变御变”（刘咸炘，2009a：戊辑 98），继承不是束缚，是为变革提供了坚实的基础和更广阔的空间。以梁启超对小说创作的探索为例，他的《新中国未来记》的创作目的是“专欲发表区区政见，以就正于爱国达识之君子”，所以他虽是写小说，但是“一覆读之，似说部非说部，似稗史非稗史，似论著非论著，不知成何种文体，自顾良自失笑”（梁启超，1916：1-2）。具体创作中他希望在小说的叙事中加入论说，让小说在普通读者中产生类似政论文的影响，但是并没有找到适当的方法，只好直接把议论性的讲演稿等搬入小说，小说人物的言行在很大程度上成为作者政治见解的传声筒。这种探索的融而未化，让我们看到，正是围绕文体、“文之大体”以及表现手法等的继承与变革，学界展现出了文学创作发展的实际。小说写得像散文、小说文体“似是而非”也恰好是现代文学发展变革的突出轨迹，茅盾《小说一集·导言》中说：“据民国十年四月《小说月报》所载的不完全的统计（郎损，《春季创作坛漫评》，《小说月报》十二卷四号），那年的一月到三月，发表了的创作短篇小说约计七十篇；其中有不少恐怕只能算是‘散文’。”（茅盾，1935：导言 1-2）冰心、王统照、庐隐等人的小说都以叙事为基础融入了意象的描摹、意境的创造以及议论文的开阖变化结构等，也展现了以“文之大体”为基础的文学创作的发展。

随着近现代以来文体的变革和创作的积累，能体现出不同表达方式的新的文体形式和文体分类也逐渐形成，现代文学史上出现了诗歌、小说、散文、戏剧的四分法。文学四分法是对“五四”以来新诗歌、新小说、新戏剧和杂文、小品等新兴文体创作繁荣的总结，这些文体继承了前代的“文之大体”，也在此基础上对文学的表现内容、手法进行了变革，由此构成了文学史划时代的演进。

当代学者已经关注到文体、文体论的重要性，也做了很多深入的研究。但是刘咸炘是把文体放在了文学发展的核心位置，展现了古代文体、文体论更深层次的文学史的意义。文体是客观的，但是它的确立、发展、变革所承载的是文学全部的内容，包括思想内容、语言载体、外在形式以及文学观念的发展、变革。这使文体成为把握文学发展最直接的核心因素。以文体为基础，并不抹杀文学的艺术美，而文学史研究也会有新的面貌，我们不仅能够更好地理解古人在文学创作中对文体的重视和依赖，树立起评价文学发展的准的，也能以文体扩容与新变的视角更顺畅地打通古今文学的演变研究之路。

二、刘咸炘以“致流别”和“质文代变”之法梳理古代文章发展史

刘咸炘《文学述林》中还有《辞派图》《宋元文派略述》《明文派概说》等篇章，专门从文辞的角度梳理文章创作的继承与变革，在梳理和论析方法上沿袭了钟嵘“致流别”的方法，以及刘勰“质文代变”的梳理思路，同时还继承了章学诚、包世臣等人的文章史观念，建立起一种新的文章发展史叙述模式。

刘咸炘对文章发展史的梳理，最基本的方法是“致流别”：“流派者，辞势之

所生，不随体异而异者也。”（刘咸炘，2007：9739）我们通常所说的流派，如七子派、桐城派等，是指有一定的共同主张或创作趋向的群体，刘咸炘所谓“流派”与一般的流派概念不同，是指某种写作方式、风格的继承与流变，梳理的重点不在于理论主张，而在于创作中某种师法的传承。刘咸炘的方法承袭了钟嵘以来的“致流别”之法。钟嵘《诗品》梳理了上品及部分中品作者创作风貌的源流，如评刘桢“其源出于《古诗》”（钟嵘，1994：110），评《古诗》“其体源出于《国风》”（钟嵘，1994：75），无论哪一品，都将源头追溯至《国风》《小雅》《楚辞》。刘咸炘《辞派图》也广泛应用了此方法。例如，他论西汉文章家：“董、匡之文醇朴，不加声色，是经说之体也，出于七十子之徒”；“马迁创纪传，其文势亦兼诸子而凝蓄之。迁学本道家，其书又法《吕览》也”（刘咸炘，2007：9740）。

刘咸炘“致流别”，将文章源头追溯到经、史、子、集，这一观念受到章学诚、包世臣文章发展史论述的影响。章学诚在《诗教上》中梳理文体的源头，指出：“后世之文，其体皆备于战国，何谓也？曰：子史衰而文集之体盛，著作衰而辞章之学兴。……经学不专家，而文集有经义；史学不专家，而文集有传记；立言不专家，而文集有论辨。”（章学诚，1985：5）包世臣的《艺舟双楫》中有《摘钞〈韩〉〈吕〉二子题词》一文，从文辞角度梳理文章流别，指出“文之奇宕至《韩非》，平实至《吕览》，斯极天下能事矣，其源皆出于《荀子》。……史公推勘事理，兴酣韵流，多近韩；序述话言，如闻如见，则入吕尤多。……子厚《封建论》、永叔《朋党论》，推演《吕览》数语，遂以雄视千秋”（包世臣，2007：5231）。刘咸炘认为“实斋善论体，而不知辞流；慎伯善论辞，而不知体别”（刘咸炘，2007：9743），所以将“辞流”“体别”融通而论。

> 欲论辞派，须先辨体。文集者，名主篇翰，专指词赋之流及告语之文而言，经说、史传、子家不与也。以体论，则经说、史传、子家皆主质，词赋主文，告语可文可质。以辞派论，则辞赋自有定法，历久不变；经说、史传、子家、告语则文质变迁而有流派。（刘咸炘，2007：9740）

刘咸炘所谓“体”不是具体的体裁，是经、史、子、集等大体类。而且不同体类之文辞各有定势，又能互相借鉴。

> 史体凝蓄，子家质白，词赋浓密，各为专法，不能相通。及混合而成，乃可概施，经说、史传、子家、告语无不宜。（刘咸炘，2007：9742）

他从大体类入手分析辞派，不仅要简化文章分类，而且看到经、史、子、集不同部类之间写作特点的明确区分，以及这种区分对后世产生的深刻影响。比如，他指出：“中唐以前纯骈，其派偏于辞赋，文胜灭质，非复子政、建安之旧也。中唐韩、柳诸人，取西汉之质以救之，故用子法于告语之中，然非专任质白，词赋、史家之本法，固未亡也。宋以降，不识史、集源流及汉人派别，但执韩、柳所参之法，以浅语行粗气，概施诸文，有质无文，而自谓西汉弥近，而乱真矣。”（刘咸炘，2007：9743）他从“辞流”“体别”融通的角度，更直观地分析了韩愈创作能集八代之大成，而宋代古文则屏蔽了词赋一派的影响。

刘咸炘还从文质的变迁，整体把握某一时期或时代文章的发展。刘勰认为，“时运交移，质文代变”（刘勰，1981：476），文章发展就是某一时期偏于文、偏于质或者文质彬彬等的循环往复，期望通过学习前代文质彬彬的创作，纠正齐梁以来偏于文的讹误。刘咸炘不同于刘勰仅从文采与思想内容方面理解文与质的内涵，也未承袭刘勰的循环论思想，他期望通过梳理各时期文章偏于文或偏于质的变迁状况，客观展现文章创作的发展规律。关于文、质的内涵，他提出：

大氐文质之异，在于作、述。《礼》文约而严，多作；《诗》文丰而通，多述。诸子多作，词赋多述。作者，创意造言；述者，征典敷藻。赋诗言志，述之兆也；词必己出，作之标也。徐、庾全述，欧、苏全作。作、述之大略分，而文质之说明矣。”（刘咸炘，2007：9747）

他认为，文质之别，源于六经：

凡文有三：曰事，曰理，曰词。事，史也；理，子也；词，集也。诸子出于六艺，六艺以事该理。六经皆史，实六经皆礼也。故理统于《礼》，词统于《诗》。（刘咸炘，2007：9745）

《易辞》《尚书》《春秋》皆不可论文势。《诗》为文之宗，词赋之流之祖也。《礼》为质之宗，诸子之祖也。而《易大传》与《戴记》，则子之大宗也。章实斋谓“史家抑扬咏叹，乃诗教之入于《春秋》者”。又谓“战国诸子质多本于礼教，而兼纵横以文之”。说皆至精。（刘咸炘，2007：9743）

刘咸炘所谓“赋诗言志，述之兆也”，指引述已有的诗歌来表达自己的想法。他认为文章偏于“文”，多以言志为目的，重在思想情感的铺叙、描摹、引述等。他对纵横家和刘向在子、集合流中的作用的评价，可以看出“文”在铺叙、引述、征典等方面的特征：“盖战国诸子之文，皆取纵横说家之势，而纵横流为辞赋。淮南王书，体承《吕览》，词兼屈、宋，下开诸子家。观此知子、集混合，微机在是。西汉告语之文，奏疏、书简皆本诸子之质，而加纵横之势，至刘子政，乃运古书入己作，称引经传，如赋诗言志而组织之，势亦渐整。……齐及梁初，引古已变为隶事，极其浓密而骨犹存，要皆子政之裔，合荀、屈二派而铸成者也。”（刘咸炘，2007：9742）文章偏于“质”，则多以立言为目的，重在论述事、理，子史之文皆如此。

刘咸炘梳理流别和文质变迁，是分别从个体和时代入手的，两种方法相辅相成。比如，他从汉代开始梳理辞派：“西汉悉是子势，东汉以降，乃会合子与词赋而成文集之势。梁后过文，唐后过质，皆不与焉。”（刘咸炘，2007：9740）又论唐宋文章家：“中唐韩、柳诸家，承过文之极弊，参子家之质实以矫之，然犹未失文也。宋六家俱学韩，欧得力于马迁，王得力于汉人经说，曾得力于匡、刘，老泉得力于孙武，东坡得力于《国策》、庄周，皆于质家有所原本，然文灭无存矣。”（刘咸炘，2007：9746）

刘咸炘所建立的文章史叙述模式，一定程度上切合了古人文章的实际。首先，前文引刘咸炘从事、理、词的角度分析文与质的内涵，基本符合先秦汉魏以来文章创作的实际。《昭明文选》序例中所论述的选文标准已经论述了文、质的区别，刘咸炘更进一步做了阐发，特别强调了单篇、藻韵等《昭明文选》的选文标准：“六经皆史，体制各殊，本非文集之流，亦不得割成书为单篇也。……知昭明不选之为深晰源流也。不选子家，曰‘以立意为宗，不以能文为本’，深辨文质之言也。不选说辞，曰‘虽传之简牍，而事异篇章’，……夫事异篇章，不特说辞为然，凡子、史部成书，皆非诗教一流单篇抒采之比也。”（刘咸炘，2007：9731-9732）单篇、藻韵都是从“词”的角度反映了偏于“文”的文章的特点，“立意为宗”则反映了经、子、史书以事、理为重，偏于“质”的特点。比之《昭明文选》序例的论述，刘咸炘更强调了单篇与成书的区别，单篇更着意于辞章之布置安排，而成书更着意于立言。其次，以“致流别”梳理古代文章发展也符合古人文章创作的实际。古代文章理论批评非常重视讨论创作修养、读书之法、作文之法等，创作中也在有意识地学习前人。韩愈、柳宗元都曾论及对前代文章的学习，尤其是对经典的学习，《进学解》曰：“沉浸醲郁，含英咀华，作为文章，其书满家。上规姚姒，浑浑无涯；《周诰》《殷盘》，佶屈聱牙；《春秋》谨严，《左氏》浮夸；《易》奇而法，《诗》正而葩；下逮《庄》《骚》，太史所录，子云、相如，同工异曲。先生之于文，可谓闳其中而肆其外矣。”（韩愈，1998：46）明清文章理论更为系统，更加重视梳理某人学文的途径、出处等，比如茅坤编《唐宋八大家文钞》，对八家文章之出处皆有论述，论欧阳修曰：“欧阳公他文多本韩昌黎，而其序次国家之大及谋臣战将得失处，余窃谓独得太史公之遗。”（茅坤，2007：1887）这些都为刘咸炘提供了理论基础，而从经、史、子、集角度分门别类梳理流派、传承，则是刘咸炘的创造。

刘咸炘的《辞派图》以图的形式展现其思想，论述非常简略，即使有专篇论宋元、明代文章流派，同数量巨大的文章史作家的作品和理论批评相比，仍然只是略引端绪。但是因其融通古今以及融通“辞流”“体别”的视角，在简略的论述中，刘咸炘也针对文章发展史提出了一些独到的见解。其中尤其值得关注的是，刘咸炘提出“文章之业，前盛于战国，而后盛于六代”（刘咸炘，2007：9748），充分肯定了东汉、魏、晋、宋、齐、梁六代的文章成就。

东汉之异于西汉者，学自专门而趋博览，文自疏直而加整密。……建安气盛词浓。晋、宋弥修饬弥狭缓。齐及梁初，引古已变为隶事，极其浓密而骨犹存，……子派质，词赋文，此为文质彬彬，……所谓不分骈散之古文，即此也。（刘咸炘，2007：9742）

古文之盛，止于梁初。《文选》一书，适结其局。自此以降，骈散分矣。……知此乃知《文选》于奏疏不取西汉而取魏晋，史论不取马迁而取班、范，意有在矣。（刘咸炘，2007：9743）

刘咸炘认为东汉以来六代的文章能融通史体、子家、辞赋之法，表现出文与质的融合，是文质彬彬的文章。他也指出六代文章之“文”出于《诗》教，“质”出于《礼》教，“唐人《文选》、三《礼》之学，则六代之余”（刘咸炘，2007：9748），但论述并不深入，不过从他引用章学诚的论述中可间接得到佐证：“其（指章学诚——笔者注）《答大儿贻选问》有云：‘文章流别，各有家法。六代辞章，全出《骚》《策》。见于《文选》，则《诗》教也。六朝之人，多深于《礼》。《通典·礼议》、诸史《礼志》《刑法》诸篇驳议，文多精凿，根柢经术，大原固出《礼经》，亦颇参申、韩名法家言，又战国之一流也。更有见于《弘明集》中，如《夷夏》诸论，则清辨玄妙，又是一种，盖《庄》《列》之余，亦战国之一流也。’”（刘咸炘，2007：9748）刘勰以来多批判六朝文章靡丽，刘勰指出：“黄唐淳而质，虞夏质而辨，商周丽而雅，楚汉侈而艳，魏晋浅而绮，宋初讹而新。从质及讹，弥近弥淡。”（刘勰，1981：330）刘勰生活于齐梁时代，评论文章以宗经为核心，以风骨矫齐梁之冗靡。而刘咸炘纵观整个古代文章的发展，以更广阔的视野审视六代文章的发展，不仅能正视六代文章在文辞方面的突出表现，也能认识到六代学术与文章之融合，以及所形成的文质彬彬的特点。如何评价六代文章，涉及六代文章本身的成就，以及对后世的影响，站在今天的角度，仍沿袭刘勰以来的论断是失之偏颇的，刘咸炘的视角和观点无疑更值得深思和借鉴。

第二节 王葆心《古文辞通义》与古代文章学的“汇编”传统

王葆心（1869[①]—1944），字季芗，号晦堂，晚年自署青垞老人，湖北罗田人。

---

① 关于王葆心生年，说法较多。据王葆心主持纂修的《东安王氏庚申宗谱》，他生于同治七年十二月初七日，即公元1869年1月19日。

光绪二十九年（1903 年）举人，一生以教授、著述为业，著述颇丰。《古文辞通义》是王葆心花费十余年精力完成的著述，其书原名《高等文学讲义》，光绪三十二年（1906 年）出版，出版后曾得到马其昶、姚永朴、林纾、陈衍等古文大家的认可与好评，也受到许多“同岁同学旧友”等的重视而相与切磋，后更名为《古文辞通义》，“重印于河南学务处，札行各学校”，又“采用于广西高等各学堂”（王葆心，2007：7034）。后又经修订，于 1916 年由长沙官书报局印行。这样一部在当时广受关注和欢迎的著作，在后来的近一个世纪里却几乎湮没无闻。[①]近年来这部著作又重新回到了我们的视野中。王水照主编的《历代文话》共十册，其中唯《古文辞通义》独占一册。学者也对《古文辞通义》表现出极大的兴趣和关注。王水照指出：“我们现在的文学史、学术史遮蔽了许多文学批评的大家。……这次我还要提到两个重要的文学批评家，一个是《古文辞通义》的作者王葆心，一个是著名教育家唐文治。……特别是王葆心，我们的文学批评史从来没有关注过他，但是你去看看《古文辞通义》，那是写得真好啊。十册《历代文话》，他一人占了一册，可以说王葆心是文话发展史上的殿军人物，值得我们认真研究。”（转引自侯体健，2008）

2008 年武汉大学出版社出版了熊礼汇标点的《古文辞通义》，并被列入武汉大学百年名典。熊礼汇指出：“《古文辞通义》是一本习古文之学的入门书，也是一部集古代、特别是集清代古文之学之大成的著作。”（熊礼汇，2008：1）“我有意将整理《通义》的过程，变成了琢磨古文之学要义的过程，深知此书对治古文者釐定古文之学，构建既切合古文创作实际又具有时代特色的批评话语系统、深入研究古代散文极有帮助。”（熊礼汇，2008：41）既然这是一部内容丰富、值得研究的著述，那么怎样来更好地理解这部书的价值呢？一般来说古代的文话著作主要可以分为理论著述、古文选本加评点和资料汇编等三大类，王葆心的《古文辞通义》应该属于资料汇编一类的文话著述。其征引各类文献千种以上，经、史、子、集各部类均有涉及，以明清人的文献为主，也涉及近代以来日本人所编著的相关教材，征引之广博超越前人。首先，集部类文献征引最多，以别集、总集、诗文评类为主，征引频次较高的，如刘熙载的《艺概》《游艺约言》，方苞的《方望溪集》，恽敬的《大云山房文稿》，包世臣的《艺舟双楫》，朱荃宰的《文通》等。其次，子史类文献的征引也很多。尤其是随笔、札记的内容庞杂，征引不易，而王葆心的书中涉及这类文献极多。征引频次较高的，如俞樾的《九九消夏录》《春在堂随笔》，章学诚的《文史通义》《丙辰札记》，朱国祯的《涌幢小品》，袁守定的《占毕丛谈》，张之洞的《书目答问》《輶轩语》等。有些著述，王葆心的征引

① 1984 年，该书曾由王葆心弟子徐复观据官书报局本影印于台湾中华书局。

频次不高，但对于散文史、文章学史的研究有很重要的价值，如所引李元度编《古文话》，也应是文话汇编一类的著述，今人研究中较少提及，存佚未可知。又如所引陈雪渔编《国朝岭南文钞》、苏源生编《国朝中州文征》、李元春编《关中两朝文钞》等，这类地域性的文章总集，还有待于发掘和深入研究。

王葆心对汇编的结构体系也非常讲求，明确指出：

> 至为古文作话，则元代王氏构始有成书，而以《修辞》名之。……明天启中，黄冈朱荃宰于《诗通》《乐通》《曲通》《词通》四编外，有《文通》三十一卷，其书收采颇博，篇目尚赅，但沿明人陋习，多不著所出。……近世叶、李两家为王、朱赓续。……叶书不分类，李书分类。惟辑录旧说，不加以研究，不出以融贯，两书皆然。是编匪敢自诩别裁，实案以通义体制，不能不广加荟萃，出以清豁。每篇自为小结构，统众篇又成一大结构。私心自审，冀差免李屏山所谓失肢堕节之讥而已。（王葆心，2007：7054-7055）

> 是编以旧说证己意，以己意衷旧说，大都原本前人活用书籍之例。叶琴楼为《睿吾楼文话》，谓“使子弟因话而用功，因用功而得诀”。李次青编《古文话》，述庄子语谓“迹者履之所出，而迹非履”。读是编者，于前人践履中得其迹，用功者尤须由迹而实之以履，久之且见履而不见有迹，则斤斤微尚之所存也。（王葆心，2007：7053）

从朱荃宰到叶元垲、李元度，再到王葆心，他们汇编文话资料的核心内容是讲文章作法，而且他们希望通过总结、学习前人的作法，能够逐渐独立创作，乃至形成自身的创作风格，这也是绝大多数古代文话的核心内容和思想宗旨。也正如王葆心所言，资料的汇编也要有编者的思想，要对资料加以融贯，如何认识和学习前人的方法？如何将前代的文章学思想加以融贯？这是王葆心与叶元垲、李元度等前人资料汇编的不同之所在。

一、以“体用”观念梳理古代的文章学理论与批评，构建指导文章创作的新体系

与以往同类著作相比较，王葆心的这部资料汇编在大结构、小结构等方面的安排显然是非常用心的。王葆心在自序中也指出《古文辞通义》的体系主要注重了“体”和“用”两方面：

> 先博举较高之范围与前人已经验之门庭迹象以推测其内律，文之体也；次别其以往之定准可资方来之附以达者以确实其外象，文之用也。（王葆心，2007：7033）

这是把“体用”观念作为其编述此书的总原则，并且在各篇中也处处以此为观照，构成了较严谨的结构体系，因此剖析《古文辞通义》的“体用”观念与结构，是

理解其著述价值的首要内容和关键。《古文辞通义》共二十卷，分为六个部分——《解蔽篇》《究指篇》《识途篇》《总术篇》《关系篇》《义例篇》，其内容主要是：“一、综文之忌以抉壅蔽。二、畅文之宜以究指要。三、穷文家之程途，使洞然吾人应历之境界，而本体以明。言见在也。四、总文之术业，用综合之法以见文家历世陈旧之迹。言过去也。五、总文之关系，用解析之法为文家储备运用之方。言方来也。文之属本体者，其应无方；文之属大用者，其归有定。《义例》一篇，亦综述过去以待方来之资也。取以殿焉。”（王葆心，2007：7051-7052）其中，《解蔽篇》与《究指篇》的内容较杂乱，有一大部分是针对当时的创作状况来纠偏的，取先破后立之意；《义例篇》也只是举出了引书、编文集的凡例。除此之外，《识途篇》《总术篇》《关系篇》应该是这部著述的主体内容，集中体现了王葆心以“体用”为结构的编著思想。古人多是从本质、功用角度来理解“体用”。从上文所引王葆心“推测其内律”“确实其外象”的表述我们可以看出，他所讨论的不是宽泛的文学文章的体用问题，而是讨论文章创作中的“体”“用”，“体”就是对文章本身的、内在的创作规律的探讨，“用”就是对文章创作外在规律的探讨，即在文章与时、地、人等的关联中认识创作的外在规律。

《识途篇》通过梳理古人“文之读法”“文之讲法”“文之作法”等资料，让读者“穷文家之程途，使洞然吾人应历之境界，而本体以明”（王葆心，2007：7051），也就是通过体会前人文章创作中所经历的各种状况、境界等，从而明了创作的内涵，即文章创作应该有法，创作的本质是求新求变，古人讲读法，以及我们研读古人文章的目的，是要融贯前人的方法，激发性灵，从而形成自己的作法、风格；并且他强调“其秩然之序不可紊也”（王葆心，2007：7221），充分考虑到了“明本体”过程中的循序渐进规律。“文之读法”部分梳理了古人关于单篇文章的阅读方法，王葆心总结其规律指出：“盖单独读之，不如繁复读之之可得贯澈。或消纳，或引申，或直进，或并行，或专一，或合读，或分段，或本间架以展开，或以文之质分类，或以文之灵分类，皆于散中求合，隘中求通也。汪尧峰《答陈霭公书》云：‘古人之于文也，其变化离合，归于自然，又如神龙之蜿蜒而不露其首尾。’盖凡开合呼应、操纵顿挫之法，无不备焉。则今之所传唐宋诸大家举如此也。前贤之学于古人者，非学其词也，学其开合呼应、操纵顿挫之法而加变化焉，以成一家者也。李沂《秋星阁诗话》则云：‘夫贵多读者非欲剿袭意调、偷用字句也，惟取其触发我之性灵耳。’汪氏、李氏之言可以解释诸家用种种方法读文之意，俟诸学者深求而自得焉。”（王葆心，2007：7239）他认为这些读法的本质是在“散中求合、隘中求通”，也就是要从不同作品的立意或风格等的一致之处或相对稳定之处看其如何变化、如何灵活地运用文法，最终的目的不在于灵活地运用文法，而是要“触发性灵”“归于自然”，就是要领会、掌握散文语言，自然而然地进行创作。“文之讲法”部分主要是梳理古人如何认识文章创作发展的观念，在总结“文之讲法”时，王葆心主要列举王芑孙、恽敬、吴敏树、谭献等四家之说，指出“余尝按之近代诸家，其演作文之方法而意旨皆主于救弊”（王葆心，2007：7436），“王、刘（指刘开，字孟涂——笔者注）主于以唐宋所排之体格救唐宋末派，恽主于以唐宋所排之术业救唐宋末派，吴则主于以唐宋所师资之大宗救唐宋末派。谭氏所志，其所云主者则与恽近，其所云辅者又与刘近也，其用皆主于学前人之所从入，而恽、吴尤以存乎人性不必类古人为归。立法不一，而其意则一，其用尤一。吾尝融贯诸说以详其异同分合之归，举可以体用、源流、长短六字最括其旨”（王葆心，2007：7438）。针对明清以来学八家文而囿于其文法的弊端，恽敬、吴敏树等人提出了进一步学习其他文派的创作方法来救弊，展现了近代文章发展的轨迹。王葆心则总结为“皆主于学前人所从入”，“以存乎人性不必类古人为归”，从而也使后人明了文章创作发展的学古、创新等规律，并能在实践中加以融贯、运用。“文之作法”部分，条列十几种创作入门之法，王葆心在总结中指出，后世作者应根据个人的才能选择适当作法入手进行创作，如“朱子、叶氏（指叶梦得）、曾氏（指曾国藩）之说用于中资为宜，吕氏（指吕祖谦）、王氏（指王祎）、朱氏（指朱彝尊）之说施诸中人以上为宜，童氏（指童树棠）之说惟才、学、识兼懋之人用之方无流弊也”[①]（王葆心，2007：7498）。

《总术篇》《关系篇》的内容正对应了“别其以往之定准可资方来之附以达者以确实其外象”，与“文之用”有关。《总术篇》先讲为文要“定立大意”（王葆心，2007：7690），也就是所谓“文之大用者，必有其归宿”（王葆心，2007：7051）。其中引述魏禧序《陈椒峰集》曰：“君子之立言与立身、立事皆必有其大意。大意既定，则无往不得其意。”（王葆心，2007：7690）“主旨”“大意”即作者之立身、立言的用意和目标。王葆心认为，“恽子居自定文律，曾文正私立禁约及所谓一定之风格者，皆缘定立大意之说，各以所得力加之案验，或内律，或外象，咸自具域界以统括毕世之篇章”（王葆心，2007：7691），也就是说“定立大意”关系到作家自身整体风格、风貌的形成。他又举方苞“有物有序”、陈兰甫“有伦有脊”等“为文大意之说”，认为：“有物、有脊、有故，深言之，即合义，即资于故实；浅言之，即有主意也。有序、有伦、成理，深言之，即有法，即成条理；浅言之，即有层次也。必知言，则主意不乖而雅词远鄙；必养气，则层次能适而醇气远倍。定此主意以作文，则内律外象，关乎质干与枝叶者均有安宅而终身可循持。”（王葆心，2007：7702）王葆心从“知言”“养气”的角度，即作家主体立言、立身、行事的角度，来认识“有物有序”和“有伦有脊”，“知言”

---

① 引文中括号里的内容均为笔者所注。

则“有序”“有伦”，“养气”则“有物”“有脊”，作家的主体风格也自然有一定之趋势。因此，《总术篇》虽然是论“文家历世陈旧之迹”，但是着眼点却是现实、未来。比如其中论“文乃与世变迁”，王葆心在注释中引前人论文章刚柔的言论并指出：“凡文刚之朝，人必好名，文柔之朝，人必好利。清文柔，故其人好利，则夫承清后者盖可推知。何以国势飘摇，至今尚未见此朕兆也？岂犹有待乎？”（王葆心，2007：7761）王葆心的这些思考也说明，他希望文章创作要关注现实社会、文化的变迁，以此“定立大意”、树立风格，而不是空泛、抽象地“载道”，且对于立言立身的刚健风格的出现有所期待。

明了“定立大意”的目的和意义之后，关键还在于如何“定立大意”、把握“归宿”，《总术篇》主要从文章与时代，地域，作者的气、情、质，以及文章与经、史、子的关联等层面揭示文章创作的趋势、规律，以便作者通过这一趋势具体定立“大意”“归宿”：“究文之用亦有三类，故夫文家远源之所肇与流别之所存，皆可纳诸三者而勼合观之矣。夫文者，时与地与人三者相积而成者也。时以区之，地以别之，人以差之，而文乃千其流，万其术，而卒不可以齐。然苟能总以时，括以地，挈以人，而不齐者齐矣。更齐以人之气，齐以人之情，齐以人之质，而不齐者愈齐矣。文之源有三：经、史、子三者。总以经、史、子三者，文家内域之宽广可见。”（王葆心，2007：7689）王葆心在以地域区分论文章创作的特点时，又说“亦非以论固定也，将以示流行之理也”（王葆心，2007：7762），强调了以地域、时代划分为基础讨论文章创作是为了展现文章创作的外部趋势，仍然是希望通过总结趋势、掌握规律，让后世作者找到自己的创作“归宿”和风格。

《关系篇》主要是总结与文章创作有关系的文材、方法的积累与贯通：“举临文时属取材者虚悬之种种印合法，以因时附物而有所丽；又举临文时属取法者过去之种种结构法，以及成文后之聚合分析诸法，以依事立则而成专编。其诸亦缀文者之所乐闻乎。”（王葆心，2007：7911）《关系篇》罗列了文章创作前应有的准备：对学术的研求、对政治的研求、对事实的研求等，还罗列了告语文、记载文、解释文、议论文等的作法。王葆心的目的不在于罗列大量的方法，而是通过总结一些方法的类型，来突出“因时附物”“以事立则”等创作原则、规律，如论及文章创作的繁简之说，王葆心认为：“《春秋》诚简矣，非必教后世人竟效之，何也？以文随世变也。……当知临文时有说有不说，知其所说，便知其有所不说矣。能知其所以说，则凡在他人以为必说者，在此则皆不说矣。必解到此种不说之旨，乃许独得心宗也。”（王葆心，2007：7956-7957）王葆心指出文章创作中繁、简的运用不是一成不变的技法，而是要考虑时代的变化和记叙的宗旨等。

二、《古文辞通义》对古代文章发展史的梳理

《古文辞通义》的《识途篇》《总术篇》是通过梳理古人的文章理论批评探究文章创作的内涵与规律，这种探讨不仅可以指示创作门径，而且对古代文章发展史线索的梳理和规律的总结，也很有启发和借鉴意义。

当代对于韩愈及其古文运动的成就、曾国藩的古文理论等多是就事论事的研究和评价，很多评论虽然也言之成理，但是这样的评论只能局限在某一时代与流派上，无法在相互对话的基础上把评论、研究延伸到对散文发展全局的观照上。比如关于韩愈和唐代古文运动的成就，学者主要关注其理论和实践中的“道”及“道与文”的论述，认为“儒道内涵的更新推动了古文自身的革新”（葛晓音，1987：121）；后世研究曾国藩多是把他作为“桐城派”来评价其成就，认为他在继承“义法”说的基础上又突出了“经济”，适应了时代的需要，把桐城派的发展推向了新的阶段。而实际上这种就事论事仍然只是停留在对散文的内容、形式等表象的解释上。王葆心则是从全局来观照古文流派及其理论主张，给出了更中肯的阐释。《识途篇》的“文之讲法”中首列“断代学古法”和“相承学古法”，是对两种学古方法的梳理，实际上也是在回顾整个文章创作的发展史。“断代学古法”是以明代前七子李献吉等学习先秦两汉文章的主张为主，还包括阮元等人学习六朝文章的主张，王葆心批评“断代学古法”所关注的只是古人文章外在的表象，他在注释中说：“虽然，当时同调之人如王弇州未尝不极推之，实亦颇有不满者，《艺苑卮言》曰：‘献吉志传之文出入左氏、司马，法甚高，少不满者，损益今事以附古语耳。’”（王葆心，2007：7279）认为“断代学古”其实学到的只是古人的词句而已。阮元等提倡学习六朝骈文，认为只有骈辞俪语才是真正的“美文”，之后，刘师培继承了阮元的观点，在《中古文学史讲义》中说：“俪文律诗为诸夏所独有，今与外域文学竞长，惟资斯体。”（刘师培，1936e：1）刘师培从追求文学“美”的角度呼应了阮元的观点。而王葆心同样是从只重视学习文之表象，批评了这一流派，他引方植之对阮元一派的批评说：“方氏此说发近人骈散合一之敝习，其意亦以此派与明人复古一派异辙而同归。”（王葆心，2007：7293）与此相对，王葆心肯定了“相承学古法”，并以曾国藩的观点为其代表。他指出：“文正之相承学古本在由近世桐城姚氏而上溯韩、马、庄，其师姚尤心契其选文尊马、扬之旨。此其师姚而与诸家师姚别异者独在此，故其所立相承之法必致力于汉魏六朝也。若其自践实，由近代姚氏之旨而上溯之。乃此之言则未明言其归饷姚氏一层，只言由六朝汉魏而返之唐，由唐而六经，盖示人须为韩氏之学，以学韩文之法救弊，立宗咸在于此，非与文正平日自循之辙迹果有异也。”（王葆心，2007：7311）认为曾国藩学桐城派不是因为“义法”，而是因为桐城派学文的方法能示人以学

韩氏之学以救弊。所谓“韩氏之学”，就是韩愈对于八代之文的学习，王葆心引述刘开《与阮芸台宫保论文书》的话：“韩退之取相如之奇丽，法子云之闳肆，故能推陈出新，征引波澜，铿锵锽石以穷极声色。柳子厚亦知此意，善于造练，增益词采，而但不能割爱。宋贤则洗涤尽矣。夫退之起八代，非尽扫八代而去之也，但取其精而汰其粗，化其腐而出其奇。其实八代之美，退之未尝不备有也。”（王葆心，2007：7326）又说：“后来曾文正力申之，谓：‘退之论文先贵沉浸浓郁，含英咀华。’……此力别韩氏与宋派文不同之说也。”（王葆心，2007：7330）刘开、曾国藩认为文要学八代，表面似乎与阮元等是一致的，且刘开还对阮元“不免隐投所好”（王葆心，2007：7330），但是通过对比我们可以看出，王葆心强调和肯定的，是刘开所说的“取其精而汰其粗，化其腐而出其奇”和曾国藩所力申的“沉浸”“含咀”，亦即韩愈对八代文章之美在语言上的学习、熔铸，而不是阮元等强调的对词句等外在表象的学习，从散文语言本体的高度肯定了曾国藩的“相承学古法”以及韩愈熔铸语言的学文之法。从今天文章发展史研究的角度来看，王葆心的分析从一个侧面展现了六朝文章的成就，以及韩愈“文集八代之成”的内涵，是对古代文章发展史内在发展线索更深入的思考。

《总术篇》讨论了国运盛衰与文章盛衰的关联，各时期文家流衍之地域的状况，并从人的地位、人品、气质刚柔、情感以及文章之质实与藻丽等方面探讨了文章创作的发展。古人作文章非常重视学问根底，这是文章创作发展中的重要因素，基于此，王葆心在《总术篇》中也探讨了经、史、子与古代文章发展的关联。关于“文之总以经者”，王葆心看到了文章与经学的分合：“宋汪彦章言之，谓：‘汉公孙弘、董仲舒、萧望之、匡衡以经术显者也，司马迁、相如、枚乘、王褒以文章著者也。当时已不能合，况陵夷流别而为六、七，靡然入于流连光景之文，其去经亦远矣！’此主张经与文分一面之说也。然刘彦和、颜之推均主文出于经，经可统文之说。”（王葆心，2007：7861）王葆心在这里提出了问题，究竟文章与经学的分合过程如何？具体表现如何？是我们应该更深入探究的问题。王葆心又提出“经之资于文”有两个方面：第一，他引洪迈的《容斋随笔》、宋景濂的《文原》，说明经典要靠文章才能流传下来；第二，他引欧阳修、姚鼐的话，说明经典在后世发挥作用要靠后来的人用文章从各个方面去阐发、应用。他论“文之资于经”，引颜之推的《颜氏家训》，说明文章各体源出于五经；引柳宗元的《答韦中立论师道书》、刘勰的《文心雕龙》“宗经”篇、何燕泉的《余冬叙录》、严可均的《全上古三代秦汉三国六朝文总例》等，都旨在说明文章创作在内容、形式或风格上对经典的学习；另外，王葆心所引王景文的说法基本可以概括以上的观点：“《玉海》引王氏曰：‘文章根本皆在六经，非惟义理也，而机杼物采、规模制度无不俱备者。’”（王葆心，2007：7866）说明文章的义例、结构、词采都是从学习经典中来。王葆心还从另一个角度说明“文之资于经”，有自然经术与引用经语的不同，“《金石要例》曰：‘文必本之六经始有根本。唯刘向、曾巩多引经语，至于韩、欧，融圣人之意而出之，不必用经，自然经术之文也。近见巨子动将经文填塞以希经术，去之远矣’”（王葆心，2007：7869）。王葆心将经与文之关联概括为“经之资于文”和“文之资于经”两个方面，并做了较详细的分析，为我们进一步深入梳理和探讨文章发展与经学之关联，提供了明确的路径和方法。关于史学与文章发展的关联，目前还没有得到研究者足够的重视。王葆心在“文之总以史者”一节中梳理了文章与史学互相借鉴的方法和实例，同样为文章史研究提供了可资借鉴的路径。尤其是他所总结的古人文章创作取法于史的几个方面，很有启发意义：“苏栾城谓班固诸叙可为作文法式，方望溪谓马、班表志序须全读，此示学文于史之证。《容斋随笔》称东坡引用史传有至百余字者，《文章辨体》谓议论文须考引事实无差忒，此取史传入己文之证。吾观宋人读史，专有豫备作文一法，或看史书做方略钞记，或取以开拓才思，或记其事实，摭其词采，以供文字之用。”（王葆心，2007：7871）不过，史学在多大程度上促进了文章创作的发展？其发展线索如何？这些都还需要我们做更深入的研究。在“文之总以子者”一节中，王葆心认识到，后世文章创作多取资于周秦诸子，或取其义例，或取其文法。他所引蒋超伯的话有一定的概括性，“《南漘楛语》云：‘贾生《鹏赋》本于《鹖冠》。《汉书》之雅驯者多本《管子》。元次山文出自子书而不免弊，故其文碎。苏子瞻文出《庄子》而得其善，故其文命意能超然独立。栾城喜诵庄周《养生》一篇。世人亦称欧文体有出自《孔丛子》者’”（王葆心，2007：7874）。虽然王葆心没有能系统地论述经、史、子与散文创作发展的关联，但他引述的材料丰富，从这些材料中，我们已经看到了古人散文创作的经、史、子根底，也更加明确了从文章与经、子、史关联的角度研究文章发展是非常必要的，也是有据可循的。

王葆心《古文辞通义》卷十四至十五论“文之总以地域者”，对文章发展的地域特征有深入论析。对于前人为什么以地域区分、探讨文学发展，王葆心认为，首先是江河之大势使然，其次更与天时、人事有关：

> 文家地域，举北可以概西，举南可以概东。北方地域为黄河巨川所经，起关陇而迄齐鲁者也。南方地域为扬子江巨川所经，起蜀滇而迄吴越者也。以南北地域区列代之文，无宁以两巨渎区列代之文而已。（王葆心，2007：7808）
>
> 若以天时言，大江以北麦花昼开，大江以南麦花夜开，江以南谷熟为有秋，江以北豆麦熟为有秋。以人事言，北方人饮食嗜浓厚，南方人嗜清淡，北方人以肴馔丰点食多为美，南方人以肴馔洁果品鲜为美。凡

此皆因乎夙成而不能更定者也。惟其如此，故列朝之文略有南北之异状，亦乘乎时风地气而偶然，非人之所故为，亦非人之所矫强能使不为也。（王葆心，2007：7762）

所以他并不完全否定地域对文学发展的影响，而且看到了春秋、战国时期开始出现的地域对文体产生的影响：“大河流域，土风腿重；大江流域，土风轻英。轻英炳江汉之灵，其人深思而美洁，故南派善言情；腿重含河海之质，其人负才而敦厚，故北派善说理与记事。”（王葆心，2007：7766）王葆心认为地理与文体、文风的对应关系在文学发展的最初阶段是比较明确的。不过，他也看到了后来的发展、融合：“然南人主情之文迄唐初而止，北人主理之文至唐后而大炽于南方。叙事之文在唐以前亦北方为之宗主，南方为之附庸，唐以后南北皆互有名家。故三者之于南北常有直接与循环两种之观焉。”（王葆心，2007：7809）

王葆心还注意到地域在散文发展中更本质的意义，即以地域为限所形成的家族或师友间的文学传承与切磋。关于家族传承，他说：“南方文士多有合于美术遗传性之例，故当时以文学传家者最伙，范蔚宗有世擅雕龙之誉，安平崔氏、汝南应氏累世咸有文才。”（王葆心，2007：7774）范晔的父亲范泰、祖父范宁、曾祖范汪，是六朝时期顺阳范氏家族之一脉，《晋书》载：范汪“博学多通，善谈名理”，范宁“崇儒抑俗”，“孝武帝雅好文学，甚被亲爱，朝廷疑议，辄谘访之。宁指斥朝士，直言无讳”；作《春秋谷梁传集解》十二卷“其义精审，为世所重”（房玄龄等，1974：1982-1989）。据《宋书》载：“泰博览篇籍，好为文章，爱奖后生，孜孜无倦。撰《古今善言》二十四篇及文集传于世。”（沈约，1974：1623）范晔师承家学，因此博涉经史，以善写文章而负盛名。安平崔氏是东汉以来的名门望族，《后汉书·崔骃列传》载：“（崔骃——笔者注）年十三能通《诗》《易》《春秋》，博学有伟才，尽通古今训诂百家之言，善属文。少游太学，与班固、傅毅同时齐名。”其子崔瑗：“高于文辞，尤善为书记、箴、铭，……其《南阳文学官志》称于后世，诸能为文者皆自以弗及。”《后汉书》论曰：“崔氏世有美才，兼以沉沦典籍，遂为儒家文林。”（范晔，1965：1708-1732）东汉汝南应劭，其弟之子应璩、应玚都有才名，《后汉书》载：“中兴初，有应妪者，生四子而寡。见神光照社，试探之，乃得黄金。自是诸子宦学，并有才名，至玚七世通显。”（范晔，1965：1615）东汉六朝开始的家族文学的传承的确是文学发展的重要方面。王葆心认为：“尔后历朝似此者不绝于大江之域，略言之，如杜审言后之有甫，段文昌后之有成式，苏洵后之有轼、辄及过，黄鲁直后之有礬，刘辰翁后之有将孙，王祎后之有仲文，倪谦后之有岳，皆其例也。观历代文集中尝有家集一类，亦可见遗传之盛，文家实独擅之也。”（王葆心，2007：7774）对于六朝、唐代家族文学的研究，学者也多有关注，但是仍没有如王葆心从文学发展的纵向角度做如此深入的开拓。

且文学史上家族传承的例子，应不止于王葆心所列，王葆心还提到“家集”，关于这些我们的研究还远未能深入。

关于师友的传承，王葆心在论述周代文家流衍之地域时就已经注意到了：“春秋之时，大都以齐鲁为中心，公、穀受子夏经家《春秋》之业，左氏受孔子史家《春秋》之业，说经记事爰始齐鲁，当时文学悉趋于齐鲁矣。”（王葆心，2007：7766）虽是论文学以齐鲁为中心，但是也论及其形成中心的方式，即师承。这也是先秦至近代文学发展最主要的传承方式。论及唐代北派的发展，王葆心说：“其始元德秀以善文居陆浑，而元结师之，同时独孤及奋起，而梁肃师之，又有萧颖士、李华与为左右。结与肃又互友苏源明。……韩子学独孤氏，拓而大之，柳子从而和之，北派于是始大。”（王葆心，2007：7775）他看到了师友继承方式形成了文学团体，实际是派别发展的内在动力。论及宋元明清文章的发展，他更留意这种师承的脉络。

对于清代文家流衍之地域，王葆心除了分析桐城派、阳湖派影响之范围外，还提到岭南、北方文家，“岭南文家详新兴陈雪渔在谦《国朝岭南文钞》”；“北方文家在山东者盛于乾隆时，胶西法镜野、昌乐阎怀庭、潍县韩理堂三家最著”；“河南文家有苏氏《国朝中州文征》可考见”；“关陇文家则山左牛运震宰平番时提倡之，其弟子有秦安吴垲、狄道吴镇、吴懋德，善诗文，有三吴之称”（王葆心，2007：7801-7803）。此外关中文士还有很多，“其人氏略见于李氏《关中两朝文钞》”（王葆心，2007：7804）。他们都是在一个区域中通过师友互相切磋形成了地域性的创作风气或派别。王葆心虽然只是简单罗列，但是却大大开拓了清代散文研究的视野。

第三节 孙德谦《六朝丽指》与六朝文章价值、成就的美学思考

孙德谦（1869—1935），江苏元和（今属苏州市）人，字受之，又字寿芝，号益荞，晚号隘堪居士。据王蘧常《元和孙先生行状》，孙德谦“从同里雷甘溪学博治经，喜高邮父子之学，兼及声音训故，读许君书，得其所谓晓学者达神恉者而好之。……自艾经学不能通知大谊，高邮徒屑屑于章句故训，非其至，又去经而治子。……于清儒独契会稽章实斋言，习于流略，……又治向、歆父子之学。盖生平得力在周、秦名家之术，于一切学问异同，咸思覈实以求其真，其后虽屡进而亦深，皆植基于此矣”（王蘧常，1935：184-185）。历任东吴大学、大夏大学、交

通大学等大学教授。著有《古书读法略例》《孙卿子通谊》《吕氏春秋通谊》《古书录辑存》《太史公书义法》《汉书艺文志举例》《刘向校雠学纂微》《补南北史艺文志》《读古书作札记法》《文选学通谊》《六朝丽指》《稷山二段年谱》《四益宦骈文稿》等。据王蘧常《元和孙先生行状》，其著述已刊者、未刊者、未成者及已佚者，共二十八种。

孙德谦于学问之余，致力于骈文写作，“大指主气韵，勿尚才气；崇散朗，勿擅藻采”（王蘧常，1935：186），时人评论骈文，每将其与李审言相提并论。孙德谦晚年将其毕生对骈文创作的思考撰为《六朝丽指》，有民国十二年（1923 年）四益宦刊本。《六朝丽指》对六朝文章的体制、创作技法进行了细致的分析，对于如何认识、评价、学习六朝文章提出了较为深刻的见解，尤其是对六朝文章之美的分析，以及以此为基础对六朝文章成就、价值的抉发等，开拓了骈文及六朝文章研究的视野，具有承前启后的意义。

一、《六朝丽指》在骈文理论批评中的承前启后意义

清代骈文中兴，创作与理论批评都得到了长足的发展。“五四”前后骈文的创作已趋向衰微，但是随着新的文学观念的确立和研究方法的运用，骈文理论批评方面出现了许多新的突破，谢无量的《骈文指南》、刘麟生的《中国骈文史》、瞿兑之的《中国骈文概论》、金秬香的《骈文概论》等都堪称代表，它们以客观的态度、历史的眼光，介绍和评价古代骈文的创作特点和发展状况，确立了骈文研究的现代范式。传统的骈文文话在“五四”前后也有所延续，李审言、孙德谦的相关著述是其中的代表，李审言更多地沿袭了清代以来的骈文观念，仍未跳出门户之见；孙德谦虽然采用了传统的话体批评形式，但在批评思路上与前人大不相同，就六朝文章的成就、价值，提出了不少创新性的问题和思考，在“五四”前后的骈文批评中体现出承前启后的意义。

李审言（1859—1931），名详，字审言，江苏兴化人，是扬州学派后期的代表人物，在选学、方志、骈文等方面成就突出。李审言在骈文批评方面没有专门的著述，其观点主要体现在《学制斋书札》中。首先，他沿袭阮元等人的观点，主张骈文为文学正宗。阮元的《文言说》认为，“孔子于《乾》《坤》之言，自名曰‘文’，此千古文章之祖也。为文章者，不务协音以成韵，修词以达远，使人易诵易记，而惟以单行之语，纵横恣肆，动辄千言万字，不知此乃古人所谓直言之言，论难之语，非言之有文者也，非孔子之所谓文也”；“孔子以用韵比偶之法，错综其言，而自名曰‘文’。何后人之必欲反孔子之道；而自命曰‘文’，且尊之曰‘古’也？”（阮元，1993：605-606）阮元主张，所谓“文”应该讲究“用韵比偶”。李

审言承袭《文言说》，指出：“弟何敢诋桐城，但观以《古文词类纂》为总集大成，置考据词章于不问，质则具矣，文于何有？”（李详，1989：1048）他在《学制斋书札》中一再强调“唐法”：“唯称详用唐法，此唐法乃孔顨轩与朱沧湄所论之唐法，非唐中叶以后之唐法也。任、沈虽不能逮，恰有任、沈意味在内。单复相接，有在任、沈之先，如汪容甫之泝汉魏者。”（李详，1989：1044）所谓“唐法”，即是“自然为宗”“单复相间”的创作方法，他指出：“弟论骈文，以自然为宗，以单复相间为体，以貌为齐梁伪作为戒，以胡稚威为不可法，而以孔顨轩不薄初唐，阮仪征、孙渊如简淡高古为趋向。”（李详，1989：1058）李审言认为，“自然为宗”“单复相间”是齐梁、初唐以来所形成的创作传统，在清代孔顨轩、孙渊如等人的创作中得以继承。其次，李审言强调文章要体现学问，自承所作为“子部杂家之文”。他有《论桐城派》一文，批判桐城派斤斤于义法，空疏不学，这与他的文章主张息息相关，他指出：“详所恨者，渠辈概不读书，专致意于起结伏应，守为义法，稍溢一分，不啻失父母之欢，犯大不敬。乃独偃蹇屈强，羞与之伍，但自承为子部杂家之文，宁失之不检，而不可不通。”（李详，1989：1056）李审言的创作也确实体现了对骈文隶事、修辞的慎重。他曾对陈衍言：“弟苦骈文全须隶事，又不肯食他人唾余，扬雄赋《甘泉》，为之病悸少气，昨为一骈文，汗出不止，服参附乃免。”（李详，1989：1042）谭献也评价其创作，“少通群籍，涵濡宫商，好为闳丽之辞，善持文质之变”；“选辞务取其精，拓字必准于古。信足远揖陵、信，近召孙、洪”（谭献，1989：749）。

孙德谦的《六朝丽指》立足于作法，最终思考的是六朝文章的价值、成就问题。与现代研究范式的客观姿态不同，孙德谦对六朝文章的批评从作法入手，这与他嗜好骈文有关。他自身工于骈体，沉潜于此多年：“余少好斯文，迄兹靡倦，握睇籀讽，垂三十年。”（孙德谦，2007：8423）李审言在《答孙益庵先生书》中也指出：“骈俪之作，公为健者。诚审于文章流别，溯源前古，既非从担上看花，亦无骥骖驽服之病。蒿老之外，当推君与孟劬，为有雅人深致，其他则庸贾稗贩，蚩眩流俗而已。去年记闻先生有《六朝骈俪释例》之作，……陈思昔云：‘有南威之容，乃可以论淑媛；有龙泉之利，乃可以议断割。’先生既兼二有，述成佳制，此书一出，将使《法海》为附赘，《丛话》为卖饼矣。”（李详，1989：1037）这虽为溢美之词，但也能反映出孙德谦对六朝骈文作品有深刻体认。由此基础，孙德谦才能正视六朝文之靡丽：“缛旨星稠，逸情云上，缀字通《苍》《雅》之学，驭篇运骚、赋之长：骈丽之文，此焉归趣。”（孙德谦，2007：8422-8423）孙德谦立足骈文缀字、驭篇的创作趋向，结合骈文批评中已有的问题，如前人对骈散对峙的讨论、对六朝文章靡弱的批评等，通过对作品进行深入分析和理论总结，清晰地展现出六朝文章的创作特色和成就。《六朝丽指》的每一条论述，几乎都是在列举和分析作品的基础上进行理论总结的。比如：

> 梁简文帝《与湘东王令》：“去岁冬中，已伤刘子；今兹寒孟，复悼王生。”“刘”谓刘遵孝陵，“王”谓王规威明也。此文首言“威明昨宵”，则是为王规作也，然以刘子、王生作对，可见六朝文体，但求修整耳。若后之文人，于此等处，必将罗列故实，而能若此之出以淡语乎？且此以同时之人造为对偶，犹可说也，并有与古相俪者。任彦昇《与刘居士书》：“昔东平乐善，旌君大于东阁；今王爱素，致吾子于西山。”上既用东平事，何难甄采古典，著为联语？乃即以“今王”“吾子”自然成对。故六朝虽尚藻丽，可知尤有质朴之美也。魏臧洪《与陈琳书》：“足下徼利于境外，臧洪投命于君亲；吾子托身于盟主，臧洪策名于长安。”则又其句法之所由来矣。（孙德谦，2007：8473-8474）

现代意义的骈文研究往往能高屋建瓴地分析问题，但少了创作中的切身体会，反而隔了一层，六朝骈文之美就很难如孙德谦这样从根本上去认识和评价。

古代骈文理论批评在遣词造句方面主要关注字词、用典等问题，古文理论批评从宋代以来不仅关注字句，更认识到篇章结构的重要性。骈文批评仍停留于“俪辞”的讨论上，而古文批评已展现出对文章技法的全面关注和讨论。孙德谦的《六朝丽指》评六朝文章有意借鉴古文批评的技法理论，全面观照六朝文章在字词、用典、篇章结构等方面的特点，在理论视野上真正做到了骈散合一。

古人对骈文遣词造句的批评，首先关注字句、用典的工拙问题，宋人的批评已经体现出这样的特点，《四库全书总目》评宋代王铚的《四六话》曰：“铚之所论，亦但较胜负于一联一字之间，至周必大等，承其余波，转加细密，终宋之世，惟以隶事切合为工，组织繁碎，而文格日卑，皆铚等之论导之也。”（纪昀等，1997：2743）这种导向的出现，背后有复杂的原因，不是王铚一人之力所为，这里暂不展开论述。清代以来骈文创作出现中兴局面，骈文批评也很兴盛，但是主要是在同古文争正统，以及探讨六朝、唐代还是宋代应为正统，对于骈文之篇章结构问题仍未能深入讨论。而孙德谦注意到六朝文章的开合变化问题，也看到了清人论述中的某种端绪：“李申耆先生《骈体文钞》……余三十之年，喜读此书，始则玩其词藻耳，久之乃觉六朝文字，其开合变化，有令人不可探索者。顾其时心能喻之，而口不能道，但识其文之隽妙而已。及阅《无邪堂答问》，有论六朝骈文，其言曰：‘上抗下坠，潜气内转’，于是六朝真诀，益能领悟矣。盖余初读六朝文，往往见其上下文气似不相接，而又若作转，不解其故，得此说乃恍然也。”（孙德谦，2007：8432）“上抗下坠，潜气内转”正是六朝文的篇章结构特点，朱一新《无邪堂答问》首倡其说，却未能在当时引起关注和讨论，孙德谦发挥此说，又借鉴了姚鼐“阴阳刚柔”之说，以及古人关于文气的相关论述，将六朝文章在字句、结构以及文气上的特点进行了细致的分析。据王蘧常《元和孙先生行状》，王国维曾对孙德谦说：“审言过于雕藻，知有句法，而不知有章法。君得流宕之气；我谓审言定不如君。”（王蘧常，1935：186-187）这虽是就骈文创作而言，却也在一定程度上反映了他们的骈文观念，也说明孙德谦关注到了骈文的章法结构问题。并且孙德谦也确实提出：“文章之妙，不在事事征实，若事事征实，易伤板滞。后之为骈文者，每喜使事，而不能行清空之气，非善法六朝者也。”（孙德谦，2007：8479）孙德谦重视章法结构的贯通，由此才能形成骈文文气之流宕、清空，如果一味关注字句、堆砌典故，反而文气质实了。孙德谦对古文理论的态度由对立转变为借鉴，以此为基础，又将古代文话中的批评概念导入美学研究的范畴，后文将着重论析其理论成就。

古文理论讲开合变化，讲文气，仅仅是为了说明文章怎么做，孙德谦还能从文章美学的角度探讨其缘由，让人知其然，也能知其所以然；尤为难得的是，他以其深厚的创作功底，论述皆能切中肯綮。《六朝丽指》也由此成为理论上由古通今较有代表性的成果，为文学理论的古今沟通开辟了道路，对当今的文章学研究也有很重要的启发意义。

二、《六朝丽指》对六朝文章价值、成就的抉发

孙德谦认为，“六朝骈体之盛，凡君上诰敕，人臣章奏，以及军国檄移，与友朋往还书疏，无不袭用斯体”（孙德谦，2007：8427），即使立言传世之作，如《金楼子》《颜氏家训》等，也无不用骈体创作。在具体的论析中，他也没有刻意区分骈散，如论为人作墓志、序跋应曲肖其人，论文章与学术之关联，论各种作法等，所论也不仅仅适用于骈文。由此可见，孙德谦的研究对象其实是整个六朝的文章，《六朝丽指》最突出的内容，就是对六朝文章价值、成就的抉发。这方面的内容主要体现在以下三个层面。

首先，孙德谦在体制、文气、风格等多层次上，将六朝骈文与古文、语体文、四六文等相比较，突出了六朝文章的特色。孙德谦以六朝文为骈文正宗，因为六朝文章骈散合一，也并非如后世骈文局于四六对仗，局于声韵、平仄。所谓“骈散合一”，孙德谦更强调“文无骈散”，“文章体制，在六朝时但有文、笔之分，且无骈、散之目”（孙德谦，2007：8425）；“文章之分骈散，余最所不信。何则？骈体之中，使无散行，则其气不能疏逸，而叙事亦不清晰”（孙德谦，2007：8443）。他还以通篇不用联语的极端例子，说明六朝骈文的突出特点并不在全篇讲究对仗。以傅亮《为宋公至洛阳谒五陵表》为例，他认为“此篇竟同散文，几无偶句，但究不得不以骈文视之，盖所贵乎骈文者，当玩味其气息。故六朝时虽以骈偶见长，于此等文尤宜取法”（孙德谦，2007：8444）。他还指出，六朝骈文没有如后世四

六局于对仗、声韵：“骈体与四六异。四六之名，当自唐始……六朝文中，以四句作对者，往往只用四言，或以四字、五字相间而出。”（孙德谦，2007：8425）并且，“古人为文，本不拘拘于音律也。乃后人明知有韵书，而故使之平仄不调，则失之易矣。故余论骈文，平仄欲其谐，对切欲其工。苟有志乎古，所贵取法六朝者，在通篇气局耳”（孙德谦，2007：8495）。六朝文的通篇气局如何，孙德谦没有具体描述，从他将骈文与时文、书契、律赋等的对比中，可略窥一二：“昔之论词者，谓词当上不入诗，下不堕曲，其说精矣。余尝谓作为骈文，亦不可无分别。其下焉者，往往有时文句调、书契格式。……其上焉者，莫如律赋。赋固骈文之一体，然为律赋者，局于官韵，引用成语，自不能不颠倒其字句，行之骈体，则不足取矣。”（孙德谦，2007：8426）这是对后世骈文写作受时代影响，表现出的程式化、格式化等倾向的认识，他在《复李审言论骈文书》中也有类似的论析，认为“丽辞之作，别宥为先”（孙德谦，1936：3），也是要首先从体制上将六朝骈文与后世骈文相区别。

骈散之争由来已久，清代以来，骈文与古文仍在争夺文章正统的地位，前文所引阮元《文言说》就指出真正的“文”应讲究“用韵比偶”。孙德谦则另辟蹊径，并不是此非彼，而是将骈散置于对等的地位，探讨骈文的独特价值。针对骈文冗弱、靡丽的评价，他认为正是其特色：“简文又云：‘比见京师文体，懦钝殊常，竞学浮疏，争为阐缓’。如其言，似颇不以当时文体为然。但吾尝取其语以读六朝文，转觉六朝文字，其所长实在此。何也？六朝骈文，绝不矜才使气，无有不疏宕得神，舒缓中节，似失之懦钝者。”（孙德谦，2007：8431）孙德谦认为六朝文章特点正在于文气舒缓、神气疏宕，而非靡弱。他又进一步认为，六朝文章文气舒缓，自然形成一种韵致：“六朝文之可贵，盖以气韵胜。……余尝以六朝骈文譬诸山林之士，超逸不群，别有一种神峰标映、贞静幽闲之致。”（孙德谦，2007：8435）他又引述姚鼐的观点，认为古文家论文气，有阳刚、阴柔之说，“六朝文体，盖得乎阴柔之妙矣”；“人固有英才伟略，杰然具经世志者，文之雄健似之；若高人逸士，潇洒出尘，耿介拔俗，自有孤芳独赏之概，以言文辞，六朝之气体闲逸，则庶几焉”（孙德谦，2007：8431）。

孙德谦生活的时代，语体文创作渐渐盛行。在批判“桐城谬种，选学妖孽”的背景下，孙德谦也通过与语体文相比较，辨析了骈文的价值，进一步突出了骈文体制的特色。他认为骈文在描摹人情物理方面并不逊色，不应以此否定骈文，不应认为其是死文学：“骈文之体，固是以辞藻胜，而六朝工于摹写……盖尝取喻于画：骈文如著色山水，非如古文之尤可淡描也。”（孙德谦，2007：8496）

文气舒缓，终究难免冗弱。孙德谦又引萧统、钟嵘等以“遒”论诗之语，指出：“此一‘遒’字，六朝人评诗文皆取裁于此。遒之为言健也，劲也，文而不能遒炼，必失之弱。为骈文者，即取其说，以玩索当时之文，庶不敢病其卑靡矣。”（孙德谦，2007：8433）他认为六朝文章亦有遒炼的特点。孙德谦所谓“遒炼”，主要是指文气、文意的突兀不平，“昌黎谓：‘惟其气盛，故言之高下皆宜。’斯古文家应尔，骈文则不如此也。六朝文中，往往气极遒炼，欲言不言，而其意则若即若离，急转直下者”（孙德谦，2007：8449）。韩愈所谓“气盛言宜”的内涵如何，姑且不论，孙德谦将其理解为平易畅达，而宋代以来的文章，无论骈散都体现出平易畅达的特点，遒炼便是相对于平易畅达而言的，即他所谓“若即若离，急转直下者”（孙德谦，2007：8449）。不过，文气、文意的突兀不平与劲健也还有一定距离。文章创作理论的发展是基于古人对文字、声韵、句法、结构等的逐渐认识和把握，平易畅达是文章创作的根本发展趋向，六朝骈文所表现出的文气、文意的突兀不平，应是这一发展趋向中的必然环节，因为六朝还处在遣词造句规律的探索阶段，这是字句锤炼不精的表现，而非主观的美学追求。孙德谦注意到六朝骈文的这一特点，对于如何客观把握六朝文章在文章发展史中所处的阶段和意义，有很重要的提示和借鉴价值。孙德谦以“遒炼”概括六朝骈文的特点，虽然难以服人，但也不排除某些作家表现出劲健的特点。孙德谦评价徐陵、庾信骈文：“唐代骈文，无不壮丽，其源出于徐、庾两家，徐、庾文体，亦极藻艳调畅，然皆有遒逸之致，非仅如唐文之能为博肆也。”（孙德谦，2007：8455）认为徐、庾骈文能“遒逸”，是有一定道理的，后人也有类似评价。蒋士铨曰：“唐四六毕竟滞而不逸，丽而不遒。徐孝穆逸而不遒，庾子山遒逸兼之，所以独有千古。”（蒋士铨，1875：总论1）徐陵其实也有遒劲之作，王文濡评其《与李那书》曰：“文至徐、庾，流风斯下，此文独持风骨，不尚词华，标句清新，发言哀断；又复一气舒卷，意态纵横。盖情挚而文自真，气劲而笔斯达。”（王文濡，1918：第二册9）

其次，孙德谦通过对六朝各类文章文体的分析，突出其价值、成就。他通过分析指出：六朝序录文章皆叙述人物生平，近于传体，应是上法史迁之列传；墓志之体，始作于刘宋；论体文之尚论古人，是唐宋以后的现象，肇始应在六朝；游戏文字，六朝颇多，如《北山移文》《修竹弹甘蔗文》等，不应以昌黎为先。孙德谦的一些相关论述，不仅反映六朝文章成就，而且对于今天的文体研究也有启发意义。关于序体，孙德谦指出：“古人著书，皆以自序附其后……索人作序，则始于左太冲。太冲撰《三都赋》成，或谓须得高名之士序之，于是乞序于皇甫士安。自此例既行，后贤著述，遂无不求人为之矣。……吾观六朝文人，如昭明序《陶靖节集》、刘孝绰序《昭明太子集》、虞炎序《鲍明远集》，他若《庾子山集》，则有滕王序之，可谓极一时之盛矣。……吾独怪彦和论文，诸体悉备，而遗此序体，何哉？”（孙德谦，2007：8489-8490）刘勰论文体不重视六朝序体，明清以来论文章则多鄙薄六朝，六朝序体文章的成就因此被埋没，孙德谦的论述应该受到重视。关于移文，也有类似的情况，孙德谦指出：“公牍中凡同僚则用移文，此体本之刘歆《移太常书》……六朝时梁简文有《移市教》《答穰侯求和移文》，庾子山亦有《移市教》《移齐河阳执事文》，是移文之体，成于六朝也。”（孙德谦，2007：8491-8492）骈文体制与文体的程式化、格式化关系密切，很多文体在六朝已显露格式化的端倪，在唐代逐渐成形，孙德谦虽然没有论及这一关联，但是注意到了文体格式化的问题，从他对书记体的论述可窥一斑。孙德谦论述了令辰佳节贺牍的格式化历程：“昭明太子《十二月启》，起用数语先叙时令，中间则每言‘敬想足下’，其后有‘但某’云云，实与后来启事无或少异，必是为书记者写仿为之，遂相沿成习耳。……至昭明之所出，则有晋束皙《月仪》，此文《古文苑》载之。李义山有《端午日贺启》，观此知逢节致贺，事殆始于唐矣，然文体则远宗昭明，可覆按也。”（孙德谦，2007：8491）

最后，孙德谦还从文章史的角度，阐发了六朝骈文的价值和成就。他从六朝文章与史学、玄学、小学的关联角度，探讨了六朝文章创作的规律，对这些问题的论述虽颇为简略，但所提出的问题及研究思路对当代的研究有重要的启发意义。汉代文字学、六朝音韵学都很发达，六朝文章的创作与小学关联紧密，到目前为止，我们在这方面的研究都很薄弱。孙德谦看到了这种关联，且指出作文章也与“练字”有关：“此刘彦和氏所以《练字》一篇，别用讨论乎？”（孙德谦，2007：8464）六朝文章成就不仅体现在文辞技巧上，孙德谦看到了六朝文章与史学的关联和成就。他从史学发展史的角度指出，“史学自唐设监修，而载笔之士，遂无别识心裁矣”，而“六朝史家并作”，史学著作体例谨严，且目标宏大，“异于文人之斤斤于纪传、以文字见长者矣”（孙德谦，2007：8465）。孙德谦的论述展现了六朝史学文章不仅数量颇多，且有“别识心裁”，应该得到更多关注和研究。

孙德谦对六朝文章史的论述不多，但也有一些客观的认识。他指出晋、宋时期骈文成就突出：“六朝之文，在齐、梁时繁缛极矣；晋、宋之间，往往神韵萧疏，饶有逸趣。故论骈文，当以晋宋为一格。”（孙德谦，2007：8485-8486）他也论及六朝与唐宋文章发展的关联：“徐、庾两家，固多四六语，已开唐人之先，但非如后世骈文，全取排偶，遂成四六格调也。”（孙德谦，2007：8425）他尤其指出，“周、隋之间，以六朝文胜，将有复古之意”（孙德谦，2007：8465），天下事穷则必变，六朝文章至齐、梁则华艳极矣，变革是理势使然。孙德谦对骈文艺术的体会颇深，见解独到，下文将详细论述，但是思想内容的论述并非其善长，《六朝丽指》论及六朝骈文有经世、重视门第、无所忌讳等方面的特点，往往是以清代风气衡量六朝，为凸显六朝骈文价值而苦心为论，非但没有独到见解，反显其捉襟见肘。

三、孙德谦对六朝文章读法、骈文作法的美学升华

古人善于从前人文章中总结创作技法，往往被诟病为“死法”。由“有法”而至于“无法”的关键，不是简单地抛弃技法，而是找出技法背后的创作目的，尤其是审美方面的追求，孙德谦抓住了这一关键。《六朝丽指》在分析骈文艺术成就方面非常突出，从体悟骈文的读法、作法入手，进而上升到文气的高度认识其价值，将“法”与“美”关联起来，切实沟通了古与今的文章理论思想。

孙德谦认为六朝骈文追求的是文气的顿宕、散逸，以达到清空、舒朗之美，因此形成了独特的遣词造句、运典使事等技法。他主张文章骈散合一，因为“骈中有散，如是则气既舒缓，不伤平滞，而辞义亦复轩爽”（孙德谦，2007：8450）。他也主张使事、对仗等不应过于质实，“文章之妙，不在事事征实，若事事征实，易伤板滞。后之为骈文者，每喜使事，而不能行清空之气，非善法六朝者也”（孙德谦，2007：8479）；唐代骈文，不及六朝散逸，因为唐代骈文对仗细密，往往“以数虚字作对”，相同情形下，六朝不作对，“不过以跌宕出之，未有行之属对中者”（孙德谦，2007：8482）。孙德谦还指出六朝文中用“非所以”“非所谓”，而不是如后世用“将何以”等，可以达到文气、文义的收缩，“凡文章有贵劲气直达者，然不明乎收缩之法，而但使一往奔放，则不能得抑扬顿挫之妙矣”（孙德谦，2007：8474）。他对范晔、江淹等人文章的欣赏，正在于其舒朗之美：“蔚宗之文，叙事则简净，造句则研炼，而其行气则曲折以达，疏荡有致，未尝不证故实，肆意议，篇体散逸，足为骈文大家”（孙德谦，2007：8480）；江淹、鲍照文以艳丽著称，江淹疏逸，而鲍照细密质实，江淹多用顿宕之笔，“后人但赏其藻采，而于气体散朗，则不复知之”（孙德谦，2007：8480-8481）。

针对六朝文章文气舒缓，孙德谦提出宜缓读：“若读六朝文，则宜用缓，何也？六朝之文，其气舒缓，吾即从而缓读之，乃能合其音节。如使急读，将上下文连接而下，有不知其文气已转者；并有读至篇终，似觉收束不住，此下又疑有阙脱者。实则只在读时须舒缓，而不出以急迫，则其文自成结构。”（孙德谦，2007：8444-8445）他主张根据六朝文气舒缓的特点而缓读之，才能真正把握其结构、脉络。孙德谦还提出六朝文宜轻读，原因也是如此：“骈文而用重读，通篇节奏不能合律矣。”（孙德谦，2007：8445）

文气的疏宕有致，也带来了文章的生动、流动之美，所以孙德谦主张骈文应该灵活运用虚字：“作骈文而全用排偶，文气易致窒塞，即对句之中，亦当少加虚字，使之动宕。”他又举具体的例子认为：“或用‘于’字，或用‘则’字，或用‘而’字，其句法乃栩栩欲活”，“更觉跃然纸上矣”（孙德谦，2007：8435）。他又指出：“文亦有血脉，其道在通篇虚字运转得法。……六朝匪特全篇时用虚字，

虽造成联语，亦必用虚字，乃见句法流动耳。”（孙德谦，2007：8452-8453）

孙德谦总结了很多六朝骈文的修辞、结构之法，认为这些方法的运用都是为了成就文章的神完气足、优游不迫之美。他所总结的比兴之法、烘托之法、形容之法、文有赋心等，无不如此：“凡事有古无今有，稽之载籍，而无从采伐者，惟用比兴之体，乃可以因应无穷。”（孙德谦，2007：8427）比拟之法的运用也是为了文采不致枯窘：“文有正面铺写，而不足以达之者，可用旁攻侧击之道，否则辞理易穷，将无情采矣。”（孙德谦，2007：8436）孙德谦认为六朝文有些表达，在文意上似乎累赘，然于文气上则有优游不迫之美：“六朝文中，有为后人不能学者，往往于此句之下，玩其文气，不妨以入后数语在此紧接，中间偏运以典雅之辞，一若去此，则文无精彩，而其气亦觉薄弱者。”（孙德谦，2007：8456）他所谓足句之法、开合之法等亦是如此。他还总结出断笔之法：“文章之妙，不在急急上续，而在善断也。且尝谓四句于此处不用断笔，气弱而促矣。”（孙德谦，2007：8438）以及潜气内转之法：“文章承转上下，必有虚字。六朝则不然，往往不加虚字，而其文气已转入后者。”（孙德谦，2007：8459）这些方法也都是从文气完足的角度阐发的。

六朝文追求典雅之美，孙德谦也就此总结了一些方法。他认为：“凡文用代字诀，均是避陈取新之道，六朝文中类此者至多，吾亦不能殚述。从事骈文而不识代字之诀，则遣词造句，何能古雅？此六朝作者，所以多通小学也。”（孙德谦，2007：8441-8442）他所总结的运典之法，亦是运典美学：“有此古典，藉以收束，而文气亦充满矣”；“借以衬托，用彰今美”；“凡事有无从数典，而行旁证之法”，即“别引他物，取以佐证”（孙德谦，2007：8451-8452）；等等。孙德谦对六朝文章的新奇之法，也并不完全否定。他在刘勰观点的基础上总结出了诡更文体、讹谬文字、颠倒文句等方法。刘勰批判宋文讹而新，孙德谦认为，六朝文章都在追求新奇，不只是刘宋时期，“《记》有之：‘情欲信，辞欲巧。’礼家且云尔，又何病夫新奇哉？”（孙德谦，2007：8455）孙德谦对于六朝包括新奇之法在内的某些创作技法，还未能明其所以然，但他追索、总结六朝骈文创作方法之“所以然”的研究思路足可借鉴。

第四节　郭象升文话与古代文章、文体发展规律的总结

郭象升生平、著述见本书第一章。《五朝古文类案叙例》是郭象升 1920 年在京任职期间所编，“庚申之秋，蛰居京邸，爰取向所论次诸家文目散在日记者，稍类次之”（郭象升，2013：1883）。此书有民国十年（1921 年）铅印本。他选出了

唐宋元明清五朝古文家九十三人，并希望将他们的一些作品按文体分类收录，此书主要内容是发凡起例，参照《昭明文选》以来古人的选本，尤其是参照姚鼐的《古文辞类纂》，阐发了一些选人选文的想法，体现了郭象升对唐代以来古文发展史的思考：“一者，画断经史诸子之例。”（郭象升，2013：1882）郭象升认为选古文应以集部为主，经、子、史书中的文章，不应入古文之列，“经者，一定不更之书；史、子者，义有限断；卮言日出，其惟诗文”（郭象升，2013：1881）。“二者，古文专家之学，当先论定其人，在唐以后尤要。”（郭象升，2013：1882）郭象升提出了“古文专家之学”的概念，强调文章的好坏不在于“义理”，不在于表达了什么内容，而在于表达方式：“夫文有按之义理无当，而笔力独高者，此肤学所不能识也，而又得以大言压之，以为理之未当，文乌得工，而世人之听荧矣。吾尝观古今文章名家，皆有天授独绝之处，譬之绕梁高韵，不在曲拍分刌之中。盖有掩其姓名，而可覆射以得之者，此岂其言之与人异哉？所以言者与人异也。略其言而核其所以言，其斯以为论次古文之法欤！”（郭象升，2013：1887）对于清代以来所倡导的义理、考据、辞章合而为一的观念，郭象升更倾向于强调古文之学是辞章之学。这一观念在他的《文学研究法》和《古文家别集类案》中都得到了体现，《文学研究法》中也提出“古文之学”（郭象升，1932：144）的概念，他不排斥将奏议、诏令等纳入文章的范围，但更倾向于从现代意义上的文学的角度来观照古代文章创作。“三者，姚氏于‘八家’之后，继以归、方，隘矣。”（郭象升，2013：1882）郭象升的文章史、文体史的研究，突出的特点之一，就是重视元明以来的散体以及骈体文章的发展。

1921年之后郭象升由京返里并继续任教，其间又将《五朝古文类案叙例》扩充为《古文家别集类案》，有民国二十八年（1939年）山西省文化委员会铅印本。该书将唐宋元明清五朝古文专家扩充为一百一十人，始于韩愈，止于贺铸。又按时代先后分为甲乙丙丁四案，每案有上下两部，上部仿学案形式，将每位古文家放在文章发展史的具体问题中，论断其创作源流、成就得失等，比如在学行与文章的关联问题中论断朱熹，在古文与时文的关联问题中论断方苞，等等；下部将古文家与文体相关联，将选出的作品归于各类文体，同时也论及不同古文家在某类文体发展中的贡献。

《五朝古文类案叙例》和《古文家别集类案》两部著作虽以选录作家作品为主，但是其中选录的标准、独到的论断等都体现着郭象升较明确的文章、文体发展史观，值得深入探究。

一、郭象升的文体史观和对文体发展规律的总结

郭象升的《五朝古文类案叙例》下篇主要是对文体的辨析，《古文家别集类案》

的下部也是对文体发展的梳理，集中体现了郭象升从文学审美角度对文体发展的阐发；他的这一观念在《文学研究法》的《文体篇》《文派篇》中也有所体现。

《文学研究法》的《文体篇》指出：六朝以前的文体，《昭明文选》《文心雕龙》已著录无遗。“唐人好创新格，宋人志不师古，而体制由此益繁”（郭象升，1932：24），姚鼐、曾国藩选文虽然关注到了明清，但是对于唐宋以来文体的变化，尤其是旧有文体的消亡，关注不够。“自宋以降，旧时文章家所有体制，废而不用者颇多，为古文者尤甚”（郭象升，1932：24），所以郭象升对文体的讨论很关注其盛衰变迁。

郭象升的《五朝古文类案叙例》专选、专论韩愈以来至近代吴汝纶等人的古文，他关注到几类发展变化较大的文体：“夫赋变于唐，记冗于宋，序滥于明，而碑志之漫也由元人。”（郭象升，2013：1911）唐宋元明是这些文体由盛转衰的时代，创作的繁盛也预示着衰颓之势。例如，“序之滥未有甚于明代者。罗圭峰、王遵严皆雅材敦古，而集中赠序，有所谓恩封荣庆者，弭节重荣者，慈庆省迎者，考绩奖励者，其文即善，已令人睹题生憎”（郭象升，2013：1909）。此外，郭象升也特别关注到唐以来诏令、奏议文体的发展、变化：“姚氏《类纂》起自秦汉，故诏令、奏议、辞赋三类，蔚然可观。此编断自昌黎，则不免乏材之叹矣。明清两朝文士，鲜为大官，固无责焉。元代诸公，列在侍从者多矣，乃亦不工作奏，岂非忌讳日甚，相将而趋括囊耶？明世士大夫号为敢言，然奏议自有体式，不在古文绳尺中。清代涂辙益判，礼从俗，事从宜，势固有不容强合者，况所采诸家，集中十九无此哉！”（郭象升，2013：1907-1908）郭象升也思考了这种变化的多方面原因，作者的地位、时势的变迁、文体本身的程式化趋向等。尤其是，他看到了作为讲究文章技法的古文创作与应用文体撰写之间的矛盾，以及由此形成的分化趋势：“古文者，文术之最高者也，而不足以尽世间一切文字之用，是故诏令、奏议之类，元明以下，遂绝于古文家集中。夫非作者智有所不周，而权衡轻重之间，有不当先文后事者故也。此非独后世然也”（郭象升，2013：1887）；“诏令独汉世为善。欧苏曾王拟制，非无雅辞，然体势大抵相同，盖其道庄而太局，虽驰说者不能骋也。……南宋以后，文士鲜复谈此”（郭象升，2013：1907）。对于汉代诏令的特点，郭象升持肯定的态度，也有中肯的评价：“自典诰之风沫，而王言亦衰，惟西汉诏令，最为特出。高祖以马上得天下，其言挥绰，有不可一世之气。文帝守成令主，视民如伤，史载诏令三十余首，莫不有中心恻怛之诚……景帝天资刻薄，然勤于民事，故其诏令多识治之言。武帝雄才大略，记诵文采，超出前后诸帝之上……其所作诏令，引据典记，斐然成章。……汉世诸诏，皆出诸帝自作……后世童昏在位，言不成章，口含天宪者，在尚书、中书两省，唐宋又分其任于舍人学士，文人操笔，务求工赡，汉诏之风，于是遂绝。”（郭象升，

1932：74）他对西汉诸帝之诏令一一评价，有刘勰《文心雕龙》论文体之风概。

郭象升不仅关注文体之盛衰，对文体发展中细节的变迁也能阐发入微，例如，“王弇州效法史迁，多为大传，形容过甚，令人生不信心。然其弊始于宋景濂，观《溟涬生赞》《秦士录》，夸诬亦已甚矣”（郭象升，2013：1910）。传体文章的创作，明清尤为兴盛，当代以来的研究多关注其传主的平民化、取材的日常化等，郭象升却早已看到兴盛背后的不和谐。又如，“所谓哀词，本指韵语，序特其陪属也”，然而韩愈以来的古文家，“所重乃在其序，尾缀韵语，往往聊尔为之”，“自是曹植、潘岳之风流，永与韩、欧、苏、王绝矣”（郭象升，2013：1915）。郭象升在其《文学研究法》中多次提到文学鉴赏的能力，他论文体的发展不只停留于体制之讨论，尤其论韩愈以来的破体为文，能在审美细节上辨析其变化。

限于篇幅，郭象升对文体体制本身的辨析展开得并不多，但他也常常从文学创作的角度立论，提出一些真知灼见，例如，论赠序之体时他指出：“凿空起议之文，有本于义理者，有本于利害得失者，而赠序所为作，每本于性情，其道则与诗相辅，短于诗而长于笔者，藉是得以发摅幽情。”（郭象升，2013：1909）古人论文章、文体对其抒情特征往往忽略不计，郭象升却明确以抒情性概括赠序之特征，这与赠序源起于诗序的作用相吻合。又如，他对一些文体的归类完全打破了已有规范，从文气角度考虑其归类：“窃谓说、解、考、辨，其事邻于问学者，当以入序跋，不当以入论著。昔之人谓古文不当作考据体者，疑其施之论说为未当也。论说以出自胸膈，翻空凿险为奇，以考据入之，累其气矣。若归之序跋，正得贾、孔、杜、马之意，即考据何嫌耶？”（郭象升，2013：1906-1907）

二、郭象升的文章发展史观

郭象升关于文章发展史的观点，集中体现在《文学研究法》的《文派篇》，其《文选篇》及《五朝古文类案叙例》《古文家别集类案叙例》中也有体现。我们今天的文章史、散文史或骈文史的撰写，大都是置身于创作之外，以文献梳理和理论阐发为主要研究手段，也很注重文章发展外部规律的探索，如人文生态、政治生态对文章发展的影响等。而与古人论文“大都局于篇句，或所述仅三数人”（郭象升，1932：61）相比，郭象升已具有了文学史研究的整体观念；与当今的文章史研究相比，郭象升又能继承古人的一系列观念，立足于创作，深入体会古人创作中学古与创新的得失，重视“抑扬是非”。以此为基础梳理各时期的发展流变，也更多展现出文章自身内在的发展规律。以《文派篇》为主，郭象升文章发展史的研究成就，可以从以下三个方面来认识。

第一，善于梳理、把握文章发展史的线索和内在规律，尤其能抓住古人文章创作的核心要素，即作家的学古与创新，以此来把握某一时期文章发展的线索。这一点又可分三个层次来认识。

首先，《文派篇》所谓“文派”，大致相当于文章发展的不同阶段，对这些阶段的划分明确体现了郭象升的文章史观。郭象升有将一个朝代划为一段的，如西汉、唐、宋、明、清等。即使在同一时段中，他也注意到文风渐成、渐变的过程，如“汉承战国之余风，故文气雄伟，历代莫及”，然武帝以来“汉文体式始成”，“昭宣以后乃成汉人之文也”（郭象升，1932：71-73）。他也有将几个时期或朝代合为一段的，如汉三国晋文派，划分标准主要在于骈文创作风尚的一致：“骈俪之文，盛于东京。然气骨高古，犹与奇散之文相出入。三国两晋风气约略相同，故画此三朝为一时期。”（郭象升，1932：75）虽划为一派，具体时段仍分而论之，论及东汉时考虑到其与西汉的差异：“东京之不及西京者，少雄肆之气也。而其独绝之处，乃在风韵跌宕，有一唱三叹之音。”（郭象升，1932：76）又如，南北朝至隋文派的划分依据在于浮靡文风渐盛：“余杭章氏谓，文章之道，穷于天监，简文变古，志在桑中。是沟绝风会，当在梁代。今上断自宋者，宋虽不为闺帷之语，然气体至是益靡矣。”（郭象升，1932：83）

其次，郭象升特别将各阶段骈文的发展状况单独做了论述，注重梳理各时段骈文的创作状况和特点，对于当代的骈文研究仍有借鉴价值。例如，他总结唐代骈文的得失指出：“骈文之病，在于陈陈相因。唐人独能自运机杼，然自数名家外，亦不免于千手雷同，金石碑板尤甚。”（郭象升，1932：95）又如，关于宋代骈文，当代的研究更关注其四六体制，但郭象升注意到其与散文一样追求平易的趋向，以及所施文体的不同。《文选篇》中指出，“论骈文而至宋，当别具一副心力眼光观之”，宋初的杨亿、刘筠、胡宿及宋郊、宋祁兄弟等人都工于骈文，但并非“宋代本色”，宋四六自有其“当时体格”（郭象升，1932：157）；《文派篇》也指出宋代骈文的特点：“宋世诏令，掌于两制，故骈俪之文亦盛。大抵宗法陆宣公。而对仗务工，平仄务调，且其体但行于表启。其他碑状叙记，不复用是，此其异于唐以前者。故宋人骈文，非古之骈文也。而精微之处，亦不可废。”（郭象升，1932：105）又如，《文选篇》能站在不同时代骈文发展的立场、特点上思考其成就，因此论明代骈文时指出不应抹杀明代骈文成就：“明代无徐庾、四杰，而有崔、蔡、建安七子，再上且几几乎有邹阳、王褒矣，如徐真郇、黄省曾、皇甫涍汸兄弟、卢楠、屠隆、黄道周、张溥、陈子龙，其人不可胜数。特以明以前论文者，知有古文也、四六也，而不知有所谓高古之骈文，见文字在似偶似散之间者，则哗然曰：伪体伪体。”（郭象升，1932：156）

最后，郭象升抓住了宋元明清以来文章流派形成、演变的最核心内容，即学古与创新，文章史的梳理线索由此异常清晰。例如，他指出，宋初文章，未能骤复唐世之盛，在学唐人尤其是学韩柳的基础上，才渐渐形成宋人的风貌：柳开“自命能为韩柳之文，然虚字往往不当律令；穆修所得不过古人形似，鲜自运处”；“欧阳修起，天才高逸，工摩仿而善变化。虽出退之，实近子长。然生平津津道退之，于子长不置一词，意者深掩其迹也。曾巩、王安石首出门下，继得三苏，北宋之文章，遂炳焉与汉唐齐驱”（郭象升，1932：101）。宋人风貌形成之后，他们又成为后人学习的对象，“学八家者，大抵志在北宋六家，未有能攀韩柳者”（郭象升，1932：101）；“世谓靖康以后，程学盛于南，苏学盛于北，此就其学言之耳。其实文章风气南北皆奉东坡为准则”（郭象升，1932：105）。又如，论清代骈文派别的崛起与差异，他认为，也在于学古的不同：雍乾之间，胡天游、袁枚等人所作四六文，“至四杰玉溪止矣，稍上则曰徐庾，不能更进一武。邵齐焘始效法魏晋，以夷犹淡隽为主，终篇或不用一故实，亦无一对句，教于常州，常州故其年之乡也，至是乃弃陈而宗邵、孙、洪诸子，由是起也”。“言骈文于常州，犹言古文于桐城，粤镈燕函，夫人而能之也。”（郭象升，1932：131-132）

第二，郭象升重视作家特点、成就的评判，以及对每一时代代表性作家的掘发，以此凸显这一时期的文章创作成就。郭象升在《文派篇》开头就指出其“抑扬是非”的撰作目的，在论述中也不忘时时阐发自己的具体观点。例如，论及扬雄在后世的褒贬不一时他指出：“夫文章之在一时，拙者必不能与工者争，由后世观之，则宁取拙而真者，不取工而伪者矣。何则？性情之地，不能以伪动之也。”（郭象升，1932：73）又如，对诸葛亮文章中“过于丁宁周至”的争议，郭象升引述了陈寿《三国志》的原文，肯定陈寿能以人情物理言文章：“陈寿辨之曰：‘……亮所与言，尽众人凡士，故其文指，不得及远也。然其声教遗言，皆经事综物，公诚之心，形于文墨，足以知其人之义理，而有补于当世。’寿亦可谓善言文章者矣。”（郭象升，1932：80）。再如，他评价鲍照与颜延之：“明远才思奇崛，……其体不甚宜于庙堂也。延之虽以板拙见诮，然骨重神寒，真天庙之器矣。”（郭象升，1932：84）可见，郭象升对于作家的评价也不囿于某一种标准，能充分发掘作家的个性。

对于哪些文章作家能够代表一个时代的风貌、成就，郭象升也提出了自己的见解。关于唐文，郭象升对杜牧评价很高：“杜牧晚出，心仪韩柳，豪迈英特，足以睥睨一代。”（郭象升，1932：97）所以他对吕留良所选的唐文代表性作家极为肯定：“吕晚村选唐四家文，韩、柳、李之外，杜其一也，最为允当。储同人乃取孙樵，御选《文醇》因之，不如吕见之允当。”（郭象升，1932：97）对于前人所选定的元代文章的代表性作家他并不赞同：“牧庵、道园，论元文者推为巨擘”，但是“戴剡源意境高妙，于文家形而上者之事，独能得髓，沉思孤往，并时罕俦。姚牧庵才力雄健，解脱天弢，自为一格，滔滔莽莽之中，自然古峻不可及。周观一代，当首两雄。虞伯生根底之大，自非剡源所及，然伯生文无败笔，亦无绝诣。姚虞并称，不如姚戴为允耳”（郭象升，1932：109）。关于清初骈文的代表，吴鼒编选的《八家四六文钞》除邵齐焘、洪亮吉、袁枚、孙星衍、孔广森之外，还选了吴锡麟、刘星炜以及曾燠。郭象升认为这并非定论，指出：吴锡麟“风力大卑”，“宾谷浅弱，圃三但工赓扬之作”（郭象升，1932：132）。郭象升还曾选编乾嘉间骈文十家，认为“当以胡稚威、袁简斋、邵叔绵、汪容甫、洪稚存、孙渊如、孔巽轩、李申耆、方彦闻、董方立十子为甲”（郭象升，1932：133），对于他所增选的胡稚威、方彦闻、董方立三人，郭象升评价很高：“石笥诗文皆学唐人，骈体尤似张燕公，瑰玮雄健，有挥斥八极，开拓万古之意。”（郭象升，1932：133）“彦闻意主挥绰，故体大而声宏，兰石情多郁纡，故裁密而气宕，懿彼两贤，殆难鼎足。”（郭象升，1932：134）郭象升对各时代文章创作的代表性作家的选取，更看中其是否能自成一家，是否在思想情感表达、个人风貌等方面有突出的表现，目的是为当时的文章创作提供典范，指明方向。其论述虽属个人见解，但不可否认在新旧交替、中西融合的时代，其观念在引导创作趋向方面有积极意义。

第三，郭象升提出了文章发展史中一些特殊的现象、问题，这有利于文章史研究的深入。尤其是他提出的“移民之文”、明代“才子名士涌现”的文章恶习等，在当时的文章学研究中，堪称眼光独到。

周秦诸子散文不应仅仅以文章来衡量其成就，这是早已有共识的观点，郭象升也指出：“周秦诸子本其所学以为文，文亦无不肖其学者。”（郭象升，1932：65）但他论屈原之辞的同时还指出，“文章家之言，不可以理推，不可以用限”（郭象升，1932：71），这涉及文章学的根本问题，郭象升由此更明确表明自己文章学研究的文学立场、文章创作以文学为核心的理论宗旨。不过，在肯定韩柳古文运动的成就时，他又强调文章创作基础不仅仅在文学：“古文者，古之立言者也。立言之盛，莫盛于六经，次则诸子，出于六经诸子者，虽骈亦古文也，魏晋诸贤是也。而浮薄之士，不揣其本，耦俱声病，愈趋愈工，文词日卑，立言之本旨遂失。昌黎者，学于六经者也，而下及诸子；柳州者，学于诸子者也，而上攀六经，立言之大本立矣。复古之功，岂独以其文乎哉。”（郭象升，1932：95-96）

郭象升专门提出“移民之文”，在概述了唐宋之末的移民之文、明季移民之文后，他指出：“日食星变，山崩川涌，正遗民所见之世界，性情所发，不能自主，则遗民之文章，皆是物也。论文而至于遗民，当别设一格，以位置之。不可宗也，而亦不可废也。”（郭象升，1932：119）论述虽然简略，但对于如何理解移民之文是有借鉴意义的。

在论明代文章时，郭象升指出了明代社会及文章创作中的一个突出问题，即标榜才华，率意为文。郭象升批评明人多自名为“才子名士”（郭象升，1932：120），又引《輶轩语》《说文解字》《月令正义》等，说明才子名士之内涵：“有德有用，如良才美器，故谓之才子”，名士“谓其德行贞纯，道术通明”，而明代人以才子名士相标榜，有名无实，“直视为江湖游客而已”。他列举了明代各阶层的所谓才子名士：“汪道昆《大函山人集》多至二百卷，当时与凤洲齐名，号为两司马，酬应冗杂，遂开文界恶道。其后有京山李维贞随手应肆，视汪氏尤滥，而皆负文章重名。……王稚登、陈继儒诸人，亦惟以流易之体，取悦俗人，联扇斗方，虚相标榜，于文章乎何有？”还指出：沈周、祝允明、唐寅、文璧等人诗文乖僻，持论多薄宋儒，“至张灵辈遂非复名教所能束缚矣”。而且，他认为这种标榜名声，不受束缚的恶习，是自上而下的，不仅汪道昆、李维贞二人，“不知波倒澜决，即凤洲不得为无罪”（郭象升，1932：120-121）。郭象升没有像清代人那样仅仅将此看作学风的空疏，而是看到士林风气的整体衰微，及由此带来的文章创作弊端。限于篇幅，他的论述只能略引端绪，而且一律采取否定评价，我们今天的研究还可以循此线索做更深入的辨析，进行更客观的评价。

第五节　胡朴安文话与文章创作、文章发展史评价标准的新探索

胡朴安（1878—1947），安徽泾县人。本名有忭，学名韫玉，字仲明、仲民、颂明，号朴安，晚号半边翁，以号行世。中国同盟会成员、南社成员。曾任职《国粹学报》《民国新闻》《民权报》《中华民报》《民国日报》等，在上海新闻界颇有影响。也曾先后任教于上海大学、持志大学、国民大学和群治大学等。胡朴安自幼习学经史，家学传统深厚，研究领域广泛，著述颇丰，著作主要有《中国文字学史》《中国训诂学史》《古书校读法》《校雠学》《周易古史观》《诗经学》《荀子学说》《墨子学说》《庄子章义》《中华全国风俗志》《俗语典》等，还编有《朴学斋丛刊》《南社丛选》等。

胡朴安文章学方面的著作主要有《读汉文记》《历代文章论略》《论文杂记》，均收入《朴学斋丛刊》第二集，1923年出版。《读汉文记》以随笔形式论述两汉文章家及其创作，赞赏其“浑穆之气，无意于文，自然尔雅”（胡朴安，2007a：9064）。《历代文章论略》以极简的笔墨梳理了先秦迄于近代的文章发展史，重在抉发“吾国文章之价值”（胡朴安，2007b：9090）。《论文杂记》仍是以随笔形式记述文章创作技法，评论文章家及其作品。胡朴安的学术成就涉及经、史、子、集各领域，

尤其在小学方面的成就很突出，但是他并未如刘师培、徐昂等将其文字学、训诂学同文章学研究相关联，反而是其子学研究的理念、方法，在文章学的研究中体现得比较突出。胡朴安的《庄子章义》自序指出：“清代学者以文字、声韵求训诂，深得东汉学者之意，于经部大有收获，而出其径以治子部，所得颇少。盖治子方法，与治经不同，经义如日月经天，江河行地，训诂明而义即与之俱明；子部重在学说之统序，统序不明，而训诂转觉支离。”（胡朴安，1943：自序 1）《庄子章义》《墨子学说》《荀子学说》等，都是就各家学说梳理其思想统序的著作。对文章创作，胡朴安也认为应重视文章所表达的思想统序，而非遣词造句之技巧。他的文章学著述也主要是从学问、人品的角度评论文章作家、作品，以及梳理各时代文章发展的线索。

一、胡朴安以学问、人品评论文章创作及文章发展史

胡朴安论文章发展史，评价作家作品的标准是学问、人品，《历代文章论略》曰：“古之号为能文者，不以辞藻见美，而以经术为归。即非然者，亦必有高尚出世之志，其文始见重于时。……学不为人所重，品不为世所尊，虽有彬蔚之文，而非儒林之选矣。所以历代文章无不与学问、人品相关。”（胡朴安，2007b：9090）此处的学问、人品只是笼统而言，在《读汉文记》的具体评价中，胡朴安将其总结为“沉挚之情”“练达之事”：“若夫既无沉挚之情，又无练达之事，仅以布局造句、用字遣辞为能事，读者未终卷合眼思睡矣。西汉文最佳处在于不以文为文。”（胡朴安，2007a：9076）人品体现于文章，是坚持自我，不作伪，即有“沉挚之情”；学问体现于文章，不仅仅指以义理、考据为文，更不仅仅指学术文章，而且指将所学与现实需求相结合，写有用于世的文章，即有“练达之事”。

《读汉文记》指出：“两汉学者无不读书富，更事深，见理明，故其为文也，据事直书，无翻空之义，无题外之言，无转折波澜呼应起伏之作态，即辞赋、箴铭之属，亦浩灏流转，朴与华兼。”（胡朴安，2007a：9064）胡朴安认为，汉人文章写得好，皆是因为有“练达之事”。他推崇刘向的文章，“子政诸疏直言无含蓄，而不见粗疏之迹者，经术之气有以举之也。作文以理为本，理直则气盛而言宜。子政愤外戚之专，伤汉世之微，慷慨论列，固不必他求，而文辞之奔赴于腕底者，遂滔滔汩汩而莫止”（胡朴安，2007a：9072）。他认为“子政邃于经术，推论事理精微郎畅”，具体论述中又能引经据典，增强文章的说服力，“《灾异封事》引用经典，归结于用贤退不肖。事既切实，语亦畅达，执謇謇之节，尽谔谔之诚”（胡朴安，2007a：9072）。对于今人作文，胡朴安仍然强调多读书，只是不限定于儒家经典。他说：“文字者，致用之具也。一国之民情、风俗、学术、技艺，皆寄于文。

国文根底浅薄，则国内情形殊不明瞭，虽有良法，不近人情，推而行之，扞格不通。”（胡朴安，2007c：9111-9112）

人品体现于汉代文章中，胡朴安特别强调其儒家之仁厚之义，以及文人之气节与真性情。他指出：“汉儒每本所学以言事。申、韩之学，盛于秦，流行于汉，当时论政者每多惨刻之谈。胶西独治《春秋》，本《春秋》之义，以阳居夏，阴居冬，明天之任德不任刑，以辟申、韩之说。”（胡朴安，2007a：9067）胡朴安赞赏董仲舒文章能本儒家经典立论，还能本儒家仁厚之义论事。对其他汉代文章作家，他也肯定其“儒者气象”：“西京缀文之士严安、吾丘寿王、朱买臣、徐乐、主父偃、儿宽之徒，皆能淳穆其气，敦厚其辞，令人读之想见其风俗朴质，章甫缝掖，有儒者气象也。”（胡朴安，2007a：9075）胡朴安论文章，主张有气节与真性情，更留意于乱世、衰世、朝代更迭之际文章创作中的真性情。他认为：“骚体自宋玉后惟长沙为善，南方之谪，具有同悲。文不可以伪为，无迁客之思，作悲秋之赋，终不类也。”（胡朴安，2007a：9071）他指出蔡邕失身于董卓，良可哀叹，但是也有《述行赋》这样的真性情之作：“方徐璜、左悺之用事也，闻伯喈善鼓琴，假朝廷之命召之，伯喈托病不往，著《述行赋》以见志”；“文之真者，慷慨而陈，至性毕见，委婉以诉，深情若彰，不必以辞藻也。譬之翦彩虽华，不如化工之妙；优孟虽似，不逮自身之真。《述行》辞不藻丽，情弥蕴深，真故也”（胡朴安，2007a：9085）。《历代文章论略》对王莽时期、建安时期、两晋时期文章的论述，皆着眼于人品，论元代文章亦是如此：“外夷入主，神州陆沉，而一时文学之士，如姚枢、许衡、金履祥、吴澄、虞集、揭傒斯之徒，腼然拜手稽首于异族之前，而又各出所学以媚之，铺张宏休，扬厉伟业，君子痛焉。……君子曰：宋以后不以文学媚世者，刘因一人而已。”（胡朴安，2007b：9097）

胡朴安《论文杂记》也评论了近代以来的文章作家：“近世之文，容甫最为雅驯，学之极难。定庵微伤杂，易于摹仿，无定庵之才而学定庵，终鲜谲诳之气。壬秋亦纯正，曲园略有习气，籀庼文格极高，金石说经之文，允推合作。慎伯通达，善于状事。茗柯以经术为文，不华藻，不支离，自是可贵。之数子之文虽不同，要非不读书者所能为。此所以为桐城派者多也。”（胡朴安，2007c：9106）胡朴安推崇俞樾、孙诒让等人没有太多辞章技巧的文章，而表达了对桐城派文章的不满。前文所引他“不以文为文”的主张，也多是针对桐城派文章而发，桐城派文章“具有渊源，宁可厚非。惟空疏多间架，非致用之文”（胡朴安，2007c：9112）。

二、胡朴安学问、人品等评文标准的确立和意义

清人以来将学问、人品与文章创作相关联，已逐渐形成趋势。浙东学派、阳

湖派都强调文章创作的经学、史学根底，黄宗羲主张文章创作应该“本之经以穷其原，参之史以究其委”（黄宗羲，1959：349）；张惠言《文稿自序》认为：“古之以文传者……各有所执持，操其一以应于世而不穷，故其言必曰‘道’，道成而所得之浅深醇杂见乎其文。无其道而有其文者，则未有也。”（张惠言，1984：117）章学诚讲文德曰：“凡为古文辞者，必敬以恕。……敬非修德之谓者，气摄而不纵，纵必不能中节也。恕非宽容之谓者，能为古人设身而处地也。”（章学诚，1985：17）清代以来的这些论述都是将学问、人品作为创作的基础和准备，泛泛而论，是胡朴安论文的重要理论基础。而与这些论述相比，胡朴安以学问、人品评论文章，更重要的目的是从精神、价值层面建立评文的新标准。

《历代文章论略》提出：“一代之兴，即有一代之治；一代之治，即有一代之学；一代之学，即有一代之书。立一王之法而播之天下者，谓之治；研究其立法之意者，谓之学；举所学而载之文字垂之久远者，谓之书。是文章者，一代之治、之学之所系焉者也。且世间之故，非文弗宣；人生之道，非文弗著。”（胡朴安，2007b：9091）胡朴安指出，文章用途极广，与治国、学术紧密相关，更关乎国运。以两晋为例，他指出：“有晋一代，朝政废弛，学风败坏，衣冠礼乐，扫地俱尽。”（胡朴安，2007b：9093）所以这一时期，文章作者“无非功名势利之人，笔札喉舌之辈，礼义不明于天下，辞藻徒佐其清谈，何怪其相率臣于异族，观故主青衣行酒而不以动其心者乎？”因此感慨：“文运之衰，国脉随之，可不惧哉！”（胡朴安，2007b：9094）他认为学术不振，因此礼义不明，礼义不明，所以人心不振，这些都体现于文章中，也预示着国运的不振。近代，随着西方列强的入侵，以及西方文化的传入，胡朴安看到了文章风气之衰微，更担心由此带来的国运之衰微：“今也后生入学，束书不观，风气所趋，诮文无用，户肄大秦之书，家习佉卢之字，三仓之典籍，舶载而东。六艺之精言，人谁过问？呜呼！斯文已丧，谁为继起之人？国学沦亡，能无胥溺之惧？”（胡朴安，2007b：9099）所以他要重新阐明文章之精神和价值在学问、人品，以力挽近代以来文风之衰的局势，振起学术、人心。

以学问、人品评论文章，除了以上现实的考虑，还有救弊补偏的意义。明清以来所确立的评文标准主要是体制和技法，这从延续时间最长、传播范围最广的桐城派的理论主张中，可见一斑。方苞倡“义法”说，姚鼐编《古文辞类纂》，论文都没有脱离“体”与“法”的范畴，而且偏重从辞章角度指导和评价文章创作，既失之偏颇，也难免有空疏之嫌。新文化运动批判“桐城谬种，选学妖孽”，主要是就其“载道”的性质而言的，胡朴安不仅指出桐城派偏于“法”的问题所在，还能以讲求文章之精神与价值来弥补其偏颇，且讲求文章之精神与价值也是现代文章学应该继承的传统。但是，从另一个角度来说，学问、人品虽然是文章创作的重要因素，但是胡朴安因为要专门强调这些因素，所以其评价作家作品有时也难免偏颇，比如他对建安文学的批评：“孟德既有冀州，崇奖跅弛之士，于是后生小子不以学问为本，专以交游为业。虽其时，三祖叶其高韵，七子分其丽则，《翰林》总其菁华，《典论》详其藻绚，然而采庶子之春华，忘家丞之秋实，有文无学，无可观者。”（胡朴安，2007b：9093）因否定建安文章作者之学问、人品，从而否定其创作，结论很难令人信服。正因如此，胡朴安文话带给我们很多重要启示，今后古代文章学研究还需要认真考虑，如何客观认识学问、人品对文章发展的影响，如何认识文章发展中价值因素、形式因素分别在其中所起的作用，以及两种因素的关联等。

三、胡朴安论法：“教初学不废桐城，稍进则用慎伯之法”

虽然特别强调以学问、人品论文，但胡朴安教初学之人写文章，也认为应该从学习技法开始：“文之至者，究竟不能以法绳之。……然而初学作文，必于法始。……范围于法之中，然后能神明于法之外。故余教初学不废桐城，稍进则用慎伯之法。”（胡朴安，2007c：9105）桐城派的“法”偏重于形式技法，即如何遣词造句，如何安排篇章结构等。在此基础上，胡朴安再教以“慎伯之法”。慎伯，即清代学者包世臣。胡朴安认为“慎伯之文以平正通达为归宿，学人之文非文人之文”，“慎伯论文独具只眼”（胡朴安，2007c：9107）。他所谓“慎伯之法”，是包世臣《艺舟双楫》中对“行文之法”的论述：“有奇偶、疾徐、垫拽、繁复、顺逆、集散，不明此六者，则于古人之文，无以测其意之所至，而第其诣之所极。”（包世臣，2007：5188）这实际涉及文章技法的另一个层面，即修辞技法。桐城派“义法”讲求言有物、言有序，教人将文章写得文从字顺；包世臣讲修辞技法，就是教人进一步将文章写得好看。

古人向来重视修辞，《左传·襄公二十五年》载：“仲尼曰：《志》有之：‘言以足志，文以足言。’不言，谁知其志。言之无文，行而不远。晋为伯，郑入陈，非文辞不为功，慎辞哉！”（左丘明，2016：616）这就是强调修辞在言语表达中的重要作用。后世论及文章修辞技法的著述不少，主要表现出两方面的特点，第一，重视修辞格的总结、阐发，宋代陈骙的《文则》论及二十多种修辞格，最具代表性。另外，曾鼎的《文式》专门论及“取谕法”，朱荃宰的《文通》专门论及各种“譬况”之法。第二，就具体作品分析修辞技巧的论述较多，比如谢枋得的《文章轨范》、李淦的《文章精义》、茅坤的《唐宋八大家文钞》等都可为代表。包世臣关于“奇偶”“疾徐”等六种“行文之法”的论述，更趋向于对修辞技巧做规律性的总结。修辞技巧越能脱离具体语境，就越具有普遍意义和示范价值。包世臣所谓“垫拽”“繁复”“顺逆”等，主要讲论辨文技法，“垫拽者，为其立说之不足耸听也，故垫之使高；为其抒义之未能折服也，故拽之使满”（包世臣，2007：5189），举《孟子》《荀子》《吕览》《史记》等为例。所谓“集散”，主要讲记述技巧，“集散者，或以振纲领，或以争关纽；或奇特形于比附，或指归示于牵连；或错出以表全神，或补述以完风裁”（包世臣，2007：5193）。“奇偶”“疾徐”讲句法、章法的审美规律，是通行的技法。包世臣还指出，六种技法各有特点，又相辅相成，共同成就“辞达”的效果：“余尝以隐显、回互、激射说古文……垫拽、繁复者，回互之事；顺逆、集散者，激射之事。奇偶、疾徐则行于垫拽、繁复、顺逆、集散之中，而所以为回互、激射者也。回互、激射之法备，而后隐显之义见矣。”（包世臣，2007：5188）包世臣从回互、激射的角度总结六种技巧的修辞效果，虽然不是很全面，但的确展示了古人文章创作最基本的审美追求。

胡朴安论技法没有太多自己的见解，主要就包世臣的论述再稍加阐发，其贡献主要在于清晰地区分了古人所论述的两种技法：以“义法”说为代表的形式技法和以包世臣“行文之法”为代表的修辞技法。先教学生以形式技法，再进一步教之以修辞技法。胡朴安引述包世臣的六种“行文之法”，是看到其内容与桐城派“义法”说在论述层次上的不同，以及对审美规律的总结。胡朴安认可其对规律的探求，并对审美效果有进一步的阐发，比如论“疾徐”：“疾徐者，作文之节奏，不可不察也。譬如音乐，其声有高低；譬如绘事，其色有浓淡。高低一，不足以成声；浓淡一，不足以成色。文之疾徐亦犹此也。有疾而徐者不纾，有徐而疾者不激。善用疾者得势，善用徐者得神。然必交互为用，不可偏废也。”（胡朴安，2007c：9110）他也对“垫拽”“繁复”“顺逆”的审美效果有所阐发，但是这些阐发基本没有超越包世臣的观点。

第六节　文章之“体”、文章之“法”、文章之地域与古代文章发展史

一、陈衍《石遗室论文》

陈衍（1856—1937）字叔伊，号石遗，福建侯官（今福州市）人。《石遗室论文》五卷，分为上古至周秦、两汉、三国六朝、唐、宋等五段，对重要的散文作家作品进行分析。五个阶段的划分并不能反映出陈衍的文章发展观，而在对作品的论析中，他时时关注到前代与后代作家作品之间的关联、影响，如在文体、笔

法、格调上前代对后代的影响或后人对前人的学习等，更多是在梳理文章发展的内在理路。在古代散文发展中，通过总结文体源流或前代作家作品的技法来指导创作，是普遍做法，然而大家都在专力于“体”或“法”的总结，陈衍的《石遗室论文》却在“体”与“法”的总结中梳理古代文章发展的脉络，这种梳理既符合古代散文发展的实际，又对我们今天研究古代散文发展的内在规律有重要的借鉴意义。

陈衍从文体角度对文章史所做的梳理，主要体现在对《尚书》的分析中。在卷一开篇，陈衍认为：《古文辞类纂》选文“未敢及经”，“曾涤生《经史百家杂钞》出，乃选及经、子。凡各体文皆推原其本于某经某篇，甚允当也”（陈衍，2007：6675）。受到曾国藩的启发，他在《尚书》中看到了各体文章的源头：“《尚书》为中国第一部古史，亦即中国第一部古文。”“曾湘乡之《杂钞》，分记载、告语、著述、词赋四类。窃以为记载、告语二类，为用最广最要。《尚书》之《典》《谟》则传状碑志所自昉，《虞贡》《金縢》《顾命》皆记事体，《召诰》《洛诰》虽中多告语，而首尾实记事体。《顾命》惟韩昌黎曾学之，《金縢》则开后世‘纪事本末’之体。奏议为下告上之言，本于《皋陶谟》《洪范》《无逸》，《召》《洛》二诰，而《皋陶谟》实开《汉书》徐乐、严安二列传之体，徐、严二传只载上书一篇，别无他事。赠序为同辈相告之语，始于回、路之相赠处，而实本于《君奭》，盖共处一地而赠言者。若郑子家、晋叔向之与书，则隔异地而相与言，亦其类也。序跋昉于《易十翼》《书序》《诗序》《射义》《冠义》《昏义》《乡饮酒义》。祭文昉于《武成》《金縢》之祝词。鲁公之诔县贲父，哀公之诔孔子，皆见于《檀弓》。而《周礼·大祝》作六辞，六曰‘诔’，则周初已有之。”（陈衍，2007：6675-6676）首先，陈衍认为记载、告语是两大类重要的文体，二者都可以在《尚书》中找到渊源。其次，他又分别论述传状、碑志等记载类文体，以及奏议、赠序、序跋、祭文等告语类文体之渊源。刘勰《文心雕龙》只笼统指出各种文体渊源于五经，其中“诏策章奏，则《书》发其源”（刘勰，1981：19）。因为没有具体论析，所以难免有牵强之感。相比之下，陈衍的论述更具体，且有说服力。另外，陈衍也注意到骈文的渊源问题：“文之有骈偶，兆端《尚书》《周易》，至《国语》《左传》而已盛。今之论文学源流者，以为始于西汉之相如、子云，东京之孟坚、平子，岂其然哉！李斯《谏逐客书》、贾生《陈政事疏》中既多排偶矣，而邹阳《荐吴王书》《狱中上梁王书》，其排偶尤多者也。通篇全引古事，以为证据，故非以排偶出之，则嫌其孤证单弱。其布置以二人为一偶，或以四人为一偶，略用反正相承，极似后世演联珠体，似即联珠所由来。而每段收束处，多用单行，则东汉以迨六朝骈文亦皆如是也。”（陈衍，2007：6689）李兆洛在《骈体文钞》的编纂中已经注意到秦汉李斯、贾谊等人在骈文发展史上的肇端作用，陈衍还从立意、气势上做了进一步阐发。

立意、笔法是古人论创作技巧最为关注的内容，但古人对散文在立意上的承袭论述不多，也往往不能关注到立意与笔法的密切关联，而陈衍论文章发展却恰恰在这些方面都有突出表现。陈衍论汉代散文说：“《史记·陆贾传》载贾说南越王赵佗说，司马相如本之以为《谕巴蜀檄》。《檄》之‘北征匈奴，单于怖骇，交臂受事，屈膝请和’云云，即陆贾之‘鞭笞天下，劫略诸侯’云云也。……《檄》之‘身死无名，谥为至愚’云云，即陆贾之‘掘烧先人冢，夷灭宗族’云云也。但陆说尤质直耳。”（陈衍，2007：6686）汉高祖时，陆贾出使南越国的言论，意在威慑，武帝时，司马相如出使巴蜀，因作《谕巴蜀檄》，威慑与安抚兼有，两文对象相似、立意颇相近，所以文辞上也许有所承袭。陈衍还看到：“‘赤壁之战’出色处，全在诸葛亮说孙权一篇大议论，从《国策》‘鲁仲连说辛垣衍’、《史记》‘隋何说九江王’两篇文章来也。”（陈衍，2007：6715）并且分析了二者在背景上的相似、立意上的关联：“三国之魏，犹七国之秦、楚汉时之楚也；孙权犹楚汉时之九江王、七国之赵也；蜀之弱，不啻楚汉之汉、七国之魏也。魏之示威孙权，正辛垣衍欲使赵帝秦、九江王不敢叛楚之时。但孙权本有英雄之气，故只用仲连激之之法，而权可动；辛垣衍、黥布非英雄，故激之不动，必嚇以利害，而后可动，则鲁肃‘将军迎操，将安所归’之说也。然其进言操纵之法，则悉相同。”（陈衍，2007：6716）陈衍还从晁错的文章中看到了立意、文辞承袭的背后是作家对前人立身行事的学习：“景帝时，晁错号智囊。平日于兵刑、钱谷诸要务，大概无不简练揣摩。其所读必不出孙吴《兵法》《管子》《商君》诸书，故其《言兵事》一篇文字，与《孙子》第二篇、第六篇、第七篇、第九篇，《商君》之算地、战法、兵守、徕民、境内各篇，甚为相似。不但立说用意之有所本已也；凡人学问，于何等书用工最深，一旦下笔，不必字摹句仿，自有不觉相似之处，似在神理也。”（陈衍，2007：6689）

论及笔法的传承线索，陈衍注意到了章法、句法、“譬喻”之法等方面。他看到晁错文章对后世影响广泛，认为《论贵粟疏》“加倍写农夫之苦，粟米之不易得，商贾之与农夫大相反。重重叠叠，歧中有歧，山上有山，常为韩、欧诸家所学。班孟坚《西都赋》中，说都市商贾之盛云：……略本于此。末端结以排偶云：‘爵者，上之所擅，出于口而无穷；粟者，民之所种，生于地而不乏。’后世为奏议者，无不学此锁纽之法，不但陆宣公、苏子瞻诸家然也”（陈衍，2007：6691）。他还论及晁错举贤良对策对后世对策格式的影响：“首段以五帝三王五伯总冒篇中三段，而以‘退托于不明以求贤良’，冒末段作结，皆就诏策中所问‘明于国家之大体’、‘通于人事之始终’及能‘直言极谏’者各项，分别对答，开出后世对策体格。无他，求其眉目清楚而已。……后世王安石《上神宗万言书》颇似此对。”（陈衍，2007：6697-6698）陈衍还看到柳宗元所确立的游记格式对后世影响很大，《游黄溪记》“至后‘树亦壮’数句，乃由远写至近。此章法也，凡奇丽山水，至将尽处，多筋脉舒缓”（陈衍，2007：6736）；又说：“柳子厚《柳州山水近治可游者记》，全学《山海经》，而偶参以《仪礼·考工记》（应为《周礼·考工记》——笔者注）、《水经注》句法，此数书本作杂记者所避不过者也。”（陈衍，2007：6740）陈衍由此梳理出了杂记笔法的渊源。关于古人的“譬喻”之法，陈衍认为：“告语之体，所以晓人。设譬以明之，则易晓矣。故《孟子》一书，最多设譬。”（陈衍，2007：6691）他把《孟子》看作是运用这一手法的源头。在论汉代文时，他列举了贾谊的《陈政事疏》中的比喻，还详细列举董仲舒的《举贤良对策》中首篇设譬六处、次篇设譬二处、三篇设譬四处，认为“设譬可谓多矣”（陈衍，2007：6693）。他又指出：“后世陆宣公奏疏，多用譬喻。苏子瞻尤工，盖本用功孟子、贾生，又学宣公也。”（陈衍，2007：6694）并详细分析了陆贽的《奉天请数对群臣兼许令论事状》、苏轼的《上皇帝书》中的譬喻。

陈衍还注意到文学风格的承继问题。《石遗室论文》第五卷开篇就论及文章的风格、神味：“文章之有姿态者，皆出于论说。《尚书》惟有《秦誓》，《礼记》则《三年问》，实《荀子》也。《檀弓》作态太甚，《左传》则滋多矣。《庄子》之‘送君者皆自崖而返，君自此远矣’二语，风神绝世。太史公则各传赞皆以姿态见工，而《五帝本纪》《项羽本纪》二赞尤有神，传文则莫如《伯夷列传》。世称欧阳公文为‘六一风神’，而莫详其所自出。世又称欧公得残本韩文，肆力学之。其实昌黎文，有功夫者多，有神味者少。有神味者，惟《送董邵南序》《蓝田县丞厅壁记》。……欧公文实多学《史记》，似韩者少。”（陈衍，2007：6760）陈衍在审美上可能更倾向于阴柔的一面，所以论“风神”，从《尚书》《左传》《史记》论到欧阳修，而嫌韩愈文章“有功夫者多，有神味者少”（陈衍，2007：6760）。所谓“六一风神”，他分析欧阳修《丰乐亭记》曰：“起一小段，已简括全亭风景，乃横插‘滁于五代干戈之际’二语，得势有力。然后说由乱到治，与由治回想到乱，一波三折，将实事于虚空中摩荡盘旋，此欧公生平擅长之技，所谓‘风神’也。”（陈衍，2007：6760-6761）

对于作家风格的追溯、梳理，这一方法最早应该是出现在南朝钟嵘的《诗品》中，钟嵘追溯了五言诗的三十六位重要作家的创作渊源，后来的诗歌理论对此方法的运用较普遍。陈衍以此论析散文的发展，在理论和方法上都有一定的根据，但是论析仍然缺乏系统性。他对作家作品的论析只有先秦到宋代，宋代也很简略，似是未完之作。他对于作家作品承袭线索的梳理并没有统一的体例，且涉及的也只是各时期少数代表性作家，而论析作品也有牵强之处。例如，关于韩愈的《曹成王碑》，陈衍引述了朱熹的观点：“朱子曰：‘《曹成王碑》造语法子云也。退之性不喜书，然尝云：凡为文词，宜略识字。如此碑中，用剜、鞣、钹、掀、撇、掇、筴等字是也。’”（陈衍，2007：6742）他还引述了林纾的观点，林纾也认为用这些奇字是全篇之累。韩愈创作尤其注意学习前人，尤其学汉人文章，因汉人对字词刻意运用，韩愈的文章形成了钩章棘句的特点，朱熹和林纾的分析都显示了韩愈的这一学文线索，而陈衍却认为韩愈这篇文章是学《管子》而非扬雄，但也没有具体分析，让人摸不着头脑。陈衍注意到古代文章作家对前人立意、文辞的模拟，以及由此带来的文章发展中的前后继承与关联，这是他的独到之处，但是他的具体论析偏偏都求其创作与前人的相似之处，而不关注其发展，难免有拘泥、牵强之论。

二、陈康黼《古今文派述略》

陈康黼，字次农，号慷夫，浙江宁波人。《陈慷夫先生家传》中说他：“勤治举子业，冀得禄以养亲，又好训诂词章之学，有文名。”“戊戌、庚子之后，睹外侮日逼，国势亟亟，乃皤然自悔，……乃求古人经世之书，及西欧政法史地之学，悉心研治，考求治乱得失之道，以蕲适乎时会，而期诸设施。数年，颇有所得，发为文章，词雅义正，尤能切中时弊。”（佚名，2007：8150）陈康黼 1908～1910 年任云南昭通府恩安县知县，颇有政声，但因得罪上司而被迫去官。后在云南逗留，1911 年秋，辛亥革命爆发后，回到宁波，遂居家不问世事。“继应浙江第四中学及浙江第四师范之聘，主经史古文讲席，采撷精要，阐明源流，以启迪后进。”（佚名，2007：8153）《古今文派述略》即是陈康黼任教于杭州第四师范时的讲义。

《古今文派述略》把古代文章分为两派：“理胜”与“辞胜”。陈康黼认为，“古今文派，自群经子史外，其源皆导于战国。屈原、李斯，其最著也”（陈康黼，2007：8155）；屈原、宋玉、景差等人的作品，“此文之以辞胜者也，世所谓‘美文’也”（张寿镛，2007：8155）；李斯的《泰山》《琅邪》诸石刻以及《谏逐客书》等，“此文之以理胜者也，世所谓‘用文’也”（陈康黼，2007：8156）。之后，两汉三国直到清代，“理胜”与“辞胜”各派都在延续、发展。从具体的论述来看，陈康黼所谓“辞胜”之派，主要指骈体文的创作。例如，他论建安七子之文章，“于绮藻丰缛之中，运简质清刚之气，盖将结两汉散体文之局，开六朝骈体文之先者也，谓之辞胜可也”（陈康黼，2007：8159）。又论唐代贞元、元和之际的文章说：“盖骈俪之变，至斯已极，辞胜之文，将自此而绝响。”（陈康黼，2007：8162）所谓“理胜”之派，则主要指散体文的创作。例如，他论文章由骈而散的变化：“自魏晋以来，至于初唐，其文大抵以辞胜。贞元、元和之间，有韩愈者起，而古文之道乃大昌于世。”（陈康黼，2007：8163）所以，陈康黼对古今文派发展的概述，大致相当于对古代文章骈散体消长演变的梳理。但是，他又不取古人骈散对立的观点。他把屈原、李斯分别作为"理胜"与"辞胜"两派的源头，而没有如李兆洛等把李斯、贾谊等人文章中的骈偶成分看作骈文的渊源。而且，他对于两派也没有是丹非素，成不成派是其衡量"理胜"或"辞胜"的标准。例如，他论隋代文章，"无徐庾之藻采，有齐梁之卑弱，既非理胜，又非辞胜"（陈康黼，2007：8161）。陈康黼对骈体作家也能肯定其成就，如论清代骈文家："其专以骈文名者，吴锡麒穀人、曾燠宾谷、吴鼒山尊、刘嗣绾芙初、乐钧莲裳、杨芳灿蓉裳，而以彭兆荪甘亭、王芑孙惕甫风格为最适，气体为最雅。"（陈康黼，2007：8181）张寿镛在为《古今文派述略》所作的序中认为："断代论文，一一溯其源流，冶理学、经济、文章为一炉，而以理胜、词胜判为两涂，其义尤独重理胜。"（张寿镛，2007：8149）陈康黼把"理胜"之文称为"用文"，应该有感于时势艰危，而希望文章能在现实中发挥作用，也并无轩轾两派之意。

陈康黼论文派的意义虽不突出，但是对作家个人在文派确立、发展中的作用有明确的认识，对作家主体性的重视是近代以来文学研究发展的新趋势，这也使他的《古今文派述略》显示出散文史研究的现代意义。陈康黼从战国时期开始论文派的发展，大约是要从目前所留存下来以作家个人署名的单篇文章的创作开始追溯文派的源头。他还注重了作家对风气、派别形成的作用："一代文章，必有一二人为之提倡，而后风气乃成。东汉之世，以班孟坚、张平子为巨擘，其文学相如、子云，同炉共冶，融化而成一体，故东京之文渊源藻雅，劲气内含，则班、张之力也。建安七子，体格不越东京，气韵力追西汉，子建才气无双，直欲上溯周秦，当涂之季，典午之初，虽文以辞胜而气尚不靡者，则子建之力也。"（陈康黼，2007：8160）他也重视作家对文章"正宗"的传承："当时独有昆山归有光，起而与之抗，至诋世贞为'庸妄巨子'。然当太仓主盟之时，风气既开，天下之信昆山，终不如其信太仓。古文正派，不绝如线。""有明一代，能直接《史》《汉》、韩、欧之派，为文章正宗者，必推熙甫焉。"（陈康黼，2007：8171）古人以"正宗"等来衡量散文，陈康黼也以此衡量作家，仍类似我们今天的文学史对代表性作家的论述。

三、徐昂论"文之区域"

徐昂《益修文谈》卷二《论各代文》，先是"总论"，从"文之性质""文之区域"两个部分总结古代文章发展的规律，这也是之后"分论"部分的理论纲领。"文之性质"部分指出，"阳刚阴柔，天地自然之气，文章所得各由于天赋"（徐昂，2007：8913），认为人禀阴阳刚柔之气不同，则作品也会呈现阴阳刚柔之不同。这一观念是继承桐城派姚鼐阴阳刚柔风格论而来，而徐昂进一步将此理论运用于考量散文发展，把整个散文史的发展描述为偏于阳刚或偏于阴柔的循环，如“明代前后七子力捄往失，以蕲返乎古，其敝也，至于钩句棘字，不可梳剔，此阴之极也。公安起而矫之，疏宕放逸而流于肤浮，此阳之极也。竟陵又矫之，以幽峭名于时，而变为僻涩，此又阴之极也。阴极则质胜而复入于文，阳极则文胜而复归于质，及其既衰，必有会其适而振之者，此固运会使然，而思想变迁，不越乎阴阳相循之道，是不特明代文学尔也”（徐昂，2007：8921-8922）。《文心雕龙》曰：“时运交移，质文代变”（刘勰，1981：476），认为先秦至宋齐时代文学发展是偏于质、偏于文或文质彬彬的循环，徐昂“阴极则质胜而复入于文，阳极则文胜而复归于质”（徐昂，2007：8922）的观念又很明显是承继了《文心雕龙》而来，不过是将之扩大到整个古代散文的发展，没有太多新意；并且对于某一时期或某一派别，偏于阳还是偏于阴的认定也过于牵强。

“文之区域”部分论述了地域与散文发展之关系，是徐昂论散文发展的另一理论纲领。他认为：“吾国文化起于黄河流域，圣门言氏，延陵季子，开南方文化之先声。而周末迄秦，文之雄者多出于楚，屈原与宋玉、景差之徒，所著之楚词尚已。李斯文特雄伟，亦楚产也。汉司马相如、扬雄并产于蜀，楚蜀皆长江流域也。司马迁生于龙门，班固出扶风，皆起于黄河流域。唐代韩昌黎、柳子厚继之，与马、班之流域同。自宋以降，文潮之播复转为长江流域，宋代欧阳庐陵、曾南丰、王临川、三苏，明代归震川，清代方望溪、姚姬传，是皆长江流域之产也。惟王遵严崛起粤江，朱梅崖挺生闽江，殊为足贵。秦以前文盛于北，迄乎两汉，南北有焜耀之观，而北尤胜，唐代仍盛于北。自宋迄今，则南盛而北衰。”（徐昂，2007：8914-8915）徐昂在简短的篇幅中概括了自上古至清代散文发展的地域变迁，以各时代代表性作家的地域而言，其大致区分为黄河流域和长江流域，反映了中华民族文化的渊源流变。

徐昂关于地域与散文发展关系的观点，前文所论王葆心《古文辞通义》中也有详细论述，并且王葆心引用古人论述较多，可以看到这一观点并非近代才有。王葆心看到学术、绘画、宗教等都有南北之分，“昔我大圣孔子肇分南方之强、北方之强，此已略露风气不同之倪。至六朝而学派遂有南北之分，见于《北史·儒林传序》者，既具析其流别矣，斯时所出人才亦有南庾信、北徐陵之目”（王葆心，2007：7762）；“自元好问《中州集题词》分区域以论文，尔后多有本地域以发明文家之派别者”（王葆心，2007：7808）。但徐昂论述多是本前人而发，少有展开和深入，如“东吴以前建都皆在黄河流域，唐宋亦然，其时多崇尚笃实。自吴晋迄宋齐梁陈皆都大江之南，当是时俗尚多趋于浮华，学术随之而变，此由于地理之关系也”（徐昂，2007：8918）。又如，“吾国文词自宋以来，推长江流域为最盛，盖南方气候温和，风土清嘉，故文人词客，情思优美，多得山水之气而长于文”

（徐昂，2007：8920）。如果把各时期的文学发展串合起来，如何看待南北文化、文人的流动和融合，是从古人直到徐昂都缺少的思考，但这却是刘师培《汉魏六朝专家文研究》特别留意的地方，值得关注和借鉴。

四、刘师培“论研究文学不可为地理及时代之见所囿”

刘师培《汉魏六朝专家文研究》第十六节“论研究文学不可为地理及时代之见所囿”，是在古人基础上从地域、时代角度对文学发展规律进行的更具思辨性的探究。

首先，刘师培反对简单地以南北地域论文学，关注到文人流动及个人努力带来的文学传承、文化融合。刘师培指出：“盖名理初兴，发源洛下，王何嵇阮之流，各以辩论清谈成风。西晋承之，无由变易。及五胡乱华，中原文士相率南迁，于是魏晋以来之文化遂由北而南。……晋承清谈之风，出语甚隽。宋齐踵继，余韵犹存，及齐梁之际，宫体盛行，则又加以绮丽。沿流泝源，追殆仍洛下玄风，逐渐演变，而非江南独有此派文学也。”（刘师培，2007a：9596）针对《隋书》论南北朝文学曰“江左宫商发越”“河朔词义贞刚”（魏征和令狐德棻，1973：1730），刘师培认为以地理之南北而推论文学风格之南北，并非定论。他认为，应该不受地域、时代的束缚，考虑文化、文学的传承性，魏晋以来洛下谈玄之风，并没有因为东晋士人的南迁而被遗忘，反而更为盛行，文学的绮丽风气也是一脉相承。刘师培不仅注意到文人流动所带来的文学的传承，也注意到这种流动所带来的文化融合：“北方经五胡之乱，名理弗彰，文遂变为质实。元魏、北齐、北周大都如是。及庾信入周，乃始沟通。”（刘师培，2007a：9596-9597）庾信被迫留在长安后，因其文名颇盛而受到礼遇，《北史》载：“明帝、武帝并雅好文学，信特蒙恩礼。至于赵、滕诸王，周旋款至，有若布衣之交。群公碑志，多相托焉。”（李延寿，1974：2794）其由梁朝所带来的绮丽文风对质实之北方文学应该产生了重要的影响。刘师培还认识到在南北沟通中作家自身的努力，“士衡入洛、子山入周，南北易地，各能蔚成文风”（刘师培，2007a：9597）。

其次，古往今来，对于各体文学发展的梳理往往注重能代表时代风气的作家作品，刘师培却认为应该超越时代、流俗来认识作家的价值。“盖文体变迁，以渐而然。于当代因袭旧体之际，倘能不落窠臼，独创新格；或于举世革新之后，而能力挽狂澜，笃守旧范者：必皆超轶流俗之士也。”（刘师培，2007a：9597）他还以祢衡、曹植为例，说明了他们超越流俗的价值。而要真正认识作家超越流俗的价值，刘师培提出，“于本人之外尚须作穷源竟流功夫”（刘师培，2007a：9597），也就是通过追溯作家的创作渊源或梳理其对后世的影响，才能确定其价值。古人也常常分析前人文章在立意、笔法上的承袭关系，如韩愈、欧阳修学《史记》，李翱、皇甫湜学韩愈文等，只机械地当作作法来学习，而刘师培则看到其中所显示的文学史的意义，并从文学史的角度做了理论上的总结，说明了“笔法”实际上展示了某种创作风格的形成和演变。

参 考 文 献

爱新觉罗•载湉. 1961. 清帝谕立停科举以广学校(1905)//舒新城编. 中国近代教育史资料. 上册. 北京: 人民教育出版社: 62-66.

包世臣. 2007. 艺舟双楫•论文//王水照编. 历代文话. 上海: 复旦大学出版社: 5179-5310.

本间久雄. 1926. 新文学概论. 2版. 章锡琛译. 上海: 商务印书馆.

曹丕. 2009. 曹丕集校注. 魏宏灿校注. 合肥: 安徽大学出版社.

曹文麟. 2007. 文谈•序//王水照编. 历代文话. 上海: 复旦大学出版社: 8887-8893.

陈澹然. 1923a. 权制. 民国十二年(1923年)门人怀宁王汉超刊版.

陈澹然. 1923b. 晦堂书录//陈澹然. 原人内篇. 民国十二年(1923年)门人怀宁王汉超刊版.

陈澹然. 1966. 寤言//沈云龙主编. 近代中国史料丛刊. 第二十辑. 台北: 文海出版社: 505-650.

陈澹然. 1989. 陈澹然《四美哀》七律四首//中国人民政治协商会议安徽省枞阳县委员会文史资料委员会编. 枞阳文史资料. 2辑: 66-69.

陈澹然. 2007a. 晦堂文钥//王水照编. 历代文话. 上海: 复旦大学出版社: 6767-6796.

陈澹然. 2007b. 文宪例言//王水照编. 历代文话. 上海: 复旦大学出版社: 6797-6825.

陈独秀. 1917. 文学革命论//新青年. 第二卷第六号: 1-4.

陈独秀. 1984. 说国家//生活•读书•新知三联书店编. 陈独秀文章选编. 上册. 北京: 生活•读书•新知三联书店: 39-41.

陈康黼. 2007. 古今文派述略//王水照编. 历代文话. 上海: 复旦大学出版社: 8154-8182.

陈骙. 2007. 文则//王水照编. 历代文话. 上海: 复旦大学出版社: 135-195.

陈望道. 2008. 修辞学发凡. 上海: 复旦大学出版社.

陈衍. 2007. 石遗室论文//王水照编. 历代文话. 上海: 复旦大学出版社: 6675-6766.

程颢, 程颐. 1981. 二程集. 王孝鱼点校. 北京: 中华书局.

戴震. 1980. 戴震文集. 赵玉新点校. 北京: 中华书局.

董乃斌, 陈伯海, 刘扬忠. 2003. 中国文学史学史. 第2卷. 石家庄: 河北人民出版社.

范晔. 1965. 后汉书. 李贤等注. 北京: 中华书局.

方苞. 1983. 方苞集. 刘季高校点. 上海: 上海古籍出版社.

方秉简. 2007. 《原学三编》序述//王水照编. 历代文话. 上海: 复旦大学出版社: 6773-6775.

房玄龄等. 1974. 晋书. 北京: 中华书局.

高步瀛. 2013. 文章源流//余祖坤编. 历代文话续编. 南京: 凤凰出版社: 1255-1607.

高琦. 2007. 文章一贯//王水照编. 历代文话. 上海: 复旦大学出版社: 2147-2185.

葛晓音. 1987. 论唐代的古文革新与儒道演变的关系. 中国社会科学, (1): 121-136.

郭绍虞. 1961. 中国文学批评史. 北京: 中华书局.

郭象升. 1932. 文学研究法. 民国二十一年(1932年)太原中山图书社印.

郭象升. 2013. 五朝古文类案叙例//余祖坤编. 历代文话续编. 南京: 凤凰出版社: 1875-1915.

郭英德. 2005. 中国古代文体学论稿. 北京: 北京大学出版社.
郭预衡. 2000. 中国散文史. 上海: 上海古籍出版社.
韩愈. 1998. 韩昌黎文集校注. 马其昶校注. 马茂元整理. 上海: 上海古籍出版社.
弘法大师. 1983. 文镜秘府论校注. 王利器校注. 北京: 中国社会科学出版社.
侯体健. 2008. 为问少年心在否 一篇珠玉是生涯——王水照教授访谈录. 文艺研究, (6): 80-88.
胡朴安. 1943. 庄子章义∥安吴胡氏朴学斋刊本. 第二集. 第三册. 成都: 巴蜀书社影印.
胡朴安. 2007a. 读汉文记∥王水照编. 历代文话. 上海: 复旦大学出版社: 9061-9085.
胡朴安. 2007b. 历代文章论略∥王水照编. 历代文话. 上海: 复旦大学出版社: 9089-9099.
胡朴安. 2007c. 论文杂记. ∥王水照编. 历代文话. 上海: 复旦大学出版社: 9101-9115.
胡奇光. 1987. 中国小学史. 上海人民出版社.
胡适. 1988. 五十年来中国之文学∥牛仰山编. 中国近代文学论文集: 1919-1949 概论 · 诗文卷. 北京: 中国社会科学出版社: 3-59.
胡适. 1993. 先秦名学史. 上海: 学林出版社.
黄侃. 1996. 文心雕龙札记. 上海: 华东师范大学出版社.
黄霖. 1996. 中国文学批评通史 · 近代卷. 上海: 上海古籍出版社.
黄宗羲. 1959. 黄梨洲文集. 北京: 中华书局.
纪昀, 陆锡熊, 孙士毅等. 1997. 四库全书研究所整理. 钦定四库全书总目(整理本). 北京: 中华书局.
纪昀评. 刘勰撰. 1957. 文心雕龙辑注. 黄叔琳注. 北京: 中华书局.
蒋士铨. 1875. 忠雅堂评选四六法海. 上海: 文瑞楼印.
金受申. 1925. 文体通释序∥王兆芳. 文体通释. 2 版. 北京: 中华印刷局: 序 1.
孔颖达疏. 1980. 周易正义∥阮元校刻. 十三经注疏. 北京: 中华书局: 5-97.
来裕恂. 1906. 汉文典. 上海: 商务印书馆.
来裕恂. 1996. 匏园诗集. 天津: 天津古籍出版社.
来裕恂. 2007. 汉文典 · 文章典∥王水照编. 历代文话. 上海: 复旦大学出版社: 8498-8711.
李大防. 2014. 蜕私轩续集序∥严云绶, 施立业, 江小角主编. 桐城派名家文集(第 11 卷): 姚永朴集 姚永概集. 合肥: 安徽教育出版社: 131-132.
李梦阳. 2013. 空同集∥沈乃文主编. 明别集丛刊. 第一辑. 第九十二册. 合肥: 黄山书社.
李详. 1989. 李审言文集. 南京: 江苏古籍出版社.
李延寿. 1974. 北史. 北京: 中华书局.
李兆洛. 1989. 诗古微序∥魏源. 魏源全集 · 诗古微. 何慎怡点校. 长沙: 岳麓书社: 17-18.
梁启超. 1916. 小说零简. 上海: 商务印书馆.
梁启超. 1998. 清代学术概论. 上海: 上海古籍出版社.
梁启超. 1999. 梁启超全集. 北京: 北京出版社.
林纾. 1913. 斐洲烟水愁城录序∥[英]哈葛德. 斐洲烟水愁城录. 林纾, 曾宗巩译. 3 版. 上海: 商务印书馆: 序 1-3.
林纾. 1917-2-8. 论古文之不宜废. 民国日报, 0012 版.
林纾. 1935a. 论古文白话之相消长∥赵家璧主编. 中国新文学大系. 第二集. 上海: 上海良友复兴图书印刷公司: 78-81.

林纾. 1935b. 致蔡鹤卿太史书//赵家璧主编. 中国新文学大系. 第一集. 上海: 上海良友复兴图书印刷公司: 171-173.

林纾. 1983a. 《爱国二童子传》达旨//薛绥之, 张俊才. 林纾研究资料. 福州: 福建人民出版社: 113-116.

林纾. 1983b. 答郑孝胥书//薛绥之, 张俊才. 林纾研究资料. 福州: 福建人民出版社: 99-101.

林纾. 1983c. 黑奴吁天录·跋//薛绥之, 张俊才. 林纾研究资料. 福州: 福建人民出版社: 104.

林纾. 1983d. 撒克逊劫后英雄略·序//薛绥之, 张俊才. 林纾研究资料. 福州: 福建人民出版社: 118-119.

林纾. 1985. 畏庐续集. 北京: 中国书店.

林纾. 2007a. 春觉斋论文//王水照编. 历代文话. 上海: 复旦大学出版社: 6325-6435.

林纾. 2007b. 文微//王水照编. 历代文话. 上海: 复旦大学出版社: 6525-6558.

林纾. 2007c. 韩柳文研究法//王水照编. 历代文话. 上海: 复旦大学出版社: 6440-6521.

林尹注译. 1985. 周礼今注今译. 北京: 书目文献出版社.

刘半农. 1983. 复王敬轩书//薛绥之, 张俊才. 林纾研究资料. 福州: 福建人民出版社: 145-147.

刘伯毅, 朱炳先. 2009. 刘咸炘先生传略//刘咸炘. 推十书. 增补全本. 壬癸合辑叁. 上海: 上海科学技术文献出版社: 1165-1172.

刘大櫆. 1959. 论文偶记. 北京: 人民文学出版社.

刘家丰. 2001. 素质教育概论. 北京: 中国档案出版社.

刘淇. 1954. 助词辨略. 章锡琛校注. 北京: 中华书局.

刘师培. 1936a. 国文杂记//刘师培. 刘申叔先生遗书. 53册. 民国二十五年(1936年)宁武南桂馨铅印本.

刘师培. 1936b. 汉宋学术异同论//刘师培. 刘申叔先生遗书. 15册. 民国二十五年(1936年)宁武南桂馨铅印本.

刘师培. 1936c. 论近世文学之变迁//刘师培. 刘申叔先生遗书. 53册. 民国二十五年(1936年)宁武南桂馨铅印本.

刘师培. 1936d. 正名隅论//刘师培. 刘申叔先生遗书. 46册. 民国二十五年(1936年)宁武南桂馨铅印本.

刘师培. 1936e. 中古文学史讲义//刘师培. 刘申叔先生遗书. 74册. 民国二十五年(1936年)宁武南桂馨铅印本.

刘师培. 1936f. 中国文学教科书//刘师培. 刘申叔先生遗书. 67-68册. 民国二十五年(1936年)宁武南桂馨铅印本.

刘师培. 2007a. 汉魏六朝专家文研究//王水照编. 历代文话. 上海: 复旦大学出版社: 9549-9608.

刘师培. 2007b. 论文杂记//王水照编. 历代文话. 上海: 复旦大学出版社: 9477-9518.

刘师培. 2007c. 文说//王水照编. 历代文话. 上海: 复旦大学出版社: 9519-9548.

刘师培. 2008. 论白话报与中国前途之关系//万仕国辑校. 刘申叔遗书补遗. 扬州: 广陵书社: 164-167.

刘熙载. 1978. 艺概. 上海: 上海古籍出版社.

刘咸炘. 2007. 文学述林 // 王水照编. 历代文话. 上海: 复旦大学出版社: 9705-9806.
刘咸炘. 2009a. 文学述林卷四 · 袁中郎论文语钞 // 刘咸炘. 推十书. 增补全本. 戊辑壹. 上海: 上海科学技术文献出版社: 96-101.
刘咸炘. 2009b. 宥斋自述 // 刘咸炘. 推十书. 增补全本. 戊辑贰. 上海: 上海科学技术文献出版社: 519-520.
刘勰. 1981. 文心雕龙注释. 周振甫注. 北京: 人民文学出版社.
柳宗元. 1979. 柳宗元集. 北京: 中华书局.
楼昉. 2007. 崇古文诀评文 // 王水照编. 历代文话. 上海: 复旦大学出版社: 460-510.
陆机. 1984. 文赋译注. 张怀瑾译注. 北京: 北京出版社.
吕叔湘. 1983. 重印《马氏文通》序 // 马建忠. 马氏文通. 北京: 商务印书馆: 序 5-6.
吕祖谦. 1936. 古文关键. 上海: 商务印书馆.
茅盾. 1935. 小说一集 · 导言 // 茅盾编选. 中国新文学大系 · 小说一集. 上海: 上海良友复兴图书印刷公司: 1-32.
茅盾. 1981. 关于“创作” // 茅盾. 茅盾文艺杂论集. 上集. 上海: 上海文艺出版社: 295-312.
茅坤. 2007. 唐宋八大家文钞评文一卷 // 王水照编. 历代文话. 上海: 复旦大学出版社: 1779-2036.
孟子. 1987. 孟子. 朱熹注. 上海: 上海古籍出版社.
南桂馨. 1936. 刘申叔先生遗书序 // 刘师培. 刘申叔先生遗书. 1 册. 民国二十五年(1936 年)宁武南桂馨铅印本: 南序 1-4.
欧阳修. 2001. 欧阳修全集. 李逸安校点. 北京: 中华书局.
潘耒. 2002. 遂初堂文集 // 《续修四库全书》编纂委员会编. 续修四库全书. 1417 册～1418 册. 上海: 上海古籍出版社.
钱基博. 1981. 现代中国文学史 // 沈云龙主编. 近代中国史料丛刊续编. 第八十三辑. 台北: 文海出版社.
钱基博. 1997. 近代提要钩玄之作者 // 曹玉英选编. 钱基博学术论著选. 武汉: 华中师范大学出版社: 154-157.
钱玄同. 1917. 致陈独秀. 新青年, 第二卷第六号. 通信 1-13.
钱玄同. 1935. 中国今后之文字问题 // 赵家璧主编. 中国新文学大系. 第一集. 上海: 上海良友复兴图书印刷公司: 141-146.
钱玄同. 1936. 刘申叔先生遗书序 // 刘师培. 刘申叔先生遗书. 1 册. 民国二十五年(1936 年)宁武南桂馨铅印本: 钱序 1-9.
钱钟书. 2002. 七缀集. 北京: 生活 · 读书 · 新知三联书店.
钱钟书. 2007. 谈艺录. 北京: 生活 · 读书 · 新知三联书店.
裘廷梁. 2012. 论白话为维新之本 // 徐中玉主编. 中国近代文学大系. 文学理论集 1. 上海: 上海书店出版社: 83-86.
任继愈. 1985. 中国哲学史. 北京: 人民出版社.
阮元. 1984. 茗柯文编 · 序 // 张惠言, 茗柯文编. 黄立新校点. 上海: 上海古籍出版社: 262.
阮元. 1993. 揅经室集. 邓经元点校. 北京: 中华书局.

阮元. 2000. 经传释词·序∥王引之. 经传释词. 南京: 江苏古籍出版社: 序 1.
邵长蘅. 2010. 邵子湘全集∥《清代诗文集汇编》编纂委员会编. 清代诗文集汇编. 上海: 上海古籍出版社: 145 册 141-524.
沈约. 1974. 宋书. 北京: 中华书局.
孙德谦. 1936. 四益宧骈文稿. 上海: 瑞华印务局.
孙德谦. 2007. 六朝丽指∥王水照编. 历代文话. 上海: 复旦大学出版社: 8413-8497.
谭献. 1989. 学制斋骈文序∥李详. 李审言全集. 南京: 江苏古籍出版社: 749.
唐顺之. 1919. 重刊唐荆川文集∥四部丛刊. 集部 1581～1592 册. 影印上海涵芬楼藏明万历刊本. 上海: 商务印书馆.
唐文治代载振作. 1903. 英轺日记. 上海: 文明书局.
唐文治. 1920. 性理救世书. 出版地、出版者不详.
唐文治. 1948. 茹经先生自订年谱∥沈云龙编. 近代中国史料丛刊·三编第九辑. 台北: 文海出版社.
唐文治. 1996. 茹经堂文集∥《民国丛书》编辑委员会编. 民国丛书·第五编. 上海: 上海书店.
唐文治. 2005a. 蓄艾编自叙∥王桐荪, 胡邦彦, 冯俊森, 等选注. 唐文治文选. 上海: 上海交通大学出版社: 92-96.
唐文治. 2005b. 咨陈重订章程和宗旨∥王桐荪, 胡邦彦, 冯俊森, 等选注. 唐文治文选. 上海: 上海交通大学出版社: 97-98.
唐文治. 2005c. 上翁书平师边务刍言(一)至(五)//王桐荪, 胡邦彦, 冯俊森, 等选注. 唐文治文选 上海: 上海交通大学出版社: 30-32.
唐文治. 2007a. 国文大义∥王水照编. 历代文话. 上海: 复旦大学出版社: 8183-8235.
唐文治. 2007b. 国文经纬贯通大义∥王水照编. 历代文话. 上海: 复旦大学出版社: 8237-8376.
童庆炳. 2008. 童庆炳谈文学观念. 开封: 河南大学出版社.
屠隆. 2012. 屠隆集. 杭州: 浙江古籍出版社.
汪辟疆增注. 1985. 章士钊遗稿. 论近代诗家绝句. 江海学刊, (3): 72-82.
王葆心. 1906, 文学讲义//汉黄德道师范学堂讲义十六种. 复旦大学图书馆藏手抄本.
王葆心. 2007. 古文辞通义∥王水照编. 历代文话. 上海: 复旦大学出版社: 7029-8143.
王富仁. 2007. 林纾现象与“文化保守主义”∥中国现代文学研究丛刊. 第三期: 248-258.
王国维. 1940. 校注人间词话. 徐调孚校注. 上海: 开明书店.
王汉超. 2007. 原学三编·序∥王水照编. 历代文话. 上海: 复旦大学出版社: 6776-6779.
王蘧常. 2011. 桐城姚仲实教授传∥姚永朴. 文学研究法. 许振轩校点. 合肥: 黄山书社: 211-213.
王蘧常. 1935. 元和孙先生行状. 大夏周报, (9): 184-187.
王世贞. 1986. 读书后. 景印文渊阁四库全书. 集部 1285 册. 台北: 台湾商务印书馆.
王水照. 2007. 历代文话序∥王水照编. 历代文话. 上海: 复旦大学出版社: 序 1-12.
王文濡. 1918. 南北朝文评注读本. 全二册. 上海: 上海文明书局.
王希杰. 2000. 修辞学导论. 杭州: 浙江教育出版社.
王晓明等. 1993. 旷野上的废墟——文学和人文精神的危机. 上海文学, (6): 63-71.
王阳明. 1992. 王阳明全集. 吴光等编校. 上海: 上海古籍出版社.
王引之. 2000a. 经传释词. 南京: 江苏古籍出版社.

王引之. 2000b. 经义述闻. 南京: 江苏古籍出版社.
王运熙. 1995. 说《文心雕龙·序志》的一段话 // 文心雕龙研究. 第一辑. 北京: 北京大学出版社: 1-8.
王兆芳. 2007. 文章释 // 王水照编. 历代文话. 上海: 复旦大学出版社: 6251-6322.
王兆符. 1983. 方望溪先生集序 // 方苞. 方苞集. 刘季高校点. 上海: 上海古籍出版社: 906-907.
王钟翰点校. 1987. 清史列传. 北京: 中华书局.
魏禧. 2002. 魏叔子文集 // 续修四库全书. 1408～1409 册. 上海: 上海古籍出版社.
魏征, 令狐德棻. 1973. 隋书. 北京: 中华书局.
文廷式. 1993. 文廷式集. 北京: 中华书局.
吴曾祺. 1908. 中学国文教科书. 上海: 商务印书馆.
吴曾祺. 1910a. 漪香山馆文集. 上海: 商务印书馆.
吴曾祺. 1910b. 涵芬楼古今文钞. 上海: 商务印书馆.
吴曾祺. 1929. 涵芬楼古今文钞简编. 上海: 商务印书馆.
吴曾祺. 2007a. 涵芬楼文谈 // 王水照编. 历代文话. 上海: 复旦大学出版社: 6559-6630.
吴曾祺. 2007b. 文体刍言 // 王水照编. 历代文话. 上海: 复旦大学出版社: 6631-6669.
吴承学. 2003. 现存评点第一书——论《古文关键》的编选、评点及其影响. 文学遗产, (4): 72-84.
吴可. 1983. 藏海诗话 // 丁福保辑. 历代诗话续编. 北京: 中华书局: 327-341.
吴孟复. 1989. 书姚仲实先生《文学研究法》后//姚永朴. 文学研究法. 许振轩校点. 合肥: 黄山书社: 191-193.
吴讷. 1962. 文章辨体序说. 北京: 人民文学出版社.
西山浦二田(浦起龙)论次. 1744. 古文眉诠. 静寄东轩藏版. 乾隆九年(1744 年)三吴书院刻本.
夏丏尊, 叶圣陶. 1938. 文章讲话. 上海: 开明书店.
夏晓红. 2011. 燕园学文录. 上海: 复旦大学出版社.
熊礼汇. 2008. 《古文辞通义》要义概说 // 王葆心编著. 古文辞通义. 熊礼汇标点. 武汉: 武汉大学出版社.
徐昂. 1929. 益修文谈. 南通: 翰墨林书局.
徐昂. 2007. 文谈 // 王水照编. 历代文话. 上海: 复旦大学出版社: 8883-9060.
徐师曾. 1962. 文体明辨序说. 北京: 人民文学出版社.
薛祥绥. 1934. 文学概论. 上海: 启智书局.
学部. 1961. 奏请宣示教育宗旨折(1906) // 舒新城编. 中国近代教育史资料. 上册. 北京: 人民教育出版社: 220-226.
严复. 1986. 严复集. 北京: 中华书局.
颜元. 1987. 颜元集. 王星贤, 张芥尘, 郭征点校. 北京: 中华书局.
杨国荣. 2005. 现代化进程中的中国人文学科(哲学卷). 上海: 上海人民出版社.
姚鼐, 1992. 惜抱轩诗文集. 刘季高标校. 上海: 上海古籍出版社.
姚永概. 2014. 蜕私轩集跋 // 严云绶, 施立业, 江小角主编. 桐城派名家文集(第 11 卷): 姚永朴集 姚永概集. 合肥: 安徽教育出版社: 129.
姚永朴. 1966. 旧闻随笔 // 近代中国史料丛刊. 第二十七辑. 台北: 文海出版社.

姚永朴. 2007a. 文学研究法//王水照编. 历代文话. 上海: 复旦大学出版社: 6827-7028.
姚永朴. 2007b. 安徽高等学堂同学录//潘懋元, 刘海峰编. 中国近代教育史资料汇编·高等教育. 上海: 上海教育出版社: 101-102.
姚永朴. 2014. 姚永朴集//严云绶. 施立业. 江小角主编. 桐城派名家文集(第 11 卷): 姚永朴集 姚永概集. 合肥: 安徽教育出版社: 1-196.
叶燮. 1979. 原诗. 北京: 人民文学出版社.
佚名 a. 光绪三十一年(1905 年). 国粹学报发刊辞. 国粹学报, (1).
佚名 b. 光绪三十一年(1905 年). 国学保存会简章. 国粹学报, (1).
佚名. 2007. 陈慷夫先生家传//王水照编. 历代文话. 上海: 复旦大学出版社: 8150-8153.
佚名. 2012-03-28. 想试试吗？用唐文治先生的“腔调”吟诵古文. 江南晚报, A12.
元好问. 1959. 中州集. 北京: 中华书局.
袁宏道. 2008. 袁宏道集笺校. 钱伯城笺校. 上海: 上海古籍出版社.
恽敬. 1936. 大云山房文稿. 上海: 商务印书馆.
曾国藩. 1935. 曾国藩六种. 上海: 启智书局.
张百熙, 荣庆, 张之洞. 1961a. 奏请递减科举注重学堂折 (1903)//舒新城编. 中国近代教育史资料. 上册. 北京: 人民教育出版社: 59-62.
张百熙, 荣庆, 张之洞. 1961b. 学务纲要(1903)//舒新城编. 中国近代教育史资料. 上册. 北京: 人民教育出版社: 199-220.
张岱年. 1982. 中国哲学史大纲. 北京: 中国社会科学出版社.
张惠言. 1984. 茗柯文编. 黄立新校点. 上海: 上海古籍出版社.
张寿镛. 2007. 古今文派述略·序//王水照编. 历代文话. 上海: 复旦大学出版社: 8148-8149.
张玮. 2007. 文学研究法总目//王水照编. 历代文话. 上海: 复旦大学出版社: 6831-6832.
张僖. 1983. 畏庐文集序. 薛绥之, 张俊才编. 林纾研究资料. 福州: 福建人民出版社: 136.
张相. 2007. 古今文综评文//王水照编. 历代文话. 上海: 复旦大学出版社: 8759-8882.
张载. 1935. 张子全书. 朱熹注. 上海: 商务印书馆.
张之洞. 刘坤一. 1961. 筹议变通政治人才为先折 (1901)//舒新城编. 中国近代教育史资料. 上册. 北京: 人民教育出版社: 47-59.
张志公. 1996. 汉语辞章学论集. 北京: 人民教育出版社.
章炳麟. 2017. 訄书详注. 徐复注. 上海: 上海古籍出版社.
章太炎. 2006. 国故论衡. 上海: 上海古籍出版社.
章学诚. 1985. 章学诚遗书. 北京: 文物出版社.
赵逵夫. 2000. 中国文章分类学研究序. 西北民族学院学报, (1): 49-56.
真德秀. 1986. 文章正宗//景印文渊阁四库全书. 集部 1355 册. 台北: 台湾商务印书馆.
钟嵘. 1994. 诗品集注. 曹旭集注. 上海: 上海古籍出版社.
钟惺. 1992. 隐秀轩集. 李先耕, 崔重庆标校. 上海: 上海古籍出版社.
周勋初. 2006. 黄季刚先生《文心雕龙札记》的学术渊源//黄侃. 文心雕龙札记. 上海: 上海古籍出版社: 1-18.
周远富. 2006. 中国语言学史论集. 郑州: 河南人民出版社.

周振甫. 1991. 中国修辞学史. 北京: 商务印书馆.
周振甫. 2010. 文心雕龙二十二讲. 重庆: 重庆大学出版社.
周作人. 1933. 看云集. 2 版. 上海: 开明书店.
周作人. 1935. 人的文学//赵家璧主编. 中国新文学大系. 第一集. 上海: 上海良友复兴图书印刷公司: 193-199.
朱刚. 1997. 唐宋四大家的道论与文学. 上海: 东方出版社.
朱光潜. 2012. 我与文学及其他 谈文学. 北京: 中华书局.
朱树人. 1901. 新订蒙学课本初编. 南洋公学光绪二十七年(1901 年)版. 上海商务印书馆代印.
朱熹. 2002a. 晦庵先生朱文公文集//朱杰人, 严佐之, 刘永翔主编. 朱子全书. 20～25 册. 上海: 上海古籍出版社; 合肥: 安徽教育出版社: 1-5061.
朱熹. 2002b. 朱子语类//朱杰人, 严佐之, 刘永翔主编. 朱子全书. 14～18 册. 上海: 上海古籍出版社: 1-4345.
朱熹. 2012. 四书章句集注. 2 版. 北京: 中华书局.
朱右曾. 1937. 逸周书集训校释. 上海: 商务印书馆.
庄元臣. 2007. 论学须知//王水照编. 历代文话. 上海: 复旦大学出版社: 2207-2225.
左丘明. 2016. 左传. 杜预注. 上海: 上海古籍出版社.